栖息地

QI XI DI

苏尔流年 著

世间险恶，
唯有爱是永久的栖息之地。

中国出版集团公司
中国民主法制出版社
全国百佳图书出版单位

图书在版编目（CIP）数据

栖息地 / 苏尔流年著 . —北京：中国民主法制出版社，2019.1

ISBN 978-7-5162-1834-1

Ⅰ . ①栖…　Ⅱ . ①苏…　Ⅲ . ①长篇小说—中国—当代
Ⅳ . ① I247.5

中国版本图书馆 CIP 数据核字（2018）第 138574 号

图书出品人： 刘海涛
图书策划： 谭　军
文案统筹： 高文鹏　崔　一
责任编辑： 翟琰萍　王　宜

书　名 / 栖息地
作　者 / 苏尔流年 著

出版·发行 / 中国民主法制出版社
地　址 / 北京市丰台区右安门外玉林里 7 号（100069）
电　话 / 010–63055259（总编室）　010–63057714（营销中心）
传　真 / 010–63055259
http: //www.npcpub.com
E-mail: mzfz@ npcpub.com
经　销 / 新华书店
开　本 / 16 开　710mm × 1000mm
印　张 / 18　**字数** / 270 千字
版　本 / 2019 年 1 月第 1 版　2019 年 1 月第 1 次印刷
印　刷 / 北京天宇万达印刷有限公司

书　号 / ISBN 978-7-5162-1834-1
定　价 / 39.00 元

目录

第一章　于千山万水外相逢

夜宽展无边。

尖锐的汽车鸣笛声，猎猎风声，人歇斯底里的呐喊声、尖叫声齐齐大作。

整个世界因为适才那场大轰炸乱作一团。

我没有往窗外看，没有直面那一张张惊恐苍白的脸。

一场大逃亡的序幕就此拉开。

人间炼狱是什么？

从前我听说过，如今我听到了。

人们都在忙着逃离。

站在我身前的男人却冷静地扯断上衣纽扣，他在向我靠近。

他挺括的肌理，麦芒般硬挺的发梢，他灼烫的体温都在我触手可及之处。

这具我打量了许久的肉体，已然变成弯曲粗长的鱼钩，等着我这条野惯了从未想过上岸的鱼心甘情愿去咬。

继续等？不。我摸上去，小心爱抚他。

……

看到这里，姜湖合上手中的这沓法文稿。她眼前还是翻腾的艳色，有白花花的肢体在晃动，淫靡且疯狂，是来自这段文字的影响。法国作家 Amandine 的这本待她翻译的自传，在她手中顿了一个月，进展几无。

姜湖盘腿坐在地毯上。已经凌晨一点半，室外雨势渐强，声绵雨密。她习惯了日夜颠倒，也习惯了翻译稿日复一日只字不增，但她厌恶这个黑囚笼一般压抑，让人觉得窒息的室内环境。

额角隐约抽痛……姜湖即刻站起身，踩过一地凌乱的 A4 纸，捡了件黑夹克，顶着夜色出门。凌晨两点，到了太乙巷，风雨更为嚣张。

姜湖往上拉软薄的线衫衣领，同时压低手擎的长柄黑伞伞檐。凉气和潮气齐齐撒野，这破天他妈的又湿又冷。长巷中难见活物，除了正肆虐的风，以及撑伞行走的姜湖。五分钟后，姜湖收了伞，进了一家名为“江湖”的酒吧。

酒吧里的喧嚣声浪扑面而来，炫目缭绕的灯光以及人群被姜湖自动过滤，她径直走向吧台，从柜内摸出一瓶黑啤，手托着瓶底，酒瓶前端在一旁的木制酒架上一磕，瓶盖崩落在地。瓶开了，姜湖灌进喉间一口酒……难喝！带着呛人的清冽薄荷味。

姜湖眉刚拧死，有人跑过来喊：“老板。”姜湖斜睨凑过来的领班朱古一眼，面色清淡。

朱古说：“这么晚您还过来，搁家里待着休息下多好。”

姜湖没有搭腔，她今夜耐性相对缺失。一向活络的朱古却也未受打击，他情不自禁地扫了眼姜湖唇上那抹艳色，以及她整张精致却生冷的脸，随后说道：“您来得巧，有个客人说是为您来的，非要见人，不再消费还死活不走。”

姜湖先蹙眉，后松开，唇腔内溢出轻微酒气：“扔走。没长手？”

朱古松开紧抿的唇：“是活人……”

哦，会动会反抗型的，那更好办。姜湖道：“报警。”

她给了结论，但朱古仍旧同她商量：“那小孩儿年纪瞧着不大，也挺安静。”他没太忍心交给警察。

姜湖剜了同情心泛滥的眼前人一眼，冷声调笑：“你这是突然看上护草使者那顶帽子了？”

还没混成老油条的朱古尴尬地笑了两声：“您快别涮我了，我直着呢。”

得，来了个意外的麻烦。姜湖体内的不耐有增无减，但没法躲，这是她的场子，若是看不住，生意也就甭做了。静默两秒，姜湖将手中的酒瓶往吧台台面上重重一搁，从她伸直的手臂上看不出她使了几成力道，但瓶内的酒液却在她松手那刻在瓶内猛烈激荡。

朱古打了个激灵，下意识的。

姜湖起身，扔掉身着的黑夹克，问：“人赖哪儿？”

将姜湖领到二楼的包厢外，朱古替她开了门。室内的软皮沙发上坐着个额发精短的少年，眸黑，鼻挺，正抬眸望向姜湖，目光尚算纯良。

姜湖没往里走，抱臂倚靠在门旁的墙上，打量少年两秒，才开口：“要见我的是你？”语调冷且淡。

少年一直盯着她，闻言站直，掩在贴身长袖T恤下的上半身料足，胸肌、腹肌均是发达。可他的下半身，赤裸着。看清了，姜湖即刻拧眉，投向少年的目光随即淬了冰。朱古想护的这棵草，脑子坏了？

少年站直后，姜湖从垂眸看他被迫变成抬眸。他自我介绍："我叫曾醉。"

姜湖听着，表情仍是寡淡，自己对他没有兴趣，没必要劳烦脸部肌肉。曾醉站在原地磨蹭了下，手似乎不知道往什么地方搁，最后弯腰从近处的桌面上拈起根烟，摸起打火机。

姜湖沉默看至此，看出他的局促、紧张和掩饰，以及他试图用烟故作成熟。她问得漫不经心，声调懒散："几岁了？"

曾醉没急着给烟点火，先回复她："十八。"

姜湖闻言轻呵了一声，身上的毛儿还没长全，就来闯"江湖"，真是不知江湖险恶啊。她柔柔一笑，问："酒喝得还好？"

曾醉答："好。"

姜湖哦了声："好到让你想赖在我这儿不走了？"

"赖"字一出，曾醉心头被泼了盆冷水。他深吸一口气抛开紧张感，决定直入正题："我们认识，以前在你乐队的演唱会上见过。我要追你。等你喜欢我，我就走，不是赖在这里。"

这张嘴倒是直白。但他们认识？这他妈算哪门子认识。

姜湖脸上的表情更为冷峻了些，耐性已经告罄："再问你一遍，走吗？"没说滚，是出于"顾客是上帝"这种行规，姜湖一向文明做人。

曾醉肯定地摇头，死缠烂打有戏的话他也想试试。

姜湖不急不厉，说："行吧，随你。"

不走也可，她不强人所难。她下一句话是对朱古说的："拿根粗绳，把他捆这儿。"她边说已经边转身拉开包厢门往外走。

朱古跟上去，姜湖继续嘱咐："捆结实了，哭也不许松。打电话给他家长，交赎金后放人。给的钱少不放，少了加绳捆。"

朱古暗道，老板啊，非法囚禁和绑架可是犯法的啊。

费了番口舌后，姜湖只身下楼，重新回到吧台前坐着。大小麻烦这些年遭遇得多，这不算什么。刚坐下，手机突然嗡嗡震动不止，姜湖将手机掏出来，消息提醒都来自她的微博。

身为文青挚爱的前网红、民谣乐队GUN的主唱，微博上姜湖有一百九十万粉丝，但在大V行列里数不上。自GUN解散，她便关闭了微博评论，@数自然也在逐年下滑。可眼下，她看到微博显示的未读消息为数万条。姜湖点进去，看到了详情。

原因无他，GUN时期的队友陈觉非吸毒被群众举报，被抓了个现场直播，深夜未睡看到营销号爆料的热心网友，立刻@姜湖提醒她：

“人在江湖飘，千万别吸毒。”

“吸毒队再添一员，湖湖你要顶住。”

“民谣圈不会发展成吸毒圈吧……”

“湖湖你可别被陈觉非带沟里去啊，吸毒一生黑！”

……

翻看了几条后，姜湖没再看下去。看到这则深夜爆出的消息，她并不觉得意外，时至今日这于她也已无关痛痒，网友的担心纯属多余。当年初入大学，几个人因为爱好相同从不同专业、不同年级凑到了一起，组队有了GUN。

GUN解散之后，队员陈觉非变身为独立民谣男歌手仍旧活跃于台前，而姜湖早早告别了那个圈子，开她的酒吧，回归她原本的专业，做起法语翻译，半年或者一年甚至近两年才出一本译著。

她和陈觉非自GUN解散之日起便没有碰过面。陈觉非吸毒被抓，姜湖料过会有这样一天。她不小心撞破陈觉非走了歪路后送他进过戒毒所，她也曾不止一次劝过陈觉非，但是都以失败告终。这几乎直接导致了后来GUN的解体。

人各有命，强求不得。道不同，也没有硬挤一辆车同行下去的必要。人嘛，得拎得清，知道自己的方向是什么。

姜湖将手机塞回口袋，关了这沸腾了似的微博消息提醒。

朱古没再来骚扰姜湖。姜湖的态度已然分明，也相信他知道如何善后。

到清晨六点半，酒吧基本清了场。见客人走了个差不多，姜湖转而坐在临街的落地窗后，继续看着洗刷她大半视线的雨，以及这条被雨冲刷得不见尽头的巷。

太乙巷年岁颇久，最早能追溯到这座城市还叫建业的那个年代。临巷有部分留存下来的古建筑，更多的建筑物是仿古新修而来。巷旁的绿植被雨砸得七歪八扭、枝叶分离。

对面那家生意惨淡的意大利餐厅里，收获差评无数的、来自亚平宁半岛的主厨正坐在沿巷的位置上思考人生，瞧着凄惨。

姜湖一直安静坐着，将这些人和景收入眼底，在酒吧里一直坐到雨停。

这个雨夜和往日一样长，发生的事情却比平日多。住处压抑，酒吧也没有让人觉得畅快，只有赖着找麻烦的人，和被雨浇得惨了吧唧的绿植，连社交 App 里都是吵嚷声。这一方世界没有炮火，没有战争，却并不安宁。

又待了一会儿，天更亮了。姜湖离开酒吧，走出长巷，重新搭车回她的黑囚笼。

姜湖的住处在近郊，一个草木葳蕤的湖心岛。岛面积狭小，湖岸一条孤零零的小路直通小巧的并排双栋小楼。户主是姜湖的老师，也是她的同行前辈兼忘年交——自称老流氓的蒋绍仪。

在姜湖眼里他至多算个老混球，人到中年发福鼓成球。照规矩说，姜湖只是他的租客，但因为此“球”话多，故而租金不贵，代价是姜湖要时常舍耳听他唠叨几句。

天亮蒋绍仪就会准时醒，姜湖回房前先敲了敲隔壁的门。蒋绍仪一如往常，放了条狗来接姜湖，狗替姜湖开门。进了门，姜湖撸了一把狗尾巴，然后靠墙看着正专注擦着地板的蒋绍仪。

他一日一擦，强迫症般。姜湖习惯了他的各种癖好，只站着看。

蒋绍仪用余光扫了她几眼：“呦，起挺早。不过你就这么求人？进门后干站着求？”

姜湖扯唇，冷回道：“我求过谁！”这话不含疑问。

蒋绍仪闻言扔了手中的大块儿抹布，站起身，指给她看客厅矮几上的一沓 A4 纸：“有人对着稿子掉了大把头发，求人指点迷津。”

姜湖看过去，但没有给出丁点儿反应。

蒋绍仪接着提醒她：“那是 Amandine 的原稿复印件，你昨天拿过来的。最上面那几张法文稿下面有你的部分初译手稿，你让我帮你审校。”

初译稿……哦，那堆垃圾。昨天她冲动之下，竟将垃圾拿给人看。此时此刻，姜湖想要将那些纸吞进胃里毁尸灭迹。

姜湖毫不心虚地否认：“有这事儿？”

蒋绍仪没留情，不想和她扯皮：“译得干巴巴的，我没看出来那是 Amandine 写的错过的挚爱，读起来感觉她在安提克遇到了个无关痛痒的路人甲。”

姜湖给出的那部分初译稿，文字生硬，语句里透出的情绪极为消极，显得她这个译者情商极低，这个她自己一清二楚。可姜湖不想认，她决定告辞。

走前，姜湖也没跟蒋绍仪客气：“我知道 Amandine 的心意是她想永远睡那个男人，你也知道我的意思是我想就地撕了这堆A4纸。你老我还小，你能不能给我留点儿脸？跟我这种娇羞、内向、脸皮儿薄儿的小姑娘说话，应以鼓励为主、打击为辅。”

蒋绍仪狠狠呸了声，大笑：“都想撕纸搞破坏、无故浪费了，还想要人给你脸？我他妈是那种惯着人的人吗？”

他话落，从一旁的置物架上拿起一个宽大的信封，扔给姜湖。姜湖勉为其难地伸手接过。

蒋绍仪说：“送你的，打开看看。”

姜湖照做，撕开信封背胶，将里面的东西拿出来。信封里是张单程机票。姜湖视线垂在票面上，看到了目的地——安提克首都勒革，票面上写有她的名字。

姜湖攥着机票边角看蒋绍仪：“这什么意思？”

蒋绍仪向她解释：“你要译的这篇稿子，是Amandine写的她错过的终生挚爱，文字里没有感情是大忌。你没有灵感，就去她这篇故事的发生地找一找。她当年旅行踩过那片土地，遇到了惊艳她的男人，两人语言不通，却不影响心意的发展。身临其境，你译出来的东西也许就能有饱满的感情。”

道理姜湖明白。那片土地也许真的有某种吸引力，她该去走一走，转一转，实地感受，她要对落到她手上的这篇作品负责。可是……

蒋绍仪还在继续提醒她：“阿拉伯语你是外行，先找个地陪。你有位阿语的师兄在那边，我可以替你联系。要是不想去，也别勉强，毕竟那里停战没多久，还不算完全安稳。”

他是好意，姜湖也懂，但蒋绍仪并不懂她和那个国度的渊源。

姜湖将机票装回信封捏在手里，迟疑了下，对蒋绍仪说：“谢了，我考虑下再定。”

那片土地如今仍旧疮痍满目，一片贫瘠，医疗落后，安全形势堪忧。这趟远行是否成行需要深思熟虑，而非一时冲动。

数周蹿过，录入姜湖文档里的汉字仍旧让她不满。纸，撕过；酒，喝过；发，继续掉；烦，继续增。

犹豫过后，一月底，姜湖办妥了手续，告别絮叨的蒋绍仪，飞了数万里路，最终站在了勒革机场。

抬头望着头顶这片属于异国他乡的蔚蓝，姜湖微闭眼，脑海里有一个画面慢速闪过。不是 Amandine 文字里的场景，而是十三个月前真实发生在这片土地上的景象。

有轰炸机从低空掠过，机翼和天空一样裹着灰，它们投下冷酷的利器，将四周无数平民依存的建筑炸成一片惨烈火海，留下至今还未修复完全的一些断壁残垣，甚至那种嗡鸣声和爆炸声，都隐隐穿透时空响在姜湖耳畔。

那时的硝烟弥漫、火光冲天姜湖未曾亲身经历过，但在各色媒体上见过报道。那场至今仍在这个国度的某些地区持续着的战争，是全世界媒体追逐的焦点。

此时已经身在勒革，但姜湖的目的地是距此二百公里的另一座城市——萨托。

蒋绍仪提前代姜湖联系在安提克外驻多年的师兄傅砚笙。他此前被派驻在勒革，但不日就要转移到仍未解放的卜勒地区，继续履行他一个战地记者的职责。

师兄傅砚笙背负任务在身，无法陪姜湖走这一遭，但他乐意为姜湖寻找陪行的翻译兼司机。傅砚笙询问姜湖对于人选是否有要求，蒋绍仪代姜湖提出一点：对方要能听懂中文、英语或者法语。姜湖自行补充：只要女性。

傅砚笙日前反馈消息说人选已定好，对方值得信任，他已将姜湖到港的时间告知对方，并安排其到机场接机。

勒革天干，风携着土不断往姜湖脸上吹。姜湖在机场外站了很久，她到港已过四十分钟，仍旧没见接机的人现身。她没急。任何事都有意外，这世界上存在 N 种耽搁时间的可能、对方无意间误时的可能。

间或有人往她身前凑，她没与之交谈。过路的行人来来往往，她间或目送。过往的车辆从眼前驶过，她间或旁观离开的车尾。女人裹在头上的长巾，男人脸上的络腮胡，是姜湖对四周的陌生人最为广泛的认知……她始终站在风里等。

四周过往的车辆车速均不快，在这一地慢速中，忽然有一团高密度尘土急速向她所在的方向冲过来。准确地说不是土，冲过来的是一辆疾速行驶的车，它来时的速度过快，以致卷起尘埃无数。

姜湖后退了几步，离路边远了数米。很快，那车急刹，停在她身前不远处。

姜湖眼风扫过去，见那车的前挡风玻璃上，有数个边缘尚算平齐的小洞。身在驾驶位上的司机，头上裹着红色头巾，脸上戴着口罩，五官近乎被掩藏，细长的眉骨和挺俊的鼻骨可见，带着不可小觑的声势。这头巾和她此前见到的无数女人或旅行或日常佩戴的一样，且是红色。

司机是女人，带着横扫千军的英气，姜湖如此默认。

女人开门下车，姜湖又瞥了女人的身形一眼。她过高，匀称挺拔，四肢修长，肩膀宽厚；她异于寻常女人，腿臂的线条紧实，像是荷尔蒙满溢的男人；未被头巾和口罩覆盖的那半双眼睛，修长深黑，即便在白日，仍旧亮着，闪着漆光。

欣赏了下，姜湖转而再度去看那辆车。这一仔细看，姜湖忍不住低咒一声，车前挡风玻璃上的那些洞，分明是弹孔。这是一辆中过 N 枪的车。

恐怖分子？花木兰式人物？

姜湖下意识地微眯眼，见对方手上未持任何器械物品，她也不想生事，视线没有再在此车和此人身上过多停留。

她将目光放远，看着前方。可戴着头巾，只露出一双修长双眸的人下车后却径直朝她走来，步伐铿锵有力，身板军人般硬挺。姜湖被沉稳的脚步声重新吸引，视线完全搁置在对方的脸上。

人越来越近，姜湖紧蹙眉，适才的事不关己慢慢被打得粉碎。那种在空气中弥漫开来的力量感，那种随着对方胸膛贴近从她身体内涌出的被压迫感，让她不得不怀疑自己此前的认知。

姜湖未及多想，对方还未曾出声，忽然机场的风骤强，尽数涌入这一方空间，吹翻她每一根柔软细长的发丝，也吹开了那人正在摘的口罩，吹掉了那人裹在头上的红色头巾。姜湖伸手拨开遮挡她视线的凌乱发丝，隔着翻飞的尘埃，她看到了一张五官夺目，让她双唇下意识微张的脸。

不是女人，她错了。是一张货真价实的男人的脸，皮相上等，姜湖得出结论。

她的眼过人无数，可刚才男人的脸完全暴露后，看过去的那一眼，仍看得她眼底一震。

风沙继续肆虐，被风吹起的黄沙随意摩挲着人的轮廓。远处的建筑物色调偏浅，黄、白及咖啡色居多，四周的绿化物几不可见。人置于户外，就像置身于一座荒凉古旧的黄沙城。

姜湖的左手搭扶在置于身旁的行李箱上，因为情形未知，她长指慢慢收紧。

风过，男人的脸完整地暴露于姜湖眼前，他贴近时带来的那股压迫感却不曾消失。

是个东方面孔。黄种人在此处少见，但同宗并不等同于友好。信任无法轻易给出，姜湖没有轻举妄动。

男人被风吹掉的头巾随风继续在水泥地上翻滚，滚动时路径曲折。滚到最后，头巾恰巧停在姜湖脚边，被她笔直的双腿拦了下来。

姜湖微垂眸审视一眼，头巾血一般的红色与她的黑衣是两个极端。风动，头巾两端轻晃，但始终过不去姜湖的腿。

男人已经走到姜湖身前，距她仅半步之遥。他停下了脚步。

投诸在姜湖身体上的阳光尽数被他堵在身后，他像一方坚实的屏障，挡住涌来的风也遮住耀人眼的光。

有路人目光瞥了过来，看姜湖，也看这个高大的男人。姜湖没再避，同样视线笔直投向他，长眸幽暗。男人回视姜湖一眼，和她相反，他眼波平静。

忽然他弯下腰。

姜湖和他之间的那半步距离，随着他弯腰的这个动作被挤得分毫不剩。

姜湖垂首，男人冷硬的发，既在她身前也在她眼底。他的头顶几乎是贴着姜湖的腿从上而下，又从下而上，但又未曾真正贴上过，只是离得近。

男人捡拾起适才被风吹走的头巾，攥在手里，直起身后，他开口对姜湖说了第一句话："你好，瞿蔺。"声线清朗，说的是中文。

姜湖没作声，只带着研判的眼光继续看他。瞿蔺不再说话，姜湖看，他便由她去。

他说中文……他直冲她而来……而她在等一个人。姜湖心里隐隐有了某种猜测，对这个男人的身份有了预感。她这一审视耗时不短，始终未曾停下，且目光在这审视的过程中渐渐变得玩味起来。

瞿蔺对自己不正常的装扮有数，他赶在姜湖的目光变得更为意味深长前说："姜小姐，我是来接你的人，不是方便你照来照去的镜子。"

那预感是对的，这个人就是她在等的人。姜湖没有惊也没有喜，怒也没有，虽然这和傅砚笙当时应下的条件不符——她要的女人变成了男人。

姜湖眼再度眯了下，问："女人？"

瞿蔺懂她在说什么，但傅砚笙紧急转移到卜勒前找到的人选临阵推脱，短期内傅砚笙找不到合适的女人。他会来救场，是出于和好友傅砚笙之间的义气。

瞿蔺开口："姜小姐如果有性别歧视……"

姜湖干脆利落地打断他："我有。"她语调肃然，不像是开玩笑。

瞿蔺："……"

交谈几乎即刻中断，且无法继续。一个男人该如何同一个歧视男性的女人继续交谈，瞿蔺不知道。

瞿蔺平静地打量姜湖，想起傅砚笙在描述这个师妹时的用词：文静。自己认错了人？他回忆了下自己看过的那张姜湖的照片，是眼前这张脸没错。他记人脸快，不会出错。瞿蔺试图再度动唇，下腭紧绷，但仍旧没词，没声。来之前，他以为自己要解释的是为何迟到，没想到不用解释，但是有性别歧视。

静默持续了数十秒，最终是姜湖说："我有，但我也明事理，不会强求。我们先去哪儿？"

五分钟后，姜湖坐进那辆中了N枪的车内。瞿蔺的车速很快，风从前挡风玻璃的那几个洞漏进来，刮在人脸上一阵寒凉。姜湖忍着这冷。

路上两人未曾交谈，先后经过几道安检严密的关卡。半小时后，瞿蔺才将车停在一家中餐馆外。

姜湖先一步下了车。下车后，姜湖抬眸看到了近处这家中餐馆的烫金标牌：大中华。很简单直接的名字，和全球无数家店铺重名。姜湖眉一拧，侧了下身，发现晚她一步下车的瞿蔺竟重新将那个被风吹走过的头巾裹在了头上。那抹红很扎眼，这装扮……很脱俗。

姜湖看过去，瞿蔺感觉到了她的审视，但没向她解释。

进了门，一位身形宽大、身高不过一米七的中年男人迎了上来。瞿蔺先向对方介绍："姜湖姜小姐，老傅说的那位来走访的师妹。"他又对姜湖说道，"唐见善，这里的老板，你可以叫他老唐。"

老唐招呼姜湖，瞿蔺对姜湖点点头，拍了拍老唐的肩将人托付给他，而后拐去餐馆后院。

姜湖的目光跟了瞿蔺一会儿。那人长腿、宽肩、步子快，待他身影哧溜一下消失了，姜湖才看向老唐。

老唐见姜湖审视瞿蔺的背影，对她解释："他去后院儿哄小孩。"

小孩？姜湖随口追问道："他的？"

老唐说："不是，捡的。炸没了条腿，无父无母，刚从医院接回来的。"

姜湖没再接话。来的路上经过的那几道严密的安检，已经让她明显感知到这片土地遭受的创伤。一朝被蛇咬，十年怕井绳。这片土地遭遇过生灵涂炭，所以居民小心谨慎地过着以后的日子，恐惧诸多变故。

姜湖曾经看到过这样一则国际新闻："战争难民逃亡过境时，被要求脱光衣服，以证明自己不是人肉炸弹。”这是挺没尊严的事情，但这也是更多人为了求安全而想出的举措。这样做不对，但能说这是错的吗？

姜湖虽没接话，但不影响老唐继续说：“小孩子挑食，和瞿蔺打了个赌，他挂红头巾一周，她接下来一周就会好好吃饭。”

闻言，姜湖又往适才瞿蔺消失的那个院门看了一眼。

老唐不再说关于瞿蔺的事，转而问姜湖：“姜小姐会做饭吗？”

不会。姜湖摇头。

老唐闻言脸上挂着失望：“唉，我这儿可是勒革的最后一家中餐馆，我的大厨在几年前战事开打的时候就卷铺盖回国了，我一直没再逮着个合适的。这年头儿我们生意人不容易啊，不容易。”老唐的脸部表情很丰富，那抹憾色和懊恼很生动。

姜湖微挑眉，没吝啬，给了个安慰：“时候不到，以后会有。”

老唐冲她一笑：“希望吧。”

他终止了这个话题，摇了摇挂在一旁墙壁上的古铜色风铃。清脆铃声荡出后，从楼上立刻传下来哒哒哒的脚步声。

老唐向姜湖介绍：“是店里的服务员，本地人，但会中文，一女孩。你今晚得住在这里，她会帮你安排好。我也去后面看看。”

姜湖点头。老唐放心离开。

几秒后，姜湖眼前出现一个妙龄少女。少女还差三阶下完楼梯，但她没急着走，而是靠在扶手上看着姜湖。看了会儿，她眼睛含笑，轻佻地对姜湖吹了声口哨。不是打招呼，而像是调情，姜湖甚至看到她轻吐舌尖。

一瞬间，姜湖突然想起成行之前，她在视频网站上看到的另一条关于勒革的新闻：“成年男性大部分奔赴战场，或伤或亡。免于兵役的那部分男性也有不少趁机逃离这片国土奔赴他国，沦为难民。当地的适婚女子缺少合适的配偶，有部分开始发展同性关系。”

另一边，老唐进了后院。距瞿蔺到来前后不过几分钟，他刚进后院，突然有雪掉到他脸上。脸上的凉意是真的，眼中的雪花是真的，但老唐还是觉得难以置信。他到勒革二十几年，从未见过这里下雪。此前只是风大，怎么突然就变了天？

伸手接了几瓣雪，老唐笑呵呵地冲一旁蹲下身哄孩子的瞿蔺说：“这姑娘该不是妖精吧？我这么多年没见过勒革下雪，她一来这儿就下雪了。”

故事里，妖精出现可都是会变天的。

第二章　雪满同行路

雪落在瞿蔺肩头，很轻，落肩即融。午后弥漫开来的风沙，随着雪的到来淡去了几分。和老唐一样，瞿蔺来勒革后也经历过完整的一年四季，这是第一次见勒革飘雪。

瞿蔺身前，唐云正坐在木椅上把玩着从他头上扯下来的红巾。小姑娘是老唐领养的，尽管老唐适才向姜湖描述孩子时显得事不关己但她已经换了唐姓。小姑娘是个混血儿，这血的其中一脉是老唐来勒革后雇用过的一个华裔青年，对方死于月前的一次迫击炮袭击；而唐云的生母，没有人知道横尸在哪里。

唐云和瞿蔺打赌，选了红色头巾让他戴，有捉弄的意思，瞿蔺知道，但不介意，任她捉弄。唐云因此乐意吃饭，老唐省心，大家开心。

老唐的妖精论一出，同样旁听到的唐云眨眼问：“什么是妖精？”

老唐笑了下，解释道：“就是妖怪。”

唐云仍旧一知半解。老唐话落，瞿蔺站起身准备离开后院，适才柔和的眸光暗了下去，慢速从老唐脸上扫过。

老唐感受到瞿蔺目光中轻微的责备，立马没有立场地改口：“妖精就是好人。”

他手微举，掌心在瞿蔺眼前竖了下，摆了个投降的姿势：“别瞪我。”随后，老唐走到瞿蔺身旁抱起唐云。瞿蔺见状错开身，给他腾地方。

走远前，瞿蔺扔给老唐一句话：“你也一把年纪了，以后说话注意点儿分寸，不要随意开陌生人玩笑。”

老唐望着他背影，追问：“你真要跟那姑娘去萨托？”

瞿蔺只说：“我已经答应了老傅，话说出口了，不干像人吗？”

人要守约，这是做人的基本准则，但他不一定去得了，姜湖未必需要他。她若不需要，瞿蔺自然不会倒贴前往。

数墙之隔，室内。

少女用语调略怪的中文问姜湖："你要长住吗？"

如果之前没有听到少女那声轻佻的口哨，姜湖会乐意回答这个问题，可她听到了，连少女眼里的意味深长一并看得一清二楚。

姜湖为人警惕，这是近年来独身生活带来的习惯，但沉默不能解决问题。少女一直看着她，等她回答。

还不是时候，姜湖一直等少女眼底的期待散了才回道："麻烦你，房间在哪里？"

想等的答案没等到，问题被无视，少女看了姜湖数眼，转身走在前面碎步上楼，翘臀动得活像个马达。姜湖觉得新鲜，她吃糠咽菜长这么大，还真没被女人勾过。她听着少女制造的干脆的"蹬蹬蹬"声，跟在少女身后走上二楼。

许是姜湖言辞冷淡，为她开了房门后，少女默默转身离开，没了刚下楼初见姜湖那刻的热情，将空间单独留给姜湖。

房间面积不大，一旁的桌椅上积了灰，姜湖手指摸上去，指腹沾了一层细土。放下行李，她从里面抽出一条毛巾，将眼前的木桌仔细擦了一遍。擦完了，她将漂洋过海携带过来的 Amandine 的稿件拿出来，随手翻开一页。

夜里风雨交加，雨透过闭合的窗棂往室内渗。我应该将窗封得更紧，但我没有，我打开了它。楼对面那扇和我相对的窗下面，那方檐底下，正站着一个躲雨的男人。那是我此生第一次见他。

眼前也有扇窗，窗棂上仍旧是久积的灰。窗户玻璃也不算明净整洁，影响人的视野清晰度。姜湖没有开窗，她放下那沓稿子，站到窗边往外看。

有雪刮到窗户玻璃上，即刻消融留下水渍。隔着不算清明的视野，姜湖看到了窗外中餐馆方形的后院。那里立着两个人，身形迥异，其中一个身姿挺拔，腿直如白桦，他立在那里，宽阔的肩没有半分垮。

院里陈列的物件不杂乱，看上去井然有序。有老旧的需要人力推拉的石磨，她在早年南下采风时见过；有一些大型的绿色植株，姜湖说不出名字，她猜是当地特有的植物；还有两方石桌配着两圈石凳，可能是风平浪静的日子里供人月下小酌，或是燥热天气里供人休憩对饮时用的。

看了一圈，姜湖渐渐收回视线，最后又瞟了眼立在后院的那两个人，以及那个坐着的小姑娘。身形修长的男人正抬步，要离开后院。姜湖视线挪移到他身上时，正巧他抬眸往她站的这扇窗口看。

隔着不算近的距离，隔着窗户玻璃上满满的一层灰，姜湖能够清楚地看到他的脸。他唇间线平直，他双眸漆黑深邃，他为了哄一个孩子裹红色头巾，他叫瞿蔺。姜湖记得这是他不久前开口说的第一句话，他的名字。

她记住了。

姜湖先于瞿蔺收回视线，瞿蔺视野内那扇窗还没消失，适才站在窗户后面的人影已经没有了。

他跨进楼内，刚刚招呼完姜湖的少女 Alma 正坐在餐馆大厅内，自在地摇着长腿。餐馆里没有了厨师，今年起几乎停止对外营业。有人点单接不接纯看老唐心情。战乱刚定，通货膨胀，客人留下的货币里拉不值钱，购买力极其低下，老唐没有赚的兴趣，他已经在考虑是否要回国赚人民币了。

瞿蔺径直走向收银台，从账本上撕了张纸下来，写了几行字，将纸递给坐在不远处的 Alma："帮个忙，拿给楼上的客人。"

Alma 跳起来一把拽过，她动作过快，力道也没收，纸张边角都差点儿被她拽破了。她很乐意。

瞿蔺见状锁眉，随后无奈一笑，听见 Alma 问："瞿蔺，你为什么不去？"

Alma 问完后，看了眼纸上的字，瞿蔺的字是方正小楷，近乎印刷体般周正，是最好辨识的那一种。几行字也不复杂，她认得出来：

1. 晚餐你需要什么：

2. 其他需求：

瞿蔺没有回答 Alma 提出的这个问题，他没办法说他不去是因为他的性别不对，他没法重新生一回，只是催道："小屁孩打听那么多，让你去就抓紧去。"

工整的字迹这些年来姜湖见过的不多，她见的那些签单上的人名，都是潦草到亲妈见了也未必认识。拿到 Alma 送上来的纸条后，姜湖多看了几眼。都说字如其人，字这么圆润规矩，那人也规矩？

姜湖很快将答案填在字条上，Alma 随后将纸条再度带下来，还给瞿蔺。纸条上瞿蔺每行方正的小楷后面都跟了两个字：

都好

没有

另外姜湖还多附了两个字：谢谢。

和瞿蔺方正的字体不同，姜湖的字迹潦草如旷野里被疾风吹乱的草，也像淌了一地四处狂溅的泥浆，考人眼力，个人风格鲜明。她的人过于精致，让人没有办法把这字和她本人对应在一起，瞿蔺亦不能，但这字他见过一次算是记住了。

她人不热情，字不好，有性别歧视，礼貌倒是懂，长得……还行。

瞿蔺觉得这个名叫姜湖的别人托付给他代为关照的女人，有些复杂。哦，对了，她不懂阿语，在勒革出门算是文盲。

楼下，晚饭是老唐的一锅乱炖，瞿蔺没有插手。楼上，姜湖行李没有全部打开，她床铺还没整理完，耗时还没多久，Alma 便将老唐装好的餐盘端上了楼。分开用餐，不用和陌生人聚在一桌吃饭，大家倒也自在。

等收拾好东西用完餐，姜湖打开房门准备下楼。门一开，她便听到从楼下传来的音乐声，是京剧。正在播放的选段姜湖并不陌生，蒋绍仪常听，来自《霸王别姬》。

唱的是："刘邦与孤旧友，你不如随了他去，也免得孤此去悬心。"

随后是虞姬的念白："大王啊！自古道：忠臣不事二主，烈女不嫁二夫。"

……

一段一心一意，你亡我亦赴死的凄怆故事，在民间流传多年。姜湖站在楼上听了会儿，慢慢走下楼。楼下坐的是唐见善，他听京剧，姜湖并不意外。老唐见姜湖下来，招呼她到厅内的木椅上落座。

姜湖还没走过去，突然 Alma 风风火火地从后院蹿进来，见姜湖往老唐那边走，她抓住姜湖的胳膊将姜湖扯到一旁轻声问："嘿，你想要洗澡吗？"

姜湖转头看着 Alma，Alma 尚裹着浴巾，外面搭着外套，发梢还是湿的，人因为冷微微发着抖。少女的眼睛微眨，继续说："下午我把这事儿忘了，浴室在后院角落里。老唐老了，又不懂女性，不会记得交代这些的。喏，我现在告诉你了。"

她双眼含笑，带着讨好，这次不轻佻，只是热心。

洗澡的确是姜湖的需求，在勒革机场外站了那几十分钟，她沾了满身满脸的土。看了眼当地时间，已经将近夜里九点，权衡之后，姜湖接受了 Alma 的建议。

进入浴室，姜湖才得以审视这个被称为浴室的地方。浴室面积狭小，不足三平方米，由简易塑板混铁皮搭建而成。姜湖站着，能感觉到头顶漏风。她抬头看了一眼，棚顶有缝隙，四面墙倒是完好的，水都装在桶里，没有淋浴设备或是浴盆。

姜湖对勒革和她的目的地萨托的环境并没有过高的预期，这在她的心理设想之内。她要在这个国家停留一段时间，日常生活里的很多事情没有办法往后拖，比如洗澡。

姜湖关了浴室内的灯，开始脱衣服，前胸的曲线和臀部的起伏随着衣物的剥落越发明显。几乎在姜湖将全身衣物全部剥落的同时，她耳中挤入一声巨响，是有重物砸在地面上发出的那种沉闷的响声，由远及近，而后是此起彼伏的爆炸声。

就在这声音的合奏中，浴室的四面墙开始晃动，姜湖手下意识地往墙面上一扶，就看见头顶上那个开了缝的棚顶断裂，猝然开始下沉，直冲她的脸而来。靠！姜湖下意识地寻找墙角做支撑，几乎是在她想要挪移位置的同时，有人猛地拉开门，她光洁赤裸的身体随即被带向一方坚硬温暖的胸膛。上面的铁板落了下来，没有砸到姜湖脸上、身上，而是砸在了那人背上。

四周突然安静下来，明明适才还喧嚣不已。这静很及时，就像是为了配合剧情突然被掐断的 BGM 一样。

有灰落到姜湖脸上，眼皮一跳，在这一方暗色中，她看到了一双睁开而非闭合的眼眸。光线太暗，姜湖看不清瞿蔺那双眼睛里的内容，他睁眼，她倒也没感觉到有任何不妥。瞿蔺这一闯一抱是个人形盔甲，并非意有所图，姜湖懂得分辨。

这么静，该说点儿什么，但她还裸着，说什么都不算合适，打破静寂也不是首要任务。不说了，姜湖这么决定。两秒后，姜湖动了下胳膊，轻挣，瞿蔺松开了环住她的手臂，左肩用力，往身后一推，推开了压在他背上的铁板，哐当一声，铁板平躺着落了地。瞿蔺喉结一滚，背过身，离姜湖远了些。

贸然闯入情非得已，他进去只是担心姜湖被埋在里面，但姜湖没叫喊，也没动手对他的冒犯示以不悦，他倒有些意外。

她冷静到超乎他想象。

刚才瞿蔺从外面回来，Alma 和老唐在餐馆一楼大厅内听京戏，安排给姜湖的那个房间灯是暗着的。Alma 随口一提姜湖在洗澡，瞿蔺担心姜湖初来乍到会有所不便，于是到后院静等，以备她有不时之需。

附近的军队演习频次不高，炸弹乱飞的次数更少，她可能运气太好，给遇上了。

她一来，勒革罕见地下雪，她一洗澡，浴室差点儿全塌了。老唐开玩笑说她是妖精，她不是，只是她一来把勒革衬托成了妖怪，衬成了不那么适宜人类居住的地方，连这个中餐馆里的配套设施都一反常态地成了纸糊的。

反人类，且不合科学常理，顶多是这姑娘有那么点儿异能吧！瞿蔺暗自琢磨。

浴室轻薄的塑板墙也倒了一面，斜支着靠在其他墙面上。瞿蔺背过身后站在墙倒后出现的那个风口，挡着风。身后没有声音传来，瞿蔺于是开口提醒："外面冷，穿衣服再出去。"

姜湖扫了一眼随着适才的震动被扫到地面上的衣服，衣服上面沾了水，还粘了土，土和水混在一起便是泥——沾了泥的衣服，此刻等于废物。

人生有很多选择题，小时候要考虑是先写作业还是先撒欢玩，后来要琢磨听一曲民谣时是配一碗酒还是一根烟，此刻姜湖在泥衣服和裸身之间选择了借衣服。

姜湖眉一挑，望着眼前如山的脊背说："瞿先生。"

很陌生的称呼，太正经。瞿蔺闻言顿了下，而后轻嗯了一声，示意在听。

姜湖说："商量件事儿，能否请你脱件衣服。"

瞿蔺："……"

他没动，有生之年第一次听到有人提这种要求。

姜湖知道可能有误会，于是补充："一件，我不会要求礼尚往来，不会让你脱光我再看回去。"

瞿蔺："……"

他并没有观察她的身体。微一思考，回顾适才的一室混乱，瞿蔺想明白了她话里的意思。他脱掉外套，依旧背着身从身后递给姜湖："不怎么像样儿了，你凑合用。"

瞿蔺的衣服此刻有点儿像破烂，适才滑下来的铁板给刮了道口子，姜湖看后不排斥，很快将瞿蔺宽大的卫衣套在身上。这澡显然不用洗了，眼下也不适合继续聊什么。

穿完衣服，姜湖拔腿往外走，瞿蔺感觉到身后有人贴近，他颈后的肌肤下意识地一跳。瞿蔺仍旧站在那个风口，姜湖一弯腰，从他身旁狭小的位置钻了出去，钻出去后，她快速走远。瞿蔺看着明亮月色中她渐渐远去的背影，那双葱白般的腿在他眼眶中越描越深。

姜湖走了，瞿蔺突然想起他忘了就适才的闯入向她道歉。他抬手挠了下眉，算了，不跑腿去追了。

脱了外套，瞿蔺里面还穿了一件背心。姜湖走后他转过身，身后是一地狼藉。瞿蔺将横七竖八的物件略一规整，一番收拾过后，他看到了落在泥水里的几件衣物。最上面那件，是黑色蕾丝透视内衣，显然是姜湖的。它虽蛰伏在泥水里，但竟带着点儿嚣张的意味，隐隐戳人。瞿蔺没去碰，也别开眼不再看，内衣是极私密的东西。

瞿蔺在室外停留的这十几分钟，傍晚停下的雪又开始下了起来。等他回到室内，之前吵嚷的京剧声已经消失了，青色香炉里一炷檀香缭绕盘桓，大厅里开着盏昏黄的壁灯，灯影苟延残喘般，有气无力的，弱得照不出室内物件。

老唐和 Alma 也已经不见了。

瞿蔺穿过大堂，准备上楼，可他刚拐到楼梯口，突然发现楼梯上坐着个人，人影隐于暗处，静默着。瞿蔺将楼梯口处的那盏壁灯摁开，发现坐在楼梯上的人是适才走掉的姜湖。

灯开了，已经换了一身整洁衣服的姜湖抬眸问瞿蔺："方便聊聊？"

没有拒绝的理由，瞿蔺应下："姜小姐想聊什么？"

他适才打开的这盏壁灯和大厅里的那盏一样昏黄，姜湖的脸庞在这抹晕色中显得柔和。

姜湖问他："你是中国人？"

瞿蔺说："是。"

姜湖微眯眼，回道："巧，我也是。"

空气里有种弥散的尴尬，姜湖感觉到了，但是人难免会有尴尬的时候，正常。她又接着问："北方人？"

瞿蔺回答："是。"

姜湖轻飘飘地哦了一声，而后说："不巧，南方人。开战后，为什么没回去？"姜湖抬着眸，认真看着瞿蔺，和此前在机场时她对他玩味的审视不同，此刻她眼里带着的是诚意。

立在原地，一直回答她提出的各种问题的瞿蔺此时反问："炮火刚远，姜小姐又为什么只身前来？"

姜湖说："为了工作。"

瞿蔺自然已经听闻她正在翻译一部作品，但他觉得这不是姜湖奔赴此地的全部原因，这是他来自直觉的猜测。

已经铺垫了好几句对白，是为了让最后这句脱口而出的话显得不那么突兀。姜湖此时才直入正题："谢谢你的衣服。"

那会儿她忘了说。前面扯的那一堆都是废话，尬聊到最后的这句才是正经。话落，姜湖站起身，拍拍屁股，不再坐在楼梯台阶上。她转身离开得很快，瞿蔺甚至没有察觉她要告辞。

姜湖走了，瞿蔺也开始上楼，他右脚刚踩上第一阶楼梯台阶，突然快走到二楼的姜湖回眸，正色道：“忘了件事。”

瞿蔺目光跟着她，等她说是什么事。

姜湖眉目平静，声明一句：“我不是被看了、被抱了就逼对方负责，就逼对方娶的女人。今晚睡个好觉。”

室外雪降天寒，玻璃内面起了一层雾。夜深静寂，雪落的簌簌声变得更为清晰可闻。姜湖躺在床上，半小时过去，仍旧没什么睡意。

在勒革机场，她已经换了手机 SIM 卡，此刻接通网络，看着浏览器页面上那个不断转动的圆圈，姜湖已经提前预知结果——网络连接失败。如她所想那般不顺畅，几次刷新后，赶在她想摔手机之前，页面才得以缓慢打开。

勒革在东二区，国内是东八区，酒吧此刻正值黄金营业时间。躺了一会儿，姜湖坐正，开了 Skype，拨电话给朱古，第一次无人接听，第二次接通后不久就掉了线。姜湖想骂人，拨到第三次，她终于在声筒里听到了朱古懒散的声音：“哪位？”

姜湖回道：“是我。”

她没细报家门，朱古听后口气不善：“你谁啊你，老子他妈知道你是谁？卖楼、卖车、卖保险和卖人，都他妈别找老子，忙！”

这阵仗，连珠炮般。相识三年，姜湖琢磨她可能对朱古的智商和听力水平有点儿误会，她赶在朱古挂断电话前补充：“姓姜名湖。”口气也微冲，她咬牙才忍下后半句里的“你大爷”。

姜湖刚报完姓名，有重物落地的声音即刻传过来。她看不到的是，朱古从沙发上爬起来，也不顾跌落在地的水杯里的水正流得满地，朱古问她：“老板，你到了？”

姜湖挑眉：“废话！”

朱古笑几声，追问：“那边什么情况啊？要是遭罪你抓紧回来呗，那文学作品，你译得天马行空一点儿就好，谁他妈管有没有感情。”

声筒里的人声始终伴随着电流刺啦声，朱古的大嗓门在姜湖听来模糊掉不少。姜湖不想和他啰唆，挑了重点内容再度嘱咐：“过几天消防检查，别忘了。”

她这话一出口，朱古半晌没答一句。在这逼死人的沉默间，姜湖隐隐察觉到在她离开不足三天的时间里，酒吧有变故。这帮伙计不省心。姜湖没逼问，她等着朱古说。

又过了五秒，朱古终于挤出了声音："姐。"

称谓从老板换成了姐。是真有事儿，姜湖等他上报。

朱古说："昨儿个'江湖'着了点儿火。"

姜湖了解他的脾性，事儿越大他越是轻描淡写。姜湖额角一抽，咬牙嗯了声："继续，你这个着了点儿，具体来说是几点儿？"

朱古小心挑选着说辞："……大概就……烧了……半层。"

半层等于四分之一。姜湖觉得胃疼加牙疼，就好像那些部位突然中了刀，刀没拔出来，刀柄牵动刀身，朱古嘴里每多蹦出一个字，那刀就多带出一滴血来。姜湖觉得朱古可能对她的脾气有些误会，她在朱古眼里难道是温柔、善解人意、包容的女人？

默了两秒，姜湖开骂："好样儿的，三天烧半层，我他妈要是在外面待一个月，回去是不是就只能给它收尸？！"

她刚吼完这一句，耳边传来嘀的一声响，姜湖拿过手机看了眼屏幕，通话断了。胃里的火还没发完，姜湖重拨电话，可糟糕的网速让 Skype 歇菜，她用新 SIM 卡号回拨，信号在屏幕上闪了几下跳没了，直接转为无法提供服务。

靠啊！老天够意思，骂人都不让骂完。

一墙之隔，瞿蔺听到那句"收尸"的时候，正给身在交火地区的傅砚笙发讯息，说小师妹已接到。隔壁姜湖的话传过来，他的"接"差点儿打成"劫"，已劫到的话……那误会就大了。消息发过去了，但傅砚笙没有回复。这是常态，深入战地的人通信总是时断时续，傅砚笙通信畅通的时候，一般是回新闻基地往外传素材的时候。

唐见善的这家中餐馆不是瞿蔺的大本营，他只是从约旦的难民营回勒革后暂时住在老唐这里。冬末的时候，有一堆国内的志愿者运载物资前往设立在约旦国境线的难民营，同时为那里的人提供短期医疗服务。领队的女医生春回是瞿蔺在国内的朋友，瞿蔺应春回的邀约和傅砚笙一起前往约旦协助志愿者展开工作，回勒革时，这个冬天已经过了大半。

瞿蔺入睡不快，他习惯了浅眠，这是来自保命的本能，要有警觉性。适才楼梯上姜湖最后那句话，听来稀奇，有生之年，还未曾有女人对他说过这些。她想得太多，可她说完，他的思绪还真往那儿拐了一下。

这姑娘的不一般，他见识到了三回：性别歧视，浴室那一抱后的若无其事，以及聊一聊后让你从压根没想直到想出事儿。回想这一日和姜湖的短兵相接，瞿蔺入睡比平日更慢了些，姜湖的影子在他眼前徘徊了几分钟。

有点儿新鲜。

清晨姜湖那边传来开门声的时候，瞿蔺已经起床准备下楼，姜湖走得慢，两人最后在楼梯会合。听到身后一如既往的沉稳脚步声，姜湖微侧身回头，一看，果然是瞿蔺。她听声判断得没错。

姜湖问："请问这附近哪里有畅通的线路稳定的固话？"

她问完才发现，瞿蔺今日穿的毛衣领子低，锁骨露了大半，黑衣衬得他脸白，缺少血色。昨日的硬没了，人柔和了不少，五官就更显得年轻，如雕似琢。

瞿蔺居高临下，说出猜测："要打电话？"

姜湖回以一个明知故问的表情。

瞿蔺回道："的确知道一个。"

"麻烦指个路。"

姜湖站在原地，瞿蔺往下迈了一阶看她，她身穿杏色绑带大衣，没抹脂粉，脸素净，看着温柔，能掐出水来。昨夜浴室里也是不一般的通情达理，怎么一早就想找电话继续骂人呢？

没直接给答案，瞿蔺长眸轻眯，末了反问："姜小姐骂人一定要坚持骂完？"

他问得正经又严肃，没笑没调侃。

姜湖："……"

昨夜她那通停在开骂的电话，他听到了？他听到就听到了，装作没听到就算了，还直愣愣地给说出来，情商呢？

他猜她找固话的原因，猜得很准。姜湖原以为，瞿蔺是事不关己一字不会多说的那种安静且善解人意的人，毕竟见面至此他们交换过的语句不多，他甚至还采用递纸条的方式问她某些信息。他此前只是认生，性格不外露？

是要骂完啊！姜湖没恼，只说："有始有终，我是这种人。"

骂人也算在里面。她没多解释，又追问回正题："那个电话……主人能听懂我的话？"

瞿蔺肯定："他能。"

姜湖回身继续往下走。瞿蔺喊住她："姜小姐请留步。"

姜湖停下脚步，再度回身看他。瞿蔺微点头，同时告诉她："不用出去，你要找的电话，在我这儿。”

他说他有电话，但他没有迈步领路的意思，也没有开口告诉姜湖电话在哪里的意思。姜湖眉微蹙，直视他，这才听到瞿蔺说：“打电话不免费，要收费。”

姜湖回道：“理所应当。”

瞿蔺嗯了声，眸一亮，似笑非笑：“还有一个情况你有知情权，骂人的费用是正常通话费用的两倍。”

姜湖扯了下唇，眼风冷冽，挤出句话问：“瞿先生原本就是这样借机敛财的人？”她语气已经脱离友好。

瞿蔺摇头，仿若未觉，甚至一脸无辜：“也不是，但是人的德行可以改。你应该也知道这里安定没多久，人人缺钱，我也是人，并不例外。姜小姐恐怕也不是生下来就有性别歧视。”

姜湖懂了，她那句歧视他的性别，他从机场记到现在！她冷静看了他数眼，他的眸光像是月下山石，不挪移，坚定地投射向她。他一脸认真地谈钱和歧视，姜湖觉得可笑：“要是不骂人而是夸人，瞿先生难道会倒贴钱？”

她话落走人，没等瞿蔺给她答案。瞿蔺望着她迅速远走的背影，笑了下，在她身后嗯了声，夸好听了倒也不是不可以考虑。

几分钟后，后院，石桌旁。老唐问瞿蔺：“刚才在楼梯上，你跟人家姜师妹扯什么呢？”

瞿蔺低声否认：“你看错了，没说话，不熟哪有的聊？”

老唐哼了一声：“别不认，我听到了。”

瞿蔺没再隐瞒，说：“正事儿，问我借卫星电话呢！你也知道咱这儿信号质量有多烂。”

老唐反问：“那你问姑娘要什么钱？”

瞿蔺扶额，没答。不是要钱，也不是讹钱，她打电话，自然免费，他又不是通信公司，收什么钱？他只是想……想……想……他想出了答案，他在找事儿。可为什么？因为初见的那个下马威？不是，瞿蔺确定。突然想到了一种答案，瞿蔺脸色微变，难道自己那么没出息了？

老唐没察觉，继续教育他：“你对人家态度不太对啊，别忘了那是老傅让你关照的人，你和她计较什么？人家想怎么过，想骂什么人，和我们有什么关系？”

是没关系，瞿蔺知道，是他越界了。再和她讲话，他该提正经事——提她的目的地，和是否需要他同行。

一墙之隔，餐馆大厅里。早餐是当地食物薄饼，没什么特别的味道，与美味无关，但果腹不成问题。姜湖和 Alma 同桌就座，一餐下来话说得不算多，只有 Alma 不时打听她的信息，以及向她介绍餐馆和餐馆里各人的详情。

Alma 抛出来的问题，有的姜湖给了她答案，有的敷衍过去没有回答，有的答案是假的，看当时的心情。对于骗人这件事，姜湖没有心理负担，何况是骗一个萍水相逢，也许以后再也见不到的人。

整个清晨，和瞿蔺在楼梯上狭路相逢那一遭后，姜湖再没同他讲过话。谈钱伤感情，古人诚不骗人。伤了感情后，人可说的话必然会减少，没有什么能说的，更没有什么想说的，这是人之常情。姜湖虽然不信神，但有时候服祖宗留下来的人生经验。

她未同瞿蔺讲话，瞿蔺也默契，没有再跟她开口说什么，也没积极拉他的电话生意。

中餐馆里的另一个大活人老唐也起了个大早，姜湖开始用早餐后，老唐便从餐馆里出去，在餐馆门前洗车、擦车。隔着餐馆半开的门，姜湖能看到老唐耐心细致的动作。

吃完早餐后，姜湖出餐馆门走到车旁，老唐基本已经将车身冲洗干净。他摸了把车身，手收回来指腹已经是干干净净的。见姜湖靠近，老唐问："吃完了，昨晚听着炮响习惯吗？"

姜湖轻嗯一声："眼一闭，当电影音效听，对睡眠没影响。"

后半夜静寂无声，前半夜那些炮响时，她还在浴室。姜湖不知道是老唐迟钝至今不知昨晚浴室那一塌，还是他知道但是已经忘记了，又或者是她睡得沉，后半夜又有炮声，而她一无所觉，没有发现。

见姜湖如此形容炮火声，老唐扯唇笑，一双浓眉随着身体的颤动在微颤。他说："再待几天，可能你回去后，人生愿望里面就会添上一条，祈求世界和平。"

姜湖没有即刻答话，世界和平已经是她的愿望之一，早在她亲自前往勒革之前。

老唐这车不是昨日瞿蔺接她时见过的那辆中过 N 枪的车，但同样旧，不知道是老唐买来多年，还是他入手时车已经是二手。车门上的漆脱了一大块儿，像是宝蓝色的车身上带了大块儿补丁，整辆车冲洗干净后，那补丁变得尤为显眼，蓝漆在阳光下色泽变幻，泽亮耀眼，显得那补丁灰败不少。

姜湖问："那块儿怎么不补漆？"

老唐特好心地告诉她："这车是男车，不看脸。"

姜湖："……"

车他妈的还分性别？这家名叫"大中华"的中餐馆，到底是聚了怎样一堆让人觉得匪夷所思的人物？坑钱的、活在将车拟人的童话世界里的、对同性感兴趣的，她长见识了，可能只有她远观但还没接触过的那个小姑娘唐云是正常的。

见姜湖无话，老唐又转而告诉她："你们去萨托，可以重新租辆车。瞿蔺那车性别和我这个不一样，不抗造。"

姜湖安静地听着，没有同老唐议论车的性别的意思。

老唐自行补充："而且更老。"

这和姜湖对那车的第一印象相符，这次姜湖开口附和："是像出土文物，论折旧度，勉强像民国时期来的。"

老唐闻言又扯起唇角笑，觉得姜湖用词精准，他以后可以用这词来损瞿蔺的车。昨日姜湖抵达后，老唐和她交流不多，觉得她人有些内向、有些冷，此刻却觉得姜湖这人挺逗，虽然没那么热情洋溢，但和她说话能反被她逗。他将手中的空水管扔到一旁，告诉姜湖："往萨托走，路上不会很顺，中间有一个区域是恐袭高发地。虽然瞿蔺这人很靠谱，但是吧，活人出门在外总有那么些意外。"

搞不好就会大好活人变死人。老唐是想给姜湖打个预防针，把情况往恶劣里说，想把姜湖去萨托的意念打消掉。她和瞿蔺在勒革多待几日，感受下风土人情得了，瞿蔺还能帮他照看唐云，老唐有自己的算盘。

可姜湖听后只说："谢谢你提醒，我记住了。出问题，我救他，不会不管。"她说得理所当然，像是义务，没有丝毫惧意，而且站在强者的角度上。

老唐："……"自己白说一通？

老唐无话可说了，准备回院子里照看唐云。他乍回头，竟见瞿蔺就站在离他和姜湖只有几步远的餐馆门后，抱臂靠着个木柜。不知道他站在那儿已经多久，又听到了多少他和姜湖的对话。是从他和姜湖损瞿蔺的车开始，还是从姜湖那句平平静静的美救英雄开始？看瞿蔺表情老唐看不出来。

但有一个问题的答案是水落石出的。此前老唐问瞿蔺是否真要随姜湖前往萨托，瞿蔺告诉他是为完成对傅砚笙的承诺，但老唐那时见瞿蔺脸上有犹豫。此刻姜湖没对瞿蔺的陪同表示异议，按瞿蔺的性格，除非对方提出毁约，他必不会先弃约，往萨托走那一趟基本上算是定了。

老唐拍了拍瞿蔺的肩，进门离开。老唐一走，姜湖转身，也看到了站在近处的瞿蔺。瞿蔺换了个姿势，手插在长裤两侧口袋里，安静地站在门后，正直视姜湖，等她靠近。他身着的衣服不厚，挺贴身，腿和胳膊的线条明显。

看到他这满身像样儿的人皮,姜湖如今只能记起钱。刚和老唐说完了“美人救英雄”，英雄来了，她却无意说话。

瞿蔺站在门左侧,姜湖决定从右侧进门,于是迈腿往门内跨。她脚刚落地，步子还没迈出，瞿蔺蓦地从口袋里掏出右手，随后他将右臂撑在姜湖试图经过的那侧门框上，堵死她的路。

他递出的整条胳膊就拦在姜湖身前，姜湖无路可走，停在原地。她的视线刚抬高落在瞿蔺脸上，就听到瞿蔺问:“聊聊？”

他嗓音低醇，声线有些华丽，不沙不哑，落在人耳间有些痒。此前姜湖已经留意到他的声音，但能细听的机会不多。

昨夜姜湖坐在楼梯上,问了瞿蔺同一个问题,礼尚往来,纵然此前有龃龉，但她也没真的拒绝:“聊什么？”

瞿蔺望着姜湖被室外的风吹得更白了些的脸，看到她的眼睛在说:聊钱免聊。

她在说:他的电话，她已经不再需要，瞿蔺此刻即便热情地降价做她的生意，她亦不会接受。

姜湖眼底的神色冷峻，如临大敌般，瞿蔺清晰地感觉到她竖起的刺儿。清早他那话把她搞成仇人了？立场很鲜明啊！瞿蔺额角一抽，忍着笑，只望着姜湖慢慢掀了下眼皮。

瞿蔺声明:“放宽心，不聊钱。”话落想翘的唇也控制住了，没笑。

姜湖说:“可以，那聊聊。”

得到肯定的答复，瞿蔺即刻收回手臂。拦路的人撤了障碍，可姜湖也没再往里走。

门内的瞿蔺开启正题:“有些事情你有知情权，老傅替你选择了我，我不会逃单，但是你不满意有拒绝有换人的权利。我不是个有求必应、为他人无私奉献、道德特别高尚的人，你能接受，再跟我走。跟我走，还得继续坐那辆刚出土的车，我希望你在上路前考虑清楚，不要开始走了再后悔。”

刚出土的车？哦，继性别歧视之后，损他车，他又听到了，半个坏词都说不得。姜湖觉得瞿蔺漏了一条自我评价:账门儿清，有仇基本立马报。

话是得说明白，姜湖微一思索，问道："上了路之后，我如果后悔了呢？"

瞿蔺眉一动，很直白："大概我会把你丢掉，方便你另寻良人。"

姜湖："……"她眯眼，眼前这人的回答倒是干脆利落。

瞿蔺眼睛里也有个缩小版的姜湖，那个她眼神有些危险，唇边正挂着冷淡淡的笑，里面含着质疑，有质疑他不是人的意思。昨日算是友好，今早两次交锋都不算愉快。

姜湖道："瞿先生替人壮胆的方式挺独树一帜。"丢掉？他话里刻意的唬人太过明显，她若当真，是傻。

瞿蔺没否认，此刻也没有任何捉弄的意思在，只是强调事实："我喜欢把丑话说在前头。你想清楚，相信我，再上我的车。"在这样的国度一路同行，人和人要绝对信任才能走下去。如果不幸碰到意外情况，是要互相交托性命的。

瞿蔺和老唐同出一门，开口先唬人。

姜湖笑了下，总觉得空气中溢满了挑衅的味道。

认识瞿蔺的人，老唐说"瞿蔺这人很靠谱"，傅砚笙评价他值得信任。是他们误会了，还是她误会了？难道不是冷面无情？当然，排除他昨晚当人肉盾牌那一次。又或者是他们误会了她，觉得她老不中用，需要唬一唬多打几针预防针。

两人继续四目对视了一分钟，两道目光都不避不让不软只硬。继续对视下去无用，最终姜湖下颌轻抬，缓声说："不是问题，我们成交。"

除了继续雇用瞿蔺，姜湖暂时想不到更好的选择。在这个国度里她没有选择的机会，条件不允许。她也有件事想做：雇他到底，再少给钱。在听到瞿蔺用来唬人的那句"丢掉"时，她这个念头一马当先地疯跑出来。他自诩道德不高尚，她也不认为自己很善良。

确认同行用时不过一秒，真的上路却又耽搁了些时间。

姜湖行李本不多，有部分行李在老唐的建议下先留在餐馆的房间里，等她回程折返到勒革时再来取走。她只拎着小巧的行李袋出了房间，下到餐馆一楼。

大厅里没什么人，Alma靠在餐馆的收银柜台外，正望着通往后院的那扇门。姜湖跟随Alma的视线看过去，老唐、瞿蔺和那个叫唐云的小姑娘都在院里，另外还多了一个身高介于瞿蔺和老唐之间的年轻男人，是个姜湖不曾见过的陌生人。

听到声音，Alma 回头看了姜湖一眼，同时向她说明情况："是瞿蔺的一个朋友，过来看云云。"

姜湖视线没有收回来，她见那个陌生男子正抱着唐云，抱得小心翼翼。姜湖不是好奇心重的人，但此刻她想问："老唐为什么会收养云云？"

她已经通过唐云的名字明白他们之间的关系。

Alma 冲姜湖招手："你过来些，我讲给你听。"

姜湖已经习惯了 Alma 的怪调中文，Alma 这次的热情解惑，姜湖没有排斥，她往 Alma 身前靠了过去。

Alma 随即开始了长篇叙事："云云的父亲是这儿的老员工，成家后就不在这里干了，南下了，后来战争开打，给炸没了。云云之前在福利收容所，这机构在当地的儿童医院里，去年有波轰炸就是冲着儿童医院去的，够没人性，埋了不少小孩子在废墟里面。瞿蔺和他的这个朋友，是国际志愿救援组织的人，是他们把云云从废墟里挖出来。云云有东亚血统，又会中文，瞿蔺留心了下，后来老唐发现是熟人的孩子，就决定收养她。"

Alma 话说到这里，语调里已经带上无数唏嘘和感慨："瞿蔺朋友上次来看云云时跟我聊，说他们去挖废墟时眼前的场景很惨烈，挖了一个又一个小时，挖出来一个又一个人。那些人抱出来时身体还是软的、热的，他们总觉得那些人还会呼吸，还能说话，但好多已经是尸体，没声息了。他们还没有来得及长大，也没有办法继续长大了，年龄永远停在那里。挖出太多尸体，他们失望了太多次，挖到最后，等他们挖出活人来的时候，眼一下子就湿了。他抱着云云，瞿蔺抱着另一个出生刚三十几天的女婴，感觉像是抱着的是自己的孩子一样。两个孩子被埋在废墟里太久，从废墟里出来的时候声音弱得几乎没有了，可听到她俩还能出声，他们一群男人抱着两个女孩，突然就哭得不能自已。"

"瞿蔺哭，我能想象，" Alma 摇头，"他是个特别心软的人，看不出来吧，他平时看着胆儿可大了。"

她又含蓄地瞥了后院一眼，笑："有时候还坏，硬得像块儿石头。"同时也话露遗憾，"这两个孩子虽然活下来了，但都成了孤儿，云云还变得不健全。"

"可怕吧？" Alma 最后问姜湖，"小时候我脑子里的战争是第二次世界大战，是历史，觉得跟我不会有什么关系。谁知道战争是过去，是现在，还可能是以后。如果老唐回你们中国去，我就赖着他跟着走。"

她冲姜湖挤眼："我们现在也算熟了吧？到时候你要关照我。"

姜湖一直没有给 Alma 回应，她还陷在 Alma 的这一番陈述中。远在中国，姜湖也一直以为战争离她遥远，直到……

她没有接着往下想。

姜湖放下行李，看向后院那个要和她同行的颀长背影。她此刻才察觉，瞿蔺和她相像的地方很多，比如他也骗人，他说他不会为人无私奉献，不是个道德高尚的人，这是谎话。那张嘴给他减掉的印象分，此刻又加了点儿。

姜湖没往后院凑，陌生男子半小时后便告辞，走的时候还冲坐在大厅里的姜湖摆手示意，算是说再见。

昨日飘雪，今日便天晴，一早天光齐放。瞿蔺从后院出来送朋友的时候，整个人逆着光，从姜湖所坐的位置看过去，他的脸被镀了层淡金色。

送完了朋友，瞿蔺慢慢向姜湖走过来，他靠近时感觉到了姜湖持续的审视人的目光，这目光笔直且不加遮掩，一直在看着他。

挺奇怪一女人，刚才还身上带刺，话里带刺，他不拦住她，她甚至会无视他，这会儿一直看又是什么意思？

刚才朋友问他："那女人是谁？"

瞿蔺闻言没向"那女人"看过去，他不需要看，站在后院里，瞿蔺能感觉到来自大厅的盯视。从始至终，那些审视都来自姜湖。

他回答朋友："一观察家。"

朋友闻言捶他后背："真的假的？哪方面的？"

瞿蔺没再回答，这种密无缝隙的盯法，快把他的厚脸都给盯薄了。一早的交锋，他气焰燃得还可以，被她盯一会儿，风向就自行变了？

几个回合的来往，各有哑口无言的时候，鉴于都有说谎这个共同点，姜湖决定换个方式和瞿蔺相处。人被动时往往比较难受，她喜欢手握主动权。姜湖坐着没动，等瞿蔺走近了才问："现在走？"

瞿蔺打量她，而后是她脚边那个娇小的行李："马上，等会儿。"

她如此简装上阵，他也意外。

姜湖挺有耐心："不急，等着你。"

她表现得格外好说话，甚至善解人意得有些刻意。瞿蔺拧眉看她一眼，觉得哪儿哪儿都怪。他没理，先干正事儿。

瞿蔺回头对 Alma 说了句什么，Alma 又反问了他一句，最后瞿蔺给出答案。三句话，姜湖皆听不懂，只能通过听到的语气去判断他们说的是问句还是陈述句，姜湖判断那应该是阿拉伯语。

瞿蔺和Alma交流完了，Alma迅速跑上楼。隔了不过一分钟，姜湖见Alma手中拿了个灰白色的物件下楼来。Alma下楼后往他们所在的位置走，她没有将手中的物件递给瞿蔺，而是给了姜湖。

姜湖将东西从Alma手中接过，是条纱巾，落在她掌心的布料很柔软。

姜湖看向瞿蔺。

瞿蔺说："拿好，用它包住你的脸，包严实点儿。"

姜湖带着疑问继续看他。Alma替瞿蔺解释："那边靠近沙漠，很晒的，你会需要这个。"

姜湖哦了声，看了眼纱巾，又抬头问瞿蔺："我怎么包？"

她话落已经站起身，瞿蔺原本距她两步之距，姜湖站起身时，腿往前迈了下，瞿蔺此刻距她仅剩半步之遥，他和她成了近身相对。瞿蔺能感觉到一股热源——来自姜湖身体的热源。

一早对话他占上风，牵着她走，此刻却不知为何感觉到来自姜湖的压迫感，不仅风向变了，乾坤也颠倒了。

瞿蔺再度微拧眉，退后："Alma，你帮她一下。"

一早相安无事时他有兴致先挑事儿，这会儿她近身他倒躲了？不矛盾？姜湖觉得他矛盾，即刻追问："瞿先生不会？"

瞿蔺没有回答，他觉得身体至少有一部分正在不自在。

姜湖又说："昨天我刚见到你的时候，你裹的不是这种东西？"

见姜湖一直在看着瞿蔺，且同瞿蔺讲话，Alma没往里插嘴。瞿蔺没给回复，他眉峰越蹙越峭，眼前这个问句简直像逼问。

对话就此停了下来。

对话停下来后，站在一旁的Alma才出声告诉姜湖："很简单的，你在新闻里，还有一些图片里面应该见过的。这东西戴起来不复杂的，你随便裹一裹就好，平时怎么挡太阳怎么弄，戴这个对一般人来说没有讲究。"

Alma一出声，瞿蔺又后退了一步，离姜湖更远了些。

姜湖扫他一眼，微扯唇一笑，他远离她，她很可怕？亏她演得特别好说话，怎么他比她不好说话时怂了。

到Alma话落时，瞿蔺已经沉默转身向外走，他走时还顺手替姜湖拎着她置于脚边的行李。

姜湖看着他离开的背影，轻叹，这是个让人摸不透的男人。短短不到一天的时间，她从瞿蔺身上感觉到了数种性格，她觉得她似乎接触的不是同一个人。伶牙俐齿，还是沉默寡言？痞，还是规矩？姜湖很难分辨出来哪一种脾性才是瞿蔺的本性。

姜湖那句感谢最终给了 Alma，她对 Alma 微笑："谢谢你。"

瞿蔺拎着行李将昨日载姜湖的那辆车从后巷里开出来，停在"大中华"门前。他把行李扔到车上，先是姜湖的，很轻，而后是他的，更轻。

瞿蔺胳膊还没收回来，就听到突然冒出来的老唐在后面说："哎，笑笑，你这脸有点儿黑。"

瞿蔺拿起车顶的抹布扔他一脸："够了啊，我卖笑的？"

老唐回头瞅了一眼，见姜湖还没出来，放了心，他说："你别说，这么正的姑娘和你站一块儿，养眼，我看着挺想笑的。"

瞿蔺："你肤浅也不是一两天了，还需要理由？"

老唐说："看你吃瘪想笑。"

瞿蔺："什么眼神儿？哪里吃瘪？"

老唐："好好好，是我眼拙。你俩这相处得多好啊，你一来，我一往，海外中华儿女是一家。"

瞿蔺嗞了一声，斜他："你今儿话是不是有点儿多？"

老唐又举手投降："就剩最后一句，如今的姑娘胆儿都大，也聪明，你别人家没怎么地，最后把你自己搞不好意思了。"老唐一早围观了这两出，一次瞿蔺活泛，一次他木过头了，怪老实。老唐觉得挺有意思。

瞿蔺："……"

姜湖已经快步走出来，两人扔了话头儿。Alma 也紧跟其后跑出门送他们。瞿蔺又扫了眼老唐，和姜湖上了车。几个人挥手示意，告辞和送别这两个环节就算是完成了。老唐和 Alma 也没有一直站在外面目送他们离开，很快回了餐馆。

未来几日，在这个陌生的国度，姜湖身畔摸得着的人，又只剩瞿蔺一个，好在如今算是认识了，也开始有点儿熟了，目测都不是认生的人。

车上，姜湖坐在副驾驶座上，她习惯性地去拉安全带。安全带拉出来了，可姜湖想将安全带锁扣阖上的时候，她一低头，发现座椅旁的安全带装置已经变了形，她扯出来的这根安全带根本系不上。

"这车真他妈……个性！"姜湖扯住安全带的手停在半空，下意识地吐了句国骂。

瞿蔺将车平稳起步上路，他瞄到了姜湖的动作，也听到了她的骂。这女人表达情绪的方式很直接，他已经有了这样的认识。瞿蔺没动，看姜湖应付。姜湖也看他，在他脸上见到了隐约的笑意。

姜湖想问就问了：“觉得好笑？”她没顾得上绕圈子，也没等瞿蔺的答案，又问，“这东西怎么弄成这样的？”

瞿蔺眼角余光再度感觉到那种不挪移的盯视，开口告诉她：“车祸，挤坏了。”

姜湖听后脸色更淡了些：“你先告诉我，这车还有别的毛病吗？比如跑着跑着掉个轱辘什么的。”她对这车的信任已经降到冰点。

瞿蔺没有回答她这个问题，而是好心提醒她：“其实有办法解决，后备箱里有绳子。”

姜湖松开安全带，也没多想，随口回问他：“什么绳子？”

前方有人慢走横穿街道，瞿蔺摁了下车喇叭，自知接下来的话会破坏团队团结，但还是给姜湖解了惑：“你如果担心这样坐着不安全，会被甩出去，可以用那些绳子把你自己和座椅捆在一起。”

姜湖：“……”

他今天完全不寡言，她收回见他转身出门时的那个错觉，也没跟他计较，当他讲了个笑话。她大气，不跟他一般见识。

一辆安全带装置都扭曲了的破车，残疾的车，中过枪的车。一个时冷时热的会噎人的司机，让人摸不透的司机，不知道车技如何的司机。

姜湖在国内过得还算小心谨慎，虽然有时跋扈，但她也没做踏上另一片国土便开始荒唐的计划。此刻，她觉得荒唐，这条路，确定能平安走到底？

一路上，瞿蔺目视前方，路面上没有积雪，车穿过每一个街口仍旧能带起一些尘土。他的眼角余光能看到后视镜里姜湖的半张脸，她满脸肃色，表情不算轻松。

过了一个十字街口，车速慢了下来，瞿蔺说：“我要停车去拿些东西。”

姜湖没有异议：“你随意。”

车开出没多远，瞿蔺将车停靠在路旁。他开门下了车，而后绕到副驾驶位那侧，拉开了姜湖身旁的车门。

姜湖看他。

瞿蔺说：“下车，跟着我。”

把她单独留在室外不安全，她如果不下车，他也会强制她下。姜湖考虑了两秒，听了他的话，跟在他身后下了车。

瞿蔺进了路边一个地下入口，姜湖跟在他身后。这个入口处没什么特别的地方，看着有点像国内的地下停车场入口，只在沿街处设有一个标识牌。姜湖看了眼上面的字，并不认识，她默认它们为阿拉伯语。瞿蔺没向她说明即将到达的地方是哪里，姜湖也没打听，总之这地方看起来不像贩卖妇女的场所。

下了一段长台阶，瞿蔺推开一扇玻璃门。

这扇门一打开，从来面传来了一波又一波垂死挣扎般的啸鸣声，是音乐声,不是人声。这声音很考验姜湖的耳朵,她跟着瞿蔺的脚步开始迈不下去了。唱了多年民谣，她对各种声音都很敏感，尤其是难听的声音。

门后这方空间内人员稀落，有部分人横七竖八地趴在柜台上或者躺在沙发上，各国的夜店似乎都是同一种气质。身为夜店老板，姜湖对眼前这个场所已经有了判断——夜店，一家开始准备打烊清客的、客人已经不多了的夜店。

进门后，瞿蔺带姜湖走向夜店内僻静的角落，姜湖见他拿出手机打电话，还是那该死的她听不懂的阿拉伯语。店里偶尔有清醒的人看他们，但没向他们靠近。姜湖干脆坐下来，等瞿蔺去办他的事儿。

瞿蔺瞄她，嘱咐:“别乱走。”

他也没离开多远，姜湖见他往店内的吧台处走了几步，很快有个女人迎了上来。女人红唇艳抹，身材倒不算妖娆，略显臃肿，年纪……看起来也是将近四十岁的样子。她穿了姜湖不喜欢的黑丝，外套则穿了和吧台内的侍应生一样的衣服。这女人同样是侍应生，姜湖给出判断。

瞿蔺和女人在聊天，半分钟后，女人还远远地对姜湖挥了挥手。姜湖猜是瞿蔺简单向她介绍自己，或者女人发现了她主动问瞿蔺，瞿蔺才向她介绍自己。很快,瞿蔺向姜湖走过来,他下颚往门口一指,姜湖明白他的意思,走。

他们很快走出地下夜场的门，但没回到车上。瞿蔺的脚步止了，姜湖自然也跟着他停下来。冬末的风吹过来，将姜湖裹好的纱巾吹开了一点，姜湖很自觉地从和瞿蔺并排站着，变成了她站到瞿蔺身后，让他挡着风。

瞿蔺察觉了她的小动作，但没戳破，略觉好笑。她移动时脚步像是日本那些穿着木屐和服的女人，步子很碎。

风被瞿蔺的脊背挡住不少，姜湖脸部肌肤暖了很多。她这才问瞿蔺:“刚刚里面那个人，旧相识？”

瞿蔺说：“和唐云是同乡，唐云是店里的那个小姑娘。”

姜湖没再问下去，她已经从 Alma 那里听到了唐云的故事，刚刚那个女人的经历，想必和唐云的那个故事有一定的类似之处，不会是开始险恶但结局还算美妙的童话故事，她不想听。

他们站了五分钟，有人推开夜店门从地下出来。

姜湖听到门开的吱呀声，回头一看，发现是适才瞿蔺对过话的那个女人，她拎着几个盒子走出来。女人走近了，姜湖发现那些盒子里是金属酒壶，这让她微觉诧异，瞿蔺带她来这家店，是来取酒？

瞿蔺转身接过了那几个盒子，姜湖发现那个女人的目光在将东西递给瞿蔺后搁置到了她脸上，女人笑着对瞿蔺说了句什么。

姜湖自言自语般：“她在说我漂亮。”

瞿蔺：“……”她还真是自信。

姜湖从他表情里读出了些许无语。但凡是人，一生中总会有那么些无语时刻，这很正常，姜湖不往心里去。

女人又从口袋内掏出一张纸，她没递给瞿蔺，而是递给了姜湖。姜湖接过，而后女人摆手重新跑远，再度进了那家地下夜场。

姜湖将女人递给她的纸打开，纸张展开后是一张地图，地图上其中一个地方被人标红，圈了出来。地图是双语，写有英文，姜湖在脑海里搜索那个地名，但没什么收获。她将地图拿到瞿蔺眼前：“这是什么地方？”

瞿蔺看向地图上那个红圈，那是一个他无比熟悉的曾经奋战过的地方，他说：“她的家乡。”

姜湖沉默了。

瞿蔺继续解释：“战乱开始的时候，她就离开了那里，来勒革很多年了。她送你这张地图，是因为你是外国人，她想让更多人留意她的家乡、了解她的家乡，虽然这个举动不会起什么作用。”

姜湖将地图折好，小心捏在手里，心里想着，战争啊，这该死的战争，把很多有家可归的人变成了背井离乡的异乡人。

瞿蔺看她，发现她甚至在将地图折好后，对着折好的地图吹了一下，就跟人少不更事时摔倒，疼得眼泪汪汪的时候，父母说吹一口就不那么疼了一样。她吹了地图一口，地图上的那个被战争伤害过的地方就不疼了吗？

幼稚！瞿蔺见状，不自觉地笑了一下。

第三章　激情公路

日光渐烈。姜湖回车上落座，瞿蔺将酒放到后备厢后回到车上。在这个过程里，姜湖始终透过后视镜看着他。

起先，后视镜里没有瞿蔺的身影，姜湖耳边是窸窸窣窣的声音，他应该是在放东西。后来，后视镜里出现了瞿蔺的脸，再后来，后视镜里是瞿蔺的腿。随着他的走近，后视镜里的影像变大，姜湖从看到他的身体，变成看到他身体的局部，最后连这个局部也消失了。瞿蔺绕到车前头，他出现在了姜湖身前，而后他拐到车身另一旁，坐回驾驶位。

在他们进夜店的这几分钟内，有辆皮卡停在瞿蔺车旁，斜贴着驾驶位的位置，瞿蔺被迫绕了一圈。

接连接触了两个从战地逃离幸存的人，姜湖对瞿蔺的来历也有了兴趣，这旅途漫漫，没有声音会更寂寞，她要说话。

姜湖特别想知道某件事或者想说某些话时，通常会先铺垫一下，问些别的事，让想问的问题不至于显得特别突兀。她手贴在车前置物盒上，问道："走这条路，带酒有什么用途？"

"压车。"瞿蔺说。

这怎么有点儿封建迷信的意味，是不是还得倒点儿孝敬土地？姜湖说："别浪费了，这些酒怪沉的，可能会累着车，有空了我喝。"

瞿蔺："……"

她说得太轻松，就好像那是几桶水，但她没忘记问惦记的正题："你来勒革多久了？"她开始打探。今日早餐时Alma和她说了不少信息，可基本是关于老唐的，和瞿蔺关系不大，她知道的只是瞿蔺似乎无牵无挂。

来勒革的时间长短不需要隐瞒，瞿蔺回："一年左右。"

姜湖哦了一声："那不长。"

瞿蔺平静反问："一辈子一共多长？"

是不长，可他稀松平常的语气在姜湖听来还有那么点儿消极，她解释不清那是一种什么感受，就好像……他的人生真的很短。

姜湖又问：“你和我师兄，怎么认识的？”

风大了些，瞿蔺升起车窗，姜湖那侧的车窗即将到顶时卡住了，在距离关合仅剩两厘米时，它卡住不动了。凉风透过这丝缝隙漏进来，姜湖扫了眼爬坡没爬到顶的窗户玻璃，这破车……真他妈破到家了。

如今，公路电影里都少有这种奇遇，她人品实在不错。

姜湖围观车窗的空当，瞿蔺随着她的追问在风声里回顾了一下过去。认识傅砚笙，是从他跟随国际志愿组织进战地挖废墟救人开始的，在那里，人和人相依为命，互相照顾。

他回答姜湖适才问的那个问题：“中国人不多，在一个地方待长了，认识我们的人也会介绍我们互相认识。”比如勒革仅剩的那家中餐馆的老板老唐，就是这样一个人，广结同胞，替人牵线。

姜湖继续：“问个问题，好好一个中国人，放着自己国家不待，跑这么远来，是图什么？”

瞿蔺听完觉得好笑，说得好像她不是中国人，好像她没往这儿跑。

为什么会来勒革？那是一段很长很远的故事，瞿蔺轻易不对人提起。每一个在异乡流浪的人，尤其是只身流浪的人，身上多少都有点儿过去。同胞们互相之间基本不会过问对方的事情，偶尔聊起来，也是插科打诨，真话少有。

没人认真问起，瞿蔺也已经很久不曾回想过去，那些过去已经随着当事人的身故一同被埋在地下，不为人知。来之前，他刚从另一个战场走出来，侥幸得以活着出来，那里一样硝烟弥漫，但没有枪声和炮火。

那时他面对的是看不见的敌人，也是不为人知的战场。在新闻报道和寻常群众心里，那是一场已经解除危机的核电站泄漏事故，消防员和核专家介入，电厂设备修复完毕，重新恢复运转。这场事故既没有制造切尔诺贝利核电站泄漏后的惨剧，也没有像日本福岛核电站因地震而致核泄漏从而留下一座死城。介入处理事故的消防员和核电站的技术人员有人牺牲，但流传在外的原因多半是因为工作疲乏猝死，或是外伤难愈。

核，是让很多人望而生畏亦容易制造恐慌的东西，它既可以是新能源，也可以是大规模杀伤性武器，没有人愿意大肆宣扬与它有关的事情。

群众的生活还在继续，岁月继续静好，事故过去了，每一天的太阳继续升起，继续落下，潮涨潮涌一如往昔。变的是，这世界上自此少了几位热爱这个世界、热爱自己的工作、热爱这片土地和土地上的人民的人。

只有他们这些身穿重重防护服走进那个战场的人才知道，那里究竟发生过什么。有多少身强体壮的人走进去，笑着鼓励对方坚持却最终倒下；有多少人心有牵挂，但为责任和义务还是披挂上阵，奉献牺牲；又有多少人因辐射过量，离开那里后体无完肤，死时几乎没有正常人的样子；还有多少人当时活着，却活不长久，死于无可言说的后遗症……

活着出来，活久一些，是大家共同的愿望！

他的生，是一位消防员牺牲自己给换来的，他来这里，是替对方做一些没来得及做的事情。那个消防队员的心愿是，两人一车，世界和平，他心底里的人，就在安提克。

这是瞿蔺最初来到这个国度的原因。远离沉重的过去，尝试新生，也去看一看那位朋友关怀的人是否平安，生活是否喜乐。这一来，就没能如期回去。

那场事故过后，他有了一个弱点，看见生或死，就难拔腿走人。在这之前，死亡没有离他如此之近，他没想过有朝一日会如此敬畏生命。

见瞿蔺没答话，姜湖又问："来这里后，从事什么职业？"

"地陪、翻译、司机。"瞿蔺回道。他答的是他正在从事的事情。

姜湖申明："我问的是你平时的职业。"

往边郊公路开，车不多，路上有些颠簸。姜湖抓了下车顶的把手。

瞿蔺告诉她："没有固定职业。"他说的不是假话，要谋生，需要收入，他还要做些他想做的事情，不计报酬的事儿，时间一分散，就很难有固定工作。

姜湖看他一眼："Alma 告诉我，你和刚才过来的那位朋友救了唐云出来。"

Alma 话是多。瞿蔺承认："是。"

姜湖问："怎么想到留在这里救人？"

她话里含着认可，瞿蔺听出来了，但他的加入并没有那么高尚的出发点，只是恰好遇到了，他就成为志愿者之一。

他一犹豫，姜湖便知不会有答案。她转问："在国内的时候呢，那会儿做什么？"

"国内……"瞿蔺沉吟着回道，"技工。"

也不算是假话，只是换了种说法。

他话落，姜湖看了眼他的手。从他微开的指缝间，她看到了瞿蔺指腹上的部分纹路，有些粗糙，不知道它们诞生于从前，还是在他来勒革之后才有的。

这是一个厚重的男人！手背手心都是力量感和岁月感，脸却未被岁月蹂躏过，配他的手，不那么和谐。

姜湖不再问了，剩下的问题留到下一个小时再开口。这一路还长，早早问完聊完，剩下的时间难道要她讲故事？

姜湖安静下来之后，车在一处检查站停歇的时候瞿蔺才转身看她。姜湖此时正看着窗外,没有回视他。瞿蔺收回视线开门下车,去换下一区的通行证，下车后他再度往车上看了一眼，姜湖保持原本的姿势看着窗外，没动，像被定住的假人一般。

活跃和沉寂简直无缝切换。

车停在桥上，桥面很高，姜湖看的是下面的一条河，河面无冰，风过，吹起一圈水纹。她看着河出神，不知道在想些什么。

瞿蔺转身排队领证，前方只有一个人在等，证到手应该会很快。可他刚转身不久，突然听到身后传来轮胎剧烈摩擦地面的声音，刺耳至极。瞿蔺闻声下意识地回头，只见一辆车急速驶来，径直顶向停在桥面上他的车尾。

瞿蔺眸色顿寒，姜湖置身的那辆车被撞后在他眼前迅速前移，车右侧几乎整个骑到了桥外。那车像一个跷跷板，微微上下荡了几下，而后止住，停了下来。

车内的姜湖没有喊叫，车停的那一刻，她将视线全部置于不远处的瞿蔺身上。车挪动了大概多远的距离，姜湖有数，她不能动，一动就有可能会让车再度失去平衡，她会和车一起掉下去。

四周没有男人，只有女人，且在远处旁观。瞿蔺大步跑回车前，见他过来，姜湖微转头看向河底。

瞿蔺拧眉大声吼:“看我！别看水。”他不希望她分神,看河底也容易晕眩。

姜湖回头，看着瞿蔺。瞿蔺将手置于车头，这个一半骑到桥面外悬空了的车头。

“你干什么？”姜湖问。

瞿蔺淡声回道:“推你下去，怕了就求我。”

他眸色不似语调那般平静，他看到车身下的桥面，右后轮所在的那块儿桥面，石板因为过度承重开始活动，他们没有时间等，情况不允许他们等。

他那话不中听，姜湖剜他一眼，但姜湖也知道那是假话，审时度势后，她冷静地说:“我可以跳车。”

瞿蔺回话吸引她的注意力:“跳成功前，你一发力，车子会带着你一起掉下去。”

这种可能性的确很大，姜湖懂。

瞿蔺手臂此前搭扶在车头上，此刻手臂下移消失在姜湖的视野内，他眉拧着，衣服底下的手臂暴起青筋。推，车头部分悬空，他没法寻找发力点，两轮在桥面外，没有适合推车的落脚点，只能抬。

瞿蔺摸到车底装甲，对姜湖说：“闭眼。”

他话落开始发力，再无暇和姜湖说什么去分她的心。姜湖没动，眼依旧睁着，她没害怕，只在最初那刻有过惊慌。

此刻这个让她闭眼的男人，脸部表情因为极度用力有些扭曲。姜湖看着他的脸，突然忘了昨日初见时他的样子，那种光鲜亮丽的样子。

薄汗从他额上鼻梁上冒出来，光一打，那些汗珠微微发亮。前后出现的汗粒，也许是因为他在用力，也许是因为疼。这么重的车，这么重的力道置于人的手臂之上，该有多疼！

起初车纹丝未动。姜湖见他喉结剧烈滚动，伏着身，她看不到他胸膛的全貌，可她知道那里一定在剧烈起伏。他脖颈间的筋骨，都清晰地显现于她的眼中。

她的安危全在他力道强劲、力量爆棚的双手之上了。

置身于这数寸冬光里，姜湖突然觉得她此前的认知是对的——他救人，是件好的事情，她已经知道了，在这之前，在听 Alma 提及的那一刻。虽然怼过他，但她相信这个男人的能力，所以她不害怕。

也许他会是个意外，在她认识的诸多男人中的一个意外。

姜湖歧视男性，并不是因为厌恶男性，不算是真的歧视，是一种说不清楚的感情。

认识的男人们，或早亡，如她父亲；或重创未醒，如她哥哥；或保护不了自己，如朱古；或如陈觉非，进了监狱；或如蒋绍仪，中年丧妻。她像颗灾星，身旁的异性善终者少，所以，她并不想过多接触男性。

她不迷信，也不做圣母，更不会杞人忧天。可生而为人要讲良心，她想替他们小心，还没靠近的，离她远一点，也许安全。蒋绍仪说她瞎扯，姜湖也觉得这事儿有点扯，可她记着这茬儿。

她虽然不够善良，但也良知未泯。

时间缓慢流逝，随着砰的一声，汽车四轮中的三轮重新落地的那刻，瞿蔺松开的手臂垂在一旁。他慢慢站起身，转身靠在车身上。

姜湖爬到靠近马路远离河道的驾驶位那侧开门下车，瞿蔺就站在她身旁，剧烈喘着气。她出来，瞿蔺抬眸瞥了她一眼，她眼里有光，是诚恳的谢意。

姜湖动唇，觉得说谢谢太轻。

瞿蔺平复了一下呼吸，哑声问她："刚才，怕了吗？"

姜湖还没答，瞿蔺已经自行扯唇。他问了个多余的问题，她没喊没叫，不像是怕。

他的手臂置于身旁没动，姜湖扫眼过去，找了句合适的话问他："你……没事儿吧？"她担心他的身体零件有损坏。

世界是安静的，瞿蔺的呼吸和属于瞿蔺的味道都清晰可闻。

瞿蔺轻摇头，说："没事儿，上车。"

姜湖没反对。车尾扁了些，但车旧，本身伤疤已经够多，似乎也不差这一个。上车落座后，姜湖记起一个问题，适才撞他们的那辆肇事车，撞了他们后，换了个方向停到了不远处。那车没跑，也没再过来靠近他们。

瞿蔺显然看到了，但他没提，更没去追。这显然不合常理。

将车停在远离路边和河道的空地后，瞿蔺在车前的置物盒里翻了一会儿，掏出一把带鞘的弯刀扔给姜湖。姜湖没有接触过这种凶器，但将它接了过来。

瞿蔺嘱咐："这个你拿好，我下车处理件事儿。"

姜湖没问，想说的，他会说。

瞿蔺见她沉默，笑了下又嘱咐："锁好车门，有往里闯的，直接用刀捅。"

姜湖冷静地看着他，眼里没有难以置信。

这个女人对事物的接受能力极强，瞿蔺明白。仿佛还不放心，他补充道："捅死算我的。"

姜湖："……"

幸好他的职业不是人民教师，不然得教坏多少人！哄孩子、讹钱、救人、起重机、拔刀相向的……土匪，姜湖觉得对他的认识又丰富了一点。她想过一些此前没做但日后想做的事情，不包括捅人，但无奈之下也可以试上一试，她敢。

姜湖没留人，瞿蔺走得也干脆，他话落就走远消失了。

车停的位置不远处有条长巷，远处的巷口停着适才撞他们的那辆车。

瞿蔺往黑漆漆的巷口走。姜湖初来乍到，他做她的向导和翻译，不该连累她，可好像已经晚了。

见瞿蔺靠近，从那辆黑色越野车里面下来个男人，男人先一步往巷里走，见瞿蔺近了，同他调笑：“新女人？”是纯正的阿拉伯语。

瞿蔺眸色深黑，脸上没什么表情。

对方点了根烟，烟雾飘到瞿蔺眼前。瞿蔺呵了一声，说：“撞我第二次了，没完没了了？”

这些从战地跑过来的人，以抢劫混日子，他无意间拦了一回，就像贴上狗皮膏药一样甩不掉了。他是外国人，目标显眼，对方缺钱了，无聊了，就来撩拨他几下。

男人没表态，仍旧执着于前面那个问题：“哪儿找到的女人？身材不错，要哪儿有哪儿。”

男人话落，将手置于裤裆间，脸上表情暧昧，甚至对着瞿蔺吹了声口哨。

瞿蔺笑了下，讥笑。男人脸上的笑还没散，瞿蔺突然移步迅速靠近他，揪起他的衣领将他压到近处的墙面上。

战争既制造让人同情的流离失所、痛失亲友的难民，也让一些渣滓在这样的环境下暴露得更为彻底。他们打劫同病相怜的同胞，无疑会让这些本已陷入混乱生活的同胞更为雪上加霜。

瞿蔺望着被他用手臂压在墙上的这个男人。男人嘴里叼着的烟已经掉了，一截烟灰也洒落摔碎在男人衣服前襟上。

男人眼睛里有一闪而过的惊恐，而后是长久的无畏和哂笑，他笃定瞿蔺不会拿他怎么样。

瞿蔺没有什么可说的，也没有什么特别想说的，他能做的，也有限，他不能怎么样，他也压根没想要怎么样。

当地抢劫打砸者不少，趁国难偷鸡摸狗的也大有人在。这些人在犯罪，可他们会为自己的行为找无数个借口，且觉得自己是形势所迫，被逼为生存求变通。他们会责怪战乱，责怪贫穷，甚至欺弱还嫌人弱，不会觉得自己有错。

瞿蔺右手上移，扼在那人颈上，左手探进口袋，摸到一把折叠刀，比此前他给姜湖的那把弯刀小很多。他左手弹开折叠刀，微用力，锋利的刀刃在男人腰间一划，男人腰间的皮带随即崩裂断开。皮带一断，男人下身长裤立时下滑，半挂在臀间。

冷风侵入下体，刺激着男人身体下意识地一哆嗦，男人随即破口大骂，从他嘴里蹦出各种污言秽语。瞿蔺充耳不闻，任他骂，很多词听都没听过，这人词汇量倒是足。

一分钟过去，见这骂没完没了，瞿蔺才收紧扼在男人颈上的手，他力道一重，男人即刻安静下来。瞿蔺望着眼前这双充满愤恨失去平静的眼睛，冷冷说道：“叫得像个扩音器，舌头就这么想废？”他说得轻飘飘的，语气和内容极为不符。

男人闻言即刻低咒一声，紧抿唇，狠狠咬牙。

瞿蔺单手握刀，继续说道：“我的人，万万不劳你惦记。我从哪儿找到的，她从哪儿来的和你没有任何关系。”说罢，他指腹在靠近刀刃的地方蹭了一下，厉声补充，“少他妈打听。”

男人望着他，表情中仍旧含着讥诮。

瞿蔺看到了，只冷呵一声，最后交代：“裤子提好！另外，记句话，这是我们最后一次见面，以后有多远滚多远。”

纵然他希望息事宁人，但他的耐性也有底线，那讥诮得还回去。瞿蔺转身离开时扬手，刀径直往他身后剁去。刀像被定位过一般，直直剁到男人脚边，在暗巷中反着银白色的光。这光冷酷，凛冽，也无情。

四周安安静静的，适才路边还能见到的些许人头此刻尽数消失，日光透过车前挡风玻璃打在姜湖脸上，刺目耀眼，姜湖一直安稳坐在车里等。

隔了没多久，她便见瞿蔺长腿直迈，再度出现在视野之内。危机警报解除，姜湖把置于掌心的那把刀扔到座椅下面，瞿蔺回来了，她便不再需要这个道具。瞿蔺很快回到车上，姜湖没急着问，只在原位坐着，旁观瞿蔺的后续动作。

瞿蔺上车后手臂便立刻往后探，从后排置物盒里摸出一沓绳索，绳索不细，且绳的表面有一众细刺。瞿蔺扫了一眼姜湖手腕处细嫩的肌肤，又把绳子扔了回去——这“安全带”没法给她系，太糙了。

坐定了，瞿蔺系好驾驶位的安全带，同时对姜湖说：“拽紧车顶扶手。”

他带来的意外已经不少。姜湖随口问：“能否预告一下，这回是要做什么？”

他笑：“没什么，小事儿。天气好，就做点幼稚事儿。你双手一起拽着点儿扶手，用点力，拉紧了。”

瞿蔺自认的幼稚事……姜湖想象不出来，她对他的了解只是皮毛，且越来越这样认为。但姜湖还是照瞿蔺的话做了，也保留着她对没得到确切答案的不满。

姜湖手拽紧车顶扶手的那刻，瞿蔺点火、挂挡、给油、加速，车随即飞一般蹿出。姜湖瞳孔下意识地紧缩，在她意识到这车即将撞向停在远处巷口的那辆黑色越野车的时候，她立刻看向瞿蔺。

瞿蔺脸上没有犹豫。姜湖明白了，瞿蔺此刻的举动并非一时兴起。姜湖没说什么，她没劝，自然也不会鼓励支持，只是攥着车顶扶手的力道更重了些。

几秒后。

“哧——”

“砰——砰——”

几段声响前后接续，两辆车再度撞在一起，只是前后位置完全颠倒过来了，瞿蔺的车从被撞者变成了撞车者。车前杠和大灯陷进黑色越野车尾，车的后杠和车尾此前刚被这辆越野车撞过，两辆车受的伤可谓是彼此彼此。

车辆猛刹住，姜湖身体惯性前倾。车停的那刻，她用眼角余光再度扫向瞿蔺，他的脸上仍旧满是冷静，姜湖从他脸上没发现丝毫异动。

姜湖对瞿蔺的认识又多了一层——任性，比她任性。同时，也坐实了她之前的另一个认识，他报仇报得快。

撞完后，瞿蔺即刻挂倒挡后撤，而后打方向朝一侧的马路开去，自行驶离。

姜湖看了眼汽车后视镜，见从巷口出来一个人在黑色越野车处跳脚。姜湖没觉得爽，毕竟撞车后她置身的这车更破了，安全系数更低了。她也没觉得有什么不对，毕竟是对方冲撞他们在先。

法律准绳是社会运转的基础，激情冲动不可取，但有的人也着实需要另类的适度教育助其长大成人。

瞿蔺将车开回马路后车速才平稳下来，姜湖此时再度侧身看他，微动唇：“……”

现在才开始惊呼好像有点儿晚了。短短一小时内两次撞车——被撞和主动撞，给姜湖一种无法言说的感觉，她的语言系统难得地匮乏起来。

感觉到姜湖盯视自己，瞿蔺问她：“有话说？受惊了？”

这会儿才问是不是也有点儿晚？姜湖抿唇，而后启唇吐字：“你钱多的是？”

她没回答瞿蔺的问题，而是反问他。车撞成这样，修不用钱？他到底是穷得破罐子破摔，还是富得全无所谓？她真是不懂了。

瞿蔺从容地开着前杠快掉了的车，告诉姜湖：“按程序这车下下个月报废。”

姜湖：“……”

她懂了。他的意思是，车原本就要报废，此刻撞废不算亏。

姜湖不在乎这些，只继续淡声问瞿蔺：“撞完你觉得爽？”

瞿蔺没答。

姜湖说："我以前没看出来。"

瞿蔺不明白，回问道："没看出来什么？"

姜湖仍旧淡声回道："你是个性情中人，我没看出来。"

瞿蔺："……"

他听着这话不像好话。

车厢内有几秒没人说话，姜湖忽又换了个话题："这儿的交警会不会半路给我们拦下？"她不知道，刚才那一撞，算不算肇事逃逸？

瞿蔺说："不会。"没有人会报警，这里的交警也几乎不存在。

姜湖这下放了心。隔了没多久，她又提议："哎，要不要租辆新车？让这个要报废的，还受了伤的破烂儿先歇一歇。"

车正停在路口等信号灯，瞿蔺转身看她。

姜湖给出诚意："钱加在我日后支付的佣金尾款里，不会让你吃亏。说实话，你完全没有犹豫的必要。"

十分钟后，瞿蔺将车停在就近的一个露天停车场里。

停车场临近二级公路，里面有一家超市，下车后，姜湖便看到了不远处的双语标志牌。

瞿蔺嘱咐："你去里面转一下，在这儿等我。"

姜湖知道他是要去找车，同意："好，需要我给你买点儿什么？"

瞿蔺："……"

他最后回道："客气，什么都不需要。"

姜湖抱臂点头，手背朝外对着他挥了挥："正好，我真的只是客气一下随口一问，你去忙。"

瞿蔺："……"

他往外走了几步，姜湖站在原地看着。她还没转身往超市走，瞿蔺突然回头，对她说："手闲着的话，你扛一箱水出来。"

姜湖："……"

她不是刚说了只是客气一下？一箱水……他怎么这么不客气？她像驮东西的驴子？

超市里客人不多，身为此地稀有的黄种人，姜湖乍出现便很吸引别人的眼球。

店内有坐在沿街位置上看着车来车往的老年人，有妇女拖着孩子在闲逛，还有和姜湖一样只身在店内搜索货物的人。商品包装袋上的信息有限，姜湖望着那些不认识的字，辨识货品只能靠猜。瞿蔺要的水好找，各地的瓶装水差异不大，只是看到货架上水的标价，姜湖略觉吃惊。

水很贵，非常贵！

想起这个国家的自然条件，它的气候以及地理位置，再加上此地战乱刚定，姜湖又觉得水的高价也算正常。对这一片区域里的几个国家来说，水都是珍贵的资源。从古至今围绕这一地区的动乱一直不断，其中一个重要原因就是对资源的争夺，水资源是其中之一。

姜湖拎起一瓶水，她的手刚扣在瓶盖上，有人从身后拍了拍她的肩膀。姜湖拿着水转身，拍她肩膀的，是适才跟在一位妇女身后的小男孩。男孩看起来年龄不大，只十一二岁，论身高，男孩踮着脚才拍得到姜湖的肩。

姜湖下意识地寻找刚进超市时她见到的那个带着男孩的女人，但她的视线在超市内转了一圈，没有见到那个女人的身影。

女人已消失。姜湖此前靠常识和感觉分析，觉得男孩和女人是母子，此刻只剩男孩站在她身后，姜湖不知道对方意欲何为。

多管闲事不是她的作风，行路结识陌生人，也不是她的喜好。除了自己真正感兴趣的人和事，不惹其余事，不惹多余的人，是她自保自卫的本能。

姜湖看了男孩一眼，再度转身，没有进一步理会他。她刚转身，男孩又在身后扯了扯姜湖的衣角，姜湖吸了口气，被迫再次转身看向他。

见她看过来，男孩指了指自己的声带处，呜呜两声，没有发出其余单词。姜湖看着他的眼睛，明白了他的意思，他是说，他是哑巴。

姜湖的手捏紧水瓶，男孩试图去拉姜湖的手，姜湖没有配合，她略觉莫名其妙。她一只手握着水瓶，另一只手插在上衣口袋内，没有向外掏。

男孩满脸失望地看着她。

姜湖在移开视线之前，竟见男孩眼睛里汪出一潭深泉，是一汪眼泪随时能从里面流出来的泉，可怜见的那种。姜湖蹙眉，她从前没负过人，一个小男孩，望着她竟像受了天大的委屈。

无法见他哭，姜湖妥协。

男孩一步三回头，慢慢向超市外走去，回头时仍用泪眼看她。姜湖将水放下，跟在男孩身后往外走，出了超市，男孩往停车场一角走过去。姜湖观望了一下，没动，没再跟过去。她有自己的判断，不能跟随陌生人往僻静处走。

见姜湖不再跟过去，男孩又退回来，重新站到姜湖身前，他从口袋里掏出一条项链，指了指自己的脖子。姜湖只能理解出他让她帮忙带好项链这一层意思，这并不难。

两人身高有差别，姜湖微弯腰，去接男孩手里的项链。可她没想到，她上半身刚弯下去，男孩突然伸手一把攥住她佩戴在脖颈上的吊坠，用力往下拽。姜湖不曾防备，吊坠的细链割在她皮肤上，被男孩猛力一拽，随即拉出一条血痕。

姜湖变了脸色，眸顿冷。她暗骂自己蠢，竟被个小屁孩耍了，她爱心泛滥个什么劲儿？

男孩不高，但力气不算小，且没留余地，如任他那般用力往下拽，她的脖颈可能还会被割出数条长口。姜湖没伸手去护脖颈，而是抬腿踹向男孩下身，同时往回拉自己的上半身。

父辈出身戎马世家，姜湖并非绣花枕头，她一脚踹过去，男孩感觉疼痛，松了手上的力道。姜湖冷眼扫过去，男孩忽地松手，不顾磕碰摔跤，迅速跑远。

姜湖望着男孩逃离的背影，觉得可悲亦好笑，她这个年纪的时候在干什么？她想了想，那时她应该站在爷爷姜式武的书桌前，戴着姜式武的大檐帽儿，拿着粗毛笔，练习勾画标点符号。那还是天真无邪的时候。

同样都是人，生命轨迹真是千差万别。

风一吹，姜湖脖颈一阵凉，凉后又是一阵疼。她伸手摸了一下脖子，触手处有些黏，不用看她也知道是什么东西——是血。

姜湖将吊坠摘下来，细链上粘了些暗色的血渍。这条吊坠很简单，以货币来衡量，并不值钱，下面挂的是一个弹壳，是从一个人身体上取出来的弹壳，真有人抢了去，怕是也会失望；但不以货币来衡量，它又是无价的。

姜湖将弹壳攥在手里。

身后有脚步声传来，那声音她已经熟悉，姜湖冷笑了一声。刚才她觉得是自己那一踹把那小孩儿踹走，现在看来，也许是另一只老虎近了，男孩才松了手，她当了一次可以狐假虎威的狐狸。

瞿蔺很快站到她身前，蹙眉看着她。

姜湖轻声问："蠢吗？刚才的我。"顿了一下又说道，"让人最没防备心的小孩儿，可能最毒，这道理我以前听过。"

可他妈的还是中招了，姜湖皱眉。

她话落侧了下身，和瞿蔺的身体交错。瞿蔺无法直接看到她伤口的情况，伸手把她的肩膀掰正,重新恢复和她面对面的状态。他力道强,姜湖无力拒绝。

瞿蔺的视线落在姜湖渗血的伤口上，眉拧得更为陡峻:“安危和项链比，哪个更重要?”

姜湖不需要思考:“项链。”她很笃定。

瞿蔺:“……”

不是他意料之内的答案，但也没让他觉得过于惊诧，姜湖适才的举动已然给出结论，她在护项链。

车已经借好，非租用而来，一旁的汽修点里，有瞿蔺的朋友。瞿蔺把旧车里的物件捡几样重要的往借来的车上堆好，他便过来找姜湖，时间不长，可没想到还是出了岔子。

瞿蔺叹口气，说:“车搞定了，先跟我回车上。”

瞿蔺找来的新车不新，和前面那辆一样破旧，也濒临报废，但外观还算完整。经历了这一出光天化日下的抢劫，姜湖看到这第二辆濒临报废的车，竟然都感觉到安慰，很神奇。

上了车，姜湖安静地坐着。常在外面混，瞿蔺常备的物品倒有，可也不是样样具备。他替姜湖清理伤口，没有棉棒，纱布乍摁上姜湖脖颈的时候，姜湖忍不住嗞了一声。

瞿蔺说:“疼的话，可以叫。”

姜湖没叫,只问:“这地方流行贩卖儿童吗?”她想把那个小抢劫犯给卖掉。

瞿蔺回她:“没有，你如果感兴趣，留段时间，人只要聪明，搞条产业链出来是或早或晚的事情。”

姜湖斜他一眼，她是不是该谢谢他夸她聪明?

她那一瞪，瞿蔺正盯着她的伤口，没有接收到。他处理伤口的力道不重，姜湖习惯了那磨人的疼痛之后，也不再觉得那么难以忍受。伤口不深，瞿蔺没用纱布，只把创可贴贴在姜湖脖子上。贴最后一块儿的时候，他在她颈后发现一颗红痣。

瞿蔺动作一滞，姜湖便懂是因为什么。

姜湖解释:“一岁时一年五病，我妈怕我不好养，带我进庙里点的，一留二十几年，长在身上了。”

她开始讲她的故事，在瞿蔺问之前。

姜湖也不是白说，而是同他做交易:“说完了，人人平等，你该交换给我一个信息。”

瞿蔺将最后一块创可贴贴好后，收了手，他没抵触：“你想知道什么？”

姜湖说：“没什么，只是好奇，那个差点儿把我撞进水里去的人是什么人？你们有过节？”

瞿蔺边整理处理伤口时用到的东西，边说：“同行。”

姜湖不解：“嗯？”

瞿蔺进一步解释：“和刚招你那小孩，是同行。”

靠！这个神奇的地方！姜湖暗骂了几声，最后笑出来，真是想都没想过的桥段。那个跳脚的越野车主，竟然和这装哑巴的小孩儿是同行。

她又问：“那人和你什么怨？”

瞿蔺如实相告：“拦了他一回，就这样杠上了。”

姜湖长长地哦了一声。

瞿蔺嘱咐她：“以后陌生人不要理，不管是看起来无害的，还是看起来有害的。”

姜湖望着他的双眸，突然问：“昨天你刚见我的时候，我看起来是无害的还是有害的？”

瞿蔺：“……”

换了车又跑了一段路，很快就到正午时分。姜湖脖颈处的疼痛丝丝缕缕的，很磨人，消炎药进嘴里没什么作用，止疼药不能乱用，她有些烦躁。

到了一处转盘式长弯道入口处，瞿蔺将车停了下来，路旁有间餐厅。

正值物价飞涨的时候，哪怕点个菜叶，价格也是不菲。瞿蔺没有过问姜湖，即便问了，姜湖对这里的情况并不了解，也给不出什么建设性的意见。

瞿蔺锁了车门去餐厅，将姜湖留在车上。

等了没多久，瞿蔺便带着两个纸袋和一个装满水的水杯回来。打开车门，他将纸袋递给姜湖。姜湖接过纸袋看了一眼，纸袋内还是饼，和早餐时老唐做的饼差别不大。姜湖没什么意见，她对环境的接受能力很强。她也会挑剔，但是只在有条件和有资格挑剔的时候才会发作。

两人静默许久无话，姜湖甚至先瞿蔺一步把饼吃完。

瞿蔺将水杯递给她，姜湖接手后，掌心触到的感觉是热的，她喝了一口，往窗外看。

长弯道入口处，有个博物馆似的建筑，那栋建筑物体积不算小，占地面积自然也是极大。正门前有个小广场，广场上立着一个雕塑，是只断了翅的鸟儿。姜湖仔细看过去，发现是只断了翅的鸽子。

这个雕塑的造型姜湖不陌生，她带的 Amandine 的法文版稿件里，有几张罕有的配图，其中之一，便是这个雕塑。她再度看过去，确定是它没错。

扔了纸袋,姜湖开门下车,捧着从国内带来的那沓稿子。就像是心灵感应，姜湖刚下车，她将稿件在车顶一放，风吹开这沓 A4 纸，恰好吹到了雕塑这张照片所在的那一页：

“博物馆的对面是一大片麦田。风吹过，麦浪此起彼伏。我躺在上面，那些风从我脸上、身体上吹过的时候，就像是过去那些夜里，他的手在抚摸我的身体，我的脸。

他对我过于温柔，甚过风。

此刻我在回程的路上，距离同他告别已是第二天。

后来我知道，那是他还活在这世上的最后一天。

风雨有轮回，可生命没有。

我宁愿自那一天起，再得不到关于他的任何消息。”

Amandine 关于麦浪这部分的描写并不脱俗，甚至有些矫情，带些女人固有的浪漫主义色彩。姜湖看向 Amandine 描述的博物馆这栋建筑物的对面，此刻那里没有青麦摇曳。

如今，风吹过的那片土地只有被掀起的层层黄土，Amandine 来这里时和她此刻不是同一个季节。只是这里的时光真是走得很慢，时隔这么多年，这片土地依旧未被开发，未有大的变迁。

这个国度恐怕只有沦陷为交战区的地方才真正换了容颜。

瞿蔺从车上下来，姜湖不再看四周环境，而是看他。

瞿蔺站在上风口，姜湖在下风口，风绕过他，吹向姜湖。姜湖微闭眼又睁开，她觉得风吹过的感觉不像是手摸脸，倒像是有手在摸她的背。

姜湖问他：“这博物馆是关于什么的？”

瞿蔺说：“墓葬。”

姜湖：“……”

还有没有点儿吉利的东西了？

第四章　春去春又回

风迎面吹向姜湖，脸侧碎发随风飘荡。她眯眼看着瞿蔺，对这个地方，她还真是没有什么误会，每次有什么发现，都不寻常，不管是这里的人，还是这里的物。

姜湖对墓葬之类的事物没有兴趣，很快回到车上，这一程还长，但是她已经完全没有兴趣去想象接下来还会遇到什么。

脖颈上的一圈创可贴并不舒服，但是得忍着，不能往下撕，这有点儿辛苦。瞿蔺看到了姜湖脸上清晰可见的焦躁，他从驾驶位座椅前方的置物盒里摸出块儿石头，扔给姜湖。石头不重，但姜湖还是被它砸了一下。

她的注意力全部转移到瞿蔺身上，转身看他。

瞿蔺说："想摸脖子的时候，忍住了，揉这玩意儿。"

石头周身很圆滑，像是被人长久打磨过。姜湖问："河里的还是海里的？"

瞿蔺："湖里的。"

他给了第三种答案。

姜湖："……"

她也是湖，巧。

摸了石头一圈，姜湖问："存了多少？"这玩意儿都随身携带，奇人。

瞿蔺疑惑，视线扫向她。

姜湖将石头在左右手交换着，眯起眼："认识的女人人手一个？"问完，她又觉得这问题突兀了些，但人生在世，总要突兀那么几回，她也不打算收回来重说。

瞿蔺没回。

姜湖也没再细问，只指点他："如果送女人，别送这个，送花。"

送花虽然俗一点，但意思对方不需要猜，什么花代表什么，是人便知。

一番对话几乎对不大上，姜湖说完了，也不计较瞿蔺听懂几句。

她话落再开口，又将话题硬生生地转了个弯，问瞿蔺之前没有深谈的另一个问题：“什么技工？”

他此前说他在国内是技工，那段过去，瞿蔺并不想再从头提起。姜湖问，他只说：“电工。”

姜湖对这两个字的认知，是年少时国内南方雪灾，那些牺牲在抢通供电线路第一线的人们。瞿蔺是否和他们一样，她已没有深究的意味。

他话到即止，意味着不愿深谈，姜湖知趣，不打算逼问。

车内再度沉默了下来。

又走了一段，车辆被前方一列车队堵在路上，无法前移。姜湖往前看，看到车队车身上的标志——联合国。没堵多久，车队很快挪移，数辆车拐进路旁的空地停了下来，不再前进。

瞿蔺也看到了前方车身上的标志，和姜湖不同，他在那几辆车拐进空地时，发现了从头车上下来的一个熟人，是他很尊敬的一位朋友，一个同胞——春回。他几年前在约旦认识了总是往前线冲的女医生春回，此刻，她出现在这里，让他倍觉意外。

瞿蔺也将车靠边停下来，这次他没拽姜湖下车，只是自己下了车往医疗车队那里凑。离得近了，瞿蔺先和春回点头示意，而后问道：“路过，还是常驻？”

春回说：“不确定。”

也就是说长留很有可能。瞿蔺扫了眼车队中几辆车的情况，又问：“和上次在约旦难民营那边一样，车队运的是医疗物资？”

春回答：“对，运过来不容易，真怕路上撞到炸弹又给弄没了，白费力一场。”

近期，在很多动乱地区，联合国车队遇到袭击的不在少数，没有绝对的安全，每天都能听到些同行传过来的坏消息。

说完了，春回问他：“越往南越乱，怎么往这儿走，不在勒革待着？”

瞿蔺说：“不走远，再往前走一百多公里，就打道回府。”

春回往适才他下来的那辆车看了一眼，能隐约看到里面还有个人影，是个女人。她问：“女朋友？”

瞿蔺摇头：“国内来的姑娘，我带她走一趟，老傅的小师妹。”

春回笑：“保不齐他有那意思，他最喜欢操心大家那点儿事儿。”

瞿蔺说：“不会。”

因为那些腐朽的过去，他和姜湖是两个世界的人，他清楚他的未来全无保障，傅砚笙一定也明白。

两人又将话题绕回去，继续交换近况。

瞿蔺下车往医疗车队那里凑的时候，姜湖的视线也跟着看了过去，只能看见瞿蔺停在一个白衣女人身前，两人在聊着什么。隔得不算很近，姜湖只能捕捉到女人的侧脸，还是部分侧脸。他们聊得很愉快，至少姜湖看到的瞿蔺那大半张脸上，表情轻松。

姜湖把玩着瞿蔺给的那块石头，不再看向远处深聊的那对璧人。周围亲近的人离世得多了，她对于医生这个职业有种深深的距离感，发自潜意识里的距离感。

石头的可玩性欠缺，隔了没多久，姜湖还是放弃抵抗，再度将视线投向远处的那一双璧人。

女医生站的位置略动了一下，此前姜湖只能看到她的侧脸边缘，此刻几乎能看到她整张脸。看到女人面容的那一刻,姜湖手指一滞,而后眨了下眼睛,再睁开，映在她双眸中的还是那张脸没错。

不是她眼花！那张脸上眉目从容，五官细致清淡却不寡淡，有种古典韵味。

有些东西一如从前，有些东西却已经天翻地覆。姜湖下意识地将手插进口袋，去攥她从脖颈上摘下来的那个吊坠，去攥那个挂在吊坠上的弹壳。冷硬的弹壳扎在她手心，提醒她一切都是真的。

她原本是个旁观者，看清女医生脸的那一刻，她没法再置身事外。

姜湖将车窗降下来，车外的空气在正午时分有些燥，不算冷。见瞿蔺往回走，姜湖开门下车，站在车旁等他。

她乍下车，远处的女医生也往她所站的位置看了几眼，两人没有对视。

瞿蔺走近了，姜湖问他：“是位女医生？”她想再次确定。

姜湖神色肃然，瞿蔺感觉到她身上一些不明缘由的变化，但没深究：“是。”

“你朋友？”

“对。”

姜湖又问：“知不知道她做医生多久了？”

瞿蔺不明白姜湖为何对一个陌生人如此感兴趣，他没有即刻回答，微陷思索。姜湖也没等，她绕开瞿蔺，往身后不远处春回所在的位置走过去。

一路踩过光阴荏苒，踩过世事婆娑，踩过岁月更迭。

姜湖已经记不清，她最后一次见到春回，是在多久之前。有些变故发生之后，她已经不去在意时间，她只记得最后见春回时的那些画面。春回在哥哥姜行病房外，孤身跪在地上，哭得双肩齐抖，眼泪砸了满地，却没有哭声。

在姜湖的记忆里，爷爷的警卫员春叔家的小姐姐和姜行青梅竹马，她叫春回，总是笑得像朵葵花，和她的名字很配。

春回很文静，很温柔，也很柔弱。后来姜湖见过春回哭了几次，是在无数人告诉春回，她和姜行是两个世界的人的时候。当时年少，姜湖没想过那是什么意思。再后来，就是姜行驻外维和负伤，以及回国后的长睡不醒。

天之骄子和灰姑娘之间的差距没有了，但有了随时可能生死两隔的距离，这距离越拉越远了。

姜湖记得春回学的是新闻，不是医科，可时隔多年未见，此刻春回却成了一位女医生。时间真是魔法师。春回现在的气质，和当初比也变化了不少。柔弱没了，代之而来的，是被时间打磨出的坚韧和英气。

此刻她们这样在异地偶遇，纵使在影视剧里，都显得过于巧合。

走近了，两人都敛了脸上的意外和惊诧。

春回同样认出了姜湖，她先开口："小酒？"

姜湖往前迈的脚步也一滞，自姜行不再如常喊她"小酒"之后，她已经多年没有听过这个称呼。春回和姜行那么熟，当年也是随着他叫，除了他们俩，这世上没人这么喊她。

在这个世界上只有姜行知道，她的酒量好。从小捉弄她也从小就是她的盔甲的姜行，给她起了这么个绰号。

面对记忆里总是和姜行捆绑在一起的女人，姜湖收紧声音，开口："是我，春回姐。"

两个人都没表示惊讶，也没说难以置信，遇到了，打过招呼后就陷入沉默。可以沉默，但不能沉默到底。

隔了几秒，姜湖问："你后来，改学了医科？"

春回嗯了一声："是，有些难，跨系难，改专业难，没想过最后能成功，走到这一步，有点儿运气。"

姜湖还想问为什么，她知道，这世界上以大龄而改学医科的女人还有一个——世卫组织总干事陈冯富珍，她是受丈夫影响。那么春回呢，影响她做出这个艰难决定的人又是谁？姜湖看着她温和的面容，想起姜行那张英武的自小招人的脸。接下来的问题她问也许不合适："你现在……成家了吗？"

春回："没有。"

姜湖松了口气，又问："什么时候回国？"

春回说："不知道，没想过，在这里睡得安稳。"

姜湖："……"

沉默又持续了数秒，就在姜湖想告辞时，春回问她："他还活着吗？"

春回的这句话不断在姜湖耳边循环，一遍又一遍。姜行是否还活着，在很多个日日夜夜里，也曾是姜湖想要知道却又不敢询问的问题。姜湖不敢问爷爷姜式武，不敢问妈妈程佩，不敢问姜行的发小和战友，也不敢自己去军区医院证实。她甚至怕见到姜行那张苍白的不会动不会笑的脸，她总是怕万一，怕某一天得到的是比长睡更坏的消息。

姜湖活久了才知道，一世为人，最大不过生死。而人最无能为力的时候，恰恰是无法控制生死的那些时刻。

春回问了这个问题后，也不再直视姜湖，只侧身听风，同时也等姜湖的答案。

有些事，隔得久了，不常去想，不再提及，她差点儿忘了自己曾经那样关心过、在意过，哪怕怀念一秒，都伤筋动骨。

姜行一躺几年，失望和希望交错过后，春回已经不再向往明天。更努力一点，活好自己的人生，活得有价值一些，是没有姜行之后，她唯一力所能及的事情。

姜行醒了，她和他之间的差距还在。从别人那里听到不合适、不般配之类的议论多了，她已经不知道继续努力下去是对是错。如果姜行撑不下去，她目前也没有一个可以出席葬礼的、可以刻在墓碑上的和他有关的身份。

过去的人和事，她起初有些逃避，怕听闻，也怕听闻不到。到后来，她常年背井离乡，不用逃避也已经听不到跟过去相关的半点儿消息了。当年那一堆人，和姜行同期的伙伴，连年纪最小的、最无欲无求的、被称为"女司马"的跳级生陈觉蒙都已经为爱脱离南系，北上嫁入虎门叶家。

春回见过陈觉蒙在邮件里发给她的照片，经受岁月洗礼的男人，和无畏的初生牛犊不怕虎的女人相偎相依，阳光漫过两人肩头，填满整个画框。

春回梦里也曾经见过类似的照片，主人公是她和姜行。可现实里，她手中没有一张同姜行的合影。

除了故人，身边没有人知道她爱过一个人，爱了很久，跨过整个青春年少。

隔了没多久，姜湖给出答案："还活着。"

只是三个发音简单的字，说完时，她的唇甚至都在颤动，夹在里面的感情太过厚重。

闻言，站在迎风处的春回从口袋里摸出打火机，她找不到烟，拈着打火机的手在颤抖，颤抖越来越厉害。掐了自己手背一把，但毫无作用，她的手抖得几乎夹不住打火机。

春回的举动太过明显，姜湖看得到，如果姜行看到眼前这一幕，心疼不疼？可没有人能代替他给眼前的这个女人一个拥抱，姜湖想。

不知道是否能安慰春回，姜湖说："他一直是个好样儿的，很努力，继续活，努力醒。"

春回听后笑了下，很淡，惨淡。

姜湖也不再作声，因为话都苍白。

两人相对着静立，隔了一分钟，春回略微冷静后说："抱歉，刚刚有些失态，没让你看到一个更好的我。"

姜湖说："不会。"

"比我好"这几个字她没说出口，因为春回不需要这种恭维。

春回问："你最近一次见他，他怎么样？"

姜湖利落回道："除了不醒，还是我喜欢的哥哥样儿。"

春回笑了声，不长，但算是轻松。

想起当年病房外的混乱、训斥，姜湖又说道："春回姐，当年我妈的话，你都忘了吧。"

春回嗯了一声："没记，没事儿，难为你还记着。"

程佩不喜欢她，不是一朝一夕的事儿。姜行在，是她最大的后盾，他若不在，程佩的不喜欢更不可能变成喜欢。儿子重伤，程佩心境如何，她能想象，她也理解，她不怪谁。

姜湖再度沉默，这个空间有些压抑，姜湖想要喘口气儿。她不再看春回，侧身回头看去，目光不偏不倚刚好落到远处瞿蔺的脸上。

瞿蔺的视线像一张网，正网罗着她和春回，他手里捧着她刚才下车时落在地上的那沓稿子，和她摘掉的那个灰白色头巾。风吹过他宽阔的肩头，吹过一地黄土，而后吹到姜湖和春回身上。

瞿蔺就那么捧着那沓厚重的A4纸笔直站着，姜湖甚至担心他和纸上的墨一起被风吹散，纵然他如松如石。她还记得他的胳膊不久前经历了大的承重刺激，此刻需要的应该是歇息。

姜湖转身时，春回也跟着她将视线投向瞿蔺。

春回早一步收回视线，问姜湖：“来工作？”

姜湖：“对。”

春回又告诉她：“瞿蔺脾气好，会是个好的向导。”

姜湖：“……”

似乎她接触过的人，给瞿蔺的评价都是赞扬。

春回继续道：“小酒，我不建议你继续往南走去萨托。”

姜湖应声：“我知道，有数，你放心。”

她的目的地是萨托，可听了异乡人唐云和夜店那位女侍应生的故事，她已经不再强求地图上的那个坐标，往前走一走就可以回。遇到一个爱的人和好好活着对她都有着无限的吸引力，她惜命。

姜湖告别春回再度向瞿蔺靠近的时候，瞿蔺看到她将一个物件塞到春回手中。微一留意，瞿蔺辨识出，姜湖送给春回的是此前比她自身安危还重要的那条吊坠。瞿蔺知道，吊坠下面挂着一个弹壳。他替姜湖处理伤口时，姜湖一直在摩挲这个弹壳，他看到过。

姜湖同春回相识，她们并非陌生人，瞿蔺在姜湖向春回走过去时已经明白。且她们关系匪浅，在眼见姜湖送出那枚弹壳时，他也立时知道。

这世界真小，他们两个竟然有共同相识的人。

很快，姜湖回到车畔，她在上车前绕到瞿蔺身前，将瞿蔺拿在手里的那条头巾抽走才开门上车。瞿蔺拿着的那沓稿子，她没管。

她上车，瞿蔺替她关上车门。姜湖拉车门的手慢了一点，车门已经被人从外面关上，她搭在车门把手上的手臂被一道推了回来。

姜湖抬眼看瞿蔺，见瞿蔺还用指腹擦了擦车门上的一处土渍，擦得慎重仔细，就好像他关车门只为了去擦那处污渍一样。干件体贴事，还得用别的事儿遮掩，好像做这事不是他的本意。这种“不真诚”的路数姜湖觉得陌生。

原来他还含蓄，姜湖想。她笑了下，她此前也没看出来，这又是新认识。

瞿蔺也回到驾驶位，两人重新在车上坐定。姜湖没说话，没有即刻介绍她同春回的关系，瞿蔺也没问。

车外寒风仍旧呼啸，挂在身上数年之久的那枚来自姜行的弹壳没了。姜湖将 Alma 给的这条灰白色头巾缠在手上，裹了一层又一层。卸了枚弹壳，感觉少了很多东西似的，多这条头巾，仍旧补不回来那种缺失感。

她将头巾缠得紧了些，也无用，虽然那枚弹壳不是丢了，是她主动送出的。

她觉得这个决定是对的，但是缺失感也是真实存在的。

姜湖没再观望春回身边的那个车队，而是突然问瞿蔺："有兄弟姐妹吗？"

她问得突然，瞿蔺不知道这是否与她和春回的意外相逢有关，他给出答案："没有。"

姜湖哦了一声，而后是极淡的两个字："难怪。"

瞿蔺不知道她这个"难怪"后面没说出口的东西是什么，她在怎么想他。她表情冷淡，他对此没什么乐观的预计。

姜湖习惯了坦白，倒没遮藏她的想法，解释道："有亲属的人安土重迁，不会在这里只身待满一年。"

"待得下的，要么是真的无牵无挂，要么是和亲人关系不睦，不用回和回不去的人，才舍得一去数百天。"

姜湖一副久经世事的感慨模样，面色肃然，语调沉重，后一句比前一句低沉得更多。同此前在桥面上，置身于那辆被撞的车内，他说要推她下去时的那个鲜活的姜湖不同，同此前在夜店外自觉往他身后移，让瞿蔺替她挡风的那个微带狡黠的姜湖也不同。这时的她，情绪处在低谷，坐得近，瞿蔺能感觉到从她身上透出来的冷。

姜湖说得不无道理。瞿蔺直视她一眼，而后看向车外在重整的车队。

姜湖身冷，他的话就稍多一点，这是他的为人处世之道。他回姜湖的话："倒不全是，有的人留在这里，只是为了生存，赚钱往下活。"

姜湖看他。

瞿蔺："举个例子，唐见善，老唐就是这样的人。"

姜湖等他说下去，瞿蔺本不愿多言，尤其是谈及他人时不愿多言。他眼角余光扫到姜湖又在盯视他，等了半分钟，姜湖的目光没有挪移。

又是看个没完没了？老唐说得对，她很好意思，他迟早会被她弄得不好意思。

侧脸的温度在变化，瞿蔺咬了下牙，松开后，他说了下去："老唐走出国门前，起初想去北欧过小日子，后来想去北美干些大事闯一回，雅思和托福刷分刷了几次，最后还是不理想，没有拿到 offer，就放弃了。"

他一开口，姜湖便收了目光不再盯视他，但有疑问："老唐是阿语生？"

瞿蔺："不是。"

这个否定的答案一出，姜湖再度发出质疑："对一般人而言，从小学到大学，英语对比阿语，哪个语言环境更难？"

瞿蔺解释：“打算去北欧和北美的那个老唐是学生，来这里的那个老唐，是务工者。来之前，他不懂阿语，来这里待久了，耳濡目染，自然慢慢学会说了。”

两种身份落差极大，中间一定有变故，姜湖猜得到。

果然，瞿蔺说：“他以前家境不错，后来出了事。”

瞿蔺微有留白，没说完整，没说是什么事。

而后他又说：“事发后，家里有人跳楼，命没丢但人瘫了。家里人的后续护理医疗费和债务都多，老唐那会儿逍遥惯了，肩被压得很沉，来这里是想淘金走走捷径。最初旅游业没被战乱波及的那些年他做过地接，做地接久了，见到的国人多了，知道大家不适应这里的饮食，很多人对中餐有需求，他才生出开中餐馆的念头。”

老唐是身在勒革的同胞里话最多的一个，其他人都是不提过去，或者吹嘘包装自己，不说真实的过去。老唐却喜欢与人分享他的历史，无聊了就说说当年那些事儿，分享那些身为二世祖的日子，和他那死也想不明白突然就急转直下了的命运。

姜湖安静地听着，原来老唐也是个有故事的人，在这里，似乎人人不简单。推及所有人，在瞿蔺话落的一刹那，姜湖突然有些好奇那些他未曾讲过的，属于他的人生，也有些好奇他嘴里的那段“技工”生涯。

稍后再问，她这么决定。

跌下去的心情没被拯救，但还是要表态自己认真听完这番话。她接着问：“现在呢，老唐的亲人在哪儿？是来了勒革还是在国内？”

瞿蔺很快回答她：“不在了，以后只有唐云。”

姜湖闻声沉默，不知道往下该接什么话。表示同情？没必要，没人喜欢也没有人需要。送祝福？这又不是新婚和新生，何况老唐不在。送祈祷？这有个屁用！

瞿蔺的这句话，让姜湖突然也很想念她的亲人，想念姜行，想念那个从他嘴里听不到丁点儿好话的姜行，那个她在时损她、嫌弃她，她不在时却又把她夸出花儿来的姜行。

这么一琢磨，姜湖觉得本来被她忘掉的脖子上的伤口又疼了，她得找点儿事做。姜湖微一咬牙，将她缠在手上的头巾松开，从手上扯下来。

瞿蔺见姜湖开始折那条纱巾，她几次编折，最终将折好的纱巾置于瞿蔺眼前。瞿蔺看了一下，姜湖折出来的东西，是个不算对称的蝴蝶结。尽管他身旁的这个“手艺人”已经努力修复了一番，但仍旧不够对称。

蝴蝶结就在视野之内，瞿蔺避无可避，只能看向蝴蝶结。姜湖对他微点头，她似乎在等他说点什么，瞿蔺只得开口：“这条纱巾给你，是裹头裹脸用。”他提醒姜湖。

姜湖：“我记得。说说，看着顺眼吗？”

这问题很突兀，瞿蔺微蹙眉，不说话。

姜湖当他默认：“那好。这么一来，你需要讲个笑话。”

这毫无缘由。瞿蔺一挑眉：“怎么说？”

姜湖：“它顺眼，是取悦了你，作为回报，你给我讲个笑话。”

还是莫名其妙。瞿蔺甚至略觉无语：“姜小姐想强买强卖？”

还是姜小姐？姜湖平和地先回了他两个字：“瞿蔺。”

她没客套，第一次叫他的名字，婉转低回。她明艳的脸和悦耳的声音，让瞿蔺听后耳根的肌肤一跳，和他的心跳重合。是身体上不该有的默契，他的眉峰没松。

姜湖拆了她系的那个蝴蝶结，身为雇主，她有一点坚持：“你这人认生？同行有段路了，不管是蒸、炸、煎、煮还是烤，一分熟总该有了。记好了，以后没有姜小姐，我是姜湖。”

第五章　战地守墓人

姜湖，江湖，她的名字好记，瞿蔺自然记得住。

瞿蔺不知道姜湖是一时心血来潮，还是有听笑话的嗜好，又或者她是个极为擅长调节心理状态的人，心情低落时会主动寻找安慰。可他自己不管是拉长了、捏扁了还是扯平了看，都他妈的不像是擅长讲笑话的相声演员。

在这二十多个小时里，姜湖同样在颠覆瞿蔺对她的认知。起初，他以为她有着超出年龄的理智、漠然，现在，瞿蔺觉得她亦有低于年龄的少女心性。

讲笑话？让瞿蔺扯都扯不出来。姜湖点的如果是杂耍，他还能秀几招腿法糊弄一回，或者哪怕是口技，吹个口哨也比编段子强。

瞿蔺沉默了一会儿，到他能组织出话来，已经离姜湖提出讲笑话的时间太久，他无法顺其自然地开口了。车厢内有长达一个多小时的静默，和姜湖相处，瞿蔺颇觉捉襟见肘，他应付唐云都少见这样的情况。

瞿蔺觉得自己要对冷场负责，在汽车驶入下一个解放区伽米的时候，他主动提出："行程不算紧，有一个地方，经过这条路的人我会建议他去走走看看。"

他又问："有兴趣吗？"

为什么不？姜湖已不指望听笑话，她将视线从车窗外的一堆瓦砾中收回来，冷静回道："可以有。"

她来安提克，增加见闻本是其中一个目的，没道理拒绝。

一刻钟后，瞿蔺将车停在一栋被炸毁后还未修复的四层楼旁。这栋楼的楼顶被削掉了，三层的玻璃都掉了，二楼还少了一部分墙，一楼有人在战后迁回来暂住，姜湖透过窗户能看到里面有生活的痕迹。这房子，很像国内经常见诸报端的一些历久经年即将垮塌的危房。

瞿蔺走在前面，姜湖带着这楼随时会塌的心理准备跟着他，边走眼皮边跳。她忍着，因为她说过可以有兴趣看一看，她得对自己的话负责。在某些方面，她是一个教条到令自己发指的女人。

楼门没关，瞿蔺带姜湖进一楼大门，他没敲门呼唤主人，也没有带着姜湖在室内停留，只是带着姜湖很快又从楼的后门穿了出去。

楼后门也没有锁，像是主人毫无顾忌。推开后门，出现在姜湖视野之内的是一大片平坦的土地，在这片土地上，姜湖没见其余的活人。她进入伽米之后，就很难发现在室外活动的人口，这里的人数远远少于勒革。

瞿蔺望着眼前开阔地上的一片木碑，对姜湖说："我的朋友不在，这次恐怕没法介绍给你认识。眼前这些，你觉得是什么？"

能是什么？

空旷的土地上，暗沉的木制碑规矩地立着，姜湖此前翻译过一本一战时期的著作，她在那些资料里见过类似的墓地。那是被国民政府派出，远赴海外客死异乡的华工们的墓地，那是中国人对第一次世界大战做出的贡献和牺牲。

眼前这片打理得不算精细的墓地，姜湖粗略一数，大致有二十几块碑。她已经有了答案，只问："埋的是什么？"

话题至此，她声音适时地低下去。墓，总不是乐事。

从墓地吹来的风大了一些，姜湖随后听到了瞿蔺在风中仍旧清晰的话语："葬的是一些动物，还有个别人。"

有动物？这个答案倒是让姜湖略感意外，她问："你的朋友为什么要收敛这么多动物的尸体，并且给它们下葬？"

瞿蔺往墓地前走了几步，弯下腰，手探出去擦木制的简易墓碑上刻的字。

姜湖跟他往前走。

瞿蔺擦干净墓碑上的浮土，抬眸看着站在身侧的姜湖说："在他眼里，它们不是动物，是他的兄弟姐妹。他在这里没有亲人，独立生活，收养了一堆流浪动物，给它们起了名字，它们都是他的家庭成员。"

姜湖视线垂在一堆木碑上："都是怎么没的？"

瞿蔺回道："火箭弹，爆炸。"

"葬在里面的人也是？"

瞿蔺直起身："是，是他的邻居们，包括之前住在我们身后这栋楼里的所有人，除了当时外出的他。"

那么多条生命，就这么无辜地躺在这片黄土地之下。看着周围一堆堆仍未清理完毕的破碎水泥石块，一堆堆的建筑残骸，姜湖有一瞬间恍惚起来。

生和死的距离，时远时近。这些亡灵会觉得冤吗？他们死前恐惧过吗？原本的家园成了墓地，他们能安息吗？为他们守灵守墓的人，在这漫长的孤独中有没有哪怕一瞬间的快乐？

姜湖没有出神太久，她很快被瞿蔺的下一个动作唤了回来。只见瞿蔺从口袋内掏出一个酒壶，她认识，是此前在勒革那家夜店里，瞿蔺带她去取的那些酒。

他拧开盖子，在之前擦过的那个墓碑前将酒水倾倒一空。

姜湖问："你把国内的习俗带过来了？"

瞿蔺说："习惯了，就没改。认识认识，这下面埋的是一只牧羊犬，最喜欢趁人不注意偷酒喝。"

姜湖："……"

他倒是和朋友熟到连朋友的狗都熟。姜湖看了眼那个墓碑，脑海里想象着她见过的那些牧羊犬的样子。她不知道沉眠在此的这一只牧羊犬是什么样的毛色，死时已经多高多长，她无法想象，也从潜意识里拒绝想象。

牧羊犬已经离世，无论她想象出一个多么鲜活的形象，它都已经不在了，她和它无缘相识。

就在姜湖思索的这几分钟，瞿蔺在墓碑前徒手挖了一个坑，将酒壶也埋了进去。姜湖看着，瞿蔺侧脸上写满认真，眸色黯淡。他认真埋着酒壶，将坑填平，随后他继续整理土层表面，一直整理到埋酒壶的地方就像不曾被挖开过一般。

姜湖一直看着，她的眉随着时间的流逝渐渐蹙起。望着眼前沉静如海的瞿蔺，姜湖脑海中突然涌出一个猜测，关于瞿蔺这位守墓朋友身份的猜测。

姜湖没有直接将她的猜测抛给瞿蔺，而是先问："为什么建议别人来这个地方？"

瞿蔺微拍手，清理手掌上沾满的土，他从未建议过旁人来这里看看，在此之前从未有过。

姜湖问得认真，瞿蔺却不认真，他望着她笑了一下："随口这么一说，诓你来，然后你就真来了。"

姜湖："……"

姜湖冷剜瞿蔺一眼，不深。这次瞿蔺接收到了，他随即清嗓正色道："见过的死越多，也许活着的人越能正经活，总没什么坏处。是不是这么个理儿？"

活着是很多死去的生灵求而不得的机会，他希望这些生命的离开能提醒还活着的人珍惜生活。姜湖懂了。他刚才倒的那酒，既是浇在墓碑前给那条死去的牧羊犬，也是在往她的心口淋。这既是酒，也是某些她平日里忌讳的鸡汤，他烹的这一碗汤倒是不腻，姜湖喝得下去。

瞿蔺没有留恋，很快转身，并招呼姜湖跟上："走了，继续赶路。"

姜湖却没紧跟上他，而是站在原地道："瞿蔺，你刚才说行程不紧。"

瞿蔺自然没忘，他记得。

姜湖继续："既然不紧，我们急什么？"

瞿蔺停下迈开的脚步，回身看她。

姜湖说："已经进了你的家门，我们是不是可以停一停，歇一歇，坐上一坐？"

瞿蔺带她在楼内长驱直入，不按常理敲门征得许可，熟门熟路；他径直走向那只牧羊犬的碑，也很熟悉这片墓地，等等。姜湖猜，他嘴里那个守墓的朋友根本不是什么朋友，就是他本人。

瞿蔺在姜湖话落的那一刻喉咙一哽。这个女人有颗玲珑心，她很聪明，他没说出实情，但她猜得对。

这是他的家，没错，但坐坐？他家里除了床，没有能坐的地方。

但最终没能继续赶路。

姜湖再度跟随瞿蔺回到楼内，进入了那间有生活痕迹的房间，此前她穿楼而过时见过的。瞿蔺家的家具很少，唯一的大件儿是被一块儿长布围起来的床，此外既没有椅，也没有凳。房间墙面的漆大部分都脱落了，能看到内里的砖石。

窗外日薄西山，室内的光在慢慢飞走，留下一室晦暗。窗户还算完整，碎玻璃被人用胶带固定住，没有脱离窗棂。窗帘上落满了灰，被人拉开堆在窗畔。

姜湖抬头看，发现头顶那盏灯的灯罩已经碎了，不知道还能否照明。窗台上有一个倒下的相框，姜湖走过去将它扶正，发现是一个中年女人的照片。

这是一张和瞿蔺面容相像的东亚面孔，他的母亲？照片上的女人姜湖觉得面熟，可她一时想不起在哪里见过。

姜湖仔细打量室内环境的工夫，瞿蔺已经将停在楼前街道上的车调到楼后，姜湖能听到隐隐约约的汽车啸鸣声。

姜湖开了房门，看着和房门相对的，同样开着的楼后门，透过这两扇开着的门，她能看到置身楼外的瞿蔺。

瞿蔺停好车，正往楼内走。他还没进门，听到远处有人唤他的名字，于是脚步又停了下来，是住在同一条街上的当地人 Nissan。

Nissan 听到车声，从她开的超市往外探头观察，发现是瞿蔺回来了，于是前来寒暄。瞿蔺此前同 Nissan 并不相熟，战后重回这里的人不多，他们巧遇时偶尔攀谈几句，才算是真正认识了。

很多人即便活着也在战后选择了远离，不再回到这片有丧失亲友悲痛记忆的故土。还愿意回来的这些人，互相之间自带一种彼此珍重的情谊。

Nissan 将一个大纸袋拿给瞿蔺：“吃的，拿着吧。”

食物是他们需要的东西，瞿蔺没推：“谢了。”

他接过，然后在从车上拎下来的包内寻找钱包。Nissan 一把摁住他的手：“不用了。”

她的拇指在瞿蔺掌心虎口处碾了碾，带着某种暗示。

瞿蔺不动声色地将手抽回，从包内把所有的纸币抽出来塞给她：“应该的。”他句子都不长，越发礼貌而疏离。

Nissan 还是推拒：“不用。这样吧，你帮我搬个东西，过会儿去我家一趟？”

再过一会儿，天就黑了。这片的电还是断的，Nissan 寡居，夜色下，孤男寡女能做什么？瞿蔺没有回收纸币，而是将视线调转，看向远处站在层层门后的姜湖，对着 Nissan 说了句什么。Nissan 转头看了姜湖一眼，很快离开，不再提让瞿蔺于夜色中上门，只是离开前又多看了姜湖几眼。

瞿蔺拎着从车上拿下来的东西和 Nissan 给的食物进入室内的时候，姜湖好整以暇地靠在床边问：“拿我当枪来拒绝别人？”

这片土地缺青年男性，她知道，相应的，男性是抢手货，顺理成章。

Nissan 离开前看姜湖的眼睛里有恨，有嫉妒，姜湖觉得她看过来的每一眼都带刺。此前 Nissan 的小动作，和瞿蔺骤然紧绷冷淡了的神色也没逃过姜湖的眼睛。她猜瞿蔺甩了她一口锅。

眼前那场她刚看过去的戏，大概叫作落花有意流水无情，挺俗，但百看不厌。

姜湖的问句问得太过笃定，还透着看戏之心，瞿蔺听出来了，他将 Nissan 给的纸袋放在窗台上。

姜湖继续说：“这里一夫多妻，还是一夫一妻？要是前者，你可以考虑考虑。”

考虑以身相许？事不关己，她说得轻松容易。

瞿蔺背对着姜湖："虽然不好意思，但资源有限，的确是借你当枪用了。我告诉她，你是我远道而来的姑姑，有杀人倾向，靠近不得，建议她离我们远点儿。"

姜湖："……"

杀人就算了，姑姑是什么东西？短暂的无语过后，姜湖讥诮回道："我要不要谢谢你给我长了一辈？"

"客气。"

这谢谢他就这么接收了？姜湖笑了，气结。她知道他同 Nissan 说的应该不是这句话，他这样回复只是为了怼她。

瞿蔺在她眼前倒是越来越鲜活了，姜湖已经不知道该往他身上添什么样的形容词才好。冷？不是；热？也不对。想起那一大片墓地，姜湖决定包容他。

姜湖半天没吭声。瞿蔺整理好从车上带出来的东西后，回身问她："抗冻？"

他问的和上文毫无关联，姜湖的包容心还未完全释放，不禁问道："不抗冻的话，你难不成会治？"

姜湖话里带着讥诮，瞿蔺却仍旧冷静而克制，只回道："不抗冻，晚餐我们在室内点蜡烛；抗冻，就楼顶借着自然光。"

看来那灯真是坏的，姜湖瞬间忘了前尘往事，理智做出选择："楼顶。"

这个小房间一共十几平米，待久了无聊，没什么滋味。

楼顶是歪的，不平。上楼的台阶还算完整，瞿蔺只在难走的地方拉了姜湖几把。姜湖坐在被削掉顶的顶楼上时，才发现它是歪的。

夜色已经慢慢爬升，四周的景物越发黯淡，天幕上的一轮孤月慢慢亮了起来。姜湖坐在瞿蔺的旧衣服上，手里拿着瞿蔺给的两块儿比萨饼，饼内包裹着烤肉串，配着蔬菜沙拉，口感算是丰富。

这也是姜湖一日下来享用的最为丰盛的一餐，奇怪的是，竟然是在到目前为止她一路上经过的最破烂的地方——伽米。

食不言。姜湖消灭掉比萨饼之前，没有开口同瞿蔺说话。渐渐的，夜空中的星被一颗颗点亮，夜色完全降临时，姜湖解决完了食物。

坐在楼顶，借着月色，她能看到瞿蔺的那一些"兄弟姐妹"，以及他的邻居。没有风声，姜湖和瞿蔺不说话时，四周也没有人声。姜湖不知道人到底是否有灵魂，如果此刻她想举杯，那些突然在战争中离世的生命能否跟随痛饮。

夜深人静，适合对月小酌，便于安眠。

姜湖侧身打量瞿蔺周身一圈，瞿蔺安安静静在她身旁坐着，视线放远，看着楼下的土地，也看着那片土地后的废墟。他吃东西没有声音，不像活人。

这一番打量仍旧很直接，瞿蔺在这一日内已经习惯了她的盯视，脸不再发烧。

姜湖试探："喝几杯？"不过她没有在他身旁的纸袋内发现酒壶。

瞿蔺闻言这才看她，看到她脖颈那圈创可贴，拒绝："建议你先把你的伤养好，再考虑。"

姜湖："只是轻伤就下火线，未免夸张了些。"

瞿蔺仍未妥协："这个国家提倡戒酒。"

"了解，信仰所在。"姜湖又看着瞿蔺说，"有个基本的道理要讲，我身为人，会付钱的人，待遇是不是不该差于牧羊犬？"他先前可是主动给牧羊犬倒酒。

瞿蔺没给回应，静静的。

沉默的意思是她还不如被喂酒的牧羊犬？那再换一个突破口。

姜湖接着说道："虽然他们离开已经有段时间了，但是看到这片墓地你还是会触景伤情。"

"人心情差的时候，需要酒这种东西。"

"这很正常，我也不觉得这是不良嗜好，所以，你没有忍的必要。"

瞿蔺听着，听到最后，不知该如何管理自己的表情。姜湖说的是，如果他需要，她可以奉陪。

瞿蔺转而看着姜湖的眼睛，坐得近，他从姜湖的眸色中得出另一个结论：她是酒鬼。这是个表里很不一的女人，瞿蔺想。她想喝酒，还要给他安上个需要酒的名号，不道德、不仁义、冠冕堂皇。

瞿蔺最终妥协。

清酒的味道不烈，姜湖入口没尝出新鲜的味道。没有酒杯，只有酒壶，姜湖直接拿着酒壶灌酒。手中的重量减轻了不少后，姜湖继续同瞿蔺聊："碑上的这些字，你刻的？"

瞿蔺垂眸看向木碑："是我。"

姜湖问："碑上都写了什么，名字？"

瞿蔺嗯了一声："他们，不管是人还是物，都没留下墓志铭，我这个旁观者没权利替他们总结人生。"

这个沉重的话题该翻篇了，到此为止。姜湖转问："既然是电工，你的专业不是阿拉伯语？”

当然，她对电工二字仍然存疑。

瞿蔺视线落在近处姜湖狭长的身影上，没有吝言：“不是，从小跟家里人接触了点儿。”

姜湖猜测：“是老师？”

“不是。”

姜湖再猜：“外交官？”

瞿蔺这次没否认。想到 Alma 说他无牵挂，姜湖也没再问他长辈的去向和生死，只说：“技多不压身，好事儿。”

夜深人静，广袤大地上只有他和她。

瞿蔺罕见地反问姜湖：“为什么学法语？”

姜湖极少被他问问题，她微眯着眼，酒气此时也在不断上涌，她面皮上凉，皮下的血肉却热。她回道：“不稀奇，小时候看了几行课文，记住了这个语种。”

瞿蔺：“《最后一课》。”他似是随口一说，在姜湖话落那一刻，立刻接口。

在听到这四个字那一瞬间，姜湖耳畔一阵嗡鸣声划过，她不确定是因为听到了和她心底一致的答案，还是因为酒。

他猜得对，是《最后一课》。

年少时的那篇课文，姜湖记得久，一方面是因为爷爷姜式武从小对他们进行爱国主义教育，这是素材；另一方面是因为姜行背得熟。

普法战争法国战败后，被割给普鲁士的那片土地上，禁教法语，要改学德语，课文里写：

“韩麦尔先生从这一件事谈到那一件事，谈到法国语言上来了。他说，法语是世界上最美的语言——最明白，最精确；我们必须把它记在心里，永远别忘了它，亡了国当了奴隶的人民，只要牢牢记住他们的语言，就好像拿着一把打开监狱大门的钥匙。”

姜湖自此记住了法语，不是因为任何高尚的情操，只是年少时的一些印象。

在瞿蔺说出那个题目后，姜湖有许久没有再说话。巧合吗？不会，这么多年，没这么巧过。有人问过她，有人猜过，但没这么对过。

他们已经在楼顶坐了很久，此前风平，此刻渐渐风起。姜湖扯了下衣角，瞿蔺见状脱下外套，扔给她，没说话。

挺好的男人，懂体贴，虽然嘴有时不让人觉得称心。姜湖这么想。

在她猜他在守墓，在她知道他救人时，她已经这么觉得。看清他的脸，坐在被他抬起的车里，有些东西蠢蠢欲动，姜湖已经有所察觉。

你遇到一个人，你们会发生什么，很多时候，第一眼你就知道。此刻世界静，那些东西变得更为明显。

姜湖没动，衣服还没有披在她身上，瞿蔺拧眉看她。

姜湖说："僵了，劳烦你借我双手，披一下。"

瞿蔺微微挪向她，拿起外套，披在姜湖肩头。

他给她披好衣服，手臂还没来得及完全收回来，姜湖冷不丁叫道："瞿蔺。"

这一声很突然。瞿蔺闻声垂眸看她的脸，在他视线刚搁置到姜湖脸上那刻，姜湖忽然松开此前握住的酒壶。她的眼和被酒烫过的胃一样热。

当啷一声响，姜湖在瞿蔺垂眸那刻锁定他的唇，她单手勾在他颈后，另一只手勾在他腰间，微提上身，吻了上去。

瞿蔺僵在原地，身前贴着他的身体是软的，覆在他唇上的唇瓣是软的，他身体的某些部位，也被她撞软了。

姜湖没贪心，只尝了一口，很清新的味道，覆盖掉她的酒气。她退开后，手背甚至在瞿蔺侧脸上蹭了蹭。

瞿蔺眉仍旧拧着，深邃的眸底，那片黑正在翻江倒海，带着一丝不悦。

啄完了，退回原位，姜湖问他："你什么感觉？"是扑通扑通，还是一潭死水？

瞿蔺望着她，压制着随夜色和酒意潮涨般的东西。他挪远了半米，严正声明："冲动完会后悔的事儿，姜小姐最好在冲动时忍忍。"

这条路有终点，但终点却不是生命的尽头。偶尔气氛有了，有一次肢体的纠缠，打一炮就散，或者吻完忘掉，他都玩不起，也不想玩。他不想被搞，也不想搞人。

无意做忍者，姜湖道："明天记着提醒我。"

瞿蔺眼里写着：提醒什么？

姜湖坦荡直白："再吻你一回，确认我到底什么感觉。"

姜湖话落，拢紧瞿蔺给她的外套，面不改色。静寂的夜里，远处有星点火光，像是暗寂的伽米城里有鬼火在跳。

风一吹，姜湖大脑清醒了不少，唇上还残留着吻瞿蔺时那种柔软的触感。她微一回味，此刻是什么感觉？自己觉得……还不赖。

身体到底在想什么，她懒得管，她只配合，它想了，她就去做，譬如吻他。教条和放肆在她身上都有，且没有分界线。她可以规矩地做个游客，道谢和道歉都能说，但她也不排斥在旅途中放肆一回，何况她也没夺他的贞操。

吻，通常是性的前哨，姜湖明白。

年幼时，性是不明所以；年少时，性是患得患失，是夜里想心上人时的失眠难耐；后来，性是欲望，是爱情……在活了更多年之后，性还可能只是因为孤独，或是一次酒后冲动。姜湖拒绝糊涂，她想要确定，她到底什么感觉，这决定了她是要继续，还是就此终止。

啄了人，姜湖仍旧心安理得。

外套脱给了姜湖，翻江倒海后的瞿蔺被北风吹了个透，身体和唇的温度不一样，他能清晰地感知到。啄了人的人还告诉他，要他提醒她再啄一回，还有天理？瞿蔺一时间无语。

Nissan 给的食物里，还有几根黄瓜。瞿蔺捏着 Nissan 给的那个纸袋，纸袋在他手心里滚了一圈，他能感觉到黄瓜的修长轮廓。

哪怕是根儿黄瓜，被蹂躏了，都得起点儿反应，会腐烂，何况他是个人。在相识时间如此短暂的情况下，姜湖突然靠近他，不可能是因为爱情，瞿蔺知道。

被吻了，他也没那么无动于衷。这吻他尚且能牵强附会成人和人之间的示好，那么摸脸呢？有生之年，他没干过这事，没摸过人脸，瞿蔺没办法不往男女关系上联想。他能想到的词汇只有意乱情迷和一时冲动，都和玩有关，和认真无关。

他活一天都是赚来的，没有玩的资本。沉默着隐忍了大概有十五秒，瞿蔺最终说："这一回暂且算了，我不计较。"

但她下一回如果再轻薄他，就得算算清楚。

不计较？这么说她得领他的情？姜湖听完没领情："瞿蔺。"

姜湖希望他活得坦诚一些。他长了手，但没推开她；他长了脚，但没即刻转身走。姜湖想，他不排斥这个吻。她试图同他讲道理："我在世为人，通常不介意别人和我算得很清楚。"

瞿蔺捏着手中的纸袋："……"

话说得还能不能留点儿余地了？怎么算清楚？原封不动地吻回去？

瞿蔺手上的力道比适才重了一分，黄瓜被挤出汁液。他没理会姜湖的话，没回复她。

又坐了五秒，姜湖伸手推瞿蔺肩膀一把，问："喜欢动物？"她再度和他聊起人生。在她想聊的时候，她从来不忌讳开启一个和前文毫无关联的话题。

是该聊些别的，免得尴尬。瞿蔺望着近处楼后的一座座墓，说："还可以，收了做伴儿。"

"拿什么养？"瞿蔺看她，姜湖补充，"我是指，食物。"

见瞿蔺还在看她，姜湖说："说这话有些抱歉，但据我观察，你穷。"

瞿蔺这次眼神斜过去，看她看得更仔细。她大义凛然着，此刻有一个词适合瞿蔺，这个词叫哭笑不得。

姜湖继续问："过去它们吃什么？"

瞿蔺收回视线，答道："没准儿，各有挑食。"

姜湖长长地哦了一声："虽然还是很抱歉，但我觉得，是你惯的。"

瞿蔺："……"

抱歉是她的口头禅？瞿蔺最后承认："是我惯的。"

他对它们，是宠，所以它们活着时和他亲昵，它们死后他也没有和它们彻底分离。两人难得地达成了一致。他们聊着那些死去的人类的朋友，带着一种相对温馨的气氛，仿佛眼前没有墓地，仿佛从来没有死亡。

风越发强，姜湖拢头发："你带我一路，虽然没免费，但到目前为止服务还过得去。"

"现在天气也不错。"

"是同胞，我也乐见你日子过得顺心。"

"我有句话不知道该不该说。"

姜湖又开始了她说正题之前那种特有的铺垫，几句话说得前言不搭后语，天气和该不该说话有关系？

风将姜湖的长发吹得乱七八糟，她一只手没拢好，无奈将双手都置于发梢，披在她肩头那件瞿蔺的外套随着她的动作开始下滑。瞿蔺瞥她一眼，手臂探过去摁住那件衣服。

瞿蔺靠过来，但姜湖没感觉到更多的热气，他身体冷冰冰的。

铺垫了那么多，可见她接下来那句话非说不可，瞿蔺没有拒绝："你说。"他想即便拒绝，她也会说，他已经了解了她的路数。

姜湖果然开了口："你还不老，搬远一点，轻松点儿活。"

别守着这些已经逝去的生命，老气横秋地着过。姜湖明白一个道理，生或死都不可怕，可怕的是当你认识的人一个个死去，一个个离开，你仍旧孤独地活着。那漫长无望的春秋冬夏，太难熬了。现在瞿蔺正式认识的人和动物一个个死去了，但他还在原地待着。

瞿蔺替姜湖摁衣服的手顿了下，又或者是颤了下，在听到她说“轻松点儿活”的时候。

拿人七寸，原来她还擅长这个。她说他活得累，明明他们还不够了解，明明他们还不知对方底细，她已经看得这样清楚，不是妖精，也许是神棍。瞿蔺想，老唐看人眼神不准。

没有隐瞒，瞿蔺坦诚相告：“不是没考虑过。”

他没再多说，也不想感谢她给的建议，毕竟她这么直接地扒了他一层“防护服”。他活得确实不轻松，可这很难改。这破败的顶楼，这能将人脸上的表情藏匿住，也能将人心底事翻出来的暗夜，不能继续往下待了，不能继续聊了。

瞿蔺感觉到了危机，被人挖开心坟的危机。他说：“冷了，下去吧，该睡了。”

姜湖轻耸肩，顺从地站起身，她前他后，两人很快下楼。

回了屋里，面对的是一室黑暗，以及黑暗里的一张床。

瞿蔺点蜡烛，姜湖靠墙围观。打火机扑出的火苗很细，瞿蔺引燃囤积过久保存不善的蜡烛烛芯并不容易。

看着那微弱的光，姜湖问：“不抽烟？”

瞿蔺嗯了一声：“不抽。”从前的工作不方便，现在的环境不允许。

没这嗜好挺好，姜湖觉得。酒吧里终日有人不分场合地吞云吐雾，她曾经觉得性感撩人，如今见烟却只想喷雾灭火。

姜湖评价：“你握打火机的姿势有些业余。”

瞿蔺：“……”

说得好像她是专家般，瞿蔺没用她帮忙点火，他耐着性子将蜡烛引燃。

点着后，瞿蔺走到姜湖身边，把烛台放到姜湖手里：“东南西北中，房间里你选个方便你用光的地方，自己搁好。”

姜湖见他一副交代后事的模样，追问：“你要走？”

瞿蔺说：“不走。”他摸黑在这个房间内行走自如，他不需要蜡烛，这根蜡烛是点给她的。不只是照明用，伽米冷，有光会显得室内暖一些。

既然不走，姜湖便没客气：“我对这个房间不熟，搁哪儿你说了算。”

瞿蔺思考一秒，没再推脱，他接手烛台。姜湖看他，见他走到床前，微弯下腰，将烛台放到床底，最后安在一条床腿外侧。

姜湖："……"

他真是挑了个好地方。用蜡烛来照床底？还是照地面？

蜡烛照出虚弱的光，比姜湖那晚在“大中华”见过的那些苟延残喘的壁灯透出的光还要弱。瞿蔺随后将窗帘关合拉好，准备工作似乎已经做得差不多了。

姜湖问："要怎么睡？"

室内只有一张既窄又短的床，床上的薄被看着也少，两个人怎么睡？姜湖视线围着室内绕了一圈，最后定在床上，瞿蔺自然看得到。

瞿蔺给出安排："你睡床。"

姜湖也这么想，她对这个答案满意。走到床边坐下，独占了窄床之后，姜湖客气地问："也好。我占了床，那你睡哪儿？"

安放完烛台，瞿蔺还站在床边，姜湖坐下后，瞿蔺俯身抱起床上的一床薄被。姜湖话里透着一丝谦让，但她脸上没有，极不诚恳。瞿蔺笑了下，他本就没指望她谦让，身为男人，不可能和她争床。

姜湖问完，瞿蔺答案还是一样："睡床。"他没多想，两个字脱口而出，可话落，他便知道这会产生误会。

室内只有一张短且窄的床，是一张，没错，姜湖再度确认了一下。她眼不花，即便眼花，也是多看出一张床来，不可能漏看掉一张。

瞿蔺站在床尾，姜湖坐在床头，两人对视了几秒，姜湖觉得有必要提醒瞿蔺："瞿蔺，说正经的，床身板儿不大，两个人压上去，欺负它不合适。"

是不合适。瞿蔺淡笑了一下，没再扯。

两分钟后，瞿蔺收拾出他的铺位，姜湖这才懂他说的都睡床是什么意思。一副床板，姜湖睡的是床上，瞿蔺睡的是床底。

床板太短，睡在床上的姜湖得蜷着身体，她有些怀疑这到底是不是瞿蔺的窝。置身床底的瞿蔺身材更是颀长，他的身躯无法全被床板挡住，这床的尺寸显然与他不和，如果他睡，得更为卖力地蜷缩身躯。

借着烛光，姜湖往下瞄，她看到了床板前后露出的瞿蔺的头，以及他的小腿、脚踝。烛光贴着地面，能让她视物，但不会扰她睡眠。躺上床去，姜湖才知道，瞿蔺安放烛台的地方刚刚好，她此前误会了。

瞿蔺身下是硬纸壳，身上是薄被，他侧躺，睡意酝酿了一刻钟，听到姜湖的呼吸声很均匀，他决定吹蜡烛。

瞿蔺身体刚动，却听到他以为睡着了的姜湖问："床为什么小？"

有句话能还给她了，瞿蔺笑说：“人穷。”

姜湖没吱声，兀自眨了下眼，觉得这两个字听着耳熟。她翻了下身，视线往下看，瞿蔺的身体似乎挪移过位置，姜湖此刻能看到他的全身，当然不是全貌，只是没被窄床板遮挡的身体部分露出来的那几厘米。

瞿蔺似乎不怕冷，他上衣外套自从脱给姜湖后便没再上过身，此刻外套里面的毛衣也脱了，包着瞿蔺上半身的，是条背心。姜湖看下去，看到了瞿蔺肩膀后没被背心包裹的一处褶皱，是伤疤，像是烧伤。

姜湖瞳孔紧缩，看了又看，那疤不新鲜，按时间推，大概是他在国内留的。

有烧伤，是个电工……姜湖稍一琢磨，在脑海里将这两个信息串联了一遍，但没得出什么有价值的结论。瞿蔺像是一本翻不完的书，当她以为他是女人的时候，打开发现他是男人；当她翻了更多页，以为他是硬汉的时候，发现他满身软肋；当她以为守墓是他最后的标签时，她又瞄到了一个新的提要——烧伤。

姜湖不清楚她对他到底有什么感觉，但她很清楚一件事，她在好奇。她对他好奇，换句话说，他对她有吸引力。

姜湖问完那句话后，又翻了个身，之后就再也没了动静。瞿蔺等了五分钟，她仍旧安安静静的，瞿蔺这才按原定计划办，将蜡烛吹熄。

昏黄的光没了，窗外呼啸的风却正劲。瞿蔺枕着手臂躺着，眼仍旧睁着，他已经有很久没回这里睡过，去约旦之后只回来过一次。

墓地没长草，木制墓碑也都完好，没丢也没倒。他回来，也没什么东西是需要他打理的，只是房间里的物件落了层灰，他挨着擦了一遍。

原来这里很热闹的时候，唐见善和傅砚笙那些人还会不时来溜达一圈，逗逗狗，摸摸猫。解放后，这座城市里的人少得可怜，原本离开的、远走的回来了一些，但整座城市还是像座死城，很少有人敢来，也很少有人路过。

早些日子瞿蔺回来时，睁眼闭眼都是这里的人和动物活着时的场景。

“丫身为一个男人，感性得像个姑娘，不像样儿。”唐见善经常这么骂他。瞿蔺听了一般不出声反驳，因为他也觉得不怎么像样儿。这是一向没原则的老唐在他面前最为硬气的时候。

更早前远在国内时，在出事的三号核反应堆外围，在目送最后那支“敢死队”进入高危辐射区时，瞿蔺从同事莫石南嘴里也听过类似的话。瞿蔺和莫石南都知道，他们目送离开的那些人不可能完好地回来，他们送那些战友进核心辐射区时，既是生离，也是死别。但每个人脸上都没有表露伤感，当时那是最无用的东西。

瞿蔺鲜少向人提及是否因为死别难过，他擅长隐忍，可老唐觉得他会难过，所以安慰。同事莫石南也觉得他会看不开，所以劝导。

经历了与身边人的死别，瞿蔺为了一个新开始、一个新环境而远赴异国，没想到，最后又陷入一个新的泥潭之中，遇到的仍旧是一次次死别。

这附近几栋建筑物爆炸的时候，他亲手埋的那些逝去的生命，很多并非当场毙命。但在物资人力短缺、整座城市被炮火瞬间封堵的当时，伤后能得到及时救治的机会渺茫，所以他们才失去了生机。

这是让瞿蔺觉得最难以接受的地方，明明有机会活下来，却只能眼睁睁地等死……

第六章　你遇见我，是什么故事

两人各怀心思，都还没睡着，在这满耳风声中，突然有敲门声响起。咚咚咚，先是门响，而后是啷啷啷，窗户随即也被人敲响。

这扇门从战后就再没有人敲过，这片区域夜里断电，也很少有人会在夜间活动。瞿蔺随即从床底爬起来，直起身。他站直后看床上的姜湖，姜湖一样警觉，已经坐起身。瞿蔺对着她摇头，姜湖明白他的意思，是让她不要轻举妄动，不要出声。

不会是抢劫，那样没必要敲门敲窗。可会是什么？瞿蔺想到了在离开勒革的路上他们遭遇的那次蓄意撞车。

虽然无法确定来的是什么人，但他确定的是，他不能冒险。

瞿蔺弯下身，未发一词。听着那规律的敲击声，瞿蔺的手探到床上，径直摸到姜湖臀后，一把捞起坐在床上的姜湖，快速把她托到他背上。瞿蔺决定背着她。

被挪移地方的姜湖差点儿惊呼出口，瞿蔺的动作她全无防备。形势不明，姜湖明白她该配合瞿蔺的一切行动，她配合着将手臂勾在瞿蔺颈上。

瞿蔺一只手反背着，托住姜湖的臀，姜湖的腿盘在他的腰上。她勾在瞿蔺颈上的手，刚好能摸到瞿蔺的脉搏，那里跳得稳健有力，安抚了姜湖些微紧张的情绪。瞿蔺的背凉，姜湖贴上去之后，热源不断往他后背涌。

瞿蔺背着姜湖，贴墙听着外面的动静。很快，有石块儿砸向玻璃，哐啷一声之后是细碎的玻璃坠地的声音，这是个来者不善的信号。

就在瞿蔺的手摸向墙内置物格里的刀时，突然从外面传来一个男童的声音，姜湖听不懂，瞿蔺听明白了。

男童说的是：“妈妈，这家也没人，敲下一个门吧。”

听到这话，瞿蔺随即对背上的姜湖说：“你下来。”

姜湖明白，这是安全的信号。

瞿蔺捞起姜湖时，姜湖没穿鞋，此刻她趴在瞿蔺耳后说：“没鞋，麻烦你再背我几步。”

她说这话时，唇近乎贴着瞿蔺的耳朵。离得近，姜湖细腻的声音滑进瞿蔺的左耳，她的呼吸扫在瞿蔺耳后，带起一阵酥麻。耳后的热极速传导到瞿蔺耳垂，而后是他侧脸。

瞿蔺绷唇调整，而后回她：“姜小姐，我不聋。”

不用离得那么近说话吧。瞿蔺话落，松了托在姜湖臀上的手，姜湖差点儿从他背上掉下去。姜湖没空理会这个“姜小姐”，她也没掉下去，她在下滑的那一刻勒紧了瞿蔺的脖颈，盘在他腰上的腿也往上蹭了一下。

在姜湖用力的一瞬间，瞿蔺的呼吸近乎一滞。她贴着他的耳根说话让他肌肤生热之后，他不是刻意地想让姜湖从他背上掉下去。但姜湖很刻意地勒了瞿蔺一下，在察觉瞿蔺要让她掉下去之后。

瞿蔺思索了一秒，最终本着性本善的原则没扔她，没报复，只在原地站着。在暗夜里，在这无光的房间内，瞿蔺就这么背着个没穿鞋的女人，毫无心理负担地开了门。

门开后，出现在他面前的是一个清瘦的女人，和一个半高的男孩。

光线暗，瞿蔺目光从两人身上扫过，两人均是赤手空拳，什么都没带，身上的衣服看着也单薄。瞿蔺看着低头站立的男孩，觉得似乎在哪里见过这小子。

已经不抱希望的女人见有人开门，很激动地将手搭在儿子的肩头上，将男孩往前推了推。

瞿蔺站着没动。

姜湖听不懂女人的长篇大论，只是好奇，将头搁到瞿蔺肩上，这才看到被女人推出来的男孩。在看清男孩脸的那一刻，姜湖在心里骂了声：“靠！”心里骂，嘴上也下意识地骂了出来，仇人竟然主动送上门来，真是得来全不费工夫。

瞿蔺正听女人陈述她的经历，她带着儿子从外地赶来，要前往战火纷飞的卜勒，和被困在那里的丈夫会合，她们一家被战争分离好几年了。她说他们饿了一路，夜里才赶到伽米，现在想要寻找些水和食物。因为整片地区都断电，街上也没人活动，她们只能这样挨户敲门寻求帮助。瞿蔺的这间房在街道头上，成了他们最初求助的对象之一。

正听那女人说着，瞿蔺耳畔突然挤进一声骂，是中国话。瞿蔺眉心一皱，随即姜湖勾在他脖颈的手臂松了，贴在他背上的热源也没有了，姜湖从他背上滑下去，把他往边上推了推，然后突然伸手揪住那个垂头的男孩。男孩被揪的那刻，原本低垂的脑袋忽地抬起，看清姜湖的脸，男孩眸色顿变，双手大力推开姜湖揪他的手，撒蹄子跑远。

瞿蔺听到男孩跑前吼："妈妈，有坏蛋，快跑！"

姜湖见状直追，瞿蔺站在原地抓了她后背一把，但姜湖速度过快，他抓空了。

不用姜湖说，瞿蔺此刻也反应过来，适才站在女人身前，低垂着头颅，满是乖巧安静状的男孩，就是此前试图强抢姜湖吊坠的那一个。

这该死的巧合！

道路并不干净，姜湖赤足踩上去，脚底触感尖锐，肉疼，但她得抓住那个小混球，那个此前她咬牙想贩卖掉的小偷。说偷也不妥，那小子明抢，算是强盗。

男孩跑得很快，姜湖也不慢，但她跑了没多久，眼见男孩就在眼前了，却突然被从身后跟上来的瞿蔺给拦了下来。

瞿蔺说："站这儿别动。"

瞿蔺挡在姜湖身前，姜湖眼底正喷火，想绕过他，瞿蔺没让。她挪他也跟着挪，姜湖眼底的火快要烧到他身上了。瞿蔺没和她耗，很快跑远，追那男孩去了。姜湖没再硬跟，虽然不爽，但她确如瞿蔺所言停了下来。

男孩跑的是直线，瞿蔺腿长步大，很快，将人给逮住。他扒了男孩的外套，将男孩的双手手腕反捆在身后，推着他往回走。姜湖还站在适才被瞿蔺拦下的地方等他，在月色下死盯着男孩。

如果她穿了鞋，瞿蔺不会拦她。相处的这段时间，瞿蔺大概能摸清姜湖的脾性，如果是她亲手抓到人，她会更舒坦些。但她没穿鞋，继续让她跑，留下的是脚伤，所以瞿蔺最终追过来把她拦了下来。

经过姜湖时，瞿蔺往前推了男孩一把，而后他站到姜湖身前，也没问，伸手打横一抱，把姜湖抱了起来。

姜湖的注意力在被逮到的强盗身上，没排斥瞿蔺的动作。瞿蔺抱着她，赶着捆着手的男孩往回走，一路跟男孩说着什么。姜湖听不懂。

瞿蔺一直说，男孩间或回复他，姜湖没忍住好奇心，在快回到房门前问道："和他扯什么？"

瞿蔺说："没什么，让他老实点儿。"

姜湖又想起男孩跑前也扔了句话，于是又问："他跑的时候说什么？"

瞿蔺回忆了一下，男孩说的是有坏蛋，那她听了得炸。瞿蔺没说实话，又从记忆里翻到了一句姜湖说过的话给她："说你漂亮。"

漂亮？姜湖听后，下意识咬了下唇。漂亮当然是漂亮，但她觉得瞿蔺是个骗子。眼前这个小强盗，不可能那么说。

男孩母亲没跑，就站在瞿蔺的房门外等着。走近了，瞿蔺没有理会男孩母亲的问询和质疑，以及请求。他空出一只手肘，捣开适才被砸碎的窗户，窗台上没有碎玻璃，还好。瞿蔺将横抱的姜湖放上窗台："你坐会儿。"

姜湖脚底都是硌进去的砂石，有的地方甚至还刮出血。她坐着，没擅动，咬牙琢磨该怎么收拾这个小强盗。

瞿蔺随后开了房门，把男孩扔进去，接着，他拎着姜湖的鞋出来，又把门关上，挂好门闩。瞿蔺来到姜湖坐着的窗台前，掀开衣角，把他穿着的那件白背心撕扯开一道口，撕了条白布下来。

瞿蔺将他刚扯下来的白布一分为二，似是有感应，姜湖即刻往回收脚。她的脚刚要动，瞿蔺俯下身，他蹲在姜湖身前，小心握住她被路上碎石刮得最严重的右脚。

他的手握上去的那刻，姜湖的心一跳。

瞿蔺手纹粗糙，此前姜湖便留意过，单看他的手，她能从中看出沧桑的意味。他的手远不及他的面庞耀眼，不及他脸庞那般年轻，让她想起粗犷的西北和辽阔的中原，是男人该有的样子。

瞿蔺的手扣在姜湖的脚面上，温凉的手温裹着姜湖的肌肤，在这个冬末的夜里让人生出一种熨帖感。虽不温暖，但胜在舒服。

姜湖没再动，没再度收脚，她从来不是个扭捏的女人，否则也不会吻他。只是姜湖不知道该不该提醒瞿蔺一句，女人身体的某些部位如果碰了，很容易碰出事儿。

不远处站着的那个女人，正看着他们，嘴里仍旧在说着什么，但没人理会她。月色不亮，视线偏暗，瞿蔺瞥了眼被他握在手中的姜湖的脚，上面沾染的沙石和血需要清洗。

瞿蔺再度站起身："在这儿坐稳，等会儿。"

姜湖一直坐得挺稳，此刻才有机会淡声申说她的主意："别麻烦，不碍事。"她随即将手撑在窗台上，是要往下跳的意思。

瞿蔺抢先伸手摁住她的肩，他音色变了些，极低："不想明天残废，就听我的。”

姜湖自然不做残疾的打算，仍旧坐着，她听话，不再试图让脚落地。但她真没那么矫情，赤足去追那个男孩，也不全是一时冲动，在那一刹那姜湖有过思考，觉得可行才动身。

姜行初入部队时，第一次休假回来，带着满脚被磨破的血泡，脚底红肿溃烂，那个才叫疼。她这个同姜行比，屁都不算。

姜湖见瞿蔺走向那扇被他关合了的门，他的手刚要拉门，看了他们许久的那位母亲伸手拽住瞿蔺的胳膊。瞿蔺停下脚步，垂眸望过去，看向这个陌生的异国妇女，女人脸上写着欲言又止，以及坚决。瞿蔺没动声色，眼前这个女人不傻，多少了解儿子的作为。适才那一番追逐，她已经猜到是他们不小心碰到了有怨在前的人。但她手无缚鸡之力，不可能同这对狭路相逢的男女硬拼，所以，她选择了求情。

瞿蔺没有理会那些来自女人的长篇述说，这些说辞大部分是对儿子所作所为的辩解，讲她们生活的苦，说她们一路遇到的难。女人说了不少，用的形容词也多，可她说完后，瞿蔺始终置若罔闻，没什么反应。女人不确定瞿蔺此时拉开门会做什么，她的儿子还被瞿蔺关在里面，她担心他进去是要收拾她的孩子。

女人脸上写满焦灼，此时再度向瞿蔺声明：“先生，他还是个孩子。”

这是句很能打动人的话，但不是免死金牌。瞿蔺闻言抽回手臂，冷笑了一下，第一次给出回应：“抱歉，我们也只是普通人，并没有举牌写着可抢，大度，不计较。”

他甚至怀疑，眼前这位成人是否存在教唆的可能。这个世界不可能将所有的资源一一平分给人类，生活总有好坏之别。日子不好过就抢，都这么做，这社会还谈什么秩序？有苦衷就该被原谅？这恐怕是做了错事的人对社会最大的误会。

瞿蔺话落，女人没再吭声。瞿蔺随后进了门，男孩站在墙角警惕地看着他。瞿蔺没看男孩，从地面的另一角拿起一个金属罐，然后走到床边，将之前吹熄的那根蜡烛点亮。

瞿蔺再度回到室外，站到姜湖身前，蜡烛光圈不大，姜湖又背着光，她眼前的视野还是晦暗的。瞿蔺取的是更早前囤积在这里的酒，他开了瓶盖，再度弯下腰。

姜湖看着他被烛光照到的侧脸，问：“和她聊了什么？”

瞿蔺照实说：“他儿子。”

姜湖冷哼一声，问：“求情了？”

瞿蔺说：“人之常情，为人母，替子求情。”他一只手握着姜湖的脚，微用力，调整它的角度，方便冲洗。

姜湖听了他的回话，又问：“求得你动了恻隐之心？”

瞿蔺没回答，开始用淡酒冲洗姜湖的创口。酒和伤口相遇，刺激之下伤口痛感明显，姜湖忍不住咬了下牙，脚也一颤。

她一颤，瞿蔺动作一顿：“忍不住就别忍。”此前处理她颈上的伤口，他就告诉过她，可以叫。可姜湖还是没叫，她忍得住。

她看着瞿蔺：“这账该我算，你别管。”

瞿蔺将此前从背心上扯下的一根布条用酒精洇湿，又擦了姜湖伤口一遍，而后他把另一根布条撕成两段，扎在姜湖脚底。用于处理外伤的其他药品还在车里，他还没去拿。

姜湖又想往下跳，这次瞿蔺没拦，但他在姜湖从窗台跳下来后，扣住了她的手臂：“问过了，不懂英语。”

在把男孩往回赶的那段路上，除了吓唬男孩，他也探过对方的底，中文和法语更不必谈，男孩都不懂。

他嘱咐：“只动手，别动口，动口是白费力气。”

姜湖脚步一顿，意外于他话里的这个“动手”。被他扣住手臂的那一刻，姜湖以为他会劝她，算了吧，别跟个孩子计较。幸好他没有，不然，他们这条道可能就没有下一站了。

姜湖听完往室内走，她刚迈了一步，又被瞿蔺勾住手臂挡了一下。瞿蔺把她拎回身前，让姜湖的脚落在他的鞋面上。姜湖被他这一拎，整个身躯几乎完全贴在他的身上，离得近，她似乎能听到他胸腔内跃动的那颗心。

瞿蔺脸色如常：“进去后动作轻点儿，别掀了我的房子。”

姜湖横他一眼：“我有数。”她想，他还是有恻隐之心在。

瞿蔺仍旧补充：“小心床边的蜡烛，也别弄起火，这里缺水，着了火不好灭。”

姜湖还没动，瞿蔺又再度打横托起她：“抱你过去，也别让我刚才那番清洗白费。”

“……”姜湖没反抗，她毕竟没穿鞋。

真进了门，姜湖坐在床上看着站在墙角的男孩，被瞿蔺那么一打岔，她此刻手也不想动了。她摸了脖颈处的伤口一把，那里已经不疼了。原本她不介意在对方身上复制一些伤口出来，她不是个善良的人，这是实话，没有半分虚假。

男孩母亲也跟着他们进了门，跑到儿子身侧，母子两个在说着什么，姜湖听不懂，但她看得懂。

一是说：统一口径。

二是说：不轻举妄动。

三是说：母子情深，母亲要护犊。

两人交谈了一会儿，转而无辜地看向瞿蔺，后又看向姜湖，下一步难不成要抹眼泪？姜湖冷嗤，进展到这地步，很没有意思，她转而看着站在不远处的瞿蔺，说："问问他们，下一步是打算下跪吗？"

瞿蔺自然没问，他安静地站着，没插手。姜湖此前说要独自处理，瞿蔺记得。

姜湖也没介意，又立刻补充道："你们语言能通，你给他们科普一下，下跪的时候，按我们中国人的传统习俗，得再磕几个头。"

她话到这里，明显含着调侃的意味。

她不是那种逮着事情要一力闹大借题发挥的人。虽然没人说过，但瞿蔺觉得是这样。姜湖话至此，瞿蔺便知这事就算是过去了，打一顿，踹几脚，她都不会做。她去追这个男孩时近乎咬牙切齿，可到了最后，懒得为此分神了。

姜湖安静坐在室内没多久，瞿蔺把母子俩都打发走了。走了干净，姜湖没介入，结果她知道。

人走后，瞿蔺回到室内，将刚才被他捣开的那扇窗关上。姜湖看着，说："你折了，该让他们赔窗户，再放人。"

瞿蔺将原本搁置到床底用来当铺位的纸壳抽出来，撕下一部分，堵在被砸碎的窗户玻璃上。

"不亏。"他没回头，但回应了姜湖的话。

姜湖没明白："得了什么，怎么就不亏了？"

瞿蔺随后离开窗户，靠近她，将手在她面前摊开。

瞿蔺摊掌的时候，姜湖的第一反应是，他把被抢的东西弄了回来。不过，弄回来，也是便宜了那小王八羔子。但她又想起来，她的那个子弹壳没被抢走，当时她护住了，那枚弹壳后来被她转送给了春回。

瞿蔺掌心摊开后，姜湖看到了掌心的那个物件，让她猜她还真猜不着，黑不溜秋的一玩意儿，瞧着像个木偶。

姜湖没忍住，看后禁不住微嗤了一声。瞿蔺说不亏，一个木偶换这扇被打碎的窗户加她颈上的伤，能算不亏？这是亏死！木偶做工粗糙，连性别都难辨，傻人做买卖也不能这么算。姜湖扫了一眼，拧眉问："这是雕的什么？"

姜湖没认出来，在瞿蔺的意料之中，他用指腹擦干净木偶眉目上积的土，解释道："雕的上帝。"

安提克是这片区域里世俗化程度比较高的地方之一，民众各种信仰都有，战前人们的业余生活也算丰富，这种手工艺品街头巷尾并不少见。

瞿蔺补充："他从上一家顺的。"

姜湖："……"

惯犯啊！这小孩，真不是个省油的灯。当时，他拽着姜湖的项链，那凶悍的眼神，姜湖记得很清楚。她一时间觉得更为可悲，那孩子人还小，但在他干的那一行里可能已经算是资深人物了，同龄的寻常儿童多半还在父母膝下承欢。

室内的烛光荡了荡，瞿蔺重新攥拳握住了"上帝"。

姜湖抬眸："这玩意儿拿回来，什么作用？"

瞿蔺利索回道："辟邪。"

这物件不大，他的阵仗倒是大。姜湖望着他眼底的一片深黑："你这人迷信？"

不能死而复生，迷信何用之有？瞿蔺敛眸，回视她："我通常只做有用的事。"

那就是他不迷信。

姜湖又问："撞车那个，后来怎么解决的？"

除了最后还回去的那一撞，瞿蔺当时离开了一段时间，姜湖并不知道在那期间发生了什么。弄走了这小孩，她忽然记起了小孩的那位同行。

瞿蔺如常淡声道："街边扒了条裤子。"

他对待同性，挺舍得下手啊，姜湖扯了下唇，挺有意思。

奔波了一日，夜晚本可以用来休整，被那对母子一打岔，姜湖失了睡意，酒也醒了，不是不累，只是要命的清醒。瞿蔺的铺也被他自己所毁，两人都没即刻躺下。

碎窗户被纸壳遮着，但还是有风漏进来。瞿蔺看到姜湖用手在肩头摩挲，显然是因为冷。

姜湖仍旧坐在床上，瞿蔺开始在室内走动，他打开置于墙角的一个铁箱。姜湖盯着瞿蔺的脊背看，她曾经离他宽阔的脊背不是一般的近，她的前胸贴过它，密无缝隙的。吻，抱，背，他们接触的时间不长，身体接触的姿势倒是不少。

背心紧绷在瞿蔺身上，他弯腰时，脊椎线明显。背上的伤疤他也没避人，就那么外露着。他结实有力的长胳膊在铁箱里翻找物件，不一会儿，从里面找出一条虎皮色毛毯。他将毛毯扔给坐着的姜湖，御寒可用。姜湖没客气，用这毯子把身体裹住。

室内温度原本算适宜，窗户碎了大半后，冷空气吹进来，人坐着不动，只会越来越冷。瞿蔺靠墙站着，比看木偶时离她远了不少。姜湖甚是清醒，瞿蔺也没说睡，都醒着，不能干瞪眼，得继续聊点什么。

下午进楼门时，不曾开过锁，再想起适才的不速之客，姜湖问："平时就这么开着，不上锁？"

姜湖很注意观察周围事物，瞿蔺一早便发现了。他现在才明白，也许正是他的长驱直入，让她开始怀疑他是这房子的主人，他是那个守墓人。

瞿蔺道："战前锁，战后没锁。"

整条街区里，被废弃的空置房屋占较大比例，不少被废弃的房子都有些残留物品在里面。这些房子没人会走进去，里面的东西自然也没人会拿走，多数是些可留可丢的生活用品。平日瞿蔺若不在，这里就和空置的废弃房屋没有差别。

蛮随便，姜湖觉得。她猜道："因为民风淳朴？"

瞿蔺淡笑，摇头否认："是没东西可丢。"

这话里透着点儿凄凉，姜湖感觉到了。夜本身已经够凉，姜湖随即换了话题："和春回，怎么认识的？"

那场意外相逢过去已久，她此刻才问。

瞿蔺沉默了一秒，起先没作声，怎么认识的？当年的反应堆轻微爆炸后，春回是医疗隔离区的志愿者之一，他们从那时起认识。春回救死，他为存活，那些事，没法说给人听。瞿蔺只说："任何人认识医生都不稀奇。"

是不稀奇，人一生中总难逃灾病，认识个把医生不是奇事。

姜湖问："认识多久了？"

"两年多。"

从事故发生时算，那就是从国内，到海外。

姜湖问关键点："以你的了解，这些年，她身旁有人吗？"她那时只问了春回结果，问是否成婚，并没有问春回这几年的情感经历。

姜湖问得直接，问题却又私密，瞿蔺反问："她是你什么人？"

姜湖没迟疑："亲人。"

要没那个意外，姜行应该已经把春回变成她真正的亲人。她知道姜行要什么，同姓姜二十几年，这是他们兄妹之间拥有的默契。但她不确定，春回能等姜行多久。

瞿蔺听后陷入沉思，他记得春回说过，她只身一人。既是家事，外人不方便过问，瞿蔺没再追问，但他回答了姜湖的那个问题："她身边没人。"

春回是个没有私生活的人，这是相识数百天来，他的认识。

后半夜过得还算安稳，两人各自睡了一会儿。

昨天的食物以饼居多，一早，瞿蔺决定带姜湖换个口味。他在这个国度待得久，不希望这里留给姜湖的印象太过破败，姜湖待不长，他知道。

一夜跌宕，清早姜湖起床后，去车里翻她的东西。瞿蔺站在室内看，见她从行李里掏出一个微单相机，这才向她走近，准备出发。

听到脚步声，姜湖转身，她托着机身，视线堂皇笔直地搁置到靠近她的瞿蔺身上。姜湖问："介意吗？"

姜湖想在他的地盘记录见闻，瞿蔺不会排斥。踏上这片土地的人，或用人眼记录一些资料，或用机器记录见闻，都常见。

日光尚浅，瞿蔺建议："光线差，等会儿。"

姜湖没等。在姜湖将镜头对准瞿蔺的脸时，瞿蔺突然发现他误会了姜湖的话，他以为她要拍墓地，原来是要拍他。

瞿蔺立刻伸手盖住微单镜头，阻止道："不合适。"

姜湖没推开他的手，只是摸着相机边框，看着他近在咫尺的手。手的骨节长，手纹糙，这手握上去不知道会是什么感觉，会不会像她脚面肌肤贴到他手时那样熨帖？姜湖没留恋，很快抬眸："我有个习惯，记录自己觉得有意思的人。"

瞿蔺手没挪，回她："习惯不错，但我没有意思。"

这么多年，他从来不习惯进入任何镜头。

姜湖勾了下唇，他有没有意思，不是他说了算。风绕着他们周身打转，缠得很紧，这风声同昨夜顶楼的风声没什么差别。

姜湖问："瞿蔺，你今早是不是应该有话对我说？"

他没提醒她，但她觉得有必要提醒他。吻过，不假，她不是吻完了失忆当什么都没发生过的女人，何况他握了她的脚，还背了她这个人。

姜湖摸相机边框的手一直没停，摩挲到最后，她的指只差一厘米就要蹭上瞿蔺盖在镜头上的手。

姜湖没再往前征伐，有些事，不必操之过急。他们相遇不足四十八小时，真把人吓坏了，她不会修理，到时会更麻烦。

瞿蔺自然记得昨夜姜湖让他提醒她的事，但那不可能。

他没立刻动，纵然在她直接的逼问和盯视下头皮开始发紧。姜湖的指离他的手过近，瞿蔺甚至觉得下一刻，她的掌就会盖上来，同他的手相摩挲。

他随后将手收回，而后转身，说："上车，去镇上解决早饭。"

瞿蔺的手挪走后，镜头有了自由，但姜湖也没硬拍。她收了相机，来日方长。

她很配合，很温柔："也好，都听你的。"

瞿蔺："……"

语调这么乖巧，她抽了？

伽米的人实在是少，车开了一路，姜湖眼里挤进的人影不超过五个，而且他们有一个共同的特点——都是老人。

很快，瞿蔺将车停在一个小广场上，这片区域断壁残垣少，建筑物基本被修复完毕。姜湖下车时，在初绽的橙色晨光中，看到了一个蹲在广场上的小女孩，女孩发微卷，眉眼垂在地面上，正在和一堆石头玩。

小女孩听到声音，见有人来，抬眸看，姜湖随即捕捉到她带着婴儿肥的稚嫩好看的脸。小女孩对姜湖微微一笑，眉眼全弯，成了新月状。姜湖手里的微单还没放下，女孩这个软软的笑一出，姜湖弯下腰，举起镜头。

就在她的镜头刚对准女孩的那刻，她还没按快门，女孩突然敛了笑，瞬间笔直规矩地站着，举起胳膊，让胳膊在脑袋两侧竖起，是个举手投降的姿势。同时，女孩的笑意瞬间散去，眼神里全是惊恐。

姜湖不解，眼底写满"为什么"，她看向瞿蔺。

瞿蔺随即从姜湖身后走过来，拿走她的相机，放回车上。他轻拍了下姜湖的肩："没事儿，不是怕你，放宽心。"

姜湖见他随后弯下腰，抱起小姑娘，他们在用阿语交流。他柔声细语，同小姑娘贴面，轻拍着小姑娘的背，不断在说些什么。

姜湖看着，满腹疑问未曾消散一点儿。

瞿蔺安抚完孩子，才向姜湖解释："孩子太小，不认识相机，以为是……枪。"

最后几个字，他近乎一字一顿。

在听到瞿蔺给出的原因后，姜湖的心一坠，她眸光溢出一丝悲凉，不是悲悯。如此常见的相机，被天真烂漫的孩子误以为是伤及性命的枪，她的心里五味杂陈。

这是人祸。战争从来都是人的过错，如果不是这过错，女孩断不会有这样的误会。先前看到这个国家到处都是断壁残垣，让姜湖联想到交战时的惨烈。此前听到这个国家一些民众的故事，让她感知到战争留下的创伤需要几代人的时间才能抚平。可女孩在她眼前摆出的这个投降的姿势，却让她眼眶禁不住一热。

姜湖喘了几口气，她不是个感性的人，至少她自己不认为是，她只是在这一刻突然觉得，也许人之初，真是性本恶。不然，古往今来致无数人死亡的战争，到底从何而来？如果不是人无法满足的欲望，那么它们为何要存在？

瞿蔺将餐馆店主的女儿抱回去之后，又出来找姜湖。姜湖面向车站着，背对着他。她的脊梁是挺的，但身形单薄。

在战后伽米这样苍凉的大背景下，适才的那一幕，很能击中人的软肋。无论此前是一个多么乐天，或者对外界多么无动于衷的一个人，都会在某些特定的环境下情感防线遭受冲击。对此，瞿蔺深有体会。

瞿蔺在原地站了三分钟，给姜湖留下时间思考和调适，然后，才向姜湖靠近。站到她身旁时，瞿蔺说："别多想。"

姜湖看他，他的安慰很俗，她平日听到可能会嘲笑，但此刻没有心情。

瞿蔺继续："老傅，你师兄，他刚到卜勒的时候，遇到过这样的情况。他拍了一张照片，记录了那个孩子恐惧和天真混杂的画面，成了当时世界各大媒体的月度热点。有人认为是反战，有人强调人权，有人祈祷，有人说是摆拍，如果你看到过那张新闻照片，现在可能会更容易接受一些。"

这片土地也很厚重，在这个瞬间，姜湖想起 Amandine 那沓稿子里的话：

"这片土地上的人很质朴。开窗时我能看到笑脸，出门时我能听到问候。

我不奇怪我为什么会对他倾心，因为我爱上了这片土地。而他在此出生，在此成人，在此变老。地美，所以人杰。”

Amandine来时是几十年前的往事了，那时这里和平，如今这里动荡，现在这片土地若和美有关，也只剩下残缺的美。出门少见笑脸，更没什么来自陌生人的问候，人人自危，大家已经在那些惨烈的炮火中失去了安全感和对他人的信任。

瞿蔺近在咫尺，姜湖听过他没什么技巧的安慰后，开口问他：“像她这个年纪的时候，你在做什么？”

瞿蔺开始回忆，那会儿大概是爬树、上墙、掏鸟窝，已经是胡同一小霸。

坏的时候，给隔壁跟奶奶吵过架的张大爷卸过自行车链条；好的时候，帮张罗早餐摊的李大妈推推车子、捡捡垃圾。戒尺挨过，玩具收过，闯天闯地没什么怕的，甚至那时候对地球是圆的这句话都没什么认识。

姜湖说：“我像她这么大那会儿，在惦记晚饭碰到不想吃的东西该怎么逃，没觉得幸福，觉得挺烦。”

有了对比，才知道人真他妈是不知足的东西！碰到那个小强盗的时候，她就感慨过一回。

姜湖眉峰拧成麻花，这么感慨下去这路甭走了，路上她差不多就死于伤春悲秋了。这么搞，这还是她？

瞿蔺看她，从她脸上看到了她心里这句话，他说：“人之常情。”

姜湖听这话是第二回了，在她问及那个女人替儿子求情时，瞿蔺就扔了这四个字给她。

姜湖斜他：“没法换个词了？”

可以换，瞿蔺说：“进去看看菜单，看想吃什么。”

姜湖又瞪他一眼，她不懂阿语，让她去看菜单，歧视她是阿语文盲？但姜湖决定原谅他，他适才哄那个小姑娘时的耐心和温柔，超过此前她在许多父亲身上见到的。

店主是个中年男人，看起来比老唐要年长，单看面相，此刻坐在餐厅角落里的小姑娘，像是他孙女。

瞿蔺拿着餐厅内的一张薄页，一一翻译给姜湖听。姜湖没想到，在这样物资匮乏的城市里，她还能听到诸如烤牛腩、羊排之类的名称。稀奇，她觉得。

瞿蔺将菜单念了一遍，最后问：“选哪个？”

姜湖早有了决定：“选贵的。”

这一堆食物里没有她厌恶的东西，贵的东西给的心理安慰最大，顶饿。

早餐就开始当正餐吃，她觉得瞿蔺做了个正确的选择。

她说他穷，还让他选贵的？瞿蔺："……"

他最终照做了，等餐的时候，姜湖又提出请求："帮个忙。"

瞿蔺没拒绝："你先说完，我再考虑帮不帮。"

姜湖绕过他肩头，看向坐在他身后不远处的那个不认识相机的小姑娘："你把她哄过来。"

姜湖看向小姑娘的眼里有光，一扫此前沉思时的阴郁。那光，有些过于亮，瞿蔺看着，觉得可乐。

他忍住笑，平静地盯着桌面："惹你的是别的孩子，你对着这个孩子，又在动什么心思？"

姜湖说："刚才吓着她，这会儿交流交流，免得给她留下心理阴影。"

倒是挺体贴的，为个孩子考虑。瞿蔺低笑了一声，没客气，随即反问："怎么交流，这么快就耳濡目染到懂阿拉伯语了？"

姜湖盯他，也很好意思："精神层面的交流。"

小孩子心思浅，瞿蔺此前便和她认识，所以，刚才他的抱和哄都很顺利。姜湖想和小姑娘再接触一下，瞿蔺觉得也不是坏事。

他踱过去跟小姑娘聊了几句，很快把小姑娘抱到姜湖对面。小姑娘手臂都攀在瞿蔺身上，瞿蔺没办法放下她，只能抱着小姑娘对姜湖说："想说话的话，我翻译，要是想做别的，你随便。"

姜湖看着面前这个成年男人和这个小姑娘，显而易见，小姑娘很依赖这个男人。同时，小姑娘还在时不时地偷瞄她。

人总是会对好看的东西感兴趣，姜湖觉得正常。

她还什么都没做，瞿蔺突然又嘱咐："她脸皮薄，你别把人家弄哭。"

自己看着像禽兽？姜湖说："问问她，喜欢唱歌吗？"

不需要问，依瞿蔺对小姑娘的了解，答案是："喜欢。"

姜湖没再吭声。眼前的餐桌上，摆着两套餐具，有长盘，有小碟，有刀，有叉。她拿起一支长叉，开始敲摆在她手边的其他金属餐具和那些餐盘。清脆的金属和瓷器的碰撞声，清越的金属和金属的碰撞声随即铺展开来，渐渐组成一串流畅的曲调。

姜湖在敲一支歌给小姑娘听。在最初那个音符蹦出来的时候，瞿蔺耳膜一震，他以为姜湖至多会亮亮嗓，没想到她还有这手绝活儿。人不可貌相，她和花瓶委实没什么关系。

小姑娘看了一下，听了一会儿，随即趴在瞿蔺耳边问："她是好人，对吗？"

瞿蔺回答："是。"

小姑娘说："很好听，我喜欢，我想告诉她。"

瞿蔺揉了她头顶一下，那些音符仍旧在往他耳朵里钻，很悦耳，让人周身酥麻，酥到骨子里。有时候，音乐的确能胜过千言万语。

瞿蔺告诉小孩："我放你下去，去亲她一口？"

小姑娘眨了眨眼，看了一眼姜湖，忽地捂住脸。瞿蔺见她不好意思了，以为没戏，没想到捂住脸的那个小脑袋在他眼前小鸡啄米般点了点，随后闷闷的童声传过来："好，亲两口。"

瞿蔺笑着放她下去，推了推她的肩膀。姜湖还在敲着那支曲子，突然见小姑娘从瞿蔺怀抱里下来，慢慢朝着她走，小姑娘边走边回看瞿蔺。

小姑娘快走到姜湖身旁时同瞿蔺又说了句什么，瞿蔺微摇头，又回了她一句。姜湖此时对语言障碍有些仇视，但毫无办法，瞿蔺不翻译，她便不懂他们在说什么。

姜湖手中仍旧在敲的这支曲子，很有名，是已故的天王级歌手发布的一支公益歌曲《Earth Song》，她此刻敲打的旋律配的歌词是：

Did you ever stop to notice　你是不是忘了

All the children dead from war　战争中死去的那些孩子

Did you ever stop to notice　你有没有注意到

This crying Earth，this weeping shores　地球在流泪，海岸在哭泣

I used to dream　我曾经梦想过

I used to glance beyond the stars　我曾经遥望群星之上

Now I don't know where we are　如今不知我们身在何方

Although I know we've drifted far　尽管我明白我们漂泊了太远

……

人类越活，离诞生时的初衷越远。

小姑娘看了看姜湖的手，和姜湖在敲打的那些寻常餐具，忽地，她抱住姜湖的胳膊，姜湖手中的乐声停止了。

被抱着的姜湖用眼角余光瞄了瞿蔺一眼，瞿蔺只看着她们，没动，没有解围也没有掺和的意思。姜湖刚想问他，抱着她胳膊的小姑娘忽地踮起脚，来亲她。

唇上触到的感觉不是一般的柔软，姜湖的眸瞬间眨得停不下来。这毛丫

头亲的不是姜湖的侧脸，而是姜湖的唇，这小孩儿甚至还舔了她一下……姜湖被动地被她亲，除了眼睫毛剧烈地抖动能看出情绪的波动，她的身体被这小姑娘亲僵了。

不是很自在，姜湖觉得。

她从前是个幼儿勿近的女人，没什么爱心，也没什么耐心。哄小孩？八辈子没干过。此刻，这小姑娘亲姜湖，姜湖觉得连耳朵都起了热度。

越对着年纪小的同类，越他妈不中用，姜湖咬牙。可她也没推开这“脸皮薄”的小姑娘，怕给推哭。

一旁的瞿蔺没插手，就这么看戏般看着。瞿蔺原以为姜湖永远处变不惊，没想到，被个小孩儿亲了一口就现了不知所措的原形。她耳朵红了，很明显。

原来她也会害羞，瞿蔺觉得稀奇。这让他觉得，昨晚和今晨面不改色地把他往“墙角”推的那个女人不是真实存在的。

适才小姑娘快到姜湖跟前时，问瞿蔺：“我亲脸颊？”

瞿蔺摇头，建议她：“亲嘴，显得你真诚。”

他是故意而为，他承认。

开饭时，小姑娘加入了他们这一桌。瞿蔺吃完，去和小姑娘的店主父亲说话，战前瞿蔺是这里的老顾客，两人认识。姜湖则握着小姑娘的手，教她敲曲子。

瞿蔺走近店主时，他也在看姜湖手把手教女儿敲曲子，年轻的女人和含苞待放的女孩在一起，这样的画面在如今的伽米不多见。

瞿蔺近了，店主问：“是搞音乐的？”

瞿蔺摇头：“不知道。”关于职业，瞿蔺没听傅砚笙介绍过别的，除了说过姜湖是个翻译。

认识瞿蔺时间不短的店主不太信瞿蔺的话：“你带她来的，你告诉我你不知道她是不是搞音乐的？”

瞿蔺反问：“很稀奇？”他被她亲了，还不是一样不知道她是否有男友，又是什么性取向，这很稀奇？

店面是六边形的格局，不大，身处其中，能将看得到的人脸上的所有表情捕捉清楚。

老店主仍旧不死心，继续问瞿蔺：“她多大了？”

瞿蔺没吭声，他确实不知道。傅砚笙当时给出的用于形容姜湖的词是年轻，她这人也确如这个词，看起来极为年轻。二十五六岁？对方没提过，瞿蔺也没问过。他很少主动向别人打听什么，这是他性格的一部分。

老店主嗞了一声，觉得意外，随后又问："单身还是已婚？"

瞿蔺望着他，仍旧没说话，还是不知道。这么一想，关于姜湖，他知之甚少。

老店主这次推搡了瞿蔺肩膀一把："年龄不知道，结没结婚不知道，你和她什么关系？萍水相逢？"

关系自是很简单，瞿蔺说："同胞，做次地接，地陪、司机、翻译……"

老店主笑了笑："真他妈纯洁。"

瞿蔺望着那对制造音乐的璧人，反问："不然呢？"

老店主看他，又举拳轻砸了他肩一下："还好意思问我，真不懂假不懂？该有个人，来带你回去，收好你的心，带你回去过你的安稳日子，别再回这个地方来。"

静默随即蔓延，隔了五秒，瞿蔺说："我每次来，都没蹭饭，都买了单，这就不想伺候了？"

老店主摇头，又是许久没人说话。相交已久，很多事不需要说得太明白已是心领神会，店主在劝他回国，回到安全的地方去。店主大哥是善意，瞿蔺懂。

耳闻不远处的女人和少女敲出一连串不算连贯的音符，和着这堆不算动听的曲调，老店主平静地说道："别死在这里，瞿，这里不是你的家乡。"

你没有义务在此洒热血，这样死去，灵魂也会流浪。瞿蔺听后便明白，这一定是出什么事了，否则他不会把话说得这么直白。

瞿蔺紧接着问他："南边有消息传过来？"

那是局部战事仍旧焦灼的地方。老店主嗯了一声，语气里含着千言万语："一早有路过的人说，尤瓦尔死了。"

是个坏消息，一如瞿蔺所想，所以店主大哥才会格外提醒他安危问题。那个把"传达真相，比失去生命更重要"作为座右铭的以色列记者，真的在此失去了生命。在瞿蔺印象里，那是个可爱的大叔，说话语速快，人也很热情，是和大家熟识的傅砚笙一样在一线奔波的媒体人。

瞿蔺还没问，老店主又告诉他部分细节："尤瓦尔以前不是最喜欢吹嘘他的运气吗？说他这辈子总是大难不死，命好。真他妈想再听他吹上一吹。他跟着民兵转移的时候中了枪，打穿了肺。瞿，你也知道，前线那边条件有多差，是眼睁睁地等死，来不及转移到医疗条件好的地方。遗体倒是运出来了，但是还没有人接收。"

真是死后马革裹尸还。尤瓦尔虽然年长，但没有家庭，是自由媒体人，也没有组织。

老店主觉得很遗憾：“所以，瞿，我一直跟你们说，人不能孤零零地一直往下活，得找个姑娘，生上几个孩子，死了，还有人能正经为你哭上一哭，这才不枉活过一回。”

人没了，瞿蔺心里同样不是滋味，可越消极的情绪，他越是不会表达，他只问：“老傅呢，有他消息吗？”他前日联系傅砚笙后，至今未能得到回复。

老店主告诉他：“应该还在卜勒，我也没听到别人提起过，但现在这光景，没有消息，就是好消息。”

是这么个理儿，瞿蔺转而又问他：“定了迁到黎巴嫩？”

“她需要读书，我需要活着看她长大。这里现在虽然有学校复课了，但是人心惶惶的，总觉得哪天就会有一个炮弹落到自己头顶上来。”老店主看向女儿，“我也试过战后搬回来重操旧业，带她回来的这几个月，还是怕，不安心，努力了，但克服不了，只有走。”

那些夜不敢寐的日子，没有人想重来一遍，重过一回。战争摧毁的东西，何止那些静静立在地面上的建筑，还摧毁了那些没有大的志向只想安居乐业的群众安稳生活下去的信心。

建筑被毁重建容易，信心被毁重塑艰难，经年历久之后也未必能建成。

时针指向当地时间八点的时候，瞿蔺和姜湖离开了这家店。瞿蔺靠在车身上，看姜湖同小姑娘道别。

餐厅里，小姑娘啄姜湖的时候，姜湖看起来四肢都不自在，临走了，熟了那么几十分钟，姜湖牵着小姑娘的手臂自然了，看着软了不少。

适应能力极强，瞿蔺想。对男人无畏，对小姑娘挺蔫，她到底是个什么样的人？他越看越不明白。

等都上了车，瞿蔺没急着跑路，而是掏出手机给傅砚笙发消息。姜湖扫眼过去，发现他发的是：有信号的时候，报个平安。

瞿蔺发完将手机握在手里，姜湖发现他的手机是很老旧的款式，掉了漆的机身，和他那辆濒临报废的车一脉相承。他的一切似乎都是旧的，姜湖有时觉得，他甚至不像是生活在这个世纪的人。譬如守墓这事儿，是活在世界名著里的情节才对。

等瞿蔺发完短信，姜湖问：“怎么不打电话？电话多高效省事儿。”

瞿蔺解释："有时候他正在敏感环境里，突然有电话持续震动或者响铃，会给他带来危险。"

有道理，是她考虑不周。

姜湖这才说："我落地之后，联系过他。"一是再度道谢，二是要报平安，这是做人的基本礼数。

瞿蔺问："没回复？"

是无回复，傅砚笙直到现在都没有回复她哪怕只言片语。

瞿蔺这话问得和陈述句没什么差别，姜湖于是问："他经常会这样失去联络？"

瞿蔺回："是经常让人操心。"幸好他们是朋友，不回也掰不了，若是夫妻，搞不好得黄。

闻言，姜湖眼前晃过傅砚笙那张她虽不常见，但能对上号的脸。

傅砚笙的形象一贯很稳健，当年在校园里，他是前面几级的领头羊，身为后辈，姜湖和他没有私交但知晓这个人物。姜湖以为傅砚笙毕业后会进入翻译司，没想到成了媒体人，人的志向会跟着心走，姜湖明白。

傅砚笙当年的女友宋引章是现今的知名娱乐主播，姜湖退圈前曾经同她是半个圈子里的人，碰过面。傅砚笙最后的选择，不难理解。

"老流氓"蒋绍仪闲着的时候扯姜湖陪他钓鱼，经常会对着鱼同姜湖谈这种人生经验：人啊，再精明也不过是个智商时常欠费的、傻了吧唧的感情动物。

是人，就有弱点。

没多会儿，回了瞿蔺的房子，在玻璃窗破碎的房间内，瞿蔺整理着铺盖卷儿。他的架势姜湖觉得眼熟，多年前，姜湖在姜行那里见过。瞿蔺捆铺盖时的利索劲儿和姜行整理军用背囊的时候一样。

姜湖瞧着："捆成这样，是要带着走的意思？"

瞿蔺抬眼看她："继续南下，居民区少，你做好露宿街头的准备，带着它们，以备不时之需。"

姜湖闻言回道："不是有你。"

前面还藏了一个"我"字。这话说得很是心安理得，不把人当外人。

瞿蔺看她一眼，垂眸继续收拾东西，同时交代："去附近的百货店带些东西就走，明天下午有雨，我们要在明天上午前到达下一个站点。"

几百公里的路程，在地图上勾个路径出来实在不算长，但如今很多地方通行不便，路都要绕着走。一些环境恶劣的地方，夜里更是完全无法通行，只能在白天走。

从始至终，瞿蔺一直都很有计划性。

姜湖问：“你之前带过别人？”她早就好奇。

瞿蔺回道：“带过，也是替人接待客人，在半年多之前。”

姜湖哦了一声，她还以为答案是否定的。她又问：“那个人，来做什么的？探访、科研，还是别的什么？”

瞿蔺说：“拍片。”

她又猜错了，她再问：“同胞？”

瞿蔺摇头道：“不是，是法国人。”

姜湖又有些意外：“你会法语？”

瞿蔺开了房间门，拎着他捆好的铺盖回答姜湖：“不会，他会英语。”

姜湖见他往外走了几步，距车还有两米，然后停了下来没再往前走，只是手臂一抬，将他适才拎在手里的铺盖扔进车内。他技术不错，透过车窗，将他捆的体积小了数圈的铺盖径直扔进了车后排，一发即中。

姜湖跟随瞿蔺出了门，她眯眼避着室外的阳光，继续问：“拍什么片？”

瞿蔺没保留：“替他的奶奶故地重游，拍片给老人看。”

挺有故事啊！姜湖说：“你在这里，接触的人和事多，见闻不少。”

她来此两日，见闻超过过去的两年。

瞿蔺看她，突然问：“你翻译的故事，女主人公叫什么？”

姜湖实说：“Amandine。”

瞿蔺已经看过那沓稿子上的作者名，有件事，他早就想说，现在是个机会：“我带过的那个法国人，他的奶奶叫 Amandine。”

姜湖：“……”

她突然想起，瞿蔺曾经捧着她的那沓 A4 纸看过，里面的法文他不识，但封面上的那行英文和作者名字他应该是认识的。按姜湖这两日来对瞿蔺的认知，他不是个会动别人东西的人，他此前之所以动了那沓稿子，恐怕是因为他看到了上面的那个作者名字，那个他听说过的作者名字。

姜湖扯唇，但没笑出声，这世界真他妈小。傅砚笙一手牵到她世界里来的这个男人，竟然和她翻译的故事里的人有过间接的交集。

姜湖问：“说说，你听到了个什么故事？”

“不是什么特别的故事，”瞿蔺道，“一个喜欢旅行的女人，到过一个喜欢的地方，念念不忘。”

这是很稀松平常的段子，连点儿起伏都没有。

姜湖问：“Amandine 的孙子这么说的？”

瞿蔺回：“是。”

哦，姜湖想，这孙子该不会是听他爷爷陈述的版本吧？

姜湖松开遮光的手，认真看他：“瞿蔺。”

姜湖喊他的名字，声线挑高和下压时语调都很悠长。姜湖抬眸一直凝望着他，随后视线落在瞿蔺肩头，她的手半抬起，蹭掉落在瞿蔺肩头的一片纸屑。

她蹭掉纸屑后就收了手，没流连。瞿蔺脚步没挪移，他身后是车，身前是姜湖，前进要绕开她，后退要避开车。

靠近瞿蔺时，姜湖总觉得他身体冷，此刻他肩头也完全不热，姜湖说：“故事版本差别挺大的。”

她话落，忽地笑了，恣意而明媚。一簇风扫过，将她额头碎发吹飞，姜湖还在望着瞿蔺：“你觉得我遇见你，是什么故事？”

瞿蔺别开视线，姜湖此刻只觉得眼前这张脸很好看。

她肤浅，她承认。

3，2，1，数完了三秒，话顿了三秒，姜湖笑完了才说：“Amandine 在这里遇见了一个男人，他们遇到了，是个爱情故事。我翻译的，是个爱情故事。”

风卷着黄尘仍在刮，姜湖心念一动，又重问了一遍：“你觉得你遇见我，会是什么故事？”

瞿蔺将视线重新回到她脸上。姜湖迎上他的眸光，问：“没想过？”

即便刚见的时候他没想过，吻完了他总该想过了，这是人之常情。她如果被吻，一定会想一想对方是个什么东西，以及他们是什么关系。

瞿蔺这次没避，姜湖问，他不可能一直无视。有些事说得太清楚，当事人之间会尴尬，但不说清楚让它随意发展结局会很难堪。那沓稿子是个感性的爱情故事，但瞿蔺觉得姜湖是个理智的人，从这两日她的行事上，他得出这样的结论。可身动了，她心又动了多少？他不相信这世上有这么仓促的、让女人面不改色的爱情。她有的，大概是对“守墓人”的新鲜感，对救命人的些许好感，以及一路寂寞时需要个排遣。

瞿蔺说：“姜湖。”

姜湖嗯了一声，难得听他叫她名字。

瞿蔺：“除了我姓什么，叫什么之外，你了解我多少？”

彼此都不了解，能有什么故事。

姜湖再度眯眼，回道："你是怪我没给你递上几张稿纸，让你一一写明白？还是觉得我该列个表，把我的前世今生全部摆上？"

瞿蔺："……"

姜湖又问："你也是国内生、国内长的，学过中国历史没有？"

她给自己开了车门，没管瞿蔺，迈腿跨上车。

上了车但没关车门，姜湖继续说："我们那些老祖宗，在旧年月里，婚前连定了终身的人都见不上面。和对方了不了解，你说他们在不在乎？可就那么着，虽然没见过面，但见了之后孩子就搞出来了，你说他们了不了解，了解与否到底重不重要？"

瞿蔺："……"

姜湖举的这个例子，瞿蔺无法反驳。姜湖在讲歪理，但偏偏她用的例子一本正经，让人无从接话。了解与否，让她带着论据论证了一番变得无关紧要。

没法继续往下谈，瞿蔺放弃认真和她聊一聊的打算。

瞿蔺也很快上了车，去往 Nissan 所开超市的路上，瞿蔺没再试图同姜湖讲话。

这附近没有别的杂货店，此前发生了 Nissan 亲自登门送东西那段插曲，现在他们碰面多少会有些不自在，但瞿蔺没有别的选择。

到了地方，姜湖一眼看到了杂货店的标牌，牌子像被泼了一桶颜料，看着有些乱。瞿蔺只身进了店内，透过杂货店的玻璃门，姜湖看到了坐在里面的女人，是她此前见过的那个 Nissan。

姜湖没进店，她下车后站在店外往里面看。

瞿蔺进门后，Nissan 没急着接待，而是坐在原地问："怎么不带她进来？"

瞿蔺说："她认生，怕见人。"

Nissan 瞧了室外的姜湖一眼："她不像是这种人。"

既然敢直直地盯视人，又怎么会怕见人？这话 Nissan 不信。瞿蔺不想再聊姜湖，直接说正题："有 95 号吗？"

Nissan 说："前些日子囤的还有点儿，不多，你在勒革应该备好。"

瞿蔺道："囤了，担心有别的突发情况，多弄点儿。"

Nissan 走了几步开了地库门，下了几级台阶拎了个小油罐上来，她将东西递给瞿蔺，又问："还缺什么？"

瞿蔺说："水。"

Nissan 反问："就这些？"

瞿蔺："剩下的边走边看，有需要的话再补。"

Nissan 又瞟了一眼置身室外的姜湖："她跟着你，不怕苦？"

瞿蔺说："她不挑。"

Nissan 看着他，微咬牙："我也不挑。"

他没有选择她，Nissan 的话里还是含着怨恨，但她没忘提醒瞿蔺："路上注意安全，形势不好就随时往回走。"

瞿蔺回："一定。"

昨天傍晚，在瞿蔺所住的楼后，Nissan 直言："我不是要你搬东西。瞿，夜太长了，晚上我们可以陪着对方，我等你。"

瞿蔺告诉她："别等。"

Nissan 当即问："为什么？"

姜湖看到了 Nissan，她自然也看到了姜湖，她问："因为你带回来的那个女人？"

瞿蔺没否认，只说："我会跟她走。"

还有一句："现在和以后你都等不到，别等。"

瞿蔺将要带走的物资搬出来。除了他要的东西，Nissan 又附赠给了他一些存粮，都是些快速食品，瞿蔺自然没白拿，将该付的钱一并留在她店里。

东西瞿蔺一趟没能搬完，他搬第二趟时，Nissan 帮他把所有的物品一起从店里提出来。姜湖没插手，看着他们一男一女通力合作。

但姜湖没想到，Nissan 帮瞿蔺将东西搬到车后备箱后，又走到她身前。姜湖看 Nissan，Nissan 在看瞿蔺。趁瞿蔺没往这个方向留意的时候，Nissan 塞给了姜湖一张纸条，Nissan 同时将手指放在唇边，她指微摇，是让姜湖不要告诉瞿蔺的意思。

要么是搞怪，要么是纸条里有重要的信息，站在 Nissan 的立场，不会无故地把纸条塞给瞿蔺身边的女人。

姜湖手攥着那张纸条，瞿蔺再抬头时，Nissan 刚从姜湖身前离开。

瞿蔺靠过去，问："和她聊了？"

姜湖将纸条从掌心挪到口袋里，先收着。她反问："怎么聊，她说话，你觉得我能听懂？"

彼此都会觉得像鸟语而已，瞿蔺不禁淡笑了一下，没再问。两人语言不通，的确是没什么可说的。

都上了车，姜湖摸出手机，屏幕显示有两格信号，比她联系朱古时情况好很多。之前看到瞿蔺给傅砚笙发消息，也提醒了姜湖需要联系一个人。这会儿国内天还没黑，姜湖来这里之后，还没跟蒋绍仪通过气，她将电话拨了过去。

蒋绍仪接得比朱古快。和朱古不同，面对前缀颇多的来自海外的陌生号码，他开口直接喊了姜湖的名字，不需要姜湖自报家门。蒋绍仪也没质问姜湖到了安提克后这么晚才联系他，上来便问："去了后悔吗？"

姜湖答："目前没有，都挺好。"除了一路惊险了些，环境恶劣了点儿。

蒋绍仪道："那就好，我跟你说，你要是后悔了，回来想弄死送你机票的人，还得背上个不敬老的名声，你最好不后悔。"

姜湖呵了一声："几天不见，你变得这么怕死？"

蒋绍仪说话从来不够严肃正经，姜湖早就习惯了，相识多年，她拿他当朋友，而不是长辈。

蒋绍仪没回复，转问："着火那事儿听说了吗？"

姜湖嗯了一声："听说了。"

蒋绍仪又问："心疼不？"

他哪壶不开提哪壶，姜湖呸他："有点儿良心，聊点儿别的，要是没事儿我挂了。"她本来只是想报个平安，没做继续扯的打算。

蒋绍仪立马说："等会儿。"

姜湖等着，蒋绍仪略一犹豫，最后告诉她："你刚走，就有人过来找你。"

鲜少有人知道姜湖的住所，姜湖问："谁？"

蒋绍仪说："看着眼熟，是个男人。"

不会是朱古，也不可能是姜行醒了，更不可能是爷爷姜式武，这些人蒋绍仪都认识。姜湖没吱声。

蒋绍仪又说："前些天好像那张脸上过新闻，所以我看着脸熟。"

姜湖脑海里已经跃出一个名字：陈觉非，她的前队友。姜湖问："你怎么说的？"

蒋绍仪说："说你搬家了。"

他这么回答还算是有默契在。

姜湖："没管用是吗？"

她一猜就准，蒋绍仪说："聪明，人走了又来了几次，每天都来。"

姜湖蹙了下眉，叮嘱他："见多了，你别感动。"

蒋绍仪回："我还差一点儿才感动，目前还没有。"

蒋绍仪若被感动了就会话多，别人问什么他说什么，分分钟出卖朋友。姜湖早就同陈觉非断了联系，不想再有牵扯，这辈子都不想再有。姜湖太了解蒋绍仪的"恶习"，她不想陈觉非从蒋绍仪嘴里探听到她的任何消息。

姜湖说："他再来，你请他当我已死，让他平时别过来，真有心，下个清明节再跑腿不迟。"

蒋绍仪："……"

这有点儿狠。

"我都好，有空的话帮我盯着点儿'江湖'。"

姜湖随后挂了电话。正在开车的瞿蔺看了她一眼，她倒数第二句话说得无情，还透点儿幼稚。姜湖自然知道整段对话瞿蔺都听得到，但她没解释。有些背叛，不是三言两语能说清楚的，何况她不喜欢与人聊自己不够愉快的那些过去。

姜湖的电话刚挂，瞿蔺一路都静悄悄的手机突然震了起来。瞿蔺瞄了眼手机屏幕，发现屏幕上跳出来的字是"傅"，他于是将车靠边停了下来，接电话。

姜湖也看到了那个"傅"字，瞿蔺的电话不怎么漏音，姜湖只能听到瞿蔺单边所说的话。

瞿蔺说："再不见回信，我该联系老唐一起发寻人启事。"

隔了几秒，他又说："她在我旁边，还好。"

姜湖听着，没插嘴。瞿蔺随后说："我们刚要离开伽米，南下，走 9 号公路。"

……

最后他说："好，今晚在贝松碰头，见面说。"

电话挂断后，瞿蔺告诉姜湖："老傅刚离开卜勒，今晚和我们会合，见上一面。"

瞿蔺话落，姜湖的手机也震了一下，是来自傅砚笙的迟到的回信，回复姜湖落地时就发给他的那条信息："注意安全，晚上见。"

9 号公路不平坦，坑洼很多，一路开下去，两边逐渐出现荒漠，不见绿植，也鲜见建筑物。

姜湖望着不见边际的荒漠问："这条路你之前走过？"

她问这种问题，在安全范围之内，瞿蔺于是答："第二次。"

姜湖问："上一次是陪 Amandine 的孙子？"

“是。”

“这路挺没意思，你们两个男人，路上无聊了，拿什么消遣？”可以臆想的内容倒是不少，但姜湖没说，她也没等瞿蔺给出反应，紧接着说，“Amandine是个出色的作者。”

但她却不算个出色的译者，她总是带着自己的观念去看稿子里的人。

瞿蔺没去理会她前一句话，只说：“听过，但没读过。”

姜湖立刻道：“你忙。”

瞿蔺：“……”

姜湖又说：“连她的孙子，应该都没读过她的新作。”否则那位先生不会将那个版本截然不同的，Amandine 在萨托的故事告诉瞿蔺。

“他是个美食家，”瞿蔺替对方解释，“他们涉及的领域不同，即使是一家人也没必要强求”。

可能对方并不喜欢文学，所以不会去读他奶奶的作品。

姜湖问：“他没提过 Amandine 是做什么的？”

对方提过不止一次，所以在时隔这么久之后，瞿蔺仍旧记得。他回道：“提过。”不然他也不会在看到那同一个名字时，联想出那是同一个 Amandine。

这好猜，姜湖道：“他大概会说，Amandine 是个作家。”

姜湖自己也刚说完 Amandine 是个出色的作者，瞿蔺刚听完不久。

瞿蔺看姜湖，平静反问道：“难道她不是？”

姜湖回：“不全是，Amandine 这个人，以剖析性闻名。”

瞿蔺眸光一滞，这并不是一个适合展开的话题，他没接口。姜湖却在继续：“我这沓稿子里，就有不少姿势，她喜欢描写这些。”

可惜瞿蔺不懂法语，姜湖想。她瞧着他说：“这书不适合启蒙，但适合进修。”

瞿蔺脸色仍旧淡漠，没说什么。

姜湖没停：“唯一可惜的是，主人公最终没有结果。”

瞿蔺没问，但姜湖打算和盘托出原因，她盯着他，说道：“因为男人怂，他不说，Amandine 为什么一定要懂？”

瞿蔺：“……”

姜湖又给出另一半原因：“还因为女人迟钝。”

以为是场离开就会忘记的艳遇，离开时甚至不知自己动的是真心。直到再也见不到那个男人以后，Amandine 才发现从那时到八十岁，她每日醒来都希望能看到那个男人的脸，但一切已经为时已晚。

姜湖话落，瞿蔺没给出听后感。他大概需要消化，姜湖想。她也不再盯着他，转而靠着车窗闭目养神。

她和故事里的两个人不一样，所以她在接触这两个人物的感情时总有种隔膜感，每次译出来的东西，都显得生硬，让人失望。这项工作进展得极不顺利的最大原因，姜湖一直很清楚，是她对故事里的人物有所不满。

姜湖认可 Amandine 是个出色的作者，但 Amandine 在她眼里不算是个出色的女人。如果她是故事里的男人，不会白上，如果她是故事里的女人，不会白睡。故事里的这一出悲剧，当事者最不无辜。

第七章　细雨湿别离

傍晚到达贝松。

伽米尚属平原地区，一路南行穿过荒漠，到了贝松则开始进入山区，出现在姜湖眼中的，除了漫无边际的黄，便是此起彼伏的山峦。裸露的地表地貌的颜色，就像是人的裸体，看起来千篇一律，寡淡无味。

贝松城建在山洼地带，很封闭，就像是个捉鳖的瓮。四周的山峰都是困住这座城的屏障，只有头顶的天留有一丝缝隙，让这座小城能喘上一口气。

瞿蔺将车停在一处陡坡下开阔的岩石场里。姜湖下车后将那条已经被蹂躏得皱巴巴的头巾从座椅上拎出来，扎在头上。瞿蔺看姜湖一眼，她扎头巾时，将头巾两端系了个蝴蝶结朝上，就顶在头顶，很像是个……村里来的花姑娘，有喜感。

瞿蔺收回视线，又抬头望了眼坡顶，告诉姜湖："我们在这里等老傅。"

坡后是另一个天地，瞿蔺看到过。姜湖旅途尚短，目前他也没带她见过什么绚丽的景色，日后姜湖回忆起来，恐怕对安提克的印象会以血和死亡为主，这不是瞿蔺的期望。

瞿蔺问姜湖："这坡如果要你爬，有本事上去吗？"

姜湖跟随他的视线抬眼望去，陡坡近垂直九十度，姜湖回道："你看我长得像蜘蛛还是像壁虎？"

这话带点儿呛人的味道，瞿蔺没理。这两样都不像，她像嘴不饶人的村花。

瞿蔺绕到车尾，将后备箱打开，从里面翻找东西。没一会儿，瞿蔺从后备箱里拎了一小包镁粉出来，姜湖见他拍了粉在掌心轻微揉搓。

瞿蔺擦好粉，再看看姜湖："你跟我上去，还是在下面陪车？"

姜湖扫了眼破旧的车，又看了眼陡峻的坡，没有即刻做出决定。虽然是二选一，但她觉得无论选哪一个都像是退而求其次，这不是个她乐意参与的选择。

不想继续耗，瞿蔺说："你要是想陪车，也不错，这里没有狼，地面倒是比坡顶安全。"

这话在姜湖听来有激将的意味在，她经不起激，做出决定："我上去。"

正合瞿蔺意。

这坡从正面看着陡，等瞿蔺将姜湖带到侧面，姜湖发现此处坡度略有缓和。大块儿的岩石当前，往上攀登时对手脚的落点和手臂的力道都有很严格的要求。

姜湖站着，瞿蔺也站在她身前。人有时要承认自己有弱点，姜湖承认，靠她一人之力这坡爬不上去。看着这坡她不怂，但不怂不等于能轻松拿下。

瞿蔺等了一下，没等到姜湖开口寻求帮助，又等了几秒，瞿蔺眼梢微挑，问姜湖："生下来就不会求人，是吗？"

姜湖蹙眉，眼神不善，盯着他，瞿蔺低低笑了声。他随即转身，拍了拍他的肩后，紧接着蹲下身，用肢体语言说：上来，背你。

不开口求人，但也不拒绝帮扶，姜湖没再客气，她走过去，接受了瞿蔺再度背她。人和人的信任有时候是很奇怪的东西，姜湖直觉瞿蔺不会把她摔下去，她相信他。

瞿蔺的上半身依旧凉，同姜湖对男人身体的认知不太一样。很多人说男人体热，但瞿蔺似乎是个例外，姜湖每一次接触他的身体，都触不到什么温度。

姜湖趴在他背上，瞿蔺又从口袋里摸出一条束带，将姜湖的腰和他捆在一起。姜湖眉一紧，有那么一瞬间，她觉得他像是背孩子，但她不计较，用人嘴短。

站着时，瞿蔺像棵挺拔的树，躬身攀爬时，他像跃起的狼，姜湖能透过他手背上暴起的青筋感觉到他稳健浑厚的力道。姜湖本以为她的重量加在瞿蔺身上，他负重，再往上爬会吃力，可瞿蔺动作利索，陡坡对他而言简直就像是平地。从更早那次抬车，瞿蔺就在刷新着姜湖对他力道的认知。

姜湖的视线随着瞿蔺的动作在不断晃动，几分钟后，她的视线稳固了下来。出现在姜湖视野内的不再是漫无边际的黄，而是一条波光粼粼，在夕阳下闪着暖色的河。

这个陡坡是个小山丘，坡后，蜿蜒长河紧贴着山石正缓速前流。对岸，河畔有青草在摇，在萎靡的日光中投出妖娆的剪影。远处，橘色夕阳低挂，整个画面有种简约的意境美。

瞿蔺解了束带，把姜湖放下来，姜湖的感官还在对眼前这个场景发出惊叹。来安提克之后，她的视野像被这个遭受战争重创的国度蒙上了一层灰色滤镜。此刻，那层灰被这河水冲散，她眼明了，连带着心境也畅快了不少。

姜湖问瞿蔺：“这地方，怎么发现的？”

瞿蔺没有吝言，解释道：“世界上有种东西，叫地图，河不是地图上的黑户，想要发现不难。”

瞿蔺第一次走这条公路时便察看过资料，这坡他也爬过一回，自然遗漏不了这样的风景。更何况这里缺水，任何一条河都是神圣的存在。

地图？还以为会有点儿幕后故事。不等姜湖多看，突然身旁传来震动声，来自瞿蔺的手机，瞿蔺从口袋里摸出手机查看，屏幕上跳出来个“傅”字。

接完电话，确认傅砚笙已抵达会合点，很快，姜湖跟随瞿蔺下了坡。他们回到车上，瞿蔺按电话里傅砚笙提供的坐标走，不久便抵达贝松城内的一处家庭旅馆。

他们车刚停稳，就有人靠过来敲车窗，一道男声隔着玻璃隐隐约约地透进来，喊的是瞿蔺的名字。姜湖循声望过去，看到了多年未有接触的师兄，车窗外是傅砚笙那张比以前更加硬朗的脸。

瞿蔺立刻开门下车，到姜湖下车的时候，她面前的两个男人已经身体擦撞了几番，全为问候。

看到姜湖下车，傅砚笙立刻松了扣在瞿蔺肩头的手，看向姜湖。

傅砚笙对姜湖的了解一部分来自于蒋绍仪，另一部分来自网络，来自大众对那个民谣乐队 GUN 的主唱的印象，还有一部分则是当年毕业前同校时留下的模糊印记。

此刻不止姜湖对傅砚笙有陌生感，傅砚笙也一样，对她同样并不熟悉。但傅砚笙久经社交场合，不着痕迹地打量姜湖全身后，撇开瞿蔺，望着姜湖微微一笑：“小师妹，欢迎你来。”

小师妹……这个称呼姜湖已经多年没有听过，此刻听来，既有新鲜感，又有怪异感。这词软，和姜湖这人不搭。

师兄这个词姜湖一生中也鲜少有脱口而出的机会，单是想，便觉得开口不顺。但初来乍到，初次见面得入乡随俗，这是姜式武从小灌输给姜湖的观念之一。

姜湖也回傅砚笙一笑，不算热切，但是温和，顺带挤出几个字：“你好，师兄。”

蒋绍仪如果在，见她温柔地笑，大概会还她个恶寒的表情，姜湖想。可此刻在她面前的是斯文的傅砚笙，不会怼人。

三个人共开了两间房，姜湖一间，瞿蔺和傅砚笙占了另一间。离开伽米的时候瞿蔺卷了些铺盖带走，但在贝松城内怕是用不上了。

姜湖进了房间后，便没再急着出去。瞿蔺和傅砚笙看起来许久未见，必然有旧要叙，她如果在场，两个男人聊一些事不一定方便。何况姜湖觉得，并不是他们的每一个话题她都有参与的兴趣，她本不爱掺和别人的事情。

这是姜湖踏上这片土地的第三个晚上。第一晚，浴室塌了，各睡各的；第二晚，逮了个小偷，和瞿蔺床上床下；第三晚，这夜还长，远没有结束。

借着房间内的光，姜湖翻开她已经许久没碰过的那沓稿子，她随手翻开的那一页，Amandine 写：

“夜里我做了个春梦……”

挺应景，姜湖想。这页翻开得挺巧，随即扫了眼整段文字的最后一行，她看到的内容是：

“梦里他在我身下……”

姜湖转而回看整段文字，Amandine 写作时有个特点，用到的形容词多，她将人的肌肉、脉搏……许许多多的东西都描写得极为细致。姜湖读完，眸光渐渐有了起伏。她脑海中浮现出一个画面，那画面里有一个人，赤身裸体，倒不轻浮，甚至挺赏心悦目。

两间房分列廊道的起点和终点，隔得算远。傅砚笙将随身携带的摄像机和笔记本放到床底，里面有大量的第一手资料，有些他已经紧赶慢赶地快速粗剪完，然后找到可用的网络传回了台里。

另有一些素材直接打包发了回去，还有些原始素材他计划精剪完再拿出去见人。这些设备和资料都很宝贵，在战地的记者和摄影师，对待自己捕捉到的、想向外传递的真相，往往比自己的生命还要珍视。

瞿蔺没有物品需要收拾，两人一蹲一站即刻开始谈及近况，从共同的朋友开始。

瞿蔺说：“尤瓦尔的事，我听说了。”

傅砚笙也站起身，两人并排站在窗口，他回道：“坏消息传得可真快。”

他开始回忆：“他出事的时候，离我在的据点挺近，我在拍上次采访的民间自发组织的女兵队伍，他在跟进一个蛮有名的很受爱戴的少年将领。那是个好不容易得到的采访机会，乐得他不行，跟我炫耀了好几次。”

陈述到这里，傅砚笙笑了下，唇轻翘了起来，但他眼底毫无笑意，甚至有悲凉往外渗出，是因生死相隔而生的凉，因壮志未酬而生的冷。

瞿蔺：“出事前碰头了？”

傅砚笙从口袋里摸出烟盒，挑了根烟出来，扔给瞿蔺，随后他自己也从烟盒里抽了一根出来夹在手里。瞿蔺接过烟，又把烟放下，就近放在了窗台上。

傅砚笙点了火，见状想起瞿蔺不碰烟，也没再催瞿蔺点火。好不容易碰到可以倾诉的人，傅砚笙不排斥多聊聊，他回道：“没见到，再有他消息就是听路透社同行说的，人没了。”

话至此，傅砚笙再度凉凉一笑：“最近不太平，上个月刚有一个外籍女记者失踪，至今还没找到人。要是被人绑架了，也该发照片视频索赎金了，可什么都没有放出来，没半点儿线索，人在青天白日下说消失就消失了。”

烟圈打着转儿上升，瞿蔺眼前渐渐像是蒙了层白纱。这些全身心扑在前线的记者都很苦，瞿蔺虽不是其中一员，但可以想象。战士上战场，好歹还有武器防身，他们上战场，是徒手搏命。不长眼的流弹、炮火，恐袭以及绑架……许多人被迫做过人质。

有的人来的时候带着满腔热血，带着理想，带着壮志，带着一身豪情，待久了，这血渐渐地就随着每日每夜都在蔓延的提心吊胆消磨没了。又有谁真的不惜命？

有的人干了一阵子，想要回国，临走了，可能又会传来没有合适人选前来接替的消息，只能继续坚持，在这个恶劣的环境中继续奋斗。还有的人，离开这里，回国之后夜不能寐，心理状态无法因为远离战地而得到放松，从此留下心理障碍。

话还没完，傅砚笙继续道：“我这次回来，是想回勒革，看看能不能以朋友的身份接收他的遗体，把他葬了。”

尤瓦尔来时是一个义无反顾的开始，他走时配一个如此悲凉的结局，傅砚笙替对方觉得委屈。

瞿蔺问：“要是领不出来呢？”这是最有可能的情况。

傅砚笙轻呵了一声：“不知道，要是不能，可能也找不出什么好办法。离开卜勒的时候，我就在想，要是我没了，会怎么样，会不会和尤瓦尔是一样的结果。”

人死之后的事，谁又能知道呢？瞿蔺没说话。

傅砚笙接着说：“也许会比他好，至少大使馆会送我一面遮盖遗体的五星红旗，盖上，回家的路上就不冷。”

这话越说越沉。瞿蔺抬臂硬邦邦地捶了傅砚笙肩膀一拳："还咒上自己了？"

傅砚笙笑了下，回道："得，就是随便想想。"

真碰上了，有个全尸还是好的，被炸没了的人，也不在少数，骨灰都没法收敛，这旗用不用得上都不一定。

聊完了战地，傅砚笙看着瞿蔺，突然又严肃了起来："我今天往回传素材的时候，在同事的群发邮件里看到了一条内部爆料。"

他脸色肃然，瞿蔺捕捉到了："什么料？"

傅砚笙顿了一下，最后说："跟你有关系，但不是个好消息。"

又是坏消息？瞿蔺肩后的那个伤疤跳了一下，从那块伤疤所在的位置骤然生出一种灼痛感。他是个什么鬼命？终日不见个好消息，瞿蔺希望他身体此刻的这个预感是错的。可在这个世界上能被爆料到国内的媒体上，有新闻价值且和他有关的消息，只可能跟一件事有关。

瞿蔺仍旧平静地说："老傅，别卖关子，利索说完。"

傅砚笙说："山电南厂，有个反应堆大概又出问题了。"

瞿蔺问："几号？"

傅砚笙说："三号，但可能不止三号。"

如果不止三号反应堆出现问题，那很可能会是个影响极为恶劣的重大事故。不是几死几伤，而是重大伤亡，并且后患无穷。

瞿蔺说："最近好像没有大地震，也没有别的天灾。"

傅砚笙："是没有，我看到的消息说，是设计缺陷。"

瞿蔺没做声。山电南厂当年开建时的总工程师，是他的师父杜清河，要是出现的问题真被归因于设计缺陷，这口锅，此前已在核泄漏事故后离世的杜清河可背不起。

所有的数据资料，作为项目组核心人物，瞿蔺也都接触过，南厂的四个反应堆一旦再度出现问题，危害不是用言语可以形容的。瞿蔺的脊背慢慢变得更凉，凉气渐渐从四周的空气中渗进瞿蔺骨头里。

两年前的那次核泄漏的景象，开始在他脑海中闪回，医疗隔离区里的那些惨叫和血肉溃烂的景象，他都没忘。那次泄露在可控范围之内，造成的影响相对较小。

切尔诺贝利、福岛……山电南厂如果真步了它们的后尘……瞿蔺不敢想下去。

那次事故之后，很多业内人士放弃饭碗，转向反核阵营。大家是真怕了，不只是怕自己不能长寿，也怕再出事故贻害万年。核能源的两面性举世皆知，人的血肉之躯是没办法和它毁天灭地的破坏力相抗衡的。

瞿蔺问傅砚笙："说没说具体是什么问题？"

傅砚笙："不清楚。"

傅砚笙一方面将消息带给瞿蔺，另一方面也在安慰他："也许是谣传，消息还没有出现在媒体上，可能是虚惊一场。"

两人半晌无话，瞿蔺脑海里挤满了各种喧嚣的声音，他脑子里闹腾着的声音不少，但没有一句好话，都是如魑魅魍魉般的悲观预计。这种种联想让他很想骂人，手臂和额头都出现凸起的青筋。

隔了五秒，瞿蔺平复下来，而后问傅砚笙："最近有回国的计划吗"

傅砚笙说："不一定，多半没法有。"

即便有同仁牺牲，但这里是他的工作岗位，他没的选择。当初是主动请缨来的，此刻，在艰难时期留下来继续发声，将报道传回国内，是他的责任。

瞿蔺没再多说什么，如果山电南厂真的出现严重事故，勒革或者伽米，姜湖或者老唐，房子或是墓地，他都得扔下，尽快回去。杜清河已死，他已申请离职，但对那些核反应堆，他们都有责任和义务。

两人又在室内站了会儿，傅砚笙催促瞿蔺出门："有时间再想，我也帮你留意，你如果还有能联系上的知情人，也可以问问。如果有事，有个心理准备，要是没事儿，也能早点儿安心。现在先带我师妹吃饭，不能晾她一个人待着。"

瞿蔺没拒绝。傅砚笙又问起这两日姜湖的情况："接触这段时间，觉得这姑娘怎么样？"

瞿蔺抬眼："你指哪方面？"

傅砚笙："问人怎么样，能有几个方面？"

傅砚笙突然想起一件没对瞿蔺提及的事，他问："之前认识我师妹吗？"

瞿蔺没明白，同时略微觉得荒唐："你告诉我，她来这之前，我们会怎么认识？"

傅砚笙反问："你小子是哪个年代的人？"

瞿蔺："什么意思？"

傅砚笙说："她是个歌手，曾经是。"他又补充，"在文青里应该还挺有热度的，搞民谣乐队的。"

瞿蔺脚步放缓，他顿时想起姜湖给小女孩敲歌的时候，女孩父亲问他姜湖是不是搞音乐的，他那时不知道。他也记得，昨日姜湖那通漏音的电话里，有人告诉她有个新闻人物正在找她。关于姜湖，他不知道的事情比知道的事情多，可似乎知道得越多，会发现人和人之间的距离越远。

瞿蔺随口回道："没听说过，不怎么听民谣，我是个野人。"

野人？傅砚笙呵了一声："你继续扯。"

有人敲门的时候，姜湖正准备出门，傅砚笙敲门的手还没收回来，门突然被姜湖从内里拉开。暗色里，瞿蔺和傅砚笙像两堵立着的墙，坚不可摧一般。姜湖眉微蹙。

他们之所以上门，是叫姜湖下楼用餐，这间家庭旅馆没有餐厅，但主人提供额外的付费晚餐，不用点餐，食物由店主根据当天采购的食材随机进行烹饪。

姜湖跟随傅砚笙和瞿蔺走到一楼一张空着的餐桌旁落座，坐好了，要做的事情就是等餐。趁这空档，傅砚笙对姜湖说："这里条件比较艰苦，蒋姨联系我的时候，我一开始建议他阻止你过来。"

蒋姨？姜湖反应了一下，才想起来那是蒋绍仪在学校里的绰号，是挺遥远的事儿了，她快忘了。

姜湖捏着餐桌布一角："年纪大了，走走没坏处，出来长点儿见识。"

她的口气很官方。傅砚笙笑了一下，又说："不大，你还很年轻。"

姜湖说："比你没小几岁，但懂的事儿少很多。"

傅砚笙回道："年长总得多知道点儿东西，不然就是不懂事儿，人都会有这么个过程。"

瞿蔺听着他俩聊，没参与。姜湖和傅砚笙聊了没几句，瞿蔺突然听到姜湖问："他呢，多大了？"

瞿蔺瞥姜湖一眼，她脸色如常，极其自然，姜湖仍旧看着傅砚笙，但她是在问瞿蔺的年龄。傅砚笙闻言则看向瞿蔺，他觉得眼前的这个画面有些滑稽，不合常理。

傅砚笙替姜湖重复了一遍："瞿蔺，你多大，你自己跟我师妹说说？"

瞿蔺没有接口回答，他没说，姜湖也没看他。过了两秒，姜湖极为柔和地对着傅砚笙说："算了，他脸皮儿薄。"

瞿蔺不回答，是因为脸皮薄，傅砚笙听后大笑。瞿蔺眼锋凛冽地剜着傅砚笙，想立马离开这张餐桌，但他什么都没做，什么都没说。

好在没过多久，主人将几个餐盒端了上来。姜湖用金属勺搅着眼前比汤浓一些，比泥薄一点的不明食物，吃得慢。瞿蔺和傅砚笙没急，等她。

夜渐深，天穹一暗到底，室外的风没停，大风将一楼的门吹开，坐在最外侧的瞿蔺前去关门。他关门时视线往门外看了一眼，有道人影在向这间家庭旅馆的门逼近。

常年置身户外，他的视力在夜色下仍旧不错。他关门，门还未完全关合时，室外那道人影抬了一下胳膊，对方一动，瞿蔺看到了他掩于袖口的一个黑洞洞的枪口。

看到枪口那刻，瞿蔺头皮一麻，快速转身。他不确定外面那管枪要对准谁，但此刻肯定不能继续坐在餐桌旁。傅砚笙看到瞿蔺冷峻的神色，瞬间明白有变，都是在枪口下混过的人，对一些险峻的时刻格外敏感。

瞿蔺大步往回走，手掌朝下，手指都蜷着，只留了个拇指在外面，表示“一”。他在说：外面有一个来历不明的人，以及一管枪。傅砚笙随即起身，瞿蔺径直走回餐桌旁，夹起姜湖，他同时和傅砚笙打了个眼色，傅砚笙进入店主置身的后厨，与之通气。

这十秒，持枪者没进来，但观察地形和建筑外围情形用不了太久。

通知了店主，傅砚笙和瞿蔺挪移到后厨墙外，带着姜湖。

房后只有一条排水沟，没什么遮挡，最好的屏障是距这房约五米的山，这样的夜里，地形复杂的山能掩藏一切。

“店里还有四个人，”傅砚笙低声说，“下午来的时候我见到的人就足足四个，还可能更多”。

他们没法自己跑，瞿蔺问：“你身上有什么？”

傅砚笙摇头，他从袖口抽出一枚别针，将其掰直：“这个。我们可怜吗？”

他尚有心情打趣，敌我差异在此刻如同个笑话，可没人笑得出来。

瞿蔺：“别玩脱了，把命搞没。”

傅砚笙：“惜着呢！”

正说着，传来第一声枪响，傅砚笙和瞿蔺对视一眼，随后瞿蔺看了眼静默无声如不存在的姜湖。她不慌，他安心。

瞿蔺一秒内做出决定，他随即勾起姜湖的腰，将她扛上肩，快速往房后跑。姜湖没挣扎，听之任之。

刚进山，可用于隐蔽的地方便多，瞿蔺将姜湖扛到山坳里，放她落地。这位置能蔽身且离旅店的小楼不算遥远。放下姜湖，瞿蔺又紧捏了姜湖的手一把，他用的力道很大，姜湖的手在这一刻传来清晰的痛感。

瞿蔺说：“打起精神来，没人靠近，就别动，要是有人靠近……”

一声剧烈的爆炸声此时传来，风强，火光从旅店前冲出，大肆摇晃。瞿蔺循声看过去，这声音他熟悉，是汽车被炮弹击中引燃爆炸的声响。他从口袋内快速掏出一把尖刀，扣在姜湖手里，让她握紧，同此前撞车后他给过姜湖的那一把类似。

话很苍白，但不能不说，瞿蔺说：“能躲则躲，躲不了……”

瞿蔺话没说完，又改了口，他厉声嘱咐：“等我。”

颀长的身躯随即在姜湖眼前站了起来，同时有更多杂乱的枪声传过来。他走，姜湖伸出手拉了他一把，下意识的。黑暗中，眸光不可见，但手的温度可感，瞿蔺手凉，姜湖手热。

姜湖没耽误时间，只认真地说：“小心。”

这两个字，和来自姜湖手心的温度这一刻都砸在瞿蔺心上，他在这一地晦暗间点了点头，而后迈步跑远。姜湖视线跟随着他的背影，直到无法捕捉。

当年姜行背着姜式武私自递交参与维和的申请，姜行出发前，姜湖对他说的最后一句话是：怎么出去的，怎么回来，活着回来。

姜行来的就是这个国家，活着他做到了，但前一句话却没能兑现。姜湖不想原谅姜行的失信，她也不再想见谁死在自己眼前，或者遭受重创，她口中“小心”这两个字，等于“请你活着”。

暗夜里，汽车爆炸燃烧制造的火光照亮一方天地。这处家庭旅馆所在的位置不算偏僻，但此地人口同样稀少，战争让人草木皆兵寻求自保，不会有援兵出现。

姜湖窝在山石后，听着那些杂乱无章的枪响，那些间或传来的人声，哐……砰……轰……各种声音此起彼伏，她鼻尖也开始闻到那些金属和杂物燃烧制造的刺鼻的味道。

就在这满耳满鼻的混乱间，突然有零碎的脚步声传过来，而后是隐约可闻的哭声。姜湖小心翼翼地透过石缝向外看，旅店在短短数分钟内也被引燃，在大面积的火光映衬下，她看到了一个低矮的男孩站在旅店排水沟处，正在无助失神地哭泣。

那是一张未经世事，却因惊恐染上了些许沧桑意味的脸。瞬间，姜湖想到那个不识相机在她面前摆出投降姿势的小女孩，如果没有那个插曲，此刻惯常冷血的她可能会无动于衷。

男孩凭借本能向山脚下走，走了几步他又停了下来，他站到了姜湖飞扑出去就能扑倒的位置。渐渐地，挤进姜湖耳中的哭声越来越清晰。理智告诉姜湖不能轻举妄动，一动就可能成为瞿蔺他们的累赘，可响在她耳畔的哭声却催促她的脚步往外迈。

姜湖打量着四周的情况，除了这个男孩，没有其他活人。动，可能是件蠢事；不动，男孩这样站着是个活靶子，她不能眼睁睁看着他横死当场。

就在姜湖犹豫的时候，突然，她看到了未被火势波及的旅店大厅里，直冲着旅店后门的位置，出现了一个黑漆漆的枪口，枪口对准的正是哭泣的男孩。姜湖吼了一声，但她的“趴下”男孩听不懂。

别无他选，再没有犹豫的机会。电光石火之间，姜湖本能地从藏身的位置忽地直起身，飞扑了出去，她刚将男孩压倒护在身下，持枪者扣响了扳机。

在同一瞬间，早些时候埋伏在二楼等待突袭的瞿蔺听到姜湖那声吼，他挪移位置，从盯着厅内的持枪者，转为从二楼往楼后看。看到楼后场景的那一刻，瞿蔺眸色顿寒。

一同隐在二楼的傅砚笙还没反应过来，姜湖刚扑了出去。瞿蔺伸腿大力踹开窗，从二楼直直冲着需要保护的女人和孩子跳了下去。他用后背撑起一面防护墙，落地后随即带着护在身下的女人和孩子往一旁滚。

形势突变，瞿蔺赤手空拳暴露在枪口下，近乎是赴死。傅砚笙面色陡然冷如寒霜，他没法再等合适的时机了，只有赌一把。他立刻捣开二楼的天窗玻璃，对准持枪者的头从小天窗往下跳。

傅砚笙骑到了持枪者肩上，将手中的别针用力往持枪者太阳穴里插，同时强扭对方手腕，卸枪。枪掉人倒那刻，傅砚笙跟随着一起摔落下来，他握着别针的手心和后背还在往外渗着冷汗。

他们有点儿运气，在傅砚笙还没将别针插入对方太阳穴的那刻，持枪者再度扣响了扳机，瞄准的还是瞿蔺他们，但没有子弹打出来，持枪者已经用尽了最后一发子弹。

他们有点儿运气，傅砚笙在心里重复，好在都过去了。但他同时也在心里骂：瞿蔺，你他妈的是个王八蛋！畜生！什么东西！自己死！他的胸脯还在剧烈起伏，在他看到瞿蔺可能会死的那一刻，他的情绪就开始失控。

傅砚笙的手此刻也开始后知后觉地抖了起来，但理智还是强迫他拎起那杆枪。他先看了一遍枪身，直到检查到枪托，才在上面发现了一个特别的符号，代表持枪者身份的符号。

这符号傅砚笙认识，来自安提克的某个极端组织，原来人是跟着他来的。傅砚笙抓了把头发，如困兽般怒吼了一声，妈的，竟然是一路跟着他找过来，想弄死他的人。

沉闷的子弹进入血肉的声音入了姜湖的耳，但没进姜湖的身。被人压在身下,姜湖胸腔被挤压得几无空间,喘息艰难。没看到把她护在身下的人的脸，但姜湖熟悉那种冰凉的体温。她适才飞扑出去的那一刻，没想过能毫发无伤，可他来了，从天而降。姜湖还没动，她身下的男孩又哭了起来，从远处又传来一声号叫。

瞿蔺此时松开了手臂，直起身，坐在地上，甚至笑了一下。他笑傅砚笙这声发泄，也笑这次劫后余生，命虽然不够好，可也没差到底，没让人轻易就挂了。

那声号叫来自傅砚笙，两人彼此相熟，瞿蔺懂得，那是傅砚笙事后发泄的方式，也是代表无事的信号。他不再压着姜湖，姜湖也爬了起来，同时把吓哭的男孩拎起来，她甚至拍打了男孩背部几下。

检查了一圈后，她确认男孩无大碍，然后，就将视线完全搁置到近处的瞿蔺身上。瞿蔺还没问，姜湖先说:“我没事，没伤。”

瞿蔺打量她，而后说:“没事蹦蹦我看看。”

姜湖:“……”

瞿蔺兀自笑了一下，适才快从胸腔里跳出去的心脏此刻安稳落地。不是没有后怕，所以他逗她。

瞿蔺随后单手撑地站起来:“先别进去，我们处理一下现场。”

里面还有尸体。

瞿蔺作势转身往回走，姜湖拦住他，两眼望进他眼底，淡声问:“刚才伤到哪儿?”

她已经听到了那声音，子弹钻进人身的声音。瞿蔺答非所问:“要是不会哄孩子，就干看着，别难为你自己。”

她问，他却转移话题，对视之下，瞿蔺也没有回答的意思。对峙之间，姜湖声音加重了几分，含着不满，末了她突然控制不住自己的声调:“别他妈说这些没用的，我问你伤哪儿了?!”

姜湖拉住瞿蔺的手臂，同时在审视他，她骤然发火，话脱口而出之后又突然冷静下来。

见姜湖冷静下来，瞿蔺看着她的脸问:“握着我胳膊，手不黏?”

姜湖立刻松了手，火光照射下，她看得出自己手上沾了不少鲜血，血来自瞿蔺的左上臂。她看着，表情淡如清秋，她的手没受伤，但此刻掌心如同神经错乱般跳动，她的手在疼，姜湖觉得手疼。她咬了一下牙，控制住那些想要再度喷射的激烈情绪，她想冷静一下。

瞿蔺作势要走，姜湖没有跟过去。傅砚笙此刻从室内出来，看到瞿蔺站着，大家都站着，他松了口气，问道："都没事儿吗？"

瞿蔺靠近他，往室内走，临近了，才低声回他："没大事儿，一点意外，我胳膊吃了颗子弹。"

傅砚笙："……"看他胳膊，黑衣上已经能够看到潮湿的迹象。

车被炸了，没法立刻走远，一部分放在车里的东西也废了，而这天气……傅砚笙抬头看，风雨欲来。黑云在天幕中快速移动，按贝松的气候风格，这雨也许是场暴雨。如果雨落下来，一直到明日他们都不见得能走成。

旅店这场火，没有水可灭，下雨是好事，但暴雨到来之前，火势随风猛烈蔓延，旅店会被烧光，等雨浇灭这场火之后，他们必然已是无处可宿。

无法尽快转移，一直停留在这个地方，也不安全，瞿蔺这伤，也不能不治，傅砚笙又在心里骂了一声。他看了眼站在原地出神沉思的姜湖，跟着瞿蔺回了室内。

傅砚笙眉头紧锁，瞿蔺看他，没劝，只说："把你的东西抓紧挪走，把藏好的店主叫出来，我得向她借些东西，得把这颗子弹弄出来。"

傅砚笙咬牙，给出建议："我来挖？"

瞿蔺告诉他："我还有右手，用不着。"

他又想起什么，交代："把你师妹弄去帮你取东西，暂时离我远点儿。"自己动刀那画面，还是别给她看了。

店里除了他们三个客人，剩余的活人便是店主一家。除了那个不知所措的独自跑出来小孩，其余人藏住了，没有直面持枪者的枪口。此刻，持枪者已死，几个人小心翼翼地从自己藏身的地方走出来。

室外，姜湖和小男孩站在原地停留没多久，此前为他们提供晚餐的老妇人找了过来。姜湖见小男孩朝老妇人扑过去，便也跟随他们进了大厅。瞿蔺不在她视野之内，等着姜湖的，是要带她去取东西的傅砚笙。

姜湖看过去，傅砚笙问："帮我搬些东西？"

姜湖没有拒绝，她没搁什么东西在房间里，除了那沓稿子。傅砚笙要取的东西，是他的设备，姜湖跟他上楼，发现傅砚笙其实并不需要她。

她不蠢，猜了个大概，她问："他让你支走我？"

傅砚笙意外于她的直接。瞿蔺毫无顾忌的那一跳，姜湖适才突然发出的火，傅砚笙都看到也听到了，他惊异于自己的后知后觉。

傅砚笙想，在他不在的那段时间里应该发生了些什么，虽然只是两天时间，他经历过情之一事，虽然不得善终。有些事不需要当事人说，他也能看个大概，这两个人是他牵到一起去的，是好是坏，傅砚笙说不准。

姜湖的背景傅砚笙有所耳闻，而瞿蔺如今做任何选择、任何决定，都会瞻前顾后。这里面的原因傅砚笙也知道大半，就算两颗心都动了，未来也太难了。

姜湖问："他想干什么？"

傅砚笙回复："舔伤，挖子弹。"

姜湖问："怕人看？"

傅砚笙回道："姜湖，他救了你。"

姜湖看他。傅砚笙接着说："所以，他想让你怎么做，你就尽量让他如愿，这样不好吗？"他的意思是，他没说的你就别多问，他避人耳目不想被人看，你就不要去围观。

姜湖没反驳，和傅砚笙仍旧面对面站着，两人相对无言了许久，一直到将东西搬下楼。

重新回到大厅，再开口时，姜湖声音淡如水："我不是死人。"

她望着远处，没再看傅砚笙："师兄，我有七情六欲，也有特别冲动的时候，好理解吗？"

傅砚笙只得说："你毕竟还年轻。"

姜湖微点头，继续说道："我也会有特别想做，不做就过不去的事儿，哪怕这事儿有人不喜欢，而且需要麻烦别人，哪怕得犯几个错误，我也得做……我做事喜欢有始有终，喜欢让自己舒服，认准了，不做就过不去。"

傅砚笙只能沉默。他不知道她是否一语双关，如果是，那很麻烦。

姜湖看他："你好像没听明白。"

傅砚笙不否认，他确有不解。姜湖给出解释："我的意思是，虽然给你添麻烦了，但麻烦你告诉我，他人在哪里。"

她冷静完了，得见他，马上见。

傅砚笙："……"

没有麻醉的滋味并不好受，冷热交替，额上的汗一层层滚落，瞿蔺闭着眼平躺在山间木屋内。

旅店被烧，找店主借工具时，店主说他们在山上还有几间并排的小屋，可供今晚留宿，即便暴雨来了也无妨。瞿蔺跟随老妇人上山，在山上借着蜡烛，挖那块嵌进肉里的金属。

来安提克之后，这是他第二次做这件事。第一次挖子弹时，是替人解忧，虽然下手不利索，但至少练了胆儿；这一次，没想到用在了自己身上。

绷带缠完了，瞿蔺咬着片消炎药休整，他比一般人凝血慢，这夜，不会很好过。小屋外风声更急了，这天怕是撑不了多久就要落雨了。老妇人说附近已经没有医疗机构了，车被炸，他们也走不了，落雨后，更会被困在这里。

瞿蔺在心里默数数字，还没数过千，伴着凄厉的风声，瞿蔺耳朵里突然传来迅疾的脚步声。他忽地睁开眼，眼睛刚适应烛光的同时，有人推开门，然后将门栓插好，径直朝他走来。进来的这个身影他熟悉，是姜湖。瞿蔺没起身，仍旧躺着，他不需设防。他只觉得身体疲软，完全没有与疲惫对抗的能力，只能任身体自行休整。

冲进门来的姜湖，径直走到他平躺的床边。瞿蔺看着她，没说话。姜湖也没即刻开口，只坐到床边，继续看着他。

她看了有十几秒，瞿蔺被盯久了，只得打破沉默："隔壁空着，早去休息。"

姜湖看他胳膊，白纱布灼人眼。她在看他的伤处，但瞿蔺没有交流伤势如何的意思。隔了一会儿，室外传来雨噼啪下落的声音，没错，是暴雨，室外风骤雨疾。

瞿蔺额上汗渍分明，姜湖眼眸被这汗浸润，她忽地抬手，摸了上去，从瞿蔺的额，摸到瞿蔺的脸。瞿蔺的瞳孔在姜湖触及他的那一刻急剧收拢。

姜湖拭掉了瞿蔺额头的汗，她手触上去，能感觉到掌下的肌肤后缩。瞿蔺的脸如手一般凉，姜湖的手一如既往地热。热胀冷缩吗？姜湖想。她没去计较她想到的这个词是否为错用。

姜湖的手刚离开瞿蔺的脸，外面有人敲门。是傅砚笙，他喊着瞿蔺的名字。敲门声没有被那噼啪的雨声盖过，姜湖听得清楚，但她没有起身开门，此刻，这个空间里不需要第三个人。

二十多年来，她从没有一刻像现在这般冷静。

姜湖没有进一步动作，她收了手后，瞿蔺刚才瞬间绷紧的神经放松下来，他有些倦，重新闭上了眼睛。不久前姜湖那一扑，还在他脑海里闪回，她是胆子很大的女人，他被这个女人摸过两回脸，这不正常，瞿蔺明白。可怎么才能回归正常，他不知道。

两人近在咫尺，姜湖也不再着急，只是问瞿蔺："喝水吗？"

她瞄到一旁木桌上的玻璃杯里有水，也看到了瞿蔺干涩发白的唇。瞿蔺闻言睁开眼时，姜湖已经将玻璃杯端起托在掌心，认真看着瞿蔺。

瞿蔺声线嘶哑，问她："有话想说？"

是有话要说，姜湖望着他的脸："问个问题。"

瞿蔺脸色因为隐约的疼而发白，眸子里好像也汪着水光，视线略显迷蒙。姜湖问："你此前遇见的女人对你表达好感时，一般用什么路数？"

瞿蔺拧眉："……"

姜湖："说出来和做些什么相比，你更喜欢哪一种？"她问的都是很难回答的问题。

敲门声又响起，瞿蔺强调："老傅在外面淋雨。"

姜湖即刻回道："让他淋。"

姜湖不是在开玩笑，他看到了她的认真。可僵持下去不解决问题，瞿蔺右臂撑着床板，直起上半身，不再平躺，改为半坐着："需要我开门送你去隔壁？"说这话时，他嗓音比此前开口时更哑，他说的是个决定，不是同她商量。

姜湖没即刻回话，她的手还在玻璃杯上摩挲，顺着瞿蔺这话往下聊："嗓子挺哑，你喝口水。"

话落，她举起水杯，喝了一口，而后将水杯放下。瞿蔺的视线跟着她的手最终落在被她放下的水杯上，他还没抬眸再度看向姜湖，姜湖突然说："我喂你喝。"

姜湖话落倾身，一只手扣在瞿蔺脑后，将他摁向一旁的墙壁，她另一只手没忘护住他受伤的左臂。

姜湖吻向他唇瓣时坚决，毫不犹豫，这个吻在清早醒来就该有了。

这是她要的那个确认。

瞿蔺受伤，体力衰落致使反应能力有所下滑，等他决心推开姜湖时，她已经咬开他紧绷的唇，撬开他闭合的齿缝，长驱直入。此前瞿蔺嘴里含着的那片消炎药味苦，姜湖的气息则清甜，她要喂的那口水根本不在，她已经吞下。

彼此心知肚明这不是喂水，她把乘人之危的强吻说得像是在献爱心。身前挤压着两处温软，瞿蔺在姜湖舌尖勾住他口腔壁时大脑轰的一声炸开。

姜湖的手接着从他脑后抽出，扣在他腰侧，掌心贴在瞿蔺穿着薄衫的身躯上，她的手挪移时，她的体温在他身上一点点蔓延。

这不合适，这温度如果任其燎原，会冲垮人的理智。瞿蔺稳住呼吸，动他受伤的左臂，意图锁住姜湖的肩，让她知难而退。姜湖感觉到了，随即停了下来。

瞿蔺攥住她放在他身体上的那只手腕，他攥得紧，姜湖没挣，但告诉他："轻点儿，别自己找疼。"他用的是受伤的左臂，他发力攥她，左臂必然会疼。

姜湖脸上没有羞怯，更无愧疚。

瞿蔺眸色一暗，问："乘人之危，有意思？"

姜湖只告诉他："回味过了，感觉不赖。"

瞿蔺："……"

那晚是第一次，她让他提醒她吻第二回，确认她到底是什么感觉，这第二次有了，感觉仍旧是不赖。瞿蔺松了手，随即下床，他的理智不足以和她抗衡整晚。她如果只要今天，他玩不起，她如果要未来，他也没有把握给得起。

姜湖没拦，见瞿蔺似是要去开门，要离开，她笑了一声："不觉得你很矛盾？"

他主动抱了、背了，那都不是他身为地陪和翻译的义务，他却想彼此毫无牵扯。瞿蔺站在原地，没回头。

姜湖说："你的意思是，你要拒绝？"

拒绝她进一步的身体接触？

瞿蔺没否认："我去隔壁，你今晚留在这里，睡前灭掉蜡烛，没光会更安全。"

姜湖又笑了，他还在嘱咐她，在他意图划清界限的当下，她问："替我挡的那颗子弹算什么？"

见瞿蔺顿了一下，她继续说道："瞿蔺，划清界限一拍两散，买卖散了的时候再也不见，不是你这种划法。要想各走各路，你就不该随便抱人，不该背人，不该握人家的脚，不该体贴人。抱了、背了、救了，却不负责，世界上有这么不讲道理的事情？"

如果想划清界限，就该在她那次吻后，冷淡到底，后面的那些抱和背，以及以命相护都算什么？只因为他是个乐于助人的高尚的人？还是因为他是个敬业的地陪？笑话！

瞿蔺回身："姜湖，别做让你日后会后悔的事情。"

姜湖也站起来，靠近他："最后十分钟，之后我让你走。"

她做事的标准不是随心所欲，而是遇到想要争取的对象时会去试一试。人活一辈子不长，不能对不起自己，她总要争取过，放弃时才不会那么遗憾。

门窗外只有风雨声，没有了敲门声和细碎的人声，眼前，姜湖脸上的坚持分明如初。瞿蔺最终妥协：“说到做到。”

姜湖回：“放心。”

她靠过去，近了时手摸向瞿蔺的腰带，她将它解开。姜湖再往前迈了一步，瞿蔺没后退。姜湖的右手探进他的拉链内，左手搭在他胸膛上。

她探进去的那只手触到他的内裤，姜湖扯不掉这件赘物，但不影响她触摸里面那个它。她的手抚摸上去，那里还是软的，她握住，手指蹭着它的边缘，慢慢抚摸。窗外的雨声没什么新意，像是那种不断轮回重复播放的音效。

姜湖听着这音效没几秒钟，掌心抵着的那处已经渐渐坚硬，且火热。它是诚实的，也不怂，比它的主人强。这反应来得也快，姜湖撤了手，冷笑问：“你怎么解释？”

姜湖话音未落，便听到窗外传来一声惊雷，劈开了满世界规律而无趣的雨声。她没想到，这个季节的雨也会有这样的惊天闪雷，是想提醒她侵犯别人是犯法，还是想告诉她轻薄那人要有度？

姜湖自我定位，她脸皮是薄的，问题出在姜行最无赖的发小时酒身上。年纪小时，时酒就带着姜湖和院里的姑娘看过一些没剧情的动作片，他为此付出了代价，挨了姜行的揍。另外，如若还要怪，就怪有人在“江湖”里，在酒吧的视频监控下上演“活春宫”，演到精彩处，朱古总会喊她瞄上几眼。

Amandine 这位老前辈，也有功劳。

但她的脸皮依然是薄的，人是规矩老实的。

对姜湖而言，这也是新鲜且让她血液渐趋沸腾的体验，这样的亲密接触，这样的一番探索，她此前没有过。烙铁在手，姜湖手一颤，不小心从轻抚变成握了它一下。

身前的呼吸骤然重了，是她的事儿。身体机能正常的人，被人这样碰或早或迟会有生理反应。

姜湖突然觉得她适才问的那句话很多余，也不合理。她笑了一下，掌心的热度真实可感：“下了山，以后就没什么合适的地方了。”

这条路她已经不需要下一站，回程恐怕只剩黄土可看，经过今晚这一场爆炸和大火，姜湖对周围的形势已经有了明确的判断。她来，不是为了走南闯北越野千里冒一番风险，没必要拖着瞿蔺继续在这个不安稳的国度孤军深入。

姜湖也觉得有必要声明："做人不如坦诚些，你刚才可以推开我。"

在她侵犯他之前就可以推开，但他没有。瞿蔺望进她的眸底，除了一片深黑，那里什么都没有。她的动作和情色有关，她的目光却澄明依旧。他应允了那个十分钟，可她得寸进尺，而且进得心安理得。

下身在胀，瞿蔺觉得额头的热度尽数往下涌，她说得对，是他纵容她到了这一步。瞿蔺右手下移，盖在姜湖握住他的那只手上，说道："松手。"

他身体的某些部位并非残疾，不需要让女人碰来证明。姜湖松了手，但手还在瞿蔺密林深处，她的指弹在那上面，一下，两下，又一下。

有生之年，瞿蔺没遇过这么直接的挑逗，他的脉搏瞬间跃如阵阵烈风。姜湖直直地盯视，瞿蔺眸色晃了几晃，忍住那些差点儿脱口而出的语气词，绷紧呼吸。因为姜湖适才说："抱了、背了、救了，却不负责，世界上有这么不讲道理的事情？"

瞿蔺咬牙平复一下情绪，敛眸厉声讲道理："你想让我怎么负责，规规矩矩地顺应你，让你上了我？"他淡笑，面冷。

姜湖捕捉到瞿蔺眸间的不悦，她见的通常是他脸上的柔色和冷静，难得有这样的起伏。她直白问道："想骂我？"

瞿蔺回道："刚骂完，在心里。"

姜湖眼角微微上挑，她撇开瞿蔺覆在她手背上的那只手，再度去碰它："既然这样，不能让你白骂。"

姜湖手上力道加重，她一勒，瞿蔺大脑又是轰的一声，大脑和四肢瞬间一颤一麻，血液疯了般在叫嚣。瞿蔺没再忍，没客气，他伸手提着姜湖的肩，将她拎到一旁，抵在床边墙上。他要把姜湖的挑逗全部还回去，转守为攻。

姜湖被瞿蔺用力压在墙上，她能感觉到有物硬硬地顶在她的腿根处，那是她亲手扶植起来的"建筑"的轮廓。瞿蔺用手撕扯开姜湖身上长裤上纽扣，他的手一样直抵她的老巢。

额头是热的，可瞿蔺手凉，他触过来的那一刻，姜湖两腿禁不住打颤。瞿蔺即刻停手，没往下深入，原来她也并非无坚不摧，身体是诚实的。

她一颤。

瞿蔺说："现在还来得及，出了这扇门，没人知道你曾经在这里做过什么。"

没人知道她侵犯过他，他又说："之后别惹我。"

姜湖望着他，却没退让："刚才的冷面不从，是你欲擒故纵？"她有点愤恨，他撕了她衣服，已经快要攻破她的“家门”，却仍在说着怎么相安无事。

瞿蔺眸色又暗了下去，姜湖的激将有了作用，闻言，他的手指再度出征，刮着姜湖柔软的内壁往里深入。顿时，姜湖连目光都颤了起来，她受不住他的进攻，眼都热了。

瞿蔺说：“你有误会，我办了你，易如反掌。”

他继续说：“刚才那话，再说一遍试试？”

瞿蔺望着姜湖那双一如既往亮黑的眸，继续教育她：“姜湖，人，尤其是姑娘，做事要懂得自保，而不是横冲直撞。”

他若想收拾她，并不难，如果她这样往别人枪口上撞，很难说会怎么样。但他自始至终记得受人所托，要关照她。他也知道她不是一个恶人，他们身上都流着中国人的血，他是她在异国他乡认识的为数不多的人之一，即便没有雇佣关系在，出于道义他也应该照顾好她。所以，这段时间内，他对待她，展现柔和体贴的面貌居多。他留了情面，因为她是女人，是一个有良知，知道带给小孩子欢乐的不错的女人。

姜湖没接瞿蔺的话茬，难道这道理她不懂？

她问：“说完了？我也听完了。”

姜湖随后点出瞿蔺的顾忌，她问：“你在怕什么？被蛇咬过，见了绳子都怕了？人想多了，不够男人，今晚，你是我的深思熟虑。”

不是报恩，不是因为孤独才想相拥取暖，今天这一刻不是一时冲动，他在她眼里不只是一具身体，而是一个人。

闻言，瞿蔺的指颤了一下，不是不想，他是玩不起。

他的指颤颤地一动，激得姜湖蕊心瞬间一湿，瞿蔺指间亦感觉到温滑黏腻。姜湖并拢腿，握住他的手臂，往后推他，瞿蔺的指随即离开她的身体。

姜湖扣在他手臂上的掌心是潮的，瞿蔺也出了满身汗，冷汗，他手臂上的枪伤也崩裂溢血。

姜湖直直地望着他说：“你的小弟在告诉我，你并不想走。有了这回劫后余生，我更不想把想做的事留到意外横死变成鬼后再去做。”

她说：“是你情我愿。”

瞿蔺动了下唇，身体快要被下身那处“建筑”烫伤。姜湖视线下垂，看向那里，随即笃定地说：“你有伤，我在上。”

她话落，再度靠近他，小心安抚着他的欲望。瞿蔺仍在犹豫，姜湖并不了解他，所以，她的深思熟虑不能包含他所有的顾虑。前路坎坷，理智告诉他，他不该拖任何人下水，可他的身体却已经随着姜湖动了。那些来自生理和感性的，被她激发的前所未有的渴求，最终压倒了他的理智。

两人瞬间换了位置，姜湖在外侧，瞿蔺脊背贴向墙。姜湖微踮脚，手撑在他身后的墙上，腿蹭着那处火热，去啄他的唇。

腿的勾缠，舌的相绕，肩膀的对撞均如一场战争，姜湖的腿打开让他全数挤入时，瞿蔺耳畔全是自己因伤吃痛的呼吸声。他的血，蹭在了姜湖的胳膊和身体上。她肤白，瞿蔺的血红，出现在瞿蔺眼前的画面给他的感官带来一种极致的刺激感。

姜湖整夜没合眼，做了几番后，室外的雨已经停了下来。说好十分钟后放人，这已经不知道过了多少个十分钟。瞿蔺的肩不暖，但枕着舒服。

姜湖觉得身上蹭的那些血渍挺碍眼，她下了床，没吵醒瞿蔺，不知他是睡着还是累昏过去。他是伤员，姜湖还记得，她好像挺冷血，忘了怜香惜玉。

和那个孩子一起被瞿蔺压在身下的那一刻，姜湖骤然萌生了要做适才那番事的念头。就像听他讲那些墓碑，以及他们说《最后一课》的那个晚上，她突然制造了一个吻。这都是些突然生出的欲望，她任其发展，没有压制，也不想压制。

姜湖推开门，一旁的那栋木屋里还有光，她没去敲门，抬头望了眼天空，无星也无月，这是一个放肆无度的夜晚。

姜湖面前的地面上还留着些许水坑，雨适才砸向地面时很爽，她得偿所愿也很爽。在室外透了口气，姜湖回到室内，撕开瞿蔺左臂那条染血的绷带给他换了一条。她缠得不算美观，但下手轻柔，也仔细，轻柔到没有吵醒他。

清晨瞿蔺醒来的时候，室内已经没有了姜湖的身影，但有傅砚笙。瞿蔺睁眼后，便听到倚靠在墙边的傅砚笙说："你小子还算顽强，过了一晚烧都退了。"

见瞿蔺的眼神在室内找人，傅砚笙又说："别找了，不在，人在山下帮他们收拾残局。"他指的是姜湖。

瞿蔺动唇，没理会傅砚笙表情里的意味深长，只问："昨晚有什么别的发现？"他上山后，傅砚笙还在山下检查现场。

傅砚笙说："是我连累了你们，之前拍了一个发战争财、贩卖战争孤儿的违法组织，是他们的人，应该是为了报复我。"

瞿蔺看他，眉目凝重了许多："不是第一次？"

傅砚笙回："不是。"

瞿蔺说："这次侥幸，以后呢？"

傅砚笙说："邪不压正，我比较相信作恶最终会自食恶果。"

要真能这样，世界上会少多少怨恨纠葛？瞿蔺说："命不能提在脑袋上。"

傅砚笙听后嗤了一下，反问："那挂哪儿，裤子上？"

见瞿蔺看他，傅砚笙突然说："瞿蔺，你回国后烧个香。"

烧香？把命和希望寄托在神灵身上吗？瞿蔺不知道一向不信命的傅砚笙为何突发此言。他们都曾多次进过战区，旁观过广袤大地上一片生灵涂炭，也旁观过许多人求生不能的痛苦。

瞿蔺和傅砚笙都见过耄耋老人离乡时抹下的眼泪，也听过逃亡路上衣衫褴褛的幼小难民唱起的童谣。他们都曾经祈求过，可他们的祷告起了多少作用？这世上，人的意志有时渺小得可悲。

出神片刻，瞿蔺才回傅砚笙，话俏，但语调喑哑："拜佛祖和上帝如果有用，人人都能心想事成，那时世上富豪遍地，美女如云，处处长命百岁，天下五谷丰登，哪还用像现在这样费心劳力地去干这干那的。"

说烧香是有些荒谬，这事儿被瞿蔺这么一说，傅砚笙此刻也勾了下唇："信仰是像你说的这么一回事儿？"

他也没忘吐槽："跟你说正经的，你这是他妈的给我扯了堆什么玩意儿？"

瞿蔺没反驳，浅笑了一下，只听。

昨晚那一出枪口脱险，傅砚笙到现在还没有完全放下，他仍觉得惊险，持枪者如果再多一枚子弹，今天这个世界上很可能就没有瞿蔺这个人了。

人信神的开始，往往是现实让他们觉得无能为力。傅砚笙很快敛了笑，仍旧语重心长："你知道我想说的是什么意思，烧根香，就当求个心安，是为了心里多有点底儿。"

别总是每年拿体检报告的时候心里忐忑不安，再遇到突发事件时胆儿也会更壮一些，人也能更积极一点儿。

瞿蔺眸色平稳，侧脸硬朗如旧，起初没吭声，最后他问："用不用我去烧香的时候，替被炸弹和子弹追的你也插上几炷？"

傅砚笙又笑："用不着，哥哥活八十就够本。"

瞿蔺说："要能老成那样儿，是不错。"

傅砚笙："掉牙，秃头，驼背，还得老眼昏花。就算到不了，也没那么稀罕，就图个顺其自然。"

他们做的事，说不上大慈大悲，却时常踩在刀尖上舔血，危机四伏。但这是他们自己的选择，结果自然也要自己承担，没什么可抱怨的。

翻过刚才那篇儿，傅砚笙又说起眼前事："这里的善后我来处理，上午我多留一会儿，等到有人来帮忙再走，下午我再回政府军营地。"他昨天和瞿蔺联络时，说的是一早他便得返回营地。

瞿蔺问："联系警署了？"

傅砚笙摇头："警力有限，装备也差，帮不上忙。店主不想搬迁，需要人保护，是我连累了他们，我得负责。我找了一个当地的民兵组织，以前为他们写过专刊，给他们带来了武器赞助。这次求助他们答应得快，是回报之前许诺我的一定会还的那个人情。"

傅砚笙原本有很多话想说，有的是关于姜湖的，有些是关于姜湖和瞿蔺的，还有的是关于昨晚他没敲开的那扇门。门内发生了什么，不难猜。瞿蔺的侧脸还有一道红痕，似是来自女人的指甲，但傅砚笙最终什么都没说出口。

很多事情，既看缘分，也看造化，还要拼一拼那虚无缥缈的运气。很多事情傅砚笙也无能为力，他只希望未来瞿蔺有好运。

傅砚笙先一步下山，瞿蔺换完药出门时发现了昨晚那个枪靶子。那个小男孩正站在他门前的空地上，手里正把玩着几张硬卡纸，其中一张已经被他折成了一架飞机。男孩扔了几次，纸飞机总是飞不高，掉在地上沾了些土，他脸上挂着懊恼的表情。

瞿蔺走过去。

男孩看到他，将飞机摊在手上，向瞿蔺问道："要玩飞机吗？"

瞿蔺没拒绝，他接过飞机，同时，微弯下腰，低头告诉男孩："你来指挥，我替你驾驶。"

男孩指了指东北，瞿蔺抬起右臂，微用力将飞机抛了出去，纸飞机在半空中拉出一条长长的起点很高的抛物线。男孩乐了，蹦脚跳了几下，同时拍了下手，跑过去将飞机从远处的杂草丛里捡回来。

他拿回飞机又问瞿蔺："我长大以后，也能像你一样扔这么远？"

瞿蔺耐心回他："你能扔得更远。"

男孩还问："你会开吗？开真的飞机。"

瞿蔺眸间漾出更多暖色，说："不会。"

男孩略遗憾："没关系，你已经会了别的，你会跳，你还会打架，你很厉害。"

瞿蔺没听过这种恭维，略觉新鲜。昨天发生了什么，男孩在当时是蒙的，但他的奶奶，也就是旅馆主人已经在事后把一切都告诉了他。

男孩又问：“那你觉得开飞机会很难吗？”

男孩的发微卷，瞿蔺闻言摸了他头顶一下：“不难，但你如果想要驾驭它，得努力。”

男孩问：“怎么努力？”

瞿蔺道：“慢慢长大，多读书，长成能保护你的家人和爱人的男子汉。”

男孩眨了下眼睛，又挠了下自己的脑袋：“听起来好像不简单。”

瞿蔺说：“你能做到。”

男孩嗯了一声，点点头，把手中的飞机拆了：“我想知道怎么用它往下投炮弹。”

瞿蔺问：“为什么想知道这个？”

男孩抬眸看着瞿蔺，先清了下嗓子，而后一本正经地说：“谁打我，我好打回去啊。”

瞿蔺摇头，往下拉了一下男孩头顶的帽子，摁了摁他的小脑袋：“男子汉顶天立地，不玩报复这一手。”

被瞿蔺摁了脑袋的男孩直接把帽子脱了，躲远几步，理了下他的卷毛，然后回头瞪了瞿蔺一眼。瞿蔺看到他手中除了拿着那架被他拆了的纸飞机外，还握着一个纸鹤。这让瞿蔺想起，小时候在爱捯饬小玩意儿的乔大爷那里见过的一些纸制工艺品。

瞿蔺对离他远了些的男孩招了下手：“过来。”

男孩略带警觉地望着他：“干什么？”

瞿蔺说：“借你个东西。”

男孩好奇：“你想借我什么？”

瞿蔺指了指他手中刚拆了的那架飞机：“借你这张纸。”

男孩不解，但大方地把纸给了瞿蔺。瞿蔺接过来，白纸在他手中被折成一个方形，他将正方形之外的纸边裁掉。

少时的记忆距此时已是经年历久，瞿蔺从乔大爷那里学来的折纸步骤出现了偏差，这张纸在他手中翻折了几次，才开始步入正轨。对线，翻折，拆合，反复……等瞿蔺将一个三层花瓣的玫瑰花折出来，仍旧站在他身旁的小男孩带着好奇问：“你在做什么东西？”

瞿蔺说：“你再好好看看。”

男孩再度观察后问："花？"

瞿蔺答："将就吧，你眼神算过得去。"

男孩又瞪他，而后咧唇笑，最后去抓瞿蔺手持的那朵花："送给我的？"

瞿蔺即刻回收，同时否认："暂时没你的份儿。"他逗起了小孩，今早的心情，是好的。

男孩冲他做了个鬼脸："小气，纸都是我借你的。"

同时男孩发出几声怪调，立马跑了。瞿蔺没追，他还有一句话没说完：这花不是送给男孩的，但如果他想要，自己可以教他。

可这小屁孩儿溜得太快。

日前，瞿蔺给过姜湖一块儿石头。当时姜湖教导他，送女人要送花，什么花代表什么意思，人一看便知，不用猜。瞿蔺记住了她那话。

他有顾虑，但昨晚那步既然迈了出去，以后他就只能顺着这条道一直走，他是个男人，哪怕这条路是不道德的，会越走越黑，甚至前路不长。这是他能给的，尊重对方的态度。

昨夜过得凌乱，但今晨瞿蔺也没忘傅砚笙昨天透露的那个消息。他昨天说有爆料称山电南厂的核反应堆再度出现问题，现在，在这个周边无人的山脚，瞿蔺掏出手机，拨给曾经的同仁莫石南。

接通的声音在响，直到通话快被自动切断时才有人接听，瞿蔺自报家门："是我，瞿蔺。"

莫石南有些意外："我还当是谁呢！瞿蔺，你这是在哪儿，这号码挂的是什么鬼前缀？"

瞿蔺回："不太远，中东。"

莫石南呦了一声："一腿又出那么远去，你小子想什么呢？"

瞿蔺没在正面回复他，只问："你现在在哪儿？"

莫石南顿了三秒，而后告诉他："闲着，窝公寓里。"

他这一顿，瞿蔺摁了下开始抽跳的额角："你这老毛病，过了这么久，还没想过要改？"两人相交这几年，瞿蔺知道莫石南每次开口撒谎前都要停顿。

莫石南也知道自己的破绽，同时也知晓瞿蔺的敏感。他问："你听说什么了？"

瞿蔺说："没多少，所以需要问你。"

莫石南在电话那端笑了一下，语调还是轻快的："没大事儿，不然我现在也接不了你电话。"

瞿蔺说："老杜走之前，让我们看好那几座怪物。"

莫石南哦了一声："是有这么回事儿。"

瞿蔺交代："有任何变化，告诉我一声。"

莫石南说："好说，没问题。"

瞿蔺下一句还没出口，莫石南挂断了电话。

瞿蔺立在山风中没动，莫石南没说清楚，但直觉告诉他，事故的确有，而且不简单。他眉锁成一条链，但人还是继续往山下走，去和大部队会合。

等最后一块遮挡瞿蔺视线的山石消失，瞿蔺便看到了昨夜火场的痕迹。暴雨浇熄了那场火，但没有冲走现场的焦土和烧焦的物品。瞿蔺一眼便看到蹲在地面从焦土里往外掏瓷器的姜湖。

姜湖背对着他，修长的颈外露，中发半挽，没什么讲究，裤腿上也沾了不少泥。她没穿外套，窄腰圆臀在瞿蔺眼前轻挪，那些地方的温度，仿佛还停留在他手上。瞿蔺站在原地看了会儿，摸了下他的右小臂，撸开那部分衣袖，那里还能看到清晰的牙印，姜湖咬的。

昨夜姜湖先动完，她动累了，后半场，主动权交给了他。两人都双眼充血，身体被欲望撑开，姜湖的呼吸声乱作一团，瞿蔺也不稳。他冲刺得狠了，在她身体内翻搅，可姜湖仍旧死死咬牙不出声，但这牙都咬在了瞿蔺胳膊上，留下了这些印记。

瞿蔺抬着她一条腿，即便身体快要被他折断，姜湖躬着腰背，绷紧的脚背也没松，她倔强地挺着自己那口气。起先姜湖忍住不发声，后来她身体后仰，唇舌间只有急促的喘息声，不需忍，也已经挤不出其他声音来。

半夜时，瞿蔺感觉到她的腿仍在持续地颤，可他醒来时，姜湖已经自如地下了山，此刻，瞿蔺也看不出她有任何不适。

瞿蔺将那朵花握在手心，向姜湖靠近。她不像他掌心这朵花，而像山屋旁那些青葱的劲草。他还没靠过去，置于上衣内的手机响了起来，听到响动，收拾杂物的一众人等转身看向瞿蔺。

姜湖也看，她额前的头发被风撩起，眼睛瞄着瞿蔺缠着绷带的左臂。

瞿蔺没回视，即刻转了身，接起了电话。

来电的是几分钟前刚挂断电话的莫石南。瞿蔺接起来，莫石南在那端长久沉默。他一沉默，瞿蔺眸底的光全部散了，只余深黯。

沉默过后，莫石南最终说："瞿蔺，回来吧。"

是非曲直，已经都在这几个字里，不用说得更明白。他们曾一起并肩作战过，懂得有些事多么难以启齿，多么不人道，却又多么让人无从选择，无可奈何。

瞿蔺没多言，声带抖了下，只说："好。"

莫石南说："和上次一样，进现场的人选，难定。"

很多主动站出来的，是两年前在那次事故中被过量辐射却幸存下来的人。如果瞿蔺不问，莫石南不会主动打扰他，毕竟这一回来……不会有好事发生。没有人有权利要求别人去牺牲，这样的状况不难理解，瞿蔺明白。国外发生的恶性案例已经太多，没有人想冲在前面不明不白地死，即便是所谓死得光荣。

瞿蔺问："安全壳内核心区辐射值到多少了？"

莫石南给出一个数字。

瞿蔺心骤沉，直线下坠，这温度，冷得人想打颤。他收了电话，身后还有一个他打算送花的女人，那是花，也代表承诺。刚往前走了一步，他却不能继续走向她，他要改变方向，先回国。

有排危先例在，核电站故障后数年内，都要有"死士"深入故障区进行维护。事故后，即便反应堆被废弃，也不会是一朝一夕能处置妥善的，这是一场硬战。两年前的那次事故，就差一点儿成为他生命的终点，是别人给了他延续生命的机会，再加上杜清河的遗言在，他这次更不能置身事外。

他伤后在外自由游历的这一年时间，得来不易，与姜湖同行的路，他毫无准备，就在他决心要同姜湖走下去的时候，他却成为那个先拐弯的人。

电话已经挂了，瞿蔺仍旧没转过身去，此刻，他和姜湖仍旧背对着背。可能终此一生，他和她都要这样背对背往下走，再没有重合的机会了。

如果莫石南的确切消息来得早一天，他会放过她，可偏偏晚了一步。时光无法倒流，如今……他已经陷了进去。瞿蔺攥着手中的玫瑰，这花他已不能亲手送了，这是玫瑰，不是没有任何意义的狗尾巴草。

姜湖见瞿蔺转身接电话，她便继续从土灰中往外挖瓷器，一把火，就把这间家庭旅店烧成这种面目全非黑漆漆的模样。不知道家里那把火，会把她的"江湖"给毁成什么样儿。

难以想象，姜湖及时刹住思绪。

掏了没几个盘子，昨夜那个曾经被姜湖扑倒的小男孩蹲到她身前，姜湖感觉到眼前的光影，于是抬头看他。小男孩见姜湖看过来，摊开他的掌心，他说了句什么，姜湖没懂，但男孩手往前递，姜湖看到了他手中的一朵纸玫瑰，也明白这朵花应该是给她的。

她接过，夸他：“个儿不高，手倒蛮巧。”

男孩自是听不懂，姜湖又问：“为什么送我这个？”

不远处的傅砚笙听到，替她翻译了一句，小男孩答了她的问题。姜湖看向傅砚笙，傅砚笙又替姜湖翻译了一回：“他在说，如果他不是年纪太小，会乐意娶你。”

姜湖哧了一声，和男孩握手。小不点儿年纪不大，昨晚甚至被吓得直哭，他懂什么？不知道是跟哪个成人学的这手。

这片焦土上已经没有了适才在接电话的瞿蔺，傅砚笙替姜湖翻译完那两句话，在周围找了一圈，才在半山上他们留宿的那几间山屋里找到人。很罕见，瞿蔺在抽烟。

傅砚笙即刻便知有变，问他：“偷了我搁在旁边小屋里的火和烟？”

瞿蔺看他：“你下午晚点儿走，我联系了老唐，来接替我带姜湖。等他来，你再走吧。”

傅砚笙变了神色：“那你呢？”

瞿蔺将烟掐灭，它解不了愁，甚至呛得他喉咙痛，他告诉傅砚笙：“和你说完这几句话，我就下山，借从镇内租来的车回勒革，然后回国。”

傅砚笙问：“消息确定了？”他猜得到是那几座反应堆真的有问题，那些爆料不是空穴来风，否则瞿蔺不会如此着急。已经有媒体隐晦地在报道核事故，但没有指出具体是哪座核电站，怕一石激起千层浪，引起群众恐慌，大家都还在等官方消息。

瞿蔺说：“是。”

傅砚笙看着他还没伤愈的左臂：“你这会儿上飞机，能过安检吗？”

瞿蔺说：“我有办法。”

傅砚笙别开视线，不再去看瞿蔺的脸。那张脸此刻太过冷静，傅砚笙因此更为不安，那种蚀骨的忐忑和他昨夜砸窗只身从二楼往下跳的感觉近乎一样。

傅砚笙说：“瞿蔺，你要走，我不会拦你。”

他了解瞿蔺的过往，也知道他的行事作风，否则不会在看到跟山电南厂有关的料后告诉瞿蔺。他继续说：“但是有句话，你跟我说说清楚，让我有个底。”

瞿蔺等他问。

傅砚笙问："能不能保证，还有再见的机会。"

瞿蔺只回："你等我的消息。"

傅砚笙看他，随即听到他下一句："要是没动静，记得先别联系我。"

瞿蔺说得认真，字正腔圆，声调极稳，但他说话时没看傅砚笙。傅砚笙听着，眼眶瞬间微潮。这些年来，他见过很多死别，却很少感受生离，现下这番感受，甚至不如死别来得痛快。

他知道，从前说再见一定是机会有再见的，而这一次，他不确定。

傅砚笙没从半山上跟下来，瞿蔺也没有什么要从这里带走的行李，很多东西已经随着昨晚被炸毁的车化成了灰烬。雨已经停了，道路是通畅的，瞿蔺适才电话联系租借的车辆已经在路上。

瞿蔺在旅店受损度最轻的卫生间附近找到了姜湖，她正盯着不远处那辆毁于炸弹的车，车烧得只剩了一个框架。

姜湖听到脚步声，问瞿蔺："贵吗？"

瞿蔺看她，姜湖补充道："我指车。"

瞿蔺提醒她："快报废的。"

此前开了辆快报废的车，租的那车也是快报废的，他说过，可看她的样子，是给忘了。她忘事的速度挺快，不知道忘人的速度如何，忘他的速度如何？

风不停在吹，一地沉默间，姜湖问："有话说？"

瞿蔺没动，他闭着嘴，但姜湖看到他的眼睛在说：有事，有话要说。

有些话，有些意思，人和人交流时不一定要通过嘴。

姜湖话落，瞿蔺没即刻接口。不会是好事，姜湖有了结论。

姜湖："要是难开口，不如吞回去。"

是很难开口，可人要走，总得好好告别，因为她不是路人。瞿蔺唇动，从肺腑深处挤出几个字来："五分钟后，我要先走。"这声音和着风，不比平日的清朗，有些喑哑，有些萧瑟，牵动着他的声带，牵动了他全身。

姜湖听后，思索了片刻，瞿蔺说先走，只是他走，没有她，她这才听明白。

姜湖嗓子一麻，一时间情绪的起承转合过大，她自己亦无法掌控，随即问："走哪儿去，要多久？"她问得认真。

瞿蔺："……"

没有答案，都是不确定的，他自己尚不知道，此刻他无法对她承诺任何事。

姜湖没等到答案，风吹得她全身冷下来，她更安静了。接下来那句是否回来，是否再见，她也就没再问出口。

姜湖无声地笑，浅浅淡淡，笑意未达眼底，即刻便收，这世上没人看到。这笑是自嘲，是人都有尊严，她不例外。又站了五秒，身体僵着，身体内跳动的那一部分似乎也僵了。

瞿蔺说："老傅还会回营地，我让老唐来带你，他是我最细心的朋友，会好好照顾你。"

姜湖看过去，瞿蔺没避她的视线，她目光凌厉，他也始终未曾挪移。

"下一句我该说什么？"声音冷，但不急厉，她仍旧平静，"该说再见？还是应该祝你一路顺风？"

瞿蔺看着姜湖此刻苍白的脸，她的眸里印着他最后的冷静。他不知道还能不能回来，他不能留下话让人等，此刻他全身的血都是凉的。

瞿蔺："剩下的路，你注意安全，遇到事情，找同伴，问老唐。"

姜湖听着，瞿蔺眸色仍旧柔和地看着她，姜湖和他对视时，从他的眸色中看到让她无法安宁的冷静。

她已经没办法再留在原地，她怕自己会做些什么，可她的脚刚动，瞿蔺突然攥着她的手腕，一把将要离开的她拉进了怀里。瞿蔺的手摁在姜湖脑后，用尽全身气力紧紧抱着她，姜湖胸腔被他挤压，喘息困难。

他这一抱，她溢出声音问："改了主意，不走了？"

瞿蔺没有回答……那就还是要走，姜湖想，且他不给归期，不曾多言。可既然没有更多话可留，为什么不走得干脆利落些？这画蛇添足的一抱是什么意思？

姜湖用力挣，试图脱离瞿蔺的怀抱，但她一动，瞿蔺又抱得更紧了些，姜湖再度用力，瞿蔺才慢慢放开她。

他什么意思？姜湖想，话不能说，拥抱又算什么？他当她是什么？是不明不白？还是藕断丝连？他走他的，却又要让她念着他怀抱的温度，让她此后心思翻搅无法平息！

瞿蔺的手臂刚离开姜湖的身体，视线刚垂在姜湖脸上，姜湖突然抬手，扇了他一巴掌。姜湖没留余地，这一掌震得她半条胳膊在疼，巴掌声也同时抽打在瞿蔺心里。

姜湖睨着他，冷声说："睡完就跑，不是不可以。瞿蔺，我祝你一路顺风。"

带着一臂麻木，姜湖即刻抽身往后走，迈了没几步，就看到了眉宇深锁站在不远处的傅砚笙，他旁观了一切。

快靠近傅砚笙时，姜湖便止了步。傅砚笙则望着她，欲言又止。

风把姜湖细碎的额发撩乱，遮了她的眼，也遮住她眼底的情绪，风也把姜湖的声音给捣散了。姜湖抬眸看向傅砚笙，淡声问他："你觉得我过分了？"

傅砚笙黑眸盯着她，又看了眼远处那道颀长的身影，一个在他眼里冷漠，另一个在他眼里寂寥。适才瞿蔺那根掐灭的烟，此刻烫在傅砚笙喉咙上，有万语千言，但他发不出一个字。他没办法劝姜湖，也不能替瞿蔺解释什么。

姜湖没等他的回应，又说："是我过分了。"

她知道的，昨夜说完你情我愿，今天却因为这临别一抱动了手，且用足了力。

可是，抱了，不解释，然后走，他仍在干不讲道理的事情。有些事情应该干净利落，不该像这风一样刮得没完没了，且不吹往一个明确的方向。每件事，姜湖都喜欢求个明白，可这一回，她似乎什么都搞不明白了。

姜湖告诉傅砚笙："昨晚，大难不死之后，我许过一个愿。"

傅砚笙："什么愿？"

姜湖继续说："很俗，祝你们几个踩着雷走的人，心想事成，平安百岁。"

傅砚笙："……"

那口烟从他的喉咙一路往下，直到烫伤他的心口，他还是回了话："好愿望，借你吉言，希望能愿望成真。"

短短几十个小时，他以为姜湖不会融入到这片环境，因为在他不算全面的了解中，她是个很有个人风格的女子。蒋绍仪评价她从不妥协，也不留恋什么。在此刻，有情有义不如无情无义来得好，傅砚笙觉得，人散了场，留情只会伤。

两人相对站着，想的却各自不同。

姜湖想说的不是愿望好与坏，而是"愿是我自己许的，跟他无关。既然我许了心想事成，他要做什么，我没有任何意见"。

风还在吹，风声像是呜咽。

等姜湖走远，傅砚笙摸出一根烟。放弃宋引章之后，已经有好几年他不曾觉得时间一分一秒这般难熬。古人唱《易水歌》时，是这种心情？送别兄弟和告别爱人，到目前为止是他这辈子遭遇的人生两难。

直到瞿蔺走，姜湖都没再露面。瞿蔺脸上还有红印，傅砚笙靠向他时也已无话要嘱咐。瞿蔺开门上车前，最后还是回头看了这间破败的家庭旅店一眼，满目狼藉中，没有那个倔强的姑娘，那一巴掌和那个拥抱，已是最后的告别。

傅砚笙知道他关心什么：“你放心，照顾姑娘本来就是我的责任。”

瞿蔺轻嗯了一声，回道：“等回营地了，你也看好你自己。”

傅砚笙说：“好，安全第一。”

瞿蔺又说：“刚刚那间山屋的窗台上，有块石头，我压了个东西，你拿给她。”

傅砚笙呵了一声，反问道：“你没手？”

瞿蔺睨他：“你求过我几回，是时候还一次了。”

傅砚笙笑了下：“得，知道了。”他替瞿蔺阖上车门，“像个男人，走吧！”

瞿蔺没冲他摆手，车缓缓起步。他看着后视镜里车碾过的一寸寸路，大背景里还有碎石，有黄土，以及人。

走出没多少米，瞿蔺突然喊住司机：“停车！”

司机停了车，瞿蔺那侧的后视镜里，出现了一道纤细的身影，是姜湖。她在往路边走，和傅砚笙站到一起，目送这辆车。隔得太远，车停了，瞿蔺却仍旧看不到姜湖的表情。

等后视镜里姜湖的身影站定不再动了，瞿蔺又说：“开车。”

他盯着后视镜，试图去看清里面那个越来越小的姜湖。姜湖来那天，风沙大，瞿蔺先走这一日，风也一样强；姜湖来那晚下雪，此刻瞿蔺这车还没开远，便有雨砸在车前挡和后视镜上。

司机咒骂一声：“这天真任性！”

这天气是坏。瞿蔺身边坐着的这个司机不知道，这世上的很多人都不知道，下雨了，自己想给那个越来越看不清的人撑一把伞。

第八章　你是来路，亦是归途

直到中午，老唐来之前，姜湖都在催促傅砚笙不用等，让他先走一步。天气糟糕，傅砚笙回营地的路没那么顺，姜湖无意让他在此耽搁时间。

犹豫再三，见姜湖意决，傅砚笙也没强留。他确认老唐已在路上，才将瞿蔺交代给姜湖的东西拿给她，嘱咐店主一些事，便启程离开。

姜湖接过傅砚笙给她的东西后，没有马上打开，那是几张折在一起的纸，她径直塞进口袋里。口袋里，还有此前 Nissan 给她的那张纸条。

雨落，风疾。雨停，风散。

时间飞速划过。午后一点，姜湖还没等来老唐，却先一步接到了来自国内的电话，来电者是姜式武，她的爷爷。

这个新 SIM 卡的信息，姜式武无疑是从蒋绍仪那里得知的。姜式武和姜湖的通话很简单，问清姜湖所在的位置，交代她等人前来，随转运任务到期的维和人员和少数几个中资企业善后工作人员乘班机回国。姜式武给出的原因姜湖无法拒绝：姜行短暂醒来，而后情况极速转危，命悬一线。

来不及等，老唐的电话也无法拨通，姜湖给老唐留了信，而后告辞远走。

在回国的飞机上，姜湖回想了一下这几日的经历，她到安提克这一趟，翻译工作毫无进展；Amandine 走过的那条路，她只走了一半；她给不欠她什么的人们添了些不必要的麻烦；认识了几个人；又像做了一场炮声隆隆的梦，那炮声离她越来越近，也越来越远。

飞机经停迪拜、乌鲁木齐，最后会在上海落地。

坐在姜湖身旁的，是个二级士官，看着不过二十岁出头。他坐得规矩，几乎不动，单看他的坐姿，就累。小伙子上半身长，肩宽，脸部肤黑，比他身上的深色制服还要暗，耳后皮肤却是一小片白。

旅程过长，姜湖某次小憩醒来，对方同她搭话：“你是中建的人？”

机上搭了几个中建海外项目部的人，来接洽战时因为撤侨被迫烂尾的项目重启工作，有这种误会倒是正常。

姜湖淡声说：“不是。”她嗓子很涩，自己不禁皱眉。

小伙听后凝眸再度打量了她一下，姜湖是飞机上唯一的女人，本就受瞩目。礼尚往来，姜湖清咳了一声，问他：“你是哪儿的人？”

对方说：“山东。”

哦，孔孟之乡，姜湖回道：“去过，印象挺好。”

小伙温和一笑：“打的旅游广告就是‘好客山东’。”

这种老套的话题基本无法继续开展下去，姜湖也淡笑了一下，没再吱声。

隔了三秒，小伙又问：“你来旅游？”

姜湖还没答，小哥自己又很快否定：“应该不是，现在像这种地方的旅游签证应该不可能办下来的。我姐姐是个心比天大的淘宝店主，时间自由，所有冒着枪林弹雨的地方她都惦记去，但很多地方去不成。”他又笑，“提不了她发微博的逼格了。”

姜湖只听，没多说，小哥也知趣不再问，舷窗外的蓝依次渐变。又过了一会儿，倒是姜湖望着前面这数排的橄榄色，问他：“来这里执行任务多久了？”

他答道：“满两年。”

姜湖：“挺久，工作环境安全吗？”

“还可以，遇到高危环境的情况不多，我们主要在难民营那边。如果你走海路，或者过边境线，还能看到大批偷渡或者等在边境意图闯关的人。人压人，就像灾难片里的逃亡大部队一样，黑压压一片。为了上船溺水身亡被冲回海滩的人也不少……”士兵一直在分享他的见闻。

姜湖安静地听，到了最后，她才问道：“有人牺牲吗？”

小伙回道：“还好，这两年我们队伍里没有。”

但前些年有，姜湖想，亡了的，是姜行手下的兵，而姜行……不知道过不过得了这一劫。

她会来，春回会来，一部分原因恐怕都是因为那曾经是姜行战斗过的地方。姜行待过，她们也来看一看他眼睛里装过的地方，他洒过热血的地方。

姜湖：“安全就好。”

小伙点头：“安全是第一位的，有几个兄弟打算回国就结婚。去了以后想自己的女朋友，想得不行，越是看不见摸不着的时候，越想定下来，都怕自己突然没了，便宜了别的小子。”

挺朴实的想法，姜湖没接口。人生中意外来得总是比计划要快，想做的事，拖不得。

后来的航程，姜湖半梦半醒，梦里有顾长的身躯压在她身上，长手长脚包裹着她，粗糙的掌揉着她前胸。姜湖身上冒汗，四肢酸软，大脑一片空白……等她从燥热难耐中睁开眼时，机舱静悄悄的，只有微弱的夜读灯亮着。她满脸淡漠，觉得招了邪门的东西，她想要一杯酒，或者一根烟，可是得忍，都要不得。

到此刻，姜湖才从口袋里掏出那几张被折在一起的纸。从傅砚笙手中接过的时候，她便认出来，和她收到的那朵玫瑰是同样的纸质，那朵玫瑰……姜湖冷笑，那人还真是敢做不敢当，她瞧不上。

姜湖忍住撕掉这几张纸的冲动，将它们一一打开。几页纸上，大部分写满了字，字迹方正，和她初到勒革那日 Alma 递给她的那张纸条上的字迹差不多。最下面那张，是人用简单的笔法画出的路线图；上面几张，则写满了行路的注意事项：雨天、雪地、露营、借宿、饮食、饮水，伤病处置……

那人列的东西多，啰唆至极。

扇得轻了，姜湖看完后觉得。他做了这些，是想让她怎么样？不痛不快的，没见过这种一言不发的混账。

下了飞机，魔都的风一吹，吹走了姜湖一身的萎靡。维和战士留在场内进行后续的欢迎仪式。她出了国际通道，姜湖一眼看到了来接她的人，不是姜式武的人，是时酒，姜行的哥们儿。

时、姜两家，交情已经有半辈子了。

1937年末，日寇铁蹄踏破金陵城。甲午战争后发迹的民族资本家时壅——时酒的太爷爷，拒不与日本人合作，导致未及撤离的那些时家人全部被屠杀。姜家替时家照顾早一步撤到重庆的时家留下的唯一男婴，这才有了后来这一脉的时家人。

时酒未从戎，早年便北上同校友任静瑜共创科技公司 OMG，主业是人工智能，推出的高性能机器人已经换代，可以进入火场等高危区域，代替人进行部分高危作业，以减少人的牺牲。

姜湖眼风一扫，时酒便摘了他骚包的墨镜，问道：“小二，你行李呢？”

姜湖排行老二。

姜湖扔了句：“扔了，没时间回老唐那里取余下的东西。”

时酒还有心问这个，说明姜行还在，姜湖松了口气。

时酒轻呵一声："老大不小的人了，染上性瘾都比任性强，还有没有点儿数了。"

他说话一向缺少把门的，姜湖轻笑了一声，没理，没解释。上了车，姜湖才问："情况怎么样？"忐忑仍在，语气低沉。

时酒哼了声，虚拢方向盘，车开得飞快："你哥本事很大，大前天吓得我胆儿都破了。"他听闻消息即刻从北京往南飞。

姜湖看着他，时酒继续说："算有点儿进展，推进去被针和刀裁裁缝缝的，推出来又醒了一回，没撑多久又睡了，还不能说话。"

大家等这一醒等了很久，连春回都成了女医生。

姜湖说："他磨蹭得太久，算不清了。"

算不清从他开始睡到现在有多久了。时酒立刻给了个确切的数字，然后说："等人死不了了，再跟他慢慢算账，小时候我就觉得他不是玩意儿。"

姜湖笑了下，他记得倒清楚。被时酒这一通说，姜湖的心尽数落了地。

姜行还在国内，意外还没发生的时候，时酒曾经跟姜湖说："你哥那人什么都好，就是脾气差了点儿，我和他混一块儿，就是我早一天气死他，或是他早一天弄死我的问题。"可这事都没发生，他俩嘴贫，但一直好着，从穿开裆裤始，直到如今的而立之年。

时酒问她："你被谁忽悠到那叫天天不应的地方去的？"

姜湖回道："自己。"

时酒扯了下唇，痞笑。末了，又交代几句："下午别去医院了，探视时间过了，见不着。虽然可以破例进去，但没必要，反正他也不会睁眼看你，明天再去。姜爷爷也回南山了，那天是担心你不回来就见不到面了，一着急他才决定把你弄回来。当时我也慌，就没拦。这会儿我送你去你自己的窝，还是借我的窝住？你先别回家，保不齐他怎么收拾你，他还以为你在国内安居乐业看着你那店呢，你不见了人，他上火。老人家一上火，很难说他会拆墙还是摔瓦，得防着点儿。过会儿我回家，路过他那儿替你打声招呼。"

姜式武历来对子女和孙辈控制得强，姜湖知道。是得回去，但可能还真不是时候，她说："槐荫路，那个人工湖，去那儿。"

时酒："还跟你那老师混一块儿？"

姜湖寒眸对准他，指正："注意用词，是租房子。"

快到目的地，时酒将车速降了下来，姜湖即刻便知他还有事要说。果然，时酒告诉她："我妈跟姜爷爷谈我们的婚事，你有个数，有什么事给我打个暗号。"

这对姜湖而言有些突然。她和姜行不同，一向是脱离姜家控制的那一个，姜式武和程佩都觉得她不好管束，而且，她和时酒不可能谈及婚嫁的关系。姜湖这才明白，为什么来接她的人是时酒而不是姜式武的人。

姜湖问："谁的主意？"

时酒说："我。"

姜湖眸底一震。湖心小路近在眼前，时酒停了车："你考虑考虑，有了结论再告诉我。"

姜湖掀唇，脸色很快平静下来："就没想过，日后黄了会尴尬？"

时酒说："和你不会，你的性子我知道，和我们那一排最末栋的秦小姐就会。我妈中意她，要是黄了，她以后见了我，道儿都得绕着走。"

姜湖懂了，他是被安排和秦家结合，而他拉了她这艘船出来，提前堵了他时家的港。姜湖下了车："你这是害我。"

时酒也跟着她下车："是我不对，但我也想断了我不该有的念想。你不帮我，是不是也该考虑帮一帮茯苓？"

姜湖语调凉了："你把我当雷锋了？"

她话刚落，一旁的时酒僵了。姜湖顺着时酒僵滞的视线看去，不远处，湖心岛上站着一个人，正望向他们。那人是姜湖的朋友，也是时酒的妹妹，和他不同姓的叶茯苓。

叶茯苓本不在南京，但她这个律政佳人的事迹，在这个圈子里传得沸沸扬扬。几年前，她在另一座城市替人打了一场官司，事后她对当事人动了心。官司不好打，她的对手是圈里刑事案件方面的大拿，最后官司艰难地打赢了，她也跟着名声大噪。

那位当事人是个身陷囹圄的前警察，被指在服刑期内殴打狱友致残，被控故意伤害。官司打赢后，众人也认可了这个男人是被别人设计陷害了。

叶茯苓此后多次前往监狱探视那个男人，除了第一次对方同意见她并对她表示感谢之外，此后皆是避而不见。狱警说他几乎谁都不见，叶茯苓锲而不舍，以为自己可能会是那个例外，但没什么结果。后来他被转移到监狱医院，两人更没了接触的机会。

又几年后，叶茯苓放弃了那个心里装着别人的男人，自认自己出场过晚，洒脱认输。她放弃了当时的工作，南下空降姑苏时家，自报家门，说是时家流落在外的女儿，让时家又掀起了一场轩然大波。

近几个月，叶茯苓与时家长子时酒的“不伦之恋”也是圈子里的热点，很多人在背后议论，议论这个名叫叶茯苓的女人不简单，可能会是祸水转世。流言传得次数多了，叶茯苓自然有所耳闻，但她不甚在意，一辈子太短，她没空为了别人的眼光和看法去活着。

多年前，姜湖刚认识叶茯苓时，她就是一个不顾忌窗外事的人。那个时候GUN乐队还没出道，只是一个雏形，叶茯苓是初创者之一。她是队里最早的鼓手，也是队史上唯一的女鼓手。

GUN开始对外演出后，叶茯苓便退出了乐队，此后，GUN崛起时的荣光和她无关，GUN解体时的分崩离析也和她无关。那些历史她一一旁观过，见证过，但没有亲自参与过，只是早年的情分留下来了，她是姜湖为数不多的值得信任的朋友。

她是招了邪门的东西，姜湖确定。一边是最好的朋友，一边是从小打交道的哥哥的发小，眼前这一出，她什么都没做，为什么要让她为难?

时酒很快闪人，姜湖则带叶茯苓进门。姜湖没有即刻多言，叶茯苓也像没看到时酒一般，神色如常。

叶茯苓盯了姜湖一阵，见姜湖形容惨淡，问道:“你脖子怎么回事儿?”

姜湖摸了颈处一把，想起那个凌乱雨夜里被她撕掉的那堆创可贴，说:“蚊子啃的。”

叶茯苓呵了一声:“你家蚊子变异了，长得都他妈跟蚂蚱那么大，叮人一口就能留下一道长城?”姜湖脖子上的伤痕未及完全复原，都呈细长状，叶茯苓不需动脑，已是不信这是蚊子搞的。

姜湖抬手摸了一把颈处不够平滑的肌肤:“不然呢，我自己啃出来的?”

她开了门，又开了空气净化器，离开虽然不到一周的时间，但封闭的室内已经有一股陈腐气息扑面而来。

叶茯苓:“去遭罪了吧?”

姜湖:“没有过的事儿。”

叶茯苓早有自己的判断，也没跟她争。姜湖进门踢掉脚上的短靴，上面还留有些泥印:“等多久了?”

她问完，赤足踩在地毯上，边走边往下拽着腿上的长裤，很快，出现在叶茯苓视野之内的，是姜湖渐渐走远的葱白细直的腿。

叶茯苓说：“不久，我到那会儿，老蒋刚走，他回乡祭发妻去了。”

不然她早就顺利进了门，至少也可以去蒋绍仪那儿打个拐。

姜湖从一旁的地柜里摸了瓶伏特加出来，随后又从一旁吧台的置物架上拿了俩白瓷碗，并排摆好放在台面上。叶茯苓靠过去，姜湖倒给她一平碗酒。

烈酒比较适合用来换心情。

叶茯苓啧一声：“除了你，这年头儿我就没见过有人倒酒不用酒杯的。”

姜湖说：“怪你认识人少。”

叶茯苓端起酒碗，兀自笑道：“你当演《水浒传》呢？”

这年头儿人碰酒，要么是买醉，要么是调节气氛，却鲜少有人真正地豪饮。姜湖喝了几口，酒辛辣入喉，刺激人的感官。她看向叶茯苓，见叶茯苓眉间轻松，想起适才时酒离开时满脸如临大敌的模样，觉得好笑。

姜湖问得直接：“刚才路边上站那人，不认识了？”

叶茯苓没应，姜湖气息里含着丝丝酒气，不深，不足以让她微醺。她继续问：“时酒从什么时候起，成了你的敌人？”

从什么时候起？已经斗了太久了，谁能记得清日子？叶茯苓迈腿跨到旁边的沙发上坐好，只说：“我俩有过没仇的时候吗？”

姜湖笑了一下，说道：“有，去年你赢了官司，对手的当事人跳楼，你被人骂得狗血淋头，他挺身护驾的时候。”

叶茯苓脸含肃色，说：“忘了。”

见她还不坦诚，姜湖也没再扯，留她一人在客厅，她进了浴室洗澡，换衣服，洗去她从异国他乡带回的满身风尘。

等姜湖再出来的时候，已经换了件黑色包臀裙，裙身是一字肩，锁骨外露，性感撩人。叶茯苓看着，见她脸上未施脂粉，但唇色艳丽了不少，便知道她今夜还得出门。

叶茯苓问：“去你那酒吧监场？”

姜湖：“一起？”

两人达成一致。等两人从湖心小宅晃到太乙巷，天已经黑了，月光乌蒙，消退的日光更是完全闭合，不见一丝缝隙。

姜湖远观“江湖”上下两层楼的门窗，外观上没有任何异常的变化，那把火看来已经处理得差不多了。朱古的速度不慢，或者说他夸大了那把火。

姜湖原以为那火一烧，会让店里客流稀落，没想到，这里比平日还要热闹几分。姜湖和叶茯苓刚进门，侍应生们看到她惊得嘴巴圆张，没想到，没有丝毫动静，老板就突然杀回来了。蒙完了，又都齐齐弯腰向老板问好，听到前前后后蹦出的一堆“姐”，姜湖摆摆手，和叶茯苓途经一排烟雾缭绕的卡座，往吧台后的休息室走去。

朱古还没出来，姜湖的脚步还没迈进休息室，突然，大厅里的麦克风传出清嗓的声音。

是男声，而后音响里传出流畅舒缓的吉他音。姜湖站在原地没动，她身后的叶茯苓则回头往酒吧斜后方的演出台看了一眼。那道男声，来自她们的前队友，不久前因吸毒在娱乐新闻里被曝光的陈觉非。

这调子姜湖熟悉，是圈内一首成熟的口碑作品，男人的烟嗓随即唱起一串备受好评的歌词：

雨后有车驶来，驶过暮色苍白

旧铁皮往南开，恋人已不在

……

时光匆匆独白

将颠沛磨成卡带

已枯倦的情怀，踏碎成年代

……

陈觉非来“江湖”驻唱，哪怕只一晚，姜湖都觉得是天方夜谭，她没想过。就像当年GUN没解散的时候，她也没想过GUN那么快会成为一段故事，一段匆忙散场没有后来的故事。

陈觉非歌唱完，姜湖已经拉开了休息室的门。叶茯苓站在身后问她：“你知道他驻唱这事儿？”

姜湖也不过是刚踏进“江湖”的门，她回道：“不知道。”

她此前联系朱古时，朱古未曾提过，如果她知道，陈觉非此刻不会出现在这里，她绝不允许。想来是他从蒋绍仪那儿碰壁没找到她，就跑到“江湖”来，是要做堵人的钉子户？

民谣歌手并非娱乐圈的热点，但陈觉非刚经历吸毒风波便跑到她这个前队友的酒吧里来驻唱，这样的新闻如果见诸媒体，评论里想必不会有什么好话。姜湖无心掺和娱乐圈里的一切，更不关心陈觉非的死活以及他在哪里，又在做些什么。

叶茯苓又问：“吸毒呢？”

姜湖坐到沙发上，皱眉，眸更凛冽了些：“知道。”

她劝过，也骂过、揍过，但都没用。

此前碰不到，叶茯苓自然不去关心姜湖之外的前队友，现在碰上了，她不担心别的，只担心姜湖身上被溅上污泥。叶茯苓说："你手下胆儿挺肥的，这样的话题人物都敢用。"

姜湖说："恐怕不是他胆儿肥，而是有人脸皮厚，又肯坚持。"

她了解陈觉非，蒋绍仪经不住他磨，朱古这个菜鸟自然也挡不住他。何况朱古不明就里，以为陈觉非只是负面新闻缠身的落魄前队友，他收人的原因只是想替她这个老板仗义一回，扶人一把。

叶茯苓："你如果不方便，我替你开人。"

姜湖说："你接触他时间短，不够了解他，没用的，没那么容易弄他走。"

姜湖话刚落，有人敲休息室的门，叶茯苓看姜湖，问道："他？"

姜湖还没答，答案已经有了，出现在姜湖和叶茯苓眼前的，是背着把木吉他的陈觉非。陈觉非进了门，看着姜湖，问道："有空吗，聊聊？"

叶茯苓起身，姜湖说："有空，但是不方便聊。"

或者说不想聊，她也起身走，叶茯苓还替姜湖撑着门。

姜湖往外走，途径陈觉非身旁时，被他拉住手臂。陈觉非的力道骤然加在姜湖胳膊上的时候，姜湖眼前忽然晃过不日前瞿蔺将她拉向怀抱的那一扯。她胸腔内有种后知后觉的苦涩感，让她的喘息瞬间重了起来。

姜湖将陈觉非盖在她手臂上的那只手推开，说道："没意思，陈觉非，你应该离我远一点，你活了二十多岁，应该听过一句话：人活一张脸。"

陈觉非："姜……"

姜湖打断他："请别喊我的名字，从你演出散场后和粉丝在后台缠绵的时候起，我就已经不是你的姜湖了。你在我主唱路上给的点拨，我已经用劝你去戒毒所时的苦口婆心还完了。"

陈觉非仍未死心："过去是我的错，以后不会了，我会改。"

姜湖说："可我没说过我会等。"

她和叶茯苓离开。陈觉非捏着背着的那把吉他，捏出满手青筋。

同一时间，勒革。

唐见善和 Alma 一路慢行，从贝松北上，在那间家庭旅馆没接到姜湖。出来后，途经瞿蔺在伽米的窝，绕道离贝松最近的乌兰机场，最后回到勒革的中餐馆。又在勒革城内和勒革机场绕了几圈，还是没发现姜湖的蛛丝马迹。

姜湖留在旅店里的字条不幸被毁，店老板将跌进雨后积出的水坑中洇湿的字条递给老唐，老唐只能识别出字条里最后几个字：“……国，勿念。电话不通，劳你白跑一趟。”“国”前面有什么，无法得知，老唐回拨手机上的未接来电，亦是不通。

Alma 说：“应该是回国了，刚刚那位阿姨说，她跟着亚洲面孔走的。”

老唐没她那么乐观：“我担心的不是这个，我担心的是她能不能顺利到达。”

Alma 耸肩，老唐说：“行李还在咱这儿呢。”

Alma：“也许是没重要的东西，就不要了。”

老唐：“最可能是出了意外情况。”

Alma：“要告诉瞿吗？”

老唐思考过后，摇头：“他搭的飞机是红眼航班，本来就怪累的，先别给他添堵了。”

Alma 又问：“那傅先生呢？”

老唐给傅砚笙拨电话，不通，就说：“先等等看吧。”

北京。

瞿蔺在午夜两点落地，到山电所在地仍远，要转机。他在机场给老唐拨电话，通了，但无人接听。瞿蔺拨了三遍，是同样的结果。

要么是老唐正忙，要么是情况有变，瞿蔺摁下心底种种不够乐观的联想和猜测，放下电话。

莫石南已经二进事故现场，通信也断了。到机场和瞿蔺碰头的，是瞿蔺此前在山电带过的一个新人卫南。卫南向瞿蔺简要说了一下情况，最后说：“瞿工，到下一班飞机起飞之前，中间还有五个小时的空余时间，这段时间你先休息会儿吧，回去就没机会了。”

瞿蔺拿着卫南带过来的三号反应堆的内部建筑构造图，图纸在他眼前打开，又被他合上。有些东西记得深，他微一看，便能回想起所有，它们像个3D 模型，刻在瞿蔺脑海里。

瞿蔺将图纸卷好，说：“不了，去个地方。”

卫南没多问，只跟着他走，但卫南没想到，瞿蔺从机场离开后，带他去的会是城内著名的迦叶寺。

卫南问：“瞿工，来这儿干吗？”

瞿蔺回："许愿，每个菩萨拜一遍。"

卫南："……"

在他印象里，瞿工是实打实的工科男，怎么会迷信？瞿蔺没过多向卫南解释，这里七座大殿，二十二尊菩萨，他每个拜一次，磕三个头，许同一个愿，希望心诚则灵。他求的不多，控制事故，人人平安，他能继续活着，然后去找那个女人。

他每次都在蒲团上跪下去，腰背郑重地弯下去，头虔诚地磕下去……到最后，膝是疼的，也是木的。可他更希望的是，这一生还有还愿的机会。

姜湖跟随叶茯苓从休息室里出来的时候，看到了从二楼匆忙跑下来的朱古。叶茯苓刚想问姜湖刚才话里的缠绵是什么意思，她未曾听姜湖提过这段往事。

这个陈觉非和叶茯苓印象里那个划火柴、炫琴技的天才创作人陈觉非，一时间相去甚远，如果事情发生时她知道……少不了打上一架，但遗憾这事已是过去时。

朱古一现身，再问姜湖这些烂事不合适，叶茯苓忍住没开口。

姜湖凛冽眼风扫到笑嘻嘻迎面跑过来的朱古脸上，抬腿上二楼。楼梯都是冰凉的大理石，纹路简单，色彩沉郁，朱古觉得姜湖神情比大理石还冷。不知道是她刚被人惹过，还是意味着他要倒霉。

这种情况下，得叫姐。

姜湖上楼，朱古没拦，只挤过去，挤到姜湖身旁走："姐，按你的行程不是得过些天才能回来吗？"

姜湖继续走："回来得让你措手不及了？"

朱古两手作揖，求饶："别埋汰我了，上去看起火那间包房吗？已经都收拾好了，换了漆，换了壁纸，家具也重新订了，还锁着，散散新装修的味儿再用。"

姜湖骤然停下脚步，朱古没刹住车，跑快了一步，本来是和姜湖并排走，一下变成他走在了姜湖身前。

姜湖问："哪间？"

她重复朱古的话，是谁说四分之一的？

朱古自然明白，笑呵呵地解释："当时我那不是想诓你回来嘛，自然……往严重里说。"

诓？姜湖一挑眉："说，出了什么事儿你没能耐收拾？"

朱古瞄了眼叶茯苓，叶茯苓没帮腔，于是他自己交代："曾檐，还记得吗？"

姜湖没印象，朱古已经从她表情里看出来了。朱古提醒她："就是你走之前赖这儿不走的那个男孩，你让我用绳捆起来让家长来赎。"

姜湖有了些微印象。叶茯苓一路跟随两人，旁听到此插了句嘴，笑道："湖，你这可是违法犯罪，别怪本律师没提醒你。"

朱古移眸和叶茯苓的视线在半空交汇了一下，他深以为然，总算找到了知音。他的老板总有些出格的点子，幸而多次被他听完就忘，没去实施，半路予以扼杀。姜湖看到了两人的隔空交流，但没理会。

朱古继续说："我们的消防设备没问题，这是原则性问题。那火……就是那小子和我们刚签的那位陈先生动了手，事后弄起来的。"

姜湖眉头已蹙了一团久积不融的冬雪："哪位陈先生？"

朱古说："姐，就你那老朋友啊！"

姜湖气结，看了眼朱古。朱古继续说："姓曾那小子带了一堆同学来，阵仗挺大，就像要砸场子似的，没点酒，要点来演出的陈先生……我看陈先生势单力薄的，打起来的时候还帮了他一把。"

叶茯苓咬唇倚墙，止不住地边摆头边笑，该说姜湖手底下这人是萌呢还是蠢呢？

姜湖一直没说话，朱古回视她，本来放松了的心又被她看得提了起来。

他问："……有问题？"他补充，"……我……当时……报警了，按程序办的。"

姜湖刚想开口，叶茯苓瞧着朱古都结巴了，拍了姜湖肩头一下。姜湖被叶茯苓拍，收了挤到舌尖的话，放了朱古一马。

另一边，迦叶寺。

卫南和瞿蔺下山的时候，又向瞿蔺提起几位同事的情况。

"瞿工，"卫南说，"莫老师原本没被排进排危小组。"

瞿蔺大概猜得到，一是此前莫石南能接他的电话；二是莫石南年轻，且新婚。按国际惯例，遇到这种不可逆的事故，通常会本着约定俗成的人道主义原则，让年轻人下，由年近垂暮之年的老人上，偶尔有些无牵无挂的单身青年上。这样的先例之所以会出现，是因为日后即便辐射病、癌症暴发，他们本已年近暮年，留给自己和家属以及世人的遗憾能少一点。

瞿蔺问：“后来呢？”

卫南说：“程烨程工原本是组长。”

瞿蔺自然知道这位同仁的情况，程烨老来得女，妻子先他而去，留下一个十几岁的独女，亦无其他父辈和兄弟姐妹，父女相依为命。他嗯了一声，让卫南继续说。

卫南声音里裹挟着凌晨的凉风，显得更萧瑟：“程姑娘，程工的女儿知道消息后，到指挥部所在的学校里，给魏总工……下跪了。”

孤父独女，生活不易，小姑娘已经失去了其他所有的亲人，再也承受不起任何可能失去父亲的打击。

“魏总很为难……莫老师在现场，他自己请命上的。”卫南说完，眼眶红了。

两年前，瞿蔺的师父杜清河在世的时候，作为上一次事故应急的前线指挥，他多次带队和基层工人、消防员出入现场。处理完事故，杜清河亡故，接替他位置的魏铭是南厂资历最老、年纪最长的技术骨干，按年纪再往下排，下一个就是程烨，这是核心技术层的情况。基层工作者中，则以80后及90后为主。

国内的核电起步不算早，南厂选址建成的时间也不长，和此前出事故的日本东电员工比，年龄构造差异很大。南厂年轻人占据了大半江山，也无年迈的退休前辈能重返岗位，适用于福岛的那个既不人道也算是人道的国际惯例，在此很难适用。

程烨的家庭状况，此前山电内真正了解的人不多，杜清河同程烨私交好，瞿蔺因此得知。瞿蔺师从杜清河，同魏铭接触也多，知道魏铭是个面冷心热的前辈，如果魏铭了解程烨的情况，恐怕即使没有程姑娘那亲身一跪，魏铭也会想办法尽量避开使用程烨，除非他……避无可避。

这种事儿，搁在程烨身上是孤父独女、相依为命，搁在别人身上……也不可能是无关痛痒，轻描淡写。比如莫石南，他也有刚定终身之盟的妻子，这盟誓若毁，他怎么可能不遗憾？但责任在，古人为革命尚能“十年饮冰，难凉热血”，今日也有无数人，前赴后继，为民献身。这世界艰难险阻那么多，总要有人挺身而出，去牺牲，去破险。

十几岁的小姑娘，跪在满室成年人面前，瞿蔺无法想象那个画面。

下山路上石阶两侧的枯草还结着清晨的霜，惨白，凄冷，偶有松针掉在石阶上，轻得没个声音。

卫南搓了下手，从口袋里掏了根烟递给瞿蔺：“瞿工。”

瞿蔺接过，说好不碰的玩意儿，这是近来第二次碰它了。两人的喉结在寒风中轻滚，烟雾慢动作般从眼前打转儿上升。

卫南说：“前一阵魏总工提过你，出事儿之前，我们以为，你再也不会回来了。”

瞿蔺的喉咙被灼般：“入职的时候杜总工带我们那批人发过誓，进山电一日，站在那个岗位上一天，将来山电有需要我们的时候，都得从四面八方回来。”

卫南想起杜清河在职时搞的那个入职誓词，他也发过誓，他说：“杜总工把当年下部队学来的那套搬到我们这里来了。”

眼看着走到山下，下一站是返回机场，卫南忍了几忍，终于问道：“您现在，结婚了吗？”

“怎么问这个？”

卫南：“魏总工让我来接你没错，但他说，如果你有了牵挂，下机后，让我带你往北走；如果你没有，下机后，才让我带你往南行。”

往北，是回瞿蔺在Q市的公寓；往南，才是去往山电的路途。

卫南又交代：“这也是莫老师的意思。”

瞿蔺掐灭了烟，起先没说话。那日莫石南说“瞿蔺，回来吧”，说完了，难道他又后悔了？

瞿蔺只说：“你们在哪儿，我就在哪儿。”

都是并肩作过战的人，他怎么能置身事外当逃兵？

金陵。

姜湖把叶茯苓留在“江湖”，自行前往军区医院。夜还长，姜湖驱车穿行于路上的时候，看了眼时间，距离第二日的探视时间还早。到了医院外，望着住院部那零星的灯火，她将车临时停放在路旁，在车内坐了一会儿。

这夜很长，她身体是疲惫的，奈何大脑却是清醒的。在车内坐了会儿，姜湖又将车拐进附近一家二十四小时营业的书店前，她下了车，进了店，看了眼书店门口处的区域分布图，从中找到了外文区。

上到三楼，一列列书架鳞次栉比。姜湖看了许久，绕过了英语、法语……最后停在了阿拉伯语前面。

这里的外文区，不止外文图书，还有一类是外语入门学习手册，她要学阿拉伯语。适才看到医院的那些灯火，她想起了不日前，伽米那片墓地上空，那些生命化成的星星。

姜湖将几本买来的阿语入门书放在副驾驶位上，回到医院后没再干坐在车上，空手下了车。

这家医院，院内四邻的长辈光顾过的不少。踩着台阶，进入直梯，路上姜湖还能想起上一次，以及上上次，她来这间医院是探望谁的。

到了目标楼层，时间仍早，姜湖绕过值班护士，在廊道排椅上坐着，看着那些廊道灯投下的丁点儿惨淡的影子。四下无人过路，空空荡荡，没有穿堂风吹过，她眉梢眼角却暖不起来，都是冷的。

想着一墙之隔还躺着的姜行，回忆开始往姜湖脑海里蹿。

姜行和时酒搭帮，都长姜湖五岁，两人从小虎到大，坏事做尽，其中还包括卸春回的车轱辘。满肠子坏心思的男孩儿长大后没长歪，还长成了根正苗红的有为青年，在姜湖眼里，这算是世间少有的奇迹。

午后时酒便说，她回来得虽然晚但也算巧，要是再早上一日，姜行还在ICU里，她能见到姜行的时间更短。

从暗夜坐到清晨，等晨曦的光破窗洒进廊道里，姜湖从排椅上起身，站在病房外，却迟迟没有去推开那扇门。

这几年，姜湖和姜行大部分时间是在同一座城市里生活，但全部家人里，来探视姜行的次数恐怕要数她最少。她飞回来，也没从机场直奔姜行而来，她还有心思去住所和酒吧各一趟，看在旁人眼里，不知是否会当她是个无情之人。

平日里碰到了姜式武和程佩，姜湖也很少问起姜行，母亲程佩曾经因此表露过不满，质问过，姜湖没有解释。

为什么不去，为何不问？坦诚说，是怕。这世界不讲道理，上帝冷漠，众神无情，上一秒还活着的人，下一秒他们就一意孤行要将其带走，无视身后芸芸众生的眼泪和悲伤。

再给十年，姜湖恐怕也做不好接受姜行离开的准备。父亲姜祠牺牲的时候，姜湖小，对死没有太深的感触。可如今不同，同样是死，若再来一次，那种生离死别的悲痛要比当年少不更事时放大无数倍。

何况，后来的姜行，既是哥哥，也是父亲。

在安提克巧遇春回时，春回曾问姜湖，最后一次见姜行时他是什么模样，姜湖那时说姜行还是她喜欢的哥哥样儿。

姜湖不怕姜行，她怕那个躺在病床上的人。这几年的昏迷卧躺，姜行伤后的病中仪态，早已不是记忆里曾经带着她疯玩的鲜衣怒马的恣意少年，也不是后来英姿勃发的硬朗男人，他变得苍白、羸弱，甚至不堪一击，都不及冬末打在窗棂上的风有生气。

姜湖在廊道里站了很久，久到护士上前问询，她才推开姜行的病房门。

进了门，一种春深般的暖意扑面而来，带着一股更为清晰的沁入鼻腔的药水儿味。门后，先是一扇雕花隔断，透过一株大型绿植，这才看到姜行那张比她上次见时还要凹陷的脸。

姜湖俯身，脱了高跟鞋，赤足踩在地面上，没了声音，这样就完全吵不到正在沉睡中的姜行。走近了,她用眼描摹姜行的五官,他的脸仍有些许浮肿,用之前姜行形容她的词来说——丑。靠近床边坐下，她有些怀疑那双闭了许久的眼睛，到底是否真的睁开过。

姜湖在床畔坐了许久，等她的疲惫慢慢浮上来，她摁着额头想要眯一会儿的时候，突然，有股力道拉住她搭在床沿上的手。姜湖下意识地看了眼她的手，而后顺着她的手去看那个拉她手的人。

她视线斜垂过去，见姜行掀开眼皮，黑眸正一眨不眨地望着她。见姜湖看过来，姜行动了下唇，吐了个字。

时酒昨日说姜行还说不了话，此话不假，姜湖没能从姜行的嘴里听到声音，他开了口，却没有发出清晰的声音。但这么多年，姜湖实在熟悉姜行的这个口型，姜行说的那个字是：丑。

丑姑娘……这么多年来，他用来形容妹妹就没有别的词儿，没一个好词儿。如今一别多年，他刚睁开眼，便给出这样的开场白，姜湖亦觉得好笑。

姜湖想狠狠地踢病床一脚，又觉得不太合适，最后她只笑了声，冷冷地说：“是丑，你想我帮你照照镜子？”

姜行闻言也微翘唇，他扯住姜湖手的力道没松，且轻握了她掌心一下，握完了，姜行将适才挪移开的视线又重新投到姜湖脸上。

姜湖全身被他这沉寂太久的清亮眸光裹着，眼角突然就狠狠地湿了一下，毫无征兆，无可抵抗。她骤然站起身，姜行以为她要跑，可她没走远，她站到姜行床头，再度俯下身，细长的手指伸出，捏了姜行的脸一下。

手感粗糙了不少，姜湖微拧眉，而后她垂下头，将唇直直印在姜行眉心，这吻温热而柔软。

欢迎回来，我的哥哥。

姜湖没一直候在医院里，一方面是暂时不想碰上姜式武和程佩，另一方面是她已经有许久没替姜行清理过房子了，此刻记起，就当时把事儿办了的好。

姜行的公寓在城北，姜式武和程佩此前基本不会涉足他们的小空间，如今更不会去碰。门锁里存了姜湖的指纹，从多年前便是如此。如今姜行醒了，姜湖进电梯前，记得先到云柜前把近来寄给姜行的信件都取出来。

储物箱一打开，里面出现了几封排列整齐的信封，姜湖将信封拿过来，看到了上面复杂的邮戳。不同的信封上，印有不同的语言，一个个邮戳，是这些信跋山涉水远道而来的证明。如今这年头，通信发达，但信仍然走得慢，最终没走丢，能到目的地，也得靠人品和缘分。

姜湖扫了眼信封边角，从上面看到了几个字："Hui"。这些信都是来自春回，发信的地方则有的来自约旦，有的来自巴林，有的来自巴勒斯坦……来自春回走过的许许多多个地方。

其中一个信封已经被磨破，姜湖将信纸从里面抽出来，她看了眼信纸上的抬头和第一句话。抬头是姜行的名字，第一句话是："我很好。"姜湖又扫了眼最后一句："望你好。"

姜湖没看其余内容，那只属于姜行，姜湖也不需要拆其余信封，她已经知道剩下的那些信里第一句和最后一句话都是什么。想必全部一样，都是报平安，和一个日日夜夜在重复进行的祈祷。

春回已经不是当日柔弱的小姐姐，如今的春回医生是个穿行在世界各地救死扶伤的强大生命体，可她飞得再远，站得再高，牵着她的那根绳，还在姜行身上。

孽缘。

姜湖将信都收好，郑重抱着，而后她想起她留在贝松的那张字条，后面写了她离开的缘由，前面是她在国内的手机号码。她给自己留了一个机会，可又过了这几十个小时，她的世界安安静静的，没得来只言片语。

八点，瞿蔺再度落地。落地之后，在去往山电的路上，他试图继续联系唐见善，这次痛快，拉线声响了三秒，就有人接听。

老唐猜得准："瞿。"

一个字，犹豫、忐忑、担忧、开不了口……一应俱全。

瞿蔺拿着手机的手指一紧，问："谁又出什么幺蛾子了？"

老唐顿了一秒，回道："没接到她，姜姑娘不见了。"

不见了，这三个字留下的可想象空间太大了。两边一时都静了，瞿蔺只听见自己胸腔内那颗心胡乱蹿撞，没着没落。而今要上战场，这不是什么好事儿，这玩意儿叫牵挂。

瞿蔺问："店主怎么说？"

老唐回："跟着一男人走的。"

这话听着依旧不是什么好事儿，瞿蔺追问："什么方向？"

老唐撂了话："留了张字条，没什么有用的信息。行李还搁我这儿，往好了想，是平安回国了。"

瞿蔺："老傅怎么说？"

老唐："这家伙又失联了，指望不上，所以我确认不了人到底回去了没有。"

聊上几句，瞿蔺挂了电话，此刻车窗外八点钟的太阳，竟不是暖的。人不见了，可他此刻找不得，他要去的地点近在咫尺。瞿蔺看了一眼车的后视镜，想起那日后视镜里渐渐变小远去的姜湖。

他们是这样的结局吗？萍水相逢，再潦草离散，没说再见，也还没说喜欢。还不知彼此生于何时，还不知对方归于何处。

这难道真要坐实他是睡完就跑的男人？而且不给机会洗白？

到了山电所在区域内，瞿蔺随卫南进入已被戒严的"禁入区"内的应急指挥中心。海风依旧，天蓝如故，但一路驱车过来，在靠近电厂的区域内已不见平民，直升机在低空悬停，轰鸣声刺耳，消防车、混凝土泵车原地待命，一派森然气象。

下了车，瞿蔺放眼望去，他视野之内出现的是各色制服，有消防官兵，有待命的医务工作者，有警察……橙、白、蓝、军绿，都是生命最忠诚的保护色；还有那些在新闻字眼里留不下职业与姓名，以"死士"统称的电厂员工。人群肃立，如同瞿蔺在交火地区见过的那些整装待发的民兵，像即将离鞘的剑，蓄势待发。

脚步声，各色叫喊声、口号声传过来：

"快点儿！"

"后面跟上！"

"报告……"

"两组都有！"

……

一场灾难，团结了无数人，这些来来往往的鲜活血肉组成的人墙，是天灾人祸来临时，挡在普通平民身前的坚实盾牌。

卫南递给瞿蔺防护口罩，虽然无用，但瞿蔺还是接过。卫南望着如兵临城下般即时整合的一支支队伍，心里庄严肃穆的感觉在升腾，内心也为眼前诸多的热血弟兄而燃烧。他边带路边向瞿蔺介绍："测评后，撤了方圆六千米内的居民，由于通知及时，被污染的水和食物都没再动。"

瞿蔺："从哪儿起的火？"

卫南说："五号机组，堆芯熔了点儿，燃料池起火，备用机组失效，供电断，供水断，反应堆降温困难，然后是火势失控蔓延，再然后……"

瞿蔺眸暗："氢气爆炸？"

卫南沉声："是。"

几乎和之前发生的国际先例是同样的事故走向，但略有不对的地方。瞿蔺问："值班的人没发现？监测设备呢，之前没有异常？"

卫南沉默，这其中亦有人祸，有人渎职疏忽。

瞿蔺捕捉到了他的神情，没再问，只是面色更冷了些。个别人的失误，却要无数人用生命和希望去买单，这操蛋的、无情无义的世界。

电站濒海，爆炸后辐射物扩散向空中，散在风里，转移迅速，他们肩上挑的还有国际责任，不能让污染物、辐射物，向其他海域、空域、地域扩散，不能步福岛后尘。

福岛核电站事故以及其他先例留下了太多的经验教训：福岛事故之初，工人操作失误；事故发生时各部门的低效合作；诸多侥幸心理作祟；后续事故处理不公开透明；隐瞒健康风险致灾民被二次核污染；与公众缺乏沟通导致政府威信下滑，民怨迭起；后续的食品安全监督不到位；医疗服务跟不上；核污水处理不当，放任入海泄露，又进一步扩大了污染范围；等等。

曾几何时，隔海相望的国内还对这起事故闻风胆寒。

很快，瞿蔺掀开了指挥中心的帐篷门帘。他沉静的黑眸对准篷内的时候，满眼血丝的应急指挥官魏铭一眼望过来，瞿蔺视线投过去，和魏铭的视线在半空交汇，一明一暗，却都恳切。

走近了，魏铭笑了一下，拍了拍瞿蔺的肩膀，而后魏铭推了下镜框："来了，我做了你小子来不了的打算。"

他的嗓音是哑的。瞿蔺瞥了一眼他额旁的白发，觉得挺扎眼，很像已经过世的杜清河。

魏铭补充："但知道这没可能。"声调依然铿锵。

瞿蔺回："老杜带得好，随他。"

魏铭没否认，只说："抢险不缺你一个，但术业有专攻，国内放射性水污染的处理专家，且有过实战抢险经验的，没有第二人。"

瞿蔺："扣我这么大一顶帽子，是当烈士的前奏。"

魏铭把手里的曲线图砸他手里："你小子这张破嘴，别胡说。"

瞿蔺顺势接过，看了那图一眼，起伏的辐射数值，尽收眼底。收了适才那片刻浮在面上的轻松，瞿蔺问："池内积了多少废水了？"

魏铭给出一个约数，算的是里面盛水的容积，已经在控制用水量，但还是会超。起火的燃料池在炉内二层，积水量过多，建筑层自身承重不足，就有垮塌的可能。到时候，里面抢险的人员危险，这个未及废弃的反应堆更危险。

瞿蔺看了眼指挥室内的大屏幕，里面有进入现场的人员带来的视频信号，反应堆内的情况，并不乐观。

魏铭说："联系了和 AREV（国际核工业巨头）有技术合作的科技公司 OMG，机器人今晚到位。"这也是从福岛得来的教训，他们不拒绝任何技术支持，只要能减少一丝一毫的人力牺牲。

但今晚到位时隔太久，瞿蔺问他："下一组换班什么时候？"

魏铭明白他的意思，建筑物内断电，抢险人员自身携带的光源暗，靠不够清晰的视频信号无法测得所有的实际情形，所以得进去人摸清楚，尽快指挥大家抢险，不能等。

魏铭说："莫石南那组，还有十分钟出来。"

一刻钟后，因断电而漆黑一片的反应堆内，两组人员进行交替。海水不停地往里灌，给炉内降温，污水却不能随意往外排放，建筑物内弥漫着一种湿冷森寂的气息。

工作人员都裹着重重的防护服，身体被遮挡得极为严实，在你来我往交接的这一刻鲜少有人说话。隔着那厚重的衣物，不细看，谁也认不得谁，但彼此在对方眼里都有个共同的名字：战友。他们不提"英雄"这种称谓，因为这是责任，是他们的工作。

辐射数值过高，在里面停留的时间不宜过长，防护服不是万灵药，无法阻挡所有的投向人体的辐射伤害。没人有心情寒暄，只在你来我往时拍一拍对方肩膀，握个手，表达那微不足道的支持和鼓励。

瞿蔺走在最前面，上一组人一一走过，最后一个经过他身旁的人停了下来。瞿蔺隔着晦暗的光线看防护服内包裹着的那双眼睛，好认，是莫石南。

莫石南说："外面见。"

他也认出了瞿蔺，这句话是期望，也是鼓励。莫石南记得瞿蔺后背那个疤，是上一次事故时核辐射照射留下的，不知道的，还以为是烧的或是烫的。希望这回留不下这东西，难看。但可能会更糟，他们这拨人搞不好会断子绝孙，这是要命的牺牲。

瞿蔺应道："留在魏总工那儿一纸条，给你的。"

莫石南刚抬步，又顿了下："写的什么？"

瞿蔺："你好好的，出去看。"

莫石南轻呵一声："文盲，不认字儿，等你念。"

面对耍赖，瞿蔺笑了一下，极轻。莫石南话落走了，反复强调的都是你安我安，外面见，这是个约定，也是个祝福。

两人逆向背对背而行，两道颀长的背影渐渐分离，越隔越远。但两人都心怀同样的愿望，愿脚踏的这片土地安宁，愿阴霾早日过去，这方天地重迎天朗气清。

数周后，"江湖"内。

姜湖听着阿语。叶茯苓把案卷扔一旁，坐旁边瞧她。朱古靠墙假寐，只听不掺和。叶茯苓瞄到姜湖看书时的神情，不像是玩："我以为你说学阿拉伯语，是扯淡。"

姜湖摘了耳机："闲着，用来打发时间。"姜行和其他事，占不了每日那十几个小时无眠的时间。

叶茯苓问："你那稿子呢？"

姜湖："正突飞猛进。"

叶茯苓觉得稀奇："去那一趟真有了灵感？"

姜湖回道："编辑催得紧。"

和那趟旅途无关？叶茯苓不信。正说着，姜湖手机响，叶茯苓瞄了两眼，见屏幕上跳的那个名字是程佩。

姜湖接起来，没避人。程佩交代："晚上回来一趟，去你时叔那儿，说说时酒和你的事儿。"

时酒挖的这坑，有点儿深，姜湖没有陪他跳的打算，她不想招来无穷后患。姜湖用眼角余光扫了眼叶茯苓，电话漏音，“江湖”在非营业时间也安静，叶茯苓听得到，但她只换了个坐姿，没别的表示。

姜湖还没回，程佩心急，追问：“听见了？不说话？”

姜湖说：“正听着，也有话要说。”

程佩：“你听清了就好，别忘了。”

“妈，”姜湖知道她有误会，停了下，而后继续，“我有人了，但不姓时。”并非全是假话，姜湖有自己的坚持，谁都动不了，“日子我过，丈夫是我丈夫，所以人我来选，这事儿到此为止。”

电话挂了，是程佩挂的。姜湖拿着手机，意外于意见不一致时程佩的安静和哑火。

叶茯苓问：“没气着阿姨？”

姜湖闻言看她，目光像面镜子，平静，也犀利。

得，自己钻了个枪眼……叶茯苓别开眼，不迎视她，转过头。

又避？姜湖轻呵：“听都已经听到了，不问问我和时酒怎么回事儿？”

叶茯苓：“在时家听过一回了，了解个大概。”

不用解释最好，姜湖说：“这戏，我不陪你们唱。”时酒不仗义，拖她下水，看在姜行的面子上，她也暂且不计较。

姜湖跟着又问：“人安全回来没有？”

新闻已经铺天盖地，核泄漏事故占据了所有新旧媒体的热点版面，时酒进了戒严的“禁入区”。他带着部分技术团队北上进入“禁入区”前，同姜行告辞，姜湖也听了一两耳朵。

姜湖扫过那些关于核事故的报道，评论里有人对抢险工作点赞，有人质疑，有人抵制核能源，有人关心那些深入一线抢险的生命是否安全，有人担忧这次核泄漏造成的危害会不会被部分掩盖、大众知情权受到侵害，等等。

时酒及其合伙人任静瑜，以及他们的OMG公司，因为公司的产品——用于监测收集数据信息的机器人，投放进核电站而占据了大量新闻版面，他成了商界新贵、科技界的红人。

叶茯苓回道：“刚回，隔离了几天，没成辐射源。回来又被领去检查了一圈儿，老大不小的人了，他自己嚷嚷着没进高危作业区，但家里长辈没一个搭理他的，怕他被辐射坏了，碘片塞了他一堆，他自己说怪逗的。”

姜湖说：“新闻报道里写了有人牺牲，但没提名字，亲属看了有担忧，很正常。”

核辐射，不用搜索，每个人心里都有一些不安的认知。

叶茯苓说："过几天有那位牺牲者的追悼会，在杭州，是那儿的人，封闭了，不对外开放。时酒会跟 OMG 的代表过去。"

对方的骨灰，听说都不是如常处理，时酒向她表达过遗憾。时酒要去，一是他眼见现场的惨烈，心生敬畏，想送并不相识的战友一程；二则很现实，为商，这亦是塑造公司品牌形象的机会，OMG 已经同这次核事故捆绑在一起了。

又几日。蒋绍仪回故乡乐不思蜀，姜湖替他喂了鱼，后半日则遛到"江湖"。

上二楼进了那间起过火的包房，门开着。要修订的翻译稿刚改了没几页，姜湖便听到楼下传来了窸窸窣窣的声响，声音不大，但磨在神经线上徒增烦躁。姜湖摁开内线，蹲守一楼的朱古一秒接听。

朱古："姐。"

姜湖问："下面进了堆饿疯了要啃你的老鼠？"

朱古笑："不是老鼠，是老师。"

姜湖等他解释，朱古回道："你忘了？一周前不是让我替你面试外教老师嘛，我找了外院的中介，也随手在网上发了个帖子，都约了今天来。"

姜湖挂了电话，走出包厢，下楼。大理石台阶一阶阶踩下去，棚顶遮挡姜湖视线的琉璃灯饰一一往后撤，姜湖楼梯下到一半时，才抬眸往大厅内看。

朱古正对着她坐着，在朱古对面，坐着个上半身比朱古高十公分左右的男人，后脑勺硬朗，发短，像是刚剪过，或是刚从里面出来，被人剪过。几个身体部位虽然不会说话，但表露出的信息已经不少。

朱古扫到她，招手："老板。"

他称呼一会儿一变，没个准儿，姜湖已经习惯。外人面前，朱古多半是为了给她树立威严，姜湖也懂。姜湖走过去，绕开卡座，绕开吧台。她往前走，朱古对面的男人一直没回头。

远远的，姜湖问朱古："这第几个？"

朱古开始算，可还没数出答案，突然一道清润的声音挤入他和姜湖耳中。

那人说："会是最后一个。"

话落，男人起身，慢动作般回头。那张脸慢慢转到姜湖眼前，姜湖隔着三米的朦胧春光，看到了他细长的眉，黑如墨的眼，白皙如旧的脸，和他脸上的好久不见。

第九章　我想要你

时间倒退回三日前，瞿蔺刚从医疗隔离区里出来。

被核辐射后，人体出现的症状不会传染给他人，但辐射量达到一定数值的话，人自身会成为“放射源”；另一方面，人体免疫系统受损，面对复杂的外界环境也会亦发生感染。这两个原因要求每一个受过核辐射的人出来都要被隔离一番。出来了，也不意味着万事大吉，谁都不知道明天身体内部会发生什么变化。

莫石南早瞿蔺几日回家，两人都是二进宫，这次出来，省掉了很多安慰彼此的话。

已经牺牲了一位战友，等他们自由，连葬礼都办完了。追悼会办了两场，魏铭和几个老员工南下慰问家属，剩下的人没忍心跟着去。有的人是不忍看，有的人怕那是自己的未来，不忍心看幼子失怙，老者丧子。

瞿蔺在Q市的房子和莫石南那栋公寓只隔了一条街，瞿蔺出来，是莫石南去接的他。到了瞿蔺家楼下，莫石南没急着解车门锁，两人在车里干坐着。

有些话，在两人均被隔离的时候，已经聊过了，比如瞿蔺去安提克那些时日都干了些什么；比如探讨山电该不该放弃那些反应堆；核电站的这份工作，是该继续还是放弃。

此刻，莫石南从驾驶位前方的置物格里掏出个木画框，尺寸不大，和五寸照片相仿，里面裱的是张手记，内容瞿蔺熟悉，是他写的，一条不太像样的墓志铭：

2017年，此人在勒革遇到一个女人；

被她干了；

随后她就此失踪，蒸发不见；

长眠于此的人此生尚有遗憾，还没对她表白。

莫石南斜眼看他，眼含嗤笑，甚至带点儿讥讽。瞿蔺看那字，自己倒能忍住了，此刻虽也觉得当时荒唐，但面色上没什么起伏。

莫石南说："我也算是跟着你长了回见识。"

瞿蔺单掌扣住那上面的字，问道："你出来后从魏总那儿要出来的？"

莫石南回道："你就庆幸吧，魏总从不乱拆东西，他要是也看了，你脸还要不要了？刚换班那会儿，你不是嘱咐我在魏总那儿给我留了东西吗？语气跟遗言差不多，我他妈能不好奇吗？我给你裱了，方便你保存，方便你丢人丢一辈子。"

瞿蔺微勾了下唇，丢人没什么，他皮厚。

留这字条，一方面，那一场相遇在他犹豫着伸出去的手是继续还是回缩时就被迫分道了，什么都没落下。挨了那一巴掌后，生了挺多不甘，这世上还没几人知道这份喜欢。另一方面，当初瞿蔺留这东西，也是怕万一自己真的挂了，一向看得开但其实心细无比的莫石南掉金豆儿。他若看到这几行字，多半这金豆儿就不掉了，即刻就能乐了，还得笑着骂骂他，所以他这般用词。

问到最后，莫石南才扯出正题："这人谁啊？"

瞿蔺正经地说道："一个女人。"

莫石南："我跟你正经说话呢。"

瞿蔺也挺正经，淡声回他："等我找到了再告诉你。"

莫石南问："丢了？"

瞿蔺说："我先岔了道，她走是正常的。"

莫石南不想继续跟他扯这听不明白的东西，只问重点："要是找到了呢？"

瞿蔺说："没什么，要是找到了，可能她看我实在喜欢她，也会顺便来喜欢喜欢我。"

莫石南："……"

世界之大，要找个人不容易，好在他和姜湖并非全无联系，还有些中间人。通讯断了数日，等瞿蔺国内的核事故告一段落，傅砚笙那边的联络也通了。

姜湖回了国，她是平安的，这是个好消息。瞿蔺没从傅砚笙那边多打探姜湖的住所和她在国内的消息，傅砚笙也要联系他在国内的老师才能知晓，瞿蔺不想兴师动众。好在姜湖是半个公共人物，虽然如今已退出了公众视野。

瞿蔺联系了多年前一起参加世界脑力锦标赛时结识的朋友宿阳，对方是位黑客高手，要检索定位一个人并不难。甚至，瞿蔺还得了姜湖的"江湖"在招外教老师的消息，既然是阿拉伯语，想必是她自用。

阔别多日，他带着一条狗，登门。

他把狗留在外面看街，自己先进了门，要是他碰了壁，再让狗去碰瓷。

“江湖”内，姜湖在看到瞿蔺那张久违了的脸之后，脚步定了一瞬。室外气温日渐攀升，姜湖从未想过会这样猝不及防地和他重逢，就如同她不会去想象四月阳春飘雪。

姜湖笔直站着，勒革、伽米、贝松……在那一座座城中发生过的事情走马灯般在她脑海中闪回，最后，停在瞿蔺走时那辆在雨幕中渐行渐远的车上。

那是次不欢而散，姜湖记得清清楚楚，她留下了她不喜欢的冲动，一个巴掌。她没能真的拿得起，也没完全放得下。

她是个不想给自己留遗憾的人，他没有解释便人去无痕，还留下了她极为不喜欢的欲言又止。她走人时，却仍留了一串国内的号码，再给他和自己一个机会。尊严的底线当前，那是姜湖所能做的全部。

算来已经两个月了，没有任何动静，要么是人死了，要么是没缘分，她想。

此刻“江湖”很静，整条太乙巷也都安安静静的。姜湖能感觉到不远处那个从天而降的男人在看着她，她没转身，没回避，只是自然地将视线定格在前方的落地窗上，继续往前走。

惊讶，有；意外，也有；甚至还有隐约的师出无名的激动！但她藏得好，丁点儿没露出来。

这是个意外的巧合，还是有意的“处心积虑”？在勒革，他说他是北方人，而此地是南方。姜湖心内腾起许多疑问，但她一言未发，就如同两人从不相识，就好像她真的只是身为老板，正面对一个她从未谋面的求职者。

听到瞿蔺那句“会是最后一个”，朱古后知后觉地瞥了瞿蔺一眼，觉得眼前这个求职者未免过于自信，而后朱古马上向姜湖澄清：“后面还约了两个。”

姜湖轻嗯了一声，随手从朱古手中扯过他拿着的那几张简历，都是前来应征的人主动留下的。摆在最上面的那张，白纸黑字写明求职者的信息：瞿蔺。

姜湖在看表格时，瞿蔺的视线一直搁置在姜湖身上，他觉得，回到自己地盘上的姜湖，比她在安提克时沉稳了很多，那些生动的情绪都被收了起来。许久不见，他送上门来硬生生地制造出这样一次重逢，姜湖挺冷淡，瞿蔺感觉到了。

这一如他所想。冷淡也好，她若是不冷淡而是热心迎客的话，反而更加让人忧心。

朱古此时说："瞿先生，你可以回去等消息了。如果录用，我会通知你，如果不见通知，那很抱歉，这次就合作不成了。"

这话瞿蔺听到了，但他没动，仍望着姜湖，等她说话。

朱古蹙眉，不知该不该更强硬一些替姜湖赶人。每隔上几天，他总能逮到几个爱看老板脸的男人，都他妈肤浅！

表格姜湖很快便扫完了，这张履历，瞿蔺写得挺细，从小学开始写起，写了他整个学生生涯，未及写到工作，已写满了一整张的 A4 纸。一般人求职没有这样儿的，这倒像是他在刻意交代他的生平。

朱古刚要再度赶人，突然姜湖看着那张表格问："姓什么？"

瞿蔺见姜湖将那张 A4 纸对折，将他的简历捏在手里。朱古眼含诧异，姓什么纸上白纸黑字写着，姜湖明明刚看过。

瞿蔺也有些不解，但仍望着姜湖，回道："瞿。"

姜湖又问了一句，这次微抬眸看着他："年龄？"

都是纸上有的信息，但瞿蔺仍旧配合："过几天，满 29 岁。"

姜湖点了点头："好年纪。"

原来不知道的，这会儿倒是知道得很清楚了。

有些摸不着头脑的朱古此时插嘴，靠近姜湖小声问："老板，你看上这个了？"他不明白，老板怎么净问人家一些已经一目了然没什么价值的问题。

姜湖回答朱古的问题，并且没有压低声音："不是。"

然后姜湖吩咐："你继续面试。"

瞿蔺也听到了她的答案。姜湖话落，似是转身要走，瞿蔺在她即将转身的那刻追问："姜小姐觉得我哪里不合适？"

朱古心答：您简历太亮眼，我们只是要个兼职，一个踏实做事的学生就够了，老板才不会解释呢。

但姜湖答了，她利落说："老。"

朱古："……"

瞿蔺："……"

朱古这才明白姜湖刻意再问一遍年龄的原因，原来是意图在这儿堵人。可人家明明不老，是老板看这人不顺眼找的借口？

姜湖转身走了几步，将她刚刚对折过的那张简历扔到她路过的一个垃圾桶里。瞿蔺拧眉，眼前这山，堵人堵得直接，不好翻。

姜湖步伐没有犹豫，重新上了楼。

朱古得出结论，看来真是看这位瞿先生不顺眼。姜湖一走，朱古又打圆场：“瞿先生，我们要找的是兼职老师，按小时计费，的确不适合您。我老板是这个意思，她说话有时候喜欢直接一点，但人是好人，真的。”

瞿蔺嗯了一声，不管是不是好人，这么久不见，他都有点儿想念。

瞿蔺又看了眼酒吧的落地窗外，他的柴犬正把前爪搭在沿街的盆栽上，踮着脚往里瞅。柴犬眼巴巴地看着他，瞿蔺回视柴犬，笑了一下，手掌朝下压了压，让柴犬的爪子别搭在盆栽上。

等柴犬四条腿都落了地，瞿蔺问朱古：“你们酒吧几点开始营业？”

朱古下意识地回道：“七点。”

现在刚下午两点半，距七点还早。瞿蔺于是告辞，走去外面牵他的柴犬，人出马试探碰了壁，他对狗看来也不能抱太大的希望。

瞿蔺刚出门，柴犬扑过来，用两条狗腿抱住瞿蔺的腿，抱得死死的。瞿蔺摸它脑袋，他最中意的就是此犬的这点儿爱好，它爱抱住人的腿，抱住不让走。

二楼，姜湖没再回她适才待的那间包房，而是进了监控室。

眼前的屏幕上，投放一楼大厅影像的那个画面里，有朱古也有瞿蔺，监控只有画面，没有声音。瞿蔺没在画面里停留多久，很快便走了。

姜湖手在监控室的键盘上摁了几下，把瞿蔺进门后到他离开时的画面都调了出来，开始回放。

瞿蔺刚进门时，正对摄像头，画面里有一个他的正面全身影像。姜湖摁了暂停，眯眼盯着电脑屏幕上的那个人看。她没有瞿蔺的照片，一张都没有，但那脸原来是什么样儿，她也没那么快忘光。他的头发比过去短了，人也瘦了，脸苍白了不少，眸更加深邃了，他静静地专注地看人的时候，很容易让人多想。

世界很大，姜湖不相信瞿蔺意外砸到她的地盘儿上是一种巧合。可是，瞿先生，既然你特意冲着我来了，是不是该主动开口说点儿什么？

下午三点，姜湖推开“江湖”的门，准备去医院。

门刚推开，姜湖便见酒吧对面多了一景，一人一犬站在那里。姜湖的视线没停留，人和犬也没喊住她，仍旧没对她说什么。姜湖顺着太乙巷往外走。

瞿蔺手里牵着柴犬的牵引绳，他已经在外面同柴犬聊了几十分钟，譬如抱人的动作要快准狠，这才等到姜湖从酒吧里出来。姜湖走得不慢，但瞿蔺腿长，柴犬的腿虽然比人短，但它能跑，他们一人一犬，很快就要赶超姜湖。

距姜湖近了，彼此的脚步声听得清楚，瞿蔺适时止了步，他松了手中的牵引绳，挥手示意柴犬往前跑。柴犬倒是机灵，忽地蹿到姜湖身前。

姜湖垂眸冷视它一眼，柴犬乖乖站着不动了，柴犬不动，姜湖便绕过它往前走。瞿蔺看柴犬，柴犬无辜地回看他。

怂狗。眼看姜湖走远，瞿蔺招呼它："过来。"

怂狗摇着尾巴回到他身边，瞿蔺蹲下身，轻揪它的耳朵，恨铁不成钢。怂狗，长了四条腿，还怕两条腿的人？

身后一人一狗没紧跟上来，姜湖也没立刻出巷口，她推开了巷口一家宠物店的门。都在一条街上做生意，虽然不经常互相光顾，但店主们互相之间都有点儿交情。姜湖乍进宠物店的门，没急着和招呼她的店主走周打招呼，只是看着店内的一面落地镜，镜子里有再度跟上来的，站在太乙巷里的一人一犬。

走周问她："你看什么呢？"

姜湖没答，只问："一般狗都怕什么？"

走周："这还不简单，小狗怕大狗，大狗怕疯狗。"

姜湖又扫了眼落地镜，镜子里那条柴犬……应该还算是小狗。姜湖说："借我条狗，通人性好管束的。"

走周问："你要用来干吗？小姜，这玩意儿一般没有人外借的，咬了人算谁的？咬了狗都麻烦。"

姜湖看她，走周随即说："你也就是碰上我，能进马戏团当驯兽师的我，我的狗都是乖宝宝，你到底想用来干吗？"

用来吓唬怂狗，治怂人。

片刻后，走周把她自养的黑牧从后院牵出来。她和黑牧刚出宠物店的门，不远处那条柴犬就往瞿蔺身后躲，瞿蔺紧了紧牵着柴犬的绳子。

柴犬适才碰瓷不成，就见姜湖拐进宠物店，瞿蔺猜测恐无好事。随即，他的猜测成了真。走周吹了个口哨，黑牧狂汪了几声，小柴犬被吓得忽地挣脱瞿蔺手上的牵引绳，向远处深巷内狂奔。

办完了坏事儿，黑牧乖巧地站在原地看着主人。瞿蔺看了仍在宠物店内的姜湖一眼，她满脸平静。

瞿蔺转身去追小柴犬，转身那刻他浅笑了一下，他这是被赶，顺带拖累了他的狗？这柴犬命不太好，瞿蔺想。

见店外的人和狗都跑远，走周回头，隔着玻璃问姜湖："什么仇？你损不损？"

姜湖："没仇。"

走周又问："这人是谁？长得合我胃口，没仇介绍给我也行。"

姜湖抬眸，接下来这句话说得极为郑重："甩过我的人。"

她当时问过，他喜欢女人怎么向他表达好感，那是表白；而后他走了，在她的认知里，那是甩了她。

走周："……"

那还是别介绍了，她不想搞事儿，尤其不想和姜湖这种坏姑娘掺和到一起搞事儿。

瞿蔺跟上柴犬的时候，小家伙已经蹿到巷中的一座雕像后面藏身，小短腿挺溜，跑得快。它藏身的这雕像离"江湖"都远了不少，柴犬那双眼睛，像被水润过，它认真望着瞿蔺的时候，除了无辜，让人瞧不出别的东西来。

瞿蔺想教育它，见它委屈，终是没忍心下手。一条犬，即便它拖了后腿，那也不该是犬的错，而是人的错。他蹲下身，手背蹭了柴犬脑袋一把，而后重新勾起那根牵引绳，领着柴犬往前走，柴犬这次往前走显得有些不情不愿。

还怂？瞿蔺笑了一下，干脆蹲下身抱起它走。

等他们一人一犬重新走回宠物店，店里早没了姜湖的影子，甩掉他们，这不正是她的目的？

一人一犬初战失利，再往前走，不知道该往哪儿跟，没了方向。

瞿蔺微垂眸，射进太乙巷的斜阳打在他的后背上，在他身前拉出一道细长寂寥的影子。还坐在店里的走周往外瞟了一眼，看到略带惆怅的一人一犬。她本想再度出门跟瞿蔺聊上几句，为他未来可预见的凄苦人生指点迷津，但是见瞿蔺抱着的那犬望着她的店门都有些哆嗦，走周最终决定远离八卦，不问闲事。

距离晚七点还早，瞿蔺没在太乙巷干站着，带着狗出了巷口，乘车回到参加脑力锦标赛时结识的朋友宿阳家中。宿阳恰好是金陵人，在他回到姜湖身边前，这是能无限期收留他的人。

宿阳开门后，瞿蔺先赶柴犬进去。木门吱呀一声，荡了一下，柴犬也没急，绕瞿蔺脚边转着。宿阳望着眼前柴犬套磁拍马的样儿，问："这小崽子出了趟门犯什么事儿了？"

瞿蔺继续推着柴犬进门，顺手把门关好："见了条黑牧，胆儿破了。"

宿阳笑："它还小，胆儿还没长全，你不能对它要求太高，该怂就得怂。"

室内还有未散的烟味儿，近处的桌面上散着些紫色火柴梗，宿阳放人和狗进来后，随即去开窗通风散烟味儿。他向瞿蔺解释："我受邀参加的那个真人秀，过几天就要开录了。你刚走我就收到第一场的考题，得准备准备。人老了，脑子不好使了，一用就犯困，抽上几根烟提神。"

两人是学生时代在脑力记忆赛上认识的，宿阳善记抽象图形，国内有电视台开始策划科学类真人秀后，便四处网罗他们这些记忆达人。

瞿蔺问他："分给你什么主题？"

宿阳回："小打小闹的，第一场抽到了记二维码。"

这是宿阳擅长的领域，瞿蔺不担心他的发挥。

宿阳随后问："编导四处搜罗选手，要不要一起组队玩玩？"

瞿蔺利落地摇头，先宿阳一步到沙发上坐好："你上，我算了，没这打算，更没那精力。"

开了窗，外面时轻时重的风声传进来，近处的树梢被吹得乱颤。见室内一些轻物件也被吹动，宿阳又把开大的窗收了一点儿。

瞿蔺和柴犬都挺安静，宿阳又打听："见到没，目前什么情况？"

回想适才那出黑牧吓柴犬的场景，瞿蔺说："不多不少，说上了三句话。"

宿阳压不住好奇心："说了什么？"

瞿蔺横一眼过去，宿阳急忙解释："我这是关心你，我跟你讲，换别人老子绝对问都不会问。"

瞿蔺笑了一下，侧脸和风过后重新寂静下来的树一般安宁，还是没理他。同姜湖的对话，都无关痛痒，没什么可与别人说的。现在还不确定她的想法，瞿蔺也不敢贸然行动，只是做了些无用的试探。

自从两年前涉身核泄漏区域之后，他做事还是会束手束脚，这是他如今最大的短板。如果他将来早走一步，现在的接触可能就是在害她。但两人已经有了亲密接触，再放下她，也不合适。再说了，自己挺好的，她错过也很不合适。

坐了两分钟，瞿蔺交代："我睡会儿，晚上出去。"

宿阳皱眉："从你昨天过来，除了刚刚出门那几个小时，你全在睡觉。哥们儿，你就这么累？"

瞿蔺摁了下眉心："真挺累。"

竟然说挺累。宿阳望着他颀长的背影，幽深的瞳孔闪了几下。

“瞿蔺，”见他慢慢回头，宿阳叹了口气，“看到姜湖的名字之后，我就一直想问你，你知道陈觉非这个人吗？”

瞿蔺不知，未曾留意过他人姓名。

宿阳也看出来了：“你跟我来，看个东西。”

宿阳说得郑重，瞿蔺便没拒绝，宿阳将人引进书房。书房内台式电脑开着，有轻微的嗡嗡声从运转的电器中发出来，轻薄的纱帘闭合，室内光线晦暗，蒙了层灰雾一般。

电脑屏保闪着荧光，有些刺目，瞿蔺初看不适应。宿阳点开桌面上的一个文件夹：“看看吧，这个人你应该要对他有点儿了解。”

宿阳打开的是一张长图，比例放大到百分之一百后，能看到里面有人像，有文字。这是张老照片，图文最上方，从布景上能看出拍了有些年月了。瞿蔺坐过去看，老照片上，是姜湖和一个男人。照片上，男人的白衬衫袖口理得一丝不苟，看起来是个很自律的人。两人都在笑，靠得近，各带一把吉他。酒窝的深浅和抱吉他的姿势是一样的，也默契。

瞿蔺没往下滑鼠标，没去看那些文字，那都不重要。早些年的姜湖和他想象中略有不同，原来更早几年，她身上挂着更鲜明的生人勿近的标签，哪怕在笑的时候。

宿阳见瞿蔺不动，简单口述：“一个乐队的，是带她入圈的人，早年他们乐队的作品，词曲大多是他俩合作，姜湖写词。革命情谊加少女时期的崇拜……”

话到这分儿上了，宿阳的意思瞿蔺明白，瞿蔺打断他：“宿阳。”

宿阳停下来，看他。

瞿蔺话则简单：“他没戏，不用说下去。”

宿阳：“……”

瞿蔺没向宿阳解释，如果这个男人有戏，那么现在他不会在这里。是当初出现在后视镜里目送他走远的姜湖，给了他跋山涉水前来寻找的勇气。他已不是莽撞少年，没把握的仗，他断不会移师千里孤军上阵。

照片里的人，不是敌手。她的过去，他略有兴趣，她过去里的别人，他无心旁听。

姜湖午后到医院的时候，姜行刚结束今日的复健，进展很慢，他靠自己的力量仍旧无法长时间直立行走。他着急，姜湖数日前已经看到了他的急切和因为有心无力而生的挫败感。一母同胞，这些事纵然她有心，也无法替代，只能旁观。

姜湖一直等到护工将姜行推回来，等他换掉汗湿的衣服，才进门。

这么多天过去，姜行那张脸仍旧憔悴，领口半开的病号服内，可见贫瘠下去的肌理。重建一副健康的体魄，比灾后重建建筑物还要困难。

眼前晃过另一张瘦削下去的脸，姜湖眸色幽深了些，这些男人，都不是省心的。她将思绪里的某些东西甩出去，坐到姜行旁边，笑问："我们有虐待你？"

姜行苦笑："你觉得谁敢？"

是不敢，金陵一霸复苏，谁敢造次？姜湖提议："推你晒会儿太阳？"

姜行扫了眼西下的那轮橙色圆盘，这还有的晒？他觉得姜湖心不在此，她问得漫不经心。

姜行："你不如多留会儿，到时陪我晒晒月亮。"

姜湖："……"

算她输了。

姜行很直接："有事儿说事儿。"

那说点儿他不爱听的。有些事，姜湖本不想掺和，但偶尔接触，会烦，她嫌姜行磨叽。

姜湖："春回姐那边，信已经断了半个月，你不如自己数数。"

姜行："……"

他闻言望向窗外，视野内这座城的天空不够蓝，裹着轻霾，灰蓝的天际一眼望不到边。

姜湖问道："你打算什么时候开口跟她说和好这件事？"

人若自己不作为，就算正在发生的事儿都能分分钟变成尘封的记忆，这个道理姜行懂得，只是他唇角有点儿苦涩，该怎么向她说和好？

姜湖摇头，这个废人！

姜行感觉到了："又骂我，你的爱呢？"

准七点，姜湖进"江湖"门的时候，看到被黑牧吓跑，又再度出现在"江湖"门外的那条柴犬。问姜行的那句话，她现在也想问问柴犬的主人。

从午后一点四十分，那个人带着柴犬来面试，到如今已经三百二十分钟过去，这么多分分秒秒，已不算少，姜湖不知道那人要求和好这事儿打算拖到几时开口。磨磨蹭蹭的，像个老头儿，也确实是他一贯的风格。

夜里，奥体中心有一场通过真人秀节目在内地爆火的人气歌手的演唱会，城中变得比平日更堵。瞿蔺二度去“江湖”，这回带的不只是柴犬，还带了活人宿阳，以及宿阳的车。

路上堵，车行就慢，两人没能赶上第一波客流进门。处于营业时间的“江湖”，远没有午后安宁，两人还没进门，就感觉到门后阵阵晃耳朵的音浪。

宿阳夹着笔记本，瞟了眼瞿蔺：“你确定我在这儿能看进去图形？”

推开门，宿阳又忍不住：“靠！真他妈吵，老子前世、前前世估计都不是夜店小王子。”

瞿蔺通情达理，即刻从西装裤口袋里摸了枚硬币扔给他：“要是受不住，你先回窝儿。”

宿阳接过来：“你给我的这枚硬币有生小硬币的本事？”就给一个，是让他去挤公交？车要留下？这硬币又他妈不是母鸡，没法生生不息。

已经进了门，缭绕的灯光下宿阳只能看到瞿蔺清俊的侧脸，因为发剪得短，瞿蔺又罕见地着了黑色正装，隐在阴影里的身形显得淡漠。

两人有身高差，瞿蔺摸了他后脑勺一把：“别啰嗦，找个位置。”

一楼的卡座剩下的不多，有侍应生凑过来，宿阳看中角落里的一组软皮沙发，径直走了过去。坐下得消费，瞿蔺随意点了些酒水。宿阳看他的笔记本，瞿蔺则坐着，盯着“江湖”入口处的那个旋转门。

酒吧里人杂，混迹夜场的人往往也大胆，宿阳和瞿蔺安安静静的，不时也有过来搭讪的，有男有女。宿阳长着一张娃娃脸，往他那儿靠的一般是男人，瞿蔺那儿招得更多的是女人。

宿阳没吱半个字，瞿蔺都替他挡了回去，挡得干干净净的。遇男的就说直，遇女就说弯，问爱人也说有，就对面这位，再问多了，直接说句性无能。宿阳隔空白了瞿蔺好几眼，他还以为瞿哥是个传统的男人。

坐到七点半，瞿蔺盯着的那扇旋转门总算出现了他今晚的目标——姜湖。

“江湖”没标“宠物勿进”，但这种娱乐场所，一般没有人带家宠来。姜湖看到门口的柴犬也没久留，进门后，直接上二楼。

朱古在楼梯上把人截停：“姐。”

姜湖脚步慢了些，等他跟上，而后继续上楼。

朱古说：“我好像看到房爷人影，要不要把他请出去？”

姜湖问："看好了？"

朱古："确定了。据说这鸨母前些天进去了，不知道怎么又明目张胆地出来晃。新换的安保不认识他，就给放进来了。他来倒没啥，就怕他在我们这儿拉皮条，给我们惹事儿，把我们弄成黄赌毒那种场子。"

姜湖说："弄走，先下软的，不吃软，再动手，注意分寸，尤其别伤着我们的人。"

朱古点头，见姜湖推开火灾后便留出来的那间包房门，又说："陈先生……貌似也在。"

陈姓……朱古慎重考虑向她报备的，只有一位——陈觉非。看来这人皮挺厚的，姜湖不想为此分心。

朱古问："我也想法儿给弄走？"

姜湖这次说："当空气，以后记得设门禁，不该放的人别放进来。"

目送姜湖上了二楼，瞿蔺端起桌面上的冰火两重天，喝了几口。很快，瞿蔺午后见过的那位面试外教的酒吧工作人员朱古，又从二楼下来。

瞿蔺坐的位置正对酒吧西北角，那片绿光下，有烟雾袅袅升腾，座位上坐着一个衣饰矜贵的男人。瞿蔺微眯眼，见朱古下楼后冲着那个角落去了，烟雾缭绕中，吊顶上的灯饰一闪，瞿蔺看到朱古弯腰同那人说话，朱古似是说了不少，但那人纹丝未动。

瞿蔺继续看着。朱古随后直起身，又说了些什么，这次他的表情比适才弯腰时严肃了不少。瞿蔺看出来了，两人聊得不愉快。此时，朱古抬手扶耳麦，而后坐在朱古身旁的那个男人，突然起身。

"离开下。"瞿蔺对专注于笔记本电脑的宿阳说。

宿阳闻言刚抬头，就见对面的瞿蔺从他眼前飞蹿出去，冲着酒吧西北角去了。

朱古不想惊动其他客人，刚才他劝房爷自行离去，互相给个面子，但没劝动。这会儿不得已，只好招呼酒吧内的安保人员过来。不肯走人的房爷忽地站直，伸手去抓朱古碰耳麦的手臂。

事起突然，朱古恍惚间没能反应过来，一时间被动无比。

朱古刚想咬人，忽然有片人影从他身后压过来，房爷的手没抓到朱古的手臂，他伸出来的那只手反而被人掰折尾指。房爷吃痛，号叫一声，他扶住右臂，怒视前方。朱古回头，在忽闪的绿光中看到了一个他微觉面熟的人——午后面试过的瞿先生。

见眼前折了手指的男人似乎要大喊，瞿蔺抓过眼前的一块餐巾，塞进男人的嘴里。瞿蔺的动作太快,朱古甚至没看清他到底做了什么,就见房爷蔫了,完全没声儿了。

瞿蔺问："走哪儿，后门？"

朱古反应过来，得把人弄出去，他在前面领路。

见朱古这边有异动，适才四散的保安们也往这边围拢。瞿蔺见人多了，没再掺和，靠墙站在酒吧后门边上，等他们自己处理。

把祸害弄走了，朱古散了其余人，往瞿蔺站的位置走过来："谢谢！刚才揍得狠，瞿先生别见怪。"他说的是刚才他们自己那一番"硬"处理。

活动不便，瞿蔺已经脱了西装上衣，搭在手臂上挂着。他问朱古："你们经常遇到这种事儿？"

人家帮过一个忙，朱古没排斥这番交流："也不是，太乙巷这边，比南城区那条娱乐街好很多，都规矩，偶尔才遇上这样儿的。"

即便偶尔，也够让人操心的。瞿蔺想起在伽米姜湖冲向那个男孩时坚决的表情，也想起在贝松那个惊魂的夜里，姜湖义无反顾地往外扑，试图压倒那个吓傻了的小男孩。原来她在国内过的就是这种偶尔需要喊打喊杀的日子，能配得上她的名字。

瞿蔺："你们老板，做这生意几年了？"

朱古对这个问题有些警惕，给了个虚数，如同没答："不久。"

瞿蔺又问："遇到这些乱七八糟的人，碰到这种事，她受过伤吗？"

朱古摇头："有我们一堆人，护得住。"

瞿蔺哦了一声，而后问他："下午那外教，选着了吗？"

朱古也没瞒："没有，我们老板不需要了。"

瞿蔺又哦了一声，他来了，她是不需要了。

有人先于朱古将酒吧楼后发生的事报给姜湖，姜湖闻听后，久不见朱古的人影，就从包房内出来。她刚推门而出，没见朱古这个自己人，倒是见二楼廊道里站着个不速之客。

见姜湖现身，在二楼等了一会儿的陈觉非慢慢往她身前凑。姜湖在原地站着，视线也没避让，就那么看着他。陈觉非长她四岁，她弹得一手好吉他是他点拨的，姜湖记得。

陈觉非说："姜湖。"

姜湖排斥被他喊名字。

陈觉非感觉到她的反感，但还是想解释：“吸毒……是认识你之前开始的。你知道我的家庭情况，你也知道私生子生存有多么困难，我压力很大，我知道那条路是错的，但没有对的路可选。遇到你，后悔没晚生几年，可来不及了。”

姜湖没说话，陈觉非还在解释：“那次演出后的事……”

姜湖说：“够了。”

不是喝止，她这两个字淡得没有起伏，无关痛痒的。她冷淡时最让人怕，陈觉非说：“我等你，多久都行。”

等？现在这么搞挺可笑的。姜湖从不为做过的决定后悔，比如让自己的人生和眼前这个人再无瓜葛。这是最后一次费口舌，姜湖说：“再说最后一次，你要真是还喜欢，就别折腾。你喜欢山，你想移，以你的本事，移不动。另外，山不会乐意被移。人和山一样，没有区别。”

陈觉非闻言瞳孔急剧收缩，他再度往姜湖身前走，待走过来，手臂微抬，是要抱她的意思。姜湖躲得开，但她没动，她在动之前瞥见陈觉非身后不远处的另一道影子。

朱古卖了瞿蔺一个人情。瞿蔺和侍应生协调好，带着小柴犬上到二楼的时候，不远处的那个男人已经快靠到姜湖身前了。那个人影位置一挪，瞿蔺看到了一张脸，他下午在电脑图片上见过的脸。叫什么来着？瞿蔺忘了，他没上心记，隐约记得姓陈。但叫什么不重要，重要的是那男人还在往姜湖身前靠。

瞿蔺蹙眉，见姜湖竟没躲，这苗头不对。他手臂下垂，搭在左小臂上的外套下滑，立刻滑到他的掌心，瞿蔺转手捏住衣服，而后极速迈步向那两人靠过去。

一别多日，继续等姜湖先搭理他，一没可能，二不男人，酝酿久了，也并不一定就能让人感觉到诚意，何况第三方兵临城下了，不是闹着玩的。

瞿蔺步速快，陈觉非在即将靠向姜湖的时候，只见有人经过他冲向前方。就在他反应过来的那一秒钟，那人颀长的身躯已经挡住他，径直撞向姜湖，将姜湖整个撞进包房门内。

“靠！”变故来得太快，陈觉非骂了声。

见包房门就要闭合，他抬腿赶在闭门前去推门，却感觉到脚下有股阻力。陈觉非垂眸，见一条柴犬认真地抱着他的腿，他往下看，柴犬有心灵感应般往上看。

他和狗四目相对。而后，他听到砰一声，包房门在他身前关上了。

被瞿蔺撞进房内的时候，姜湖最先想到的不是维持身体平衡，而是屈腿去捣瞿蔺下身。瞿蔺扔了手中的外套，一只手勾在姜湖脑后，怕她摔倒，另一只手去扣她的膝盖，自卫。

瞿蔺的目光是温热的，姜湖投向他的目光是冰凉的。瞿蔺掌心刚包裹住她的膝盖，姜湖又屈肘撞他下腹。

“下午像不认识，”瞿蔺还顾得上说话，“这会儿想起和我有仇了？”

他的手顺着姜湖膝盖往上，勾住她的腰，往他身前拉。

瞿蔺刚才那一撞，稳、准、狠，姜湖差点儿被他撞倒在地。他当她是铁做的？被他拆掉的那两招，是姜湖送他的礼尚往来。几番动作后，姜湖也收了手，冷静了。

姜湖喝道：“松手！”

瞿蔺说：“好。”

他很配合，他把扣在姜湖腰上的手松了，搁在她脑后的手也松了。但只松了两秒，两秒后，瞿蔺一只手臂横在姜湖后背，身躯往前逼，把她整个人往近处的墙面上压了过去。

瞿蔺垫在自己身后的手臂不软，硬邦邦的。姜湖蹙眉看他，想骂，词太多，不知先蹦哪个好。瞿蔺也有很多话想说，他组织了一下语言：“姜湖，我通常比较冷静，不会多事，乐意配合别人。你以前认识的我，应该是那样儿的。”

挺啰唆……姜湖看向他的眸色中，清淡里浮了些厉色。

瞿蔺看到了，他接着说：“挺久没见。”

这句话是下午欠的，他先走的，所以应该他主动，道理他懂。姜湖听到这里，没有试图挣脱他的禁锢，但面色依然不善。

她仍旧安静着，这于瞿蔺而言太过顺利，瞿蔺话音反而在此时含了点儿轻颤：“重新认识一下。”

让她认识一下和以前见过的不太一样的他，可这个他是不冷静的、冲动的、不绅士的、会索求的他。

瞿蔺话落，不再废话，垂首捧住姜湖的侧脸，用力吻了下去。姜湖睁眼看着他靠近，她唇齿闭得严丝合缝。瞿蔺用力撬，姜湖被迫启唇，手抓住他后背的衬衣，恨不得要抓破他的肌肤。

两人身体离得近，边吻边摩擦，身体的热度随着口腔的灼热急速升温，唇舌勾缠之后，姜湖的舌热到疼，瞿蔺的腿已经夹住她，她也动弹不得。

瞿蔺尝够了，唇离开，但两人身体仍旧交缠在一起。

这会儿他的胆子倒是挺壮的，姜湖轻呵了一声，她以为他会继续龟缩几天，继续磨蹭。

瞿蔺夹得紧，同时说：“再聊聊？”

初见那日那夜，姜湖坐在老唐餐馆的楼梯上，这么问过他。次日清晨，瞿蔺挡住姜湖的去路，将她拦在餐馆门外时，也这么问过。而此刻，他还夹着她，姜湖冷声回道：“我有的选？”

瞿蔺哦了一声，觉得姜湖似乎是没的选，但他仍旧没放开她。瞿蔺有很多话想说，但没有一句与门外那个男人有关，他只问：“这几个月，想过你扇过一巴掌的那个人没有？”问完了，他安下心来等答案。

但姜湖没答，而是下了一个命令：“长话短说。”

瞿蔺又哦了一声，这次他身体后退了一点，但仍然抵着姜湖：“我想要你，所以来找你。”

这话，够短吗？九个字，字数不多。姜湖数了一遍，她诧异于自己的冷静。

这话够短，她说长话短说，然后他便照做了，现在，他挺听话。

姜湖平静地审视瞿蔺。一别经月，午后在“江湖”的大厅里，姜湖的视线几乎没有在瞿蔺那张脸上停留过。她的眼那时在看厅内的家装摆设，看那张被她塞进垃圾桶里的简历，在看朱古，唯独没有看瞿蔺。

在监控室里，姜湖回放定格的那个画面中，她看到的那个身影比真人缩小了数倍，没什么真实感。如今，姜湖仔细看着眼前的人，用那种能从他身体钻出洞来的目光。可任她怎么看，那张脸仍旧不过是两只眼睛、一个鼻子、一张嘴，和亿万地球人的构造一样，除了造物者造他时用心一些，没有其他特别的地方，下面也只有两条腿和一个把儿。这脸这身板儿，能把人迷得三荤五素，但距离七荤八素还缺点资本。

姜湖不说话，瞿蔺也维持着抵住她的姿势，谁都没动。

突然有人拍包厢门，喊姜湖的名字，那声音不中听，隐约还有狗吠。

姜湖耳朵一动，轻抬下颚：“后面三米，有个凳子。”

瞿蔺紧了紧眉心，望着姜湖平静无波的眼眸，这是什么走向？

姜湖：“别客气，让你坐的意思。”

她像是主人迎客，冷静理智，没有动情，瞿蔺的神经绷得紧，眼皮一跳，因为姜湖听了那话没动情，被吻过后也没有动情。可若是她反感，除了最初那几个冲他来的拳脚，几个剜人的眼神，她也没翻脸，她……这是什么意思？

瞿蔺仍抵着姜湖的身体，把她夹在墙面和他之间，但比此前吻下去时退后了一点。

见他蹙眉，姜湖没等他让开，她自动微挪脚，从他身体一侧挪了出去。瞿蔺以为姜湖离开他的压迫后会去开门，然而她没有，她走了几步坐上了那个让他坐的凳子——高脚凳。她没有再请瞿蔺坐。

姜湖的冷静像下在南极的雪，寒人心，让人忐忑。之前的笃定没了，瞿蔺透过包房内黯淡的光线看姜湖，感觉头脑中的思绪陷入了一座迷雾森林之中。

瞿蔺摸不透，也猜不到姜湖的念头，他此前预计过的路数，姜湖一条都没走，他往前走的这几步……姜湖似乎并不想买账。

他料想的全错了？太把自己当回事儿了？

姜湖坐着，突然抬头说道："外面有个活人，进门前你应该看到了。"

瞿蔺也随姜湖转过身，此刻只望着她，不再轻举妄动。那人他自然是看到了，在宿阳那个"中国极热心"那里他便看到了。

姜湖问："你和他要是两个女人，你觉得我会娶谁？"

瞿蔺："……"

瞿蔺刚想往她身前靠一点，闻言止了步。他是男人，货真价实的，变成女人？他想象不来。

姜湖继续说道："你刚才……说想要我，我们不是生人，我也没有必要瞒你。老实说，外面那个人，和你想的一样。"

姜湖的语气像是长辈对后辈开解般。瞿蔺在心里默默嗯了一声，他知道啊，情敌，没入眼的那种。

让瞿蔺长话短说，但姜湖自身话长，她语调温和，继续娓娓道来："废话我不多说，直接跟你交个底。和他相比，你是两三天，他是几年；他不怼人，甜言蜜语会说，说好了，倒也能听进去；没我允许，他不会撞我，不会在我的地盘随随便便动我，比你老实；他祖坟在哪里，我大概也知道点；他遵纪守法，不碰刀，不撞车，也不唬人。"

姜湖继续问："瞿蔺，有这么两个女人摆在你面前，换你，你娶谁？"

她讲的东西有些荒唐，但她眼里没挂着笑，表情也正经，仿若这问句出自她的深思熟虑。

瞿蔺在姜湖刚坐下时，便茫然着，此刻听了姜湖一番言语，他对面前的事态有了把握，当初寺里许的愿，大概是可以还了。这会儿，他莫名想到了一个形象：刚扔了开裆裤站在讲台上佯装老师，学着成年人讲道理的，人还没讲台高的小屁孩儿。他不知该顺从潜意识笑，还是该继续忐忑着。

娶男人？他开口："姜……"

姜湖打断他："我话还没说完。"

瞿蔺往前走，靠近她。

姜湖制止："你站那儿就挺好。"

话不让说，动不让动，她此刻独断专行。瞿蔺犹豫了一下，决定暂且配合，按兵不动，只要她高兴就好。

"瞿蔺，我好像没有惯过你，你觉得我是那种虽然对你有点儿意思，但是……"临出口，姜湖把原本想说的词吞了回去，她换了个说法，"是那种百天见不到人，见了，听几句好话就会往回跑，愿意重蹈覆辙的女人？因为我们尺寸合，你觉得回国内找我，我就会乐意跟你？"

瞿蔺："……"

她可真是什么清新健康的话都敢说，但是，姜湖话多了好，远胜于不说话。听到这儿，瞿蔺的忐忑近乎绝迹，心撞击胸腔壁的声音，也越来越清晰，姜湖说得越多，他听到来自心底的撞击声就越明显。

挺可爱！在姜湖佯怒的时候，或者说，在她用自己的方式教育人的时候。在勒革时吹地图，在贝松敲曲儿时也是这样。此刻，她近在眼前，瞿蔺的四肢已经快要无法继续安分下去了。

沉默对视了一下，姜湖下结语，近乎一字一顿，显得眼下这个决定真实不虚："就说到这儿，麻烦向右转，走五步，开门，请你自己下楼，我就不送了。"

瞿蔺闻言没动，姜湖也没催，两人继续四目相对。

他要是动，姜湖还有一句话等着他：我怎么惯得你，让你觉得我这里是你想来就来，让走就走的地方？但瞿蔺没动，姜湖这句话就省下了。

窗外黑沉沉的夜色压城，透进室内的夜色也在模糊着人脸上的表情，瞿蔺还在原地站着，两人始终四目相对。

姜湖一串长篇训词讲完了，开始回忆有没有哪儿说得不够硬。

瞿蔺耐心地站着，和她对视久了，开始觉得有点儿累，他走到此刻如同一个熊孩子般的姜湖面前。姜湖这次倒是没让他退回去。走到姜湖跟前，瞿蔺蹲下身，低下头，姜湖也垂眸看，睨着他。

瞿蔺正单手摁着她的鞋面，解开那个本已半松的鞋带："不好意思，多半是我进门那会儿给你踩开的。"

瞿蔺重新替她系紧，挺俗的桥段，姜湖觉得。

世界上太多替女人系鞋带的男人，但不见得每个都是好东西。姜湖不再继续看下去，抬起头，看到的是瞿蔺的发顶。

瞿蔺润朗的声线从下面传上来："男人我不知道怎么选，会不会娶我。"

姜湖听着。瞿蔺长指交叉，很快打出一个结，和此前姜湖系给他看的那个蝴蝶结不同，他系的这个对称。

系完了，瞿蔺说："要是女人选男人，我会建议她选我。"

瞿蔺抬头，出手握住姜湖的右手："不会选错。"

姜湖抽了一下，瞿蔺握得很用力。姜湖又抽了一下，还是没抽动。

姜湖干脆放弃，出声："别蹲着。"

瞿蔺站直，握住姜湖手的手也没松。

姜湖声音又凉了："吃死了我？"

瞿蔺："嗯。"

和他在异国相处时得来的一个个认识，加上现在见到的略带点无赖和柔软的瞿蔺，姜湖更加拼凑不出他的性格了。她的认知一次次被刷新，不知道哪一个才是真正的他。

被握了一会儿手，姜湖平息了一下自己的情绪，问他："愧疚吗？"

瞿蔺问："怎么说？"

姜湖："走得不明不白，了解得算一知半解，你还没费什么劲儿，我又给了你机会。"

瞿蔺："……"

姜湖复问："怎么，不该内疚？"

瞿蔺闻言在思考。他沉默这片刻间，姜湖已经有了答案，她觉得自己问得无趣，瞿蔺即便愧疚，于她似乎也无益。

姜湖于是也站起身，立刻转问："外面是你那表情包？"她还记得那些狗吠声，比人拍门声强上不少的狗吠声。

两人近乎贴身站着，呼吸之声彼此可闻。瞿蔺反应了一下，才明白姜湖说的"表情包"是指外面那只柴犬。它的种族，属表情包常客。原本挺呆的一小狗，换了叫法莫名生动了。

瞿蔺："是。"

姜湖修长的眉眼一挑，又说："你这手，现在是不是可以松开了，我看着像是要跑的样子？"瞿蔺握着她手，握到她整条手臂都被牵连着热了起来，像是她身体这一部分和他长在了一起般。

瞿蔺："万一呢？"他看姜湖，声音里含了点儿笑意，他言语是软的，但手还是没松。

姜湖回视他，倒也没再强求："行吧，随你乐意。"

不知道他之前遇过些什么人，把他给惯坏了。姜湖话落，瞿蔺往前拉握住姜湖的那只手，姜湖再度撞上他坚实的胸膛。这一拉一扯，一个怀抱，和当初分别时的那个下雨天的情景一模一样。

瞿蔺另一只手扣在姜湖脑后，摸着那柔软的头发，同时听到姜湖口中下意识地蹦出的一个语气词，那词里含着不满，但没有意外。

瞿蔺微微一笑，说道："没经过你同意，就想这么抱你，我的错。"

姜湖嗤笑，略觉无语，但她没挣，两人就这样继续着拥抱的姿势，继续聊。

姜湖问："从哪儿来？"

瞿蔺："住的地方。"

姜湖呲了一声，觉得有人需要被活动活动筋骨。

瞿蔺见好就收，没再逗她，回道："从北方来，Q市。"

姜湖记得他说过北方，这地方姜湖曾经去过，海滨城市。

姜湖："住哪儿？"

瞿蔺说："我在一楼放着一个活人，是在这边的朋友，住他那儿。"

捎带着狗和人，来一趟"江湖"，他带的行李倒挺多。

姜湖问："男的？"

瞿蔺笑："必须是。"

姜湖没再加以评论。又有敲门声，同时传来一声狗吠。

姜湖说："我们出去。"

瞿蔺同意："好。"

温热的怀抱随即松散开，瞿蔺先转身，去开包厢门，姜湖拢了下适才那番纠缠乱了的衣领和头发。

瞿蔺开门后，姜湖视线也一起往门外看，她有些意外，门外陈觉非已经消失了，只站着那条小柴犬。肿眼泡，小眼睛，单眼皮，没眉毛，三角耳……浑身上下一股遏制不住地往外喷薄的傻气。

姜湖问："它敲的门？"

瞿蔺嗯了一声："是有这技能。"

姜湖眨了下眼睛，仔细看了眼那矮犬："倒像人。"

柴犬敲门的声音跟人拍门的声音几乎一样。小柴犬已经蹭到瞿蔺裤腿旁，蹭瞿蔺。

姜湖再度嗤笑：“什么性别？”

瞿蔺：“公。”

柴犬又蹭了蹭瞿蔺的腿，那表情就像在笑。

姜湖：“哦，弯的。”

瞿蔺：“……”

这次姜湖没带瞿蔺走楼梯，而是开了走廊中间的直梯，三秒到一楼。直梯门开，大厅内的喧嚣声浪再度扑过来，城市里的灯红酒绿，艳冶颓靡，都浓缩在这堆声浪里。姜湖先一步走出电梯门，只往外瞟了一眼，就看到和朱古站在一起的陈觉非。

姜湖回头，说：“处理个人。”

就在姜湖开口的同时，一样看到陈觉非的瞿蔺摁住姜湖肩膀说：“我来处理。”

两人异口同声。

姜湖说：“我这边的麻烦我解决。”

瞿蔺说：“男人之间的事都归我。”

还是异口同声。两人禁不住对望，最终姜湖让步，望着瞿蔺那双沉静如潭的眸，问：“你确定？”

瞿蔺把柴犬的牵引绳交给她：“等我一会儿，看好柴大爷。”

姜湖：“……”

她有疑问，瞿蔺离开前解释：“它的名字，柴大爷。”

姜湖看了柴大爷一眼，柴大爷看着瞿蔺，没看姜湖。姜湖瞬间想扔了手里的牵引绳，但她什么都没做，还发扬了爱心照看柴犬。只是她不甘心，凭什么还得比小柴犬矮上一辈，这他妈是什么道理？

姜湖再抬眸，见瞿蔺已经走到陈觉非身边。

站在大厅内的朱古往姜湖站的位置看，瞿蔺和陈觉非则往酒吧后门走，那里通向酒吧后巷。姜湖不知道他们是如何沟通的，两人说了些什么，她听不到，也不惦记。

朱古向姜湖走过来，近了，朱古看到了蹲在地上的柴大爷。这是瞿蔺的犬，曾有侍应生来询问朱古是否放行，朱古知道它。柴大爷如今似乎困了，眼眯着，没出声儿。

朱古问:“姐,你和瞿先生很熟?”

姜湖回:“还可以。”

朱古飞速回想了一下脑海里关于姜湖和瞿蔺的画面,越发好奇:“你们下午不是第一次见?”

姜湖没隐瞒:“不是。”

朱古啊一声,略惊讶:“那是挺久没见了……你忘了他模样了?怎么没认出来。”下午他俩根本不像是此前认识的样子。姜湖睨他,一只傻犬在手,一个没眼力见儿的傻人当前,她挺不省心。

姜湖说:“朱古,你过来。”

朱古走得更近了点儿,他没注意,一脚踩到了柴大爷的牵引。柴大爷瞬间清醒,眯缝着的眼睛立刻睁开,即刻出击,一口含住侵犯者朱古的裤腿,但没咬下去。朱古低头看,抻腿试图甩开柴大爷,动作幅度不算小。

姜湖:“……”

这倒巧,不再需要她亲自动手,姜湖冷眼旁观,既不助纣为虐,也不偏帮同类。

酒吧后巷,瞿蔺和陈觉非比肩而立,相对的立场,此刻应该是相见眼红。陈觉非眼见瞿蔺将姜湖带入包房,而后是孤男寡女,是什么关系,一目了然。瞿蔺自然也知道,他是过去,但两人之间没有剑拔弩张,也没有对峙动手。

在酒吧内,瞿蔺走向陈觉非后,认真请他出来,很礼貌,话说得也够温和。姜湖的身边人朱古在侧,陈觉非并未拒绝。如今站着干等了一会儿,见身边的瞿蔺仍旧无声,最终是陈觉非先开口:“你想和我说什么?”

瞿蔺很诚恳:“随便聊聊。陈先生,你的挽回方式有问题,作为旁观者,我想给你提些建议。”

陈觉非轻呵一声,并不觉得他们的关系是能彼此交流互提建议的人,但一贯的教养和习惯使然,他也并未即刻转身走人。

瞿蔺不需要陈觉非的回应,他只是想把该说的话说完:“人做错了事儿,是可以解释,但不适合反复摆苦衷。世上的大奸大恶之人都有苦衷,但人也需要良知和脸面。你认识她的时间应该比我长,应该比我更清楚她吃哪一套。”

瞿蔺语调温和,内容没显山没露水地戳了陈觉非的痛脚。这道理,陈觉非并非不懂,他苦笑,但除此之外,也无计可施。他没有别的办法。一个不堪的人,失去了应该珍惜的人,能怎么从头再来?

他用的是最不体面的一种方式，随意一想，就知会让人心生厌烦。如果这是一个故事，他只是一个旁观者，恐怕也会极为排斥他这个角色的存在，这样下去，原来的回忆也会被蚕食。他懂，但只是没有别的办法。

陈觉非此刻自心底生出些对瞿蔺的忌恨，从隐约到清晰，最后他问："你以什么立场来教训我？"

瞿蔺没恼，仍说："只是一个建议。"

陈觉非想找回主动权："你认识她多久？"

瞿蔺答："不久。"

陈觉非："我久。"

瞿蔺立刻回道："羡慕。"

陈觉非："……"

瞿蔺又建议："换人爱吧，我虽不久，但我来了，就不走了。"

"江湖"内，朱古甩开柴大爷后，进了储物室去换掉沾了柴大爷口水的下装。

瞿蔺还没回来，姜湖扯着柴大爷的那根牵引绳，带它到吧台。此前没见到柴大爷的侍应生凑过来，辨识它的品种：

"姐，这什么品种？"

"咬不咬人？"

"套磁有用吗？"

"……"

侍应生胆大，碰柴大爷的头。姜湖瞧着，没阻止。

等侍应生去忙，姜湖拉了拉牵引绳，柴大爷看她，她说："喂，认识认识。"

柴大爷自然无话，脸上写着"你说啥"。姜湖心说，你不懂人话没关系，但得认识，姜湖告诉它："认识认识，以后我和他一起养你。"

耳畔喧嚣声不止，瞿蔺同陈觉非分道，向姜湖和柴大爷走过来的时候，带着此前稳坐"江湖"大厅里看图的宿阳。朱古那堆人已经各自守着自己的岗位，不再绕着姜湖转。

离姜湖近了，宿阳回头问瞿蔺："我怎么叫？"

瞿蔺在他转头的一刹那说道："嫂子。"

宿阳仍站在原地，头向后扭："实话说，我这辈子还没说过这个词，贼别扭。"

瞿蔺踢了他小腿一脚，没用力："把别扭忍着，今儿起破例。"

这倒不是不可以，兄弟情义是要讲。宿阳缓缓回头，看向坐在吧台后的姜湖，她的这张脸宿阳是极为熟悉的，她这个民谣圈里的远古人物，宿阳也不陌生。

早几年没毕业前，宿舍里有个能拨弄吉他的哥们儿，弹得最多的就是 GUN 的成名曲《墓志铭》。那哥们儿琴技不算好，琴弹成魔音穿耳般，刺激且销魂，但姜湖女声版的《墓志铭》，宿阳也因此听过无数遍。她声线和人一样艳冶，但有时也能像拂面的春风，看她唱什么歌，需要表达什么情绪。

隔着两米的距离，宿阳视线低垂看过来，姜湖便视线高抬看回去。宿阳那声问好还没脱口，姜湖先看向瞿蔺，问："是那位朋友？"

姜湖问完便从座上起身，她眼中宿阳的模样像个大孩子。

瞿蔺："对。"

宿阳这才适时跟了句："嫂子，我是宿阳。"

姜湖眉眼仍旧沉静，但拽着牵引绳的手顿了一下，这是挺新鲜的一个称谓，但没过分。姜湖看一眼瞿蔺，她目光从瞿蔺不闪躲的眼上移开，才再度落在宿阳身上。

姜湖回道："你好。"

见宿阳夹着笔记本，姜湖又问："现在走？"

这句问的是瞿蔺。手中的牵引绳拽了姜湖一下，是柴大爷在发力，姜湖见势松手，柴大爷目标明确，从吧台内跑出去，蹲到瞿蔺身旁，蹲姿乖巧，前爪并排置于身前。不上道儿的狗，说好了会一起养你，却只认男人，姜湖这么觉得。

是得走，但也得定下去哪儿，瞿蔺问："你跟我走，还是我去你那儿？"

离两人最近的被无视的宿阳："……"他听着更前面那句问话明显是告别的意思啊，怎么不是呢。

姜湖："我是地主，你跟我合适。"

瞿蔺同意："合理。"

宿阳："……"

跟他没什么关系，但听到这儿，宿阳耳朵无端一红。姜湖从吧台内绕出来，宿阳跟在他们和柴大爷之后出了"江湖"那扇旋转门。

室外，初夏燥热的风拂脸，肌肤和血液都被吹热了，脉搏的涌动也快了，人和狗都不觉得清凉。

姜湖记得提醒瞿蔺："柴……"

剩下那俩字她无法轻易脱口，柴犬这名儿起得艺术，叫出口就像骂人似的。姜湖没说完，瞿蔺已然明白她想说什么。

瞿蔺："今晚它跟宿阳回去，它的生活用品都在宿阳那儿。"

宿阳："……"

此刻他才明白瞿蔺带他来的意图。姜湖垂眸看了下迈着碎步的柴犬，提出："有个礼物送它，等会儿。"

姜湖会送什么东西给柴大爷，瞿蔺也不是不好奇，但他绷得住，没有问。

一起走到太乙巷尽头，宿阳去取了车，瞿蔺和柴大爷站在巷口等。没多会儿，姜湖从走周的宠物店里拎出一鸟笼，以及一个小型置物盒，里面是养鸟的相关用品。

鸟笼里装什么物种好猜，但具体是什么品相，难琢磨。瞿蔺问："是什么？"

姜湖将鸟笼上的罩布掀开，里面一只头戴绿冠金黄色的鹦鹉蹦跳着，踩着笼内的细丝架露了出来。瞿蔺笑，下意识的，她总是出其不意，他一早就领教过了。

姜湖面不改色："母鹦鹉。"

柴大爷，是公的，姜湖说完鹦鹉性别，随即解释："夜长，柴……"

姜湖说那个名字依然有障碍，末了她选择避过："它自己过，久了无聊，送它个伴儿解闷。"

从车里伸出头来的宿阳看到鹦鹉，随即低头去看柴大爷，那鹦鹉翅膀一扑棱，但见柴大爷瞬间抖了个激灵。宿阳哈哈大笑，这"花姑娘"到底是来陪柴大爷解闷的，还是专门来克柴大爷啊？

瞿蔺扫他两眼，眼风凛冽，宿阳立刻识趣，一秒内止了笑。

宿阳带着柴大爷和鹦鹉走了。

蒋绍仪的房子在近郊，姜湖叫了车，带着瞿蔺往回走。没走多远，姜湖又想起她那儿缺不少东西，两人在出城前，又进了街边的地下超市。

超市已经快到打烊的时间，从通道内出来的人少，进的人更是近乎没有。姜湖在近段时间，亲手操持过姜行的日常用度，对男性用品有了丁点儿了解。

她和瞿蔺仍旧有一种莫名的默契，姜湖刚想去推购物车，想法还没落定，见瞿蔺已经动了手，甚至他挑选的那辆车，就是她瞄到的。货架上排列整齐的物品，瞿蔺目光在逡巡挑选着，姜湖刚想提议他选某款，他已经从上面伸手拿了下来，正是她想要的。

一次是巧合，可在一排排货架上，巧合了六次，就不再是偶然。姜湖从未体会过这种感觉，不必交流，对方的眼光和自己完全契合，他的所有选择都称她的心意，可能这就是世人所说的，两个人在一起，不说什么，已是极好。这话听着矫情，但有道理。

姜湖一路对情感的克制开始崩塌，最先起变化的是脸色，开始不自觉地柔软，比在伽米面对那个把相机当枪口的小姑娘还要柔软。她不自知，仍觉得自己尚能维持表面的理智。

日用品都选好了，出来结账时，收银台旁的货架上列了一堆各式各样的“保健品”。“穷人”瞿蔺自觉去结账，姜湖如同扔益达般往购物车里扔了几盒，让他一同付款。瞿蔺感到，后背上的神经线禁不住跳了下，眸中也点了把火。他又想起初见那日，老唐说“这姑娘不是妖精吧”，他当时的答案是“否”，如今的答案是“是”，肯定是。

从地下超市出来，搭扶梯的时候，瞿蔺站在姜湖身侧后，是个用身体围拢住姜湖的站势。

在“江湖”里，瞿蔺见了陈觉非，瞿蔺没问，但姜湖觉得她有必要解释，虽然她的声明大概来得有些迟。

扶梯的爬升速度不快，姜湖望着前方越发缩短的视野说：“你见的那个，是几年前的人。”

身前的女人坦荡也坦诚，瞿蔺闻言只是手提购物袋，另一只手搭在姜湖腰间。好姑娘总会有眼光好的男人看上过，这太正常，她如此坦荡地说出来，瞿蔺亦有触动。

他的心更热了些，一贯温度不高的手心，此刻也是热的。他将手在姜湖腰侧扣紧，而后说：“以后要紧，但你如果觉得有必要说清楚，你说什么，我就记着。”

他还是展现出良好的耐心，姜湖说：“曾经真心待过。”

她自认对任何人都无愧，接着说：“不算好聚好散，但没有任何遗憾。”所以这个过去，从来不会在她的回忆里翻搅不息。

瞿蔺轻嗯了一声：“好事儿，说明断得干脆。”

这辈子没能青梅竹马，他不曾参与过她的那一部分人生，曾经出现过谁，他无力阻止。世上的爱人恐怕都是如此，情越深，越遗憾此生错过了青梅竹马的缘分，不曾看你慢慢长大的遗憾，唯有亲见你日渐苍老的时光可以补偿。

希望这时光能漫长，这相守能久远。

两人很快下了扶梯，等出了通道，再度被夜色罩着，瞿蔺方说："在我这儿，你没有前辈，只有你。"

她说了过去，作为交换，他交代他没有旧人。从前她打个蝴蝶结，还要和他礼尚往来换个笑话，瞿蔺还记得。

这话姜湖倒听出别的味道来："觉得亏吗？"

瞿蔺回道："不会，我还愧疚着。"

此前姜湖问过，他得逞得这么容易，难道不该愧疚？瞿蔺也记得。

姜湖："……"

距离那辆还在等他们的出租车有七八米距离，瞿蔺将手中的购物袋塞给姜湖，随即干脆地打横把她抱起。姜湖没防备，有点儿意外，但她仍配合。

他擅长这个，身体力行，身体腾空的那刻，姜湖眯着眼，伸手摸了瞿蔺喉结一把，二人相视一笑。

两人很快回到了蒋绍仪的湖心岛，湖面，树丛，晦暗的月色……郊区一幢无人无光的大房子，怎么看都像是个凶杀现场，或者野战场地。姜湖住的这地方，也让瞿蔺意外。

摸过瞿蔺之后，在车上姜湖便摘了矜持的、疏离的、淡定的、理智的那个面具，面部表情变得生动丰富，简直同午后把瞿蔺用心交代历史的那张简历扔进垃圾桶的女人判若两人，好像那全是伪装，她伪装得还挺有道行。

瞿蔺笑了一下，感觉从传统降妖伏魔的科普读物《西游记》里挑不出个适合她的形象，也没什么招，能学来降她。

瞿蔺的注意力都在姜湖身上，那变化他看得一清二楚，他忍住心底涌起的冲动，那股想咬她冲击她的冲动。他是愧疚，这不是打趣她的话，是真话。挺傻的姑娘，坦诚的过去，轻易给他机会。

他生命这条河不知长短，水流定是湍急艰险，他却在拖她下水。很多怕自己早走拖累姑娘的人，连表白都不敢，宁可错过，也不惹祸，他却直接来钻姑娘的老巢，甚至还带了个四条腿的帮凶。他不是东西。

瞿蔺在跟随姜湖进门前，总结出以上几个字，没有别的补偿办法，只能是活一天便好好护着，不让她在未来的日子里磕着碰着。姜湖柔和的脸色，让瞿蔺的四肢百骸熨帖很多，她此刻的高兴，至少说明他向她走来的这个决定也许自私，但不完全是错的。

躁动感从被姜湖摸过的喉结一路下滑穿透脚背，但瞿蔺没有像姜湖摸他那般动手碰她，他的手只稳稳攥住姜湖的手，没去占她肉体的便宜。

进了门，姜湖没急着开灯，她转身，暗夜中模模糊糊见瞿蔺手里还拎着购物袋，此刻那是累赘的东西。

姜湖吩咐："扔地上就好。"

瞿蔺提高塑料袋："轻，不碍事儿。"

姜湖挑眉，淡笑了声："袋子的确没什么，但你确定你一只手会方便？"

瞿蔺："……"

姜湖的直接让瞿蔺卡了壳，他翘了下唇，随后咳了一声转换话题："饿不饿，回酒吧之前晚饭吃了吗？"

姜湖眯眼："你办那事儿的时候习惯这样拐弯抹角地讲？"

她故意的。

瞿蔺藏着笑，禁不住伸手捏了姜湖脸一下，澄清道："姑娘，我就是字面意思，没别的。"

姜湖没躲，瞿蔺指腹粗糙但温热，她甚至差点儿像个猫似的在那股温热离开时想跟随着去蹭它，但她的矜持还有一点，尽管不多，她还能忍。

瞿蔺也没久捏，很快松了手。

姜湖听后略微思考，似乎在考虑瞿蔺话的真实性，最终姜湖点头："也好，按理说你的确需要补充一下，毕竟靠你出力。"

瞿蔺："……"

这话很荤，而且这感觉……就好像在质疑他不行。有个词叫作"哭笑不得"，瞿蔺此刻切身领悟了。

瞿蔺没再计较，姜湖也不是真的迫不及待，她立刻开了灯。灯光一洒，姜湖房内通透的大敞间暴露在瞿蔺眼前，开放式厨房在房间的西南角。

姜湖一串话说得很溜："锅碗瓢盆我认得全，但没更深的交情。你要是会用，就搞点儿正常的吃的，不然我们只能吃不正常的。"她在此处刻意停顿了一下，而后继续说道，"外卖这里没指望，客观条件虽然有戏，但我一向善良有爱心，不愿麻烦别人跑腿。"她顺带自夸了一下。

望了一眼如同陈列在博物馆橱柜里的文物般的大小物件，瞿蔺问："平时就不食人间烟火？"

姜湖嗤地一笑："没练过，没修为，我是人。隔壁是我和师兄的老师，他平时开火，我总能蹭到些饭食，但他最近不在，我就只能放羊了。"

瞿蔺走进厨房，姜湖也没去忙别的事情，凑过来旁观。

从超市带回来的主要是生活用品，他们买的菜不多，给不了瞿蔺发挥厨艺的空间，但留给他的活儿并不少，他得先从清洗厨具和餐具开始，然后才是处理食材。

姜湖看瞿蔺分拆购物袋里的蔬菜，看他冲洗摆切，看他比较搭配，看他在灶前烹炒忙碌，她觉得一股温暖的烟火味儿融化着她的心，让她心旌荡漾。

他在异国孤身生活了挺久，姜湖记得那些墓碑，他原来养了一堆动物，如今还养了一条要张嘴吃饭的柴大爷。瞿蔺有会做饭这样的基本生存技能，姜湖并不意外。

沸水在锅盖内轻汩，那种跳动的声音，压住了姜湖体内的某种声音，她靠在墙上，喊了声："瞿蔺。"

瞿蔺从食材中抬眸看她，姜湖觉得有些事得说得清楚些，她眸色深深，都长在瞿蔺身上："我让你跟我回家，我是什么意思，你懂了，是吗？"

正在洗手做羹汤的瞿蔺说："按我的意思理解了一下。"

姜湖没让他说他是什么意思，而是继续说她自己的意思："分不清是我先招惹的你还是你先招惹的我，这笔账就不算了。但进了我家门之后，以后和我的关系就清白不了，来去自由就没有了，碰别的女人和男人的自由也没有了，你知道吧？"

燃气火苗忽闪了下，瞿蔺笑了笑："姑娘，你的话吓到火苗了。"

可姜湖不关心火，灭了也没关系。

瞿蔺把砂锅盖扣好，又再度抬头看着姜湖说："我都知道，我来找你，就没顾忌清白不清白。我更不是进了姑娘家门,还不打算以身相许的那种混蛋。"

这话听着还算顺耳，姜湖哦了一声，说："还不够。"

瞿蔺略微思考，又补充道："分身也相许。"

姜湖："……"

流氓。姜湖僵了下，忽地转过身，感觉脸想红，继而又想笑。

姜湖回工作台旁边看了几行字母，还没等瞿蔺喊她吃饭，又自己挪回厨房，瞿蔺手里正握着一把长勺在熬粥。

姜湖问："粥什么味道？"

瞿蔺放下长勺，换了把小瓷勺："过来，给你尝尝。"

姜湖靠过去，瞿蔺举起瓷勺，往她嘴边送。姜湖没客气，手摁在瞿蔺手腕上，一口吞下那半勺粥。不烫，是温的。姜湖已经将什锦粥吞了下去，但她的手顺着瞿蔺的手腕往上移了点儿，握住瞿蔺的小臂。

瞿蔺问："还要吗？"

姜湖说："过会儿，先给你尝尝。"

她微踮脚，唇往上凑，贴了下瞿蔺的唇。但她唇腔内哪儿还有粥，她贴的那一下，没有深缠，瞿蔺甚至感觉不到粥的余温。他除了尝到她的味道，还真尝不到粥的味道。

瞿蔺怕她被放置在一旁的砂锅烫到，松了那把瓷勺，长臂勾了姜湖腰一把，让她离厨房的操作台远点儿。瓷勺掉进一旁的水池，瞿蔺又抱起姜湖挪了个地方。溅出来的水溅了到瞿蔺后腰，姜湖滴水未沾。

姜湖看着他咬了下唇，没说话。瞿蔺盯了姜湖一眼，笑道："也不是小毛孩儿了，还这么毛躁。"

姜湖表情镇定，不恼也不羞，另一只手从瞿蔺衬衣下摆滑进他腰下："你先别动。"

瞿蔺配合着不动，任她揩油。被不轻不重地摸了两下后，瞿蔺才笑了声，突然想起件事："我是不是应该脸皮儿薄来着，脸皮薄的人是不是得拒绝被人摸？"

在贝松，姜湖曾经和傅砚笙说"可能他脸皮儿薄"。

姜湖也没失忆，她是那么损过他一回，现在看，原来那会儿是给她自己挖了个坑。她反击："敢在我地盘上没经过我的允许就扑过来啃我的人……脸皮应该是不怎么厚。"

这明显是反话，瞿蔺追问："挖苦我？"

姜湖："就提个醒儿。"

她的手还在往下探，已经摸到瞿蔺的大腿。他提醒道："姜姑娘，你坐标是不是定错位了？"

姜湖拧眉，瞿蔺干脆彻底解开皮带，他左手探进去，握住姜湖的手，带她换了个地方碰。姜湖手触到的身体部位，从此前的软塌塌已变成了硬邦邦。

瞿蔺也没脸红："重新认识认识吧，这会儿它姓姜，它可是遇强则强，遇皮厚的则厚。"

姜湖："……"

自己道行还是浅啊！瞿蔺的手很快抽走了，姜湖自己探索着，她的指从上往下剐蹭着它。姜湖和它有过亲密接触，但不曾这样慢慢感受它。此刻，她感受着它在她手心里的成长，和它鲜活的颤动。

它一颤，姜湖觉得它似乎是需要呵护的，于是不只蹭，而且耐心揉搓它，一次又一次，她柔情十足。

瞿蔺脸上的从容随着姜湖的动作慢慢开始崩塌，他脑海中开始出现贝松那一夜的倾盆雨声，和贝松那一夜缠在他们两人身体上的鲜明的血腥味。那种蚀骨的滋味从他大脑皮层深处慢慢苏醒，一点一点折磨着他的理智，摧残着他的克己心。

姜湖问："等吗？"

瞿蔺即刻摇头，他的眸太黑，像能吸人，蓄势待发的时刻，姜湖望着他出了个神。

事后，姜湖也有点儿佩服自己，箭在弦上了还能他妈的西想东想。也许是之前扫了眼 Amandine 的那堆文字，此刻姜湖眼前的瞿蔺，突然同另一个深埋于旧年月里的人有了重影。

那个 Amandine 缅怀的故去多年的男人。

刚才姜湖扫过的那段文字来自 Amandine 的小说，她只重新看了开头，但那段话她几乎可以背下来。

Amandine 写道：

"返程回到勒革的那个晚上，我扔了伞在雨里淋了半宿。

淋完了，茫然的大脑被雨水填充，我突然开始怀念初见他时的那一夜，反复回忆当初撑伞出现在我窗下的那个他，还有公路旁烈日黄沙前为我点烟的那个他。

他是个安静的男人，言语不多，以世上极致的温柔待我。

已经告别，但一念之间，我给遥远的他发去电报，内容是：我想见你。

我想见他，可那时我不知道我为什么想。

我也没有久候。

我回国，不久后听闻他去世。

又十几年后，有人辗转数次，漂洋过海来见我，以为他申冤的方式同我讲述那段旧历史。

我于是知道，他没来赴我的约，是因为他死在来见我的路上，所以他没有办法来，纵然他义无反顾。

简言之，他死于我。

我得知往事另一面的时候，他已经在墓地里安静地沉睡了十几年，他没办法开口说话；而我也已经被琐碎的平淡生活缠身，心里燃烧的火灭了个精光。缅怀过去的时候，只有抽上一根烟，才能想起当初那股辛烈的、强劲的蚀骨滋味。

听完往事的那个晚上，我做了个梦。

梦到为他收尸的，不是他的朋友，而是我。

我小心地把他墓碑上的姓名抹掉，在原来刻他姓名的位置换上了一句话：我爱你。

这些年来总有人问我有没有憾事。

有。

当初那封电报，内容是错的，我发错了，可上帝没有给我改正的机会。

年轻时，我在异国他乡算计了一个男人的肉体，欺骗过一个男人的感情，尚不自知。

而惩罚是，我永远失去了他……”

近乎同样的开始，但他们有个糟糕透顶的，千百年来演而不腻的套路式的悲剧结局。姜湖深吸一口气，瞿蔺比那人命好，她骗钱勉强能混个及格，骗人感情这事上下不了手，她不行。

瞿蔺察觉姜湖分神，手摸进姜湖裙底，挤了她一下。姜湖下身即刻一麻，过电一般，她扣在瞿蔺手臂上的手瞬时一松。

姜湖：“……”

瞿蔺回看她：“不喜欢？”

有问的必要？姜湖淡声说道：“轻了。”

瞿蔺笑了一下。他身后有未凉的砂锅，姜湖身后则是整洁的人造石台面，在什么地方，都已经显而易见了。

瞿蔺往前迈了一步，姜湖下意识地跟随他退了一尺，她的腰抵在人造石台面上。厨房的灯很亮，把人眼底已然烧灼起来的火苗照得更亮，瞿蔺的眼眸正熠熠生辉……

两人慢慢渐入佳境，他数度征伐，次次撕裂姜湖的神轻。姜湖浑身发软，腿禁不住往下滑，瞿蔺再度托住她的臀，两人正面相对，他抱起她，身体仍旧相连，互相容纳。

姜湖胸脯起伏得厉害，他问：“再挪个地儿？”

隔了几秒，姜湖才积攒出力量呵呵两声：“色令智昏？”

瞿蔺像没听懂般哦了一声，甚至冷静反问：“说你，还是在说我？”

白炽灯耀眼，姜湖缓了下神说：“有件事说。”

瞿蔺笑："你床上一般说真话还是假话？"

姜湖掐他一把，说正经事："我翻译的那本自传，里面大篇幅描写了一段萍水相逢，从肉体，到情感。"

瞿蔺又嗯了一声："所以？"

姜湖说："你以后可能会读到中文版，为免你误会，跟你说一声。故事里的两个人，和我们有些相像的地方，但我不是因为入戏深，代入感过强，才和你有的今天。"

瞿蔺声明立场："我对你没有误会，今天和以后都是。"

姜湖说："你有你的决定，我有我的方式，把话敞开说，我安心。"

瞿蔺认可："好。"

爱，就该真心相待。

室外天阴，光线被厚重的云层遮蔽，只有轻薄的雾霭洒了一地。湖区静谧，姜湖晨起睁眼的时候，能听到轻风吹翻湖畔柳叶的声音，声音不算重，在她耳膜上划出的痕迹隐隐约约。

床畔是凉的，没睁眼之前姜湖已经摸了一把，一清二楚，睁眼后果见室内已经没有另一个活人的影子。姜湖起身后在屋里逡巡一圈，最后从床头撕掉一张便签，上面有娟秀的小楷规矩地列成一排，是瞿蔺的笔迹。他笔锋柔但字脊硬，如今看，这字和他这个人是般配的。

瞿蔺写：出去采购，等我回来，不等也行。

姜湖看后笑出了声，莫名看出一种委屈的味道。她裹着薄毯下床，走了几步，松开扯着薄毯的手臂，毯从她肩膀处滑坠。姜湖赤条条踩在地毯上，从一旁的落地衣架上摸了条松垮的背心裙穿好。

她往浴室走，顺便扫了眼时间，时针差一丁点儿就要指向十点。看到十这个数字，姜湖蓦然停下脚步，瞿蔺不会是八九点钟才走，她虽然并不知道他什么时候走，但她很笃定，他会起得很早。

可现在已至十点，瞿蔺仍未回来，好像哪里有不对的地方。姜湖直觉如此，可她没有答案，太阳穴处嗡嗡吵嚷几声，她想不出什么东西来。

姜湖眉峰刚蹙，有敲门声响起，她松了口气，踱过去开门。出现在门后的却不是未归的瞿蔺，而是让姜湖颇觉意外的，此时不该出现在这里的时酒。

见姜湖开了门却不做声，时酒单手撑着因青砖表层风化略显斑驳的墙，问道："这么看着我，这意思是不欢迎？"

姜湖没有即刻闪身让他进门，看着时酒那张花儿一样的脸也没有笑意，上次见他，是被他坑。

时酒也不介意：“站外面说也行，反正方圆十里除了拉屎的鸟儿也没别的能听懂人话泄露天机的东西。”

时酒调子轻松，但眼周都是青影，是夙夜未眠的象征，嘴张开后更是大大地打了一个长长的哈欠。一个历来重视仪表的人，弄成这样，是有事儿。

姜湖轻摇了下头，忍他，放他进门：“来面圣怎么不预约？”

时酒长指轻轻摩挲下巴，长笑一声：“哎，小二，我刚发现我和你哥从小干了件错事儿，没给你树立起长幼有别的阶级观念，你对我这样的前辈说话用这种词儿对吗？”他没客气，大喇喇地坐在姜湖搁在客厅内的竹编椅上。

姜湖睨他一眼，放任他的作为。

时酒精明，不止于从商，他从小就是人精。他打量了姜湖这房子一圈，嗅了一下室内的味道，已经有了些八九不离十的猜测，他和姜行看着长大的闺女，知道带人回窝了。

姜湖没跟他掰扯，她不问，时酒也不再吭声儿，坐在竹编椅上看她慢条斯理地整理工作台上的文稿。姜湖整理得似乎有点儿忘我，好像忘了他的存在。

时酒坐姿换过两回之后，有点儿憋不下去了，最终咳了一声主动开口：“别无视我，哥找你有事儿。”

姜湖清冷的声音随即传来：“你已经给我惹过一次事儿。”

时酒又咳了几声，咳得有些做作：“那你再忍我一回。”

姜湖轻呵一声，但最终她还是给了时酒机会：“行了，麻溜儿说。”

时酒就不再客气，说道：“茯苓有个外派名额，你劝一劝，让她接手，别直接放弃。”

姜湖道：“给我原因。”

时酒沉默了一下，而后回道：“老头儿年纪大了，身体也差，不经吓。她继续在我跟前儿晃，我会忍不住公开和她乱伦，如果气死老头儿，谁都活不安稳。”

姜湖无话可说。

叶茯苓是时家已经公开认下的女儿，即便没有血缘关系，那也是时酒的妹妹。时酒面上轻浮，但对长辈从来尽心，姜湖并非不知。

七十年前，时家先人从战时陪都重庆艰难留下了一脉，如今在南山圈里谨言慎行，重门楣礼教，忌讳风言风语。叶茯苓的出现，已是破了许多例。

时酒声音淡然：“我不是自己手下那些机器人，没有解决疑难杂症的程序，忍不住的。”

他下一段话说得正经：“小二，你应该也知道，从前她看上那个人的时候，就挺没心没肺的，对方拒绝得直接，她也不灰心。认识了我，我把她从那个坑里拽出来，她对我坏的时候挺不长心。上个月她良心发现之后，我发现我把她带进我这个坑里来了。最近我对她够不好的了，她也不知道疼，傻了似的，不离我远点儿。”

他越说音量越低，最后像是呓语。姜湖身为旁听者，那片平静的心湖，也被时酒这声声呓语激出了数圈涟漪。感情，是最由不得人控制的，人不是心肝全无的稻草，没办法将它完全隔绝在自己的世界之外。

姜湖等时酒自己平复惨淡的情绪。没多会儿，时酒下了结语：“你的话她听，帮我劝劝她。”

姜湖：“那你呢？”

时酒：“……”

他开不了口让她走。姜湖顿时感觉手中的文稿有些重了，再开口时态度变得配合不少：“她听的不是我的话，她听的是她觉得对的话，我只是恰好和她有一致的想法。”

时酒抬眸看姜湖，略带茫然。

姜湖说：“我和茯苓之所以是朋友，关系还维持了这么多年，是因为我们像。”

时酒想要问她些什么，却不知从哪儿开始问起。姜湖等他，他不问，她才继续说：“如果是我，如果对方招我入了坑儿，我会希望他坦诚，我愿意听他说，而不是听第三个人说。懂吗？”

时酒说：“没那么简单。”

姜湖说：“那也简单，对方的决定和念头不对我说，也没什么，无非是我自己坦荡的真心喂了狗，对方在我眼里也就是他自己感动自己，万事儿闷在心里的混蛋。”

时酒：“……”

姜湖说：“还要不要我劝，你好好想想，想好了告诉我。”

时酒思索了一会儿，姜湖将手里的文稿扔了。再过一会儿，时酒喊她：“给我上了一课。”

姜湖说："别给我扣帽子。"

时酒又说："行吧，我自己来。也卖你一个消息，要是我没猜错的话，程姨对你的人下手了。"

姜湖问："什么意思？"

所谓动了她的人，是指哪个人？时酒思忖片刻，挑了他目前得知的信息里最平淡的一个来说："你的人里有内鬼，我见过次数最多的那小孩儿，就是戴眼镜那个，不记得叫什么了，昨晚挺晚的时候，我在院儿里见过。我瞧着他和程姨关系挺近，你注意点儿，别被人卖了还不知道。"

时酒形容的人是朱古，姜湖立刻便能辨识出来。朱古和程佩凑到一起，"内鬼"说不上，但和她有关是一定的。

朱古长了出息卖她隐私？姜湖上次和程佩通电话，还是程佩说要谈时酒惹出来的那个荒唐的婚事，当时姜湖拒绝得很直接，程佩此后就再也没有任何动静，和平时相比，程佩的确过于安静了。

姜湖略一回想，她当初同程佩似乎还说了一句话，自己有人了，但不姓时。思及此，姜湖问时酒："动我哪个人？"

时酒没开口，但他扫了一眼床。

看明白他的意思后，姜湖眼底风云突变，昨夜她才带瞿蔺回来，朱古接着就卖主，好样儿的。

时酒起身告辞，临出门前，他手握在门把上，脚步一滞。他隐瞒了一些事，这是他今日第二次来湖心岛，第一次，是碰巧被程佩借用，当了回司机。那时他见到一个正推门而出离开这间湖舍的男人。

见人出入姜湖的窝，他觉得意外，但程佩却没有。程佩当时凛然的脸色，和适才他在这屋内嗅到的欢好的味道，让时酒完全明白过来，到底发生了什么。长辈掺和进他们几个的事儿，不奇怪，各种鸡飞狗跳，各种硬生生拆散伙的老套桥段他见的多了去了。

让时酒感到意外的是，姜湖的这个男人他见过。此前他带着 OMG 的技术骨干进入核泄漏的山电时就见过，而且瞿蔺让时酒印象深刻。那人比他要年轻，却在一众山电人里有着强大的号召力，挺不符合常理。因为技术岗里德高望重者，多为老者。

蹲了几天点，在后方大本营里观看了前线传来的诸多信息后，时酒才知道，那号召力是因瞿蔺背负着众人的信任而来的。这信任来自瞿蔺在山电的好人缘和好口碑，来自他过硬的技术，来自他在前线时的冷静。众人层层堆积起的信任感，让他有了定海神针般的作用，很得总指挥魏铭的信任与赏识。

机器人一期投放进入尾声的时候，因为交流设备参数，时酒隔空和前线上的瞿蔺有过对话。

时酒未能免俗，曾问过他为什么干这活儿，为什么选择在前线清理核污染。因为时酒听人说起他离开过，既然离开了，他就可以不回来。

瞿蔺没吝言，告诉他三点原因：

“工作罢了，这是本分。”

“上次活下来，是别人牺牲换的，所以这回我没得躲，这是责任。”

“熟悉的兄弟都在这儿，和他们站在一块儿，最安心，这是情谊。”

时酒接着问：“听有的弟兄说以后会彻底离职，参与反核，你怎么想？”

瞿蔺那时给的答案，时酒同样记得深，因为有那么丁点儿意外。瞿蔺说的是：“世界上学核技术的人，恐怕都不是为了弄得更清楚它怎么个可怕法，再广而告之让大家更怕它，而是为了让它变得更安全。”

核的破坏力之大举世皆知，这也让反核声浪越演越烈，生命可贵，反核是人之常情。而另一面，地球上的能源之争愈加白热化，而且很多能源是有限的、不可再生资源。核能作为最有前景的新能源摆在眼前，尽管知道它的破坏性，人类如果只是反对开发，而完全不去想办法利用，这种选择也未必就是对的。

就好像你对一个人动心，你明知前途坎坷，也要想办法去靠近她，追求她，尽管可能会受到伤害。爱，既是福，也是罪。

山电的核事故已经过去几个月，在前线蹲守的前几批人员已经撤换下来，泄漏暂时控制住了，但后续呢？时酒并不觉得踏实。

瞿蔺回归山电时，虽然反应堆已经过了火势蔓延和爆炸最为凶险的一刻，但他刚经历了什么，未来还可能经历什么，时酒去过在杭州举行的那个小型追悼会，在他的可预见的范围之内，悲观占据了上风。

家里人在他刚从山电回归时的兴师动众和草木皆兵，于时酒来说恍若昨日，到了这一辈人，日子太平了，之所以兴师动众，无非是求个安康。

他从小时看着长大的姜湖是什么人，时酒也知道，能被她带回窝里来的人，是她当真了的人。

时酒尽量控制语气，让它看似稀松平常：“你看上的那个人，干什么的？”

直觉告诉他，姜湖并不知晓。

瞿蔺有太多种身份，不知该对旁人介绍哪一个，姜湖只道：“他做什么，有区别吗？”

有，时酒暗自在心里说，但他笑笑：“还问不得了？”

作为男人，他欣赏那个男人，但作为哥哥，那个男人若是妹夫……时酒不想否认，他的理智告诉他，他会反对，他和姜行的立场会是一样的。

姜湖倒也配合：“小事儿，尽管问。”

听了这句，时酒突然回身，凝眸看着姜湖，神色肃穆：“你要是没搞明白的话，千万别懒，记得张嘴问。”

时酒突然郑重其事，姜湖不知该说什么。

时酒记得适才姜湖说过的话，所以他把他想透露给她的另一个信息吞了回去。姜湖说把她带进坑里的人，她会希望从那人嘴里听到那人的坦诚，而不是从旁人嘴里听闻他的二三事。时酒记得，所以他没替那人说。

时酒走了，室内静如深山，他的话里有话，姜湖并非听不出来。可现在摆在她面前的更重要的事，是程佩让瞿蔺被动地见了家长。

有春回这个先例在前……姜湖锁眉，即刻准备出门。

时间倒转回清晨。

瞿蔺打开姜湖湖舍屋门的那一刻，看到了两个顺着鹅卵石小道径直往湖舍走来的人。走在前面的是个高大的年轻男人，眉飞入鬓，鼻骨挺峻。

两道深邃的视线对上的那刻，时酒顿步，瞿蔺亦是。

意外，惊诧，惶惑，担忧……种种情绪随即在瞿蔺脑海中迅疾翻滚，一一碾过他的神经。重逢不足二十四小时，他未及对姜湖说明的事情，眼前竟有一位知情人，他未曾做过这样的准备。

瞿蔺认知中的许多东西在这一刻被命运大刀阔斧地劈碎，他有片刻的茫然，因那些他明知该说但有意无意回避的种种。他怕他会晚上一步，让姜湖先听说了些什么，而不是他对她说明了什么。他还没来得及想更多，便被时酒身后那个年长的女人出声打断了思绪。

程佩穿了件鸭蛋青色的旗袍，精准地说出他的姓氏：“瞿先生。”

这道声音很清冷。程佩已过半百，但身段未被岁月侵袭，一如年轻时的纤细婉约，柳叶细眉也没有让她看上去温和一些。瞿蔺从程佩眸间看到的是质疑，她身上也透出一股不容接近的意味。

程佩凛冽脸色当前，瞿蔺猜出她身份的那一刻，她也自行介绍：“我是姜湖的母亲。”

半小时后，瞿蔺和程佩置身于市内的插花坊内。来时的路上，程佩全程未曾开口说过什么，此刻只有他们两人置身二楼。瞿蔺视野之内，是一簇簇插在玻璃花瓶内的淡紫色欧月，花瓣簇拥着花蕊，未及全面绽开，含苞欲放。

楼后是这座城市几条交错的铁道线，偶有火车压轨的声音透过纱窗传进来，带着一种凝重的岁月感，轰隆轰隆，哐哧哐哧……这声音由远及近，又由近渐远。

程佩问：“瞿先生认识姜湖多久？”

两人认识的时间瞿蔺算得清，能确切到天数，但他直觉程佩需要的并不是他的答案。

果然程佩随即说道：“据我所知，不久。”

有些事需要争取，瞿蔺道：“并不准确，虽然相处时间不长，但相知并不算短。”

瞿蔺双眸炯亮，不卑不亢，满身平和，没有程佩见过的一些青年人身上的精明世故。程佩审视了他一会儿，她在想，如果眼前这个年轻男人有一个长久的、明亮的未来，此刻他们坐下来，会是什么模样，又会说些什么？

但他没有……那只是假设。程佩很快换了个方式，也换了个话题：“脱离旗籍的谢丘（复姓）家，出了许多瞿先生这样的精英人物，遍及各行各业，我钦佩瞿先生先人的育人方法，只可惜……谢丘家人早逝的多。”

程佩查了自己的背景，瞿蔺未感意外。他的母亲谢丘拾，出自晚清名门谢丘氏。谢丘家在北伐战争结束后下了南洋，直到新中国成立后才回归故土，不从商，活跃于文艺界和教育界。生母谢丘拾是位历史学者，专注于奥斯维辛集中营的研究，触及过大量血腥资料，已经身故，年不过四十。

瞿蔺回道：“阿姨想说什么？”

程佩直入正题：“瞿先生在令堂过世时，想必已经记事。令堂走后，瞿先生的父亲是否活得开心，你应该看得最为清楚。”

瞿蔺扣在桌面上的手指一动，他是清楚。父亲在母亲过世后，同瞿蔺说的最多的是当初他驻外，遇到探访犹太历史的母亲的那段时日，说他们的点滴相处，谈他们如何彼此吸引，如何因吸引而加深了解，如何因了解而萌生浓烈的爱意。

父亲也教他遇到心上人要放手一搏，努力争取，因为一辈子可能只能遇到一个契合的她。可情深不寿，父母很快于另一个世界重逢，一家人独剩他自己。

瞿蔺已经听明白程佩的意思，有朝一日，他先身死，而姜湖仍要继续活下去，他留给她的只会是无尽的痛苦。

昨夜从姜湖那里得来的温热都散了，瞿蔺想说些什么，但一时间找不到合适的词语。一个男人，如果许诺给女人的未来里缺少最基本的陪伴，就不是一个对不起能还清的。

程佩继续："不知道姜湖有没有对你提过她去世了的父亲。"

瞿蔺缄默。姜湖没提过，他们有许多事都没来得及做，很多话还没来得及说，这相逢太短，只争朝夕也不够。

程佩："几十年前，就是楼后这条铁路把我带到这个城市里来，我远离故乡嫁给她父亲。我们结婚，那时候说的是要一起过一辈子，但他身上的那套制服，让他只能心许我而身许国。我一直以为自己是理解并且支持他的，但二十年过去了，我被他撇下了二十年，以后这时间也许还会长到三十年，四十年。到现在，我对他已经有了恨意。"

"爱也有，但压不住这恨，它会改变一个人的性格，会让一个人变得刻薄，变得冷漠，我就是一个很好的例子。我开始对子女严苛，插手他们的事情，比如你现在见到我。等姜湖知道，会觉得我干涉太多，我知道，可我仍旧想这么做，因为我不想让她重蹈我的覆辙。"

"我现在见你，意思你应该已经明白了。"

"趁她还没有非瞿先生不可，请你离开她。这话如果我对她说，让她离开你，她会反抗，所以，我请你离开她。瞿先生不要怪我对你残忍，你如果疼过二十年那么久，就会理解我的选择。"

日近中天，这一室的明媚夏光，却罩不住室内两人沉寂的脸色。

程佩没了声音，她在静心等，等眼前人自己知趣退却。就好像多年前的某个午后，在姜行的病房外，她在等某个姑娘自行离开时一样。

那时她蛮横地反对，让她如今依然是个一意孤行的形象，可能有些决定未来看是错的，可是谁又看得清呢？眼前的事，她无法袖手旁观。

话落，程佩将视线从眼前颀长干净的年轻男人身上再度移到窗外。这间花坊后，不知从什么时候起停了一辆出租车，外漆相间的黄白蓝三色。

非营业时间能找到这里来的人，必然是熟识此地的人，而且店员允许这类车辆停进后院等人，只能是因为乘车人的身份是……她的姜湖。

程佩眉微拧，为姜湖的到来。

姜湖会来,且来得快,唯一的原因是在意。姜湖把人往心里搁得总是容易,这些年来,程佩深有体会。当年戴红领巾的小姜湖收人家一块糖,以后就能跳出来为送糖的人当铠甲,替人挡架消灾,经常搞得鼻青脸肿。

她的冷只有面冷,心里是热的,她若觉得一个人好,便会死磕,除非那人在她心里变坏变恶,否则她不会放弃。从她心上拔人,不容易。可一想到姜湖以后有重复自己这条路的可能,程佩就控制不住地想做些什么。

姜湖一来,恐怕这次碰面会以难堪收场,但想起适才同瞿蔺说过的那席话,程佩又松了眉头。也许这是让姜湖了解一切的最合适的方式,谁都不用刻意说,让她自己听。

程佩本决定等,看到那辆车之后,她再度开口。

望着瞿蔺身后那扇无声无息的门,潜意识告诉她,那里有一双眼睛,一双耳朵。程佩看向瞿蔺,再度提醒他:"瞿先生,你们开始时,她对此一无所知,你这样做,对她不公平。"

瞿蔺回视程佩的目光还是平和的,好像一片安宁深邃的海。"对她不公平"这句话落,心里的波涛痛苦地轻翻,没法说抱歉,瞿蔺知道。

他手攥成拳,紧握。

程佩此刻看到的这双眼睛,很像多年前吸引她却将她遗留在这个世界上,又常常在梦里望着她的那一双眼睛,那个她正开心等他归期却等来死讯的那一双眼睛。她们母女为什么都要掉进这样的陷阱?

程佩突然被激出更多的情绪:"其实你不够爱护她,否则不会明知道有伤害她的可能,还去做这些事,去靠近她。"

程佩盯人的视线像针,将人肌肤扎得密密麻麻一圈儿全是洞。"你不够爱护她"这一针在瞿蔺身上扎得最深,他那双今早想为姜湖做饭的手在轻颤。因为不够爱,所以才翻山越岭为她而来吗?身体上被扎的洞太多,每一处都在流散生命力一般,动摇着他稳固下来的决定,和他确立的对自己未来的信心。

明天不会即刻死,所以能爱!他这样告诉自己。

但是后天呢?他能保证每一个她还在的后天,他都能陪她看升起的太阳吗?程佩的话砸在瞿蔺耳膜上,透进他的脑海,质疑着他从贝松离开后,又从山电回到姜湖身边的决定。

他不能动摇……只是,走到今天,他已经失去了这个权利,是否继续下去,决定权在姜湖手里。没有及时坦诚,就是欺骗,这是自己的错,也是自己的罪,是他把姜湖诓进这一场终点不知道在哪里的奔跑中。

可他凭什么？兜兜转转，程佩带他回到最初反复思考过多次，反复犹豫不决，找不到答案的问题，他凭什么？

就凭姑娘看上他，他就要将自己的隐忧传染给她？她并不欠他什么，凭什么让她和他一起过未来不定的日子？

这是一个死循环……有人提起，他便会质问自己一遍，无人提起，他也会深思……反复质问自己这到底是对还是错。眼前的人是姜湖的母亲，再让姜湖因此和母亲生嫌隙，更不应该。

护人不是这样护的，喜欢不是这么喜欢的，爱人不是这样爱的。换位思考，如果自己为人父，为了自己的女儿，恐怕也不会袖手旁观。他理解程佩的出发点，理解程佩的行为，因此更有种铺天盖地蔓延开来的悲凉，心中无比难过。

他情绪激动起来，又突然觉得此前荒唐。拜菩萨那天，许再多的愿，跪再多的蒲团，心再诚也无用……这世界的生老病死爱恨情仇岂是一炷香能决定的？

全是无用功！

他又想到核事故发生时，程工女儿在魏铭面前那惊天动地的一跪，如果拜菩萨有用，小姑娘早去拜了菩萨，就不用去跪魏铭，祈求让父亲从前线撤下来。如果拜菩萨真的有用，全体山电人跪上一跪，哪里还会有核事故的发生？哪里还会有此后让人不忍直视的伤害和死亡发生？

这一瞬间，瞿蔺也想起了自己已然归于尘土的父母。他活着，是二老生命的延续，如果今天这一幕他们在现场，是会骂他自私祸害别人姑娘呢，还是会为他辩解，说他其实是一个好人？这一切没有答案，他们不在了，化成了无知无觉的尘土养育着这片大地，只有他在，只能他自己做出决定。

他知道，姜湖的母亲没有义务谅解他、包容他、把女儿许给他陪他冒这场险。因为是他有错在先。瞿蔺四肢百骸灌入不属于这季节的冰冷，这凉一点点往他心里爬，往他脊背上蹿。

有太多的话无从开口，瞿蔺慢慢站起身。他担心他说什么，都会引来程佩不满，而程佩的不喜，就是他给姜湖惹的麻烦。他已经有愧于她，不想再给她添任何麻烦，但他似乎没有办法不给她惹麻烦。

程佩望着他。程佩的意思是要他离开，瞿蔺知道得给她答复。有些话虽然难以开口，但他无法沉默到底，如今也无法再像在贝松时那样无言地离开。

瞿蔺说：“阿姨，我很抱歉。”

最无能为力的六个字！程佩冷笑一声："只有这个？"

瞿蔺随后在她面前弯下挺直的腰背，一个深深的九十度鞠躬，他腰弯得深，没有即刻起身，就好像那些幡然悔悟的被判徒刑的囚犯，日后向受害者家属道歉。

程佩并不想要这种道歉，她刚想说什么，突然听到瞿蔺坚定的嗓音："不得您的喜欢，我很抱歉，对不起您。觊觎您的女儿，我就有让您喜欢、处理好和您之间关系的义务，可我没有做到，我很抱歉。但我和姜湖，只有她离开我，没有我离开她，您的要求我现在做不到。"

当初在贝松那辆车后视镜里渐渐变小的那个姜湖就在眼前，他再也不会先离开她，永远不会。

瞿蔺弯下的腰背仍旧没有直起。

没有我离开她……程佩听了这几个字，却没有动容，只是冷静地反问："先走一步，死呢，这就不算是离开吗？"

瞿蔺躬下的背轻颤，他慢慢直起身，视线内程佩蹙起的细眉像把刀割在他身上。他脸白如纸，只是重复："我很抱歉。"

声音里的清朗没了，只余低沉："等她不需要我的那一天，才是结束。到时候，才能如您所愿。"

程佩："你离开，未来会出现比你更适合她的人，你想要这时间长到她非你不……"

程佩这句话还没说完，瞿蔺身后那扇门被人从外面推开，木门撞在墙壁上又弹起，发出砰的一声巨响。接着有清浅的脚步声传到瞿蔺耳边，是他熟悉的声音，这脚步一点一点踩着他的心，让它下沉得更为厉害。瞿蔺刚直起的背又垮了一点，不复此前那般笔挺，他不知道姜湖什么时候来的，此前那些话……她听闻了多少。

他错过了坦诚的机会吗？他给她惹了事，她是否能够原谅他？

瞿蔺僵在原地不动，他怕姜湖站在他身旁，又怕她远离他，前者代表他让她为难了，后者意味着他们完了。

门开的瞬间，程佩将视线定在姜湖身上。姜湖眼底平静，手中捧着一束淡紫色欧月，和这房间内摆放的玻璃花瓶中的欧月品种一样，清雅，素净，又带点儿高贵。

姜湖带了程佩喜欢的品种来。她知道瞿蔺和程佩见面，结果不会怎么好，所以带了程佩喜欢的东西来，纵然程佩不缺，但这是她的态度，敬老。

程佩是她的母亲，这是上帝指定的血缘。这一世，她们应该彼此照顾，无论程佩做了什么，即便程佩做的是错的、无理的，她也能包容，但纵容除外。

对瞿蔺……也没什么不同。

室内静极，两秒后，姜湖单薄的身影挤进瞿蔺的视野，姜湖背对着他，看的是程佩。她将手中的花束放下，就放在程佩手边。

她低声问："怎么不聊了？"

程佩仍旧在观察她的表情，没答。瞿蔺伸出手，想要去碰她手臂，但滞在半空，他不确定她是否想要他的接近。

姜湖："不聊了，是因为我进来，破坏了气氛？"

这话一出，程佩立刻喝了声："姜湖！"

姜湖在程佩面前坐了下来，周围的欧月不少，空气中有清晰的欧月香味，萦绕在人鼻端。这味道应该是清香，但姜湖却觉得清苦，挺奇怪的。坐定了，姜湖对背后那人说："你出去，我有话和我妈谈。"

"你出去"这三个字既让瞿蔺忐忑，也让他失措。姜湖这话没有期限，不知是出去一会儿，还是让他永远出去。

瞿蔺动唇出声："姜……"

姜湖截断了他脱口而出的这个名字，她重复："出去。"

她声音不高不低，瞿蔺没从中体会出任何感情色彩，她是厌恶愤怒，还是如常，他没有把握。他愿意等，缄默着，如姜湖所言离开了房间。

瞿蔺走时替她们关好门，下楼走远了些，到听不到她们谈话的地方站好，站成一根孤单的石柱，等待将来席卷过来的湖水。那水是会将这石柱包围，与石柱共存，还是会一泻千里将石柱冲垮，他不知道。

瞿蔺一走，姜湖才开口问："从哪儿，怎么知道的？"她已经从时酒那里听闻一些事，但她想从程佩嘴里得到证实。

程佩没解释，只说："我关心你，有错？"

姜湖轻哦了一声，而后笑了一下："没错，您去年膝盖上的伤犯了，我也记挂你。我们是母女，彼此关注对方的事，能有什么错，不过是人之常情。"

姜湖没看母亲，只盯着眼前的圆石桌面。程佩见她视线低垂，口气软了下来："你都听到了？"

姜湖反问："听到你让他滚？"

程佩："你！"

姜湖抬眸，见母亲脸上有了怒意，改口："基本听明白了，收获还不少。"

两人对视，程佩见她面色安然，但眸底有波动，又叹了口气："这就是你看上的人，你连他是做什么的都不知道，你对自己负责任吗？"

姜湖说："是挺不负责任，您多教教我，我以后改。"

程佩一时无言。

姜湖又问她："您知道他是做什么的，说给我听听。"

程佩说："你知不知道他是核工程师，刚从爆炸过的核电站出来？他进过现场，你知道吗？这还不是第一次，他之前就有过这样的经历，你明白这意味着什么吗？"

爆炸……核事故，即便姜湖不挂念国家大事，此前在各类社交媒体上炒得沸反盈天的核事故她也是知道的。时酒的 OMG 参与过，姜湖明白了为何时酒一早见她时欲言又止。既然时酒知道程佩和瞿蔺碰面，想必时酒也见了他，一样知晓这其中的渊源。

更遥远的记忆里，姜湖从那人嘴里听过"电工"这个词，她问他在国内是做什么的时候，瞿蔺如是说。她一度以为他是玩笑，没有当真。核工程师和电工，差得还是有些远，如果电工前面加上核电站这个说明，会稍显合理些。

姜湖坦承："我不明白。"她又说，"您知道的也不全，他在国外还给人守墓，还挖废墟……杂七杂八干的事儿挺多的。可没一个能赚钱的，不知道图什么。"

核？适才一窗之隔，她从程佩口中还听到了死。不在最前线的时酒刚回来时，时家如何警惕，时酒回来后去参加过什么仪式，姜湖都清楚。那是个追悼会，葬礼，核和死之间有什么关联，不难懂。

想清楚的那一刻，姜湖头皮阵阵发麻。

她又想起在贝松告别的那一日，她问归期，瞿蔺没说，却在她要走远前将她拉入怀抱。那时，他是既想拥抱她，却又犹豫踟蹰的。

有人说过，爱是想要触碰却又回缩的手，那会儿已经是爱了吗？是因为那时他知道自己可能会死，所以才什么都不交代，只嘱咐她好好的？

姜湖抓紧手边的一个瓷杯，手指紧紧缠在瓷杯壁上，很多情绪也刻在她心上。那些情绪在她心房四处乱撞，却被勒紧无法迸发，让她的呼吸一时间重了起来。就像那日在瞿蔺勒紧的那个怀抱里一样，她呼吸变得艰难。

当时不明白的事情，如今都有了答案，可这个答案，姜湖想给负分。

最初是一场萍水相逢，告别时说声再见就好；后来是一场突然的情生意动，可能分离时会有些怀念，尚不至于不能自拔……可世界上又总有些天灾人祸、突发事故、生离死别要催化它在心底扎根长成大树，长成那种圈地为王的大树，让它在心中傲立，谁也无法撼动它分毫。

原来感情这东西也能被催着走，一催千里，狂奔不停。人对生死无能为力，人对感情也束手无策。

程佩接口道："我对你没有别的要求，日子安稳，比什么都好。核辐射是什么，不用我讲，我知道靠常识就足够你明白。今天他是好好的，以后呢？你要一直活在他短命的阴影里？"

姜湖明白，她吸了口气，叫声："妈。"

程佩说："让他走。他甚至没有告诉你。"

姜湖哑声，他是不对，可难以启齿的事情，总需要时间来想想要怎么说出口。姜湖说："我明白你担心什么。身为子女让父母操心，是我的不是。但我认识他的时候，就没想过他会长生不老，他是人，我也是人，有朝一日，我们总有生老病死的那一天。人生总要经历几次死别，区别只是这一天是到八九十岁时来临，还是更早一点就出现。他若死在我前面，那也只是我运气不好。"

程佩："……"

没几秒，程佩很快组织出字句："这根本不是运气的事。姜湖，你想过妈妈这种日子吗？"

这无法假设，她不是程佩，即便面临同样的境遇，她们也不会把日子过得一模一样。程佩遇事时有多坚持自己的观点，姜湖知道，看着她瘦削的肩胛，那是厚重岁月的薄情打磨出来的。那么多年，家里没有一张父亲生前的照片，程佩都收走了，不知放到哪个阴暗的角落里去了。

父亲的面容，在姜湖心里也有些模糊，当时年幼，本身记忆就浅，尚不知生死是大事。如果父亲还活着，程佩如今会是何种模样？姜湖不知道。

但年轻时的程佩，明媚如四月春光。姜湖有时觉得对不起妈妈，她和姜行作为程佩的身边人，没有给程佩力量，没能扫清父亲死后笼罩在程佩心头吞噬光亮的层层雾霭。是时间改变人，还是死别在改变人？她不知道。但姜湖知道，她和瞿蔺，不是父母的翻版，程佩的态度如何，姜湖也一清二楚。

她问程佩："到了他连明天都没有的地步了？"

程佩仍旧只想说服她："这不是冒险游戏，有这种可能你就应该放弃，它的代价不是一堆可有可无的游戏币，你输不起。"

姜湖笑了一声："因为明天可能会分手，所以今天就不应该恋爱？因为明天牵的手可能会变凉，所以即便今天我还想再牵下去，也要放弃？您知道我不是这样的人。”

程佩大声质疑：“姜湖！”

姜湖看她：“来不及了，妈。您让我现在停下来，和他一拍两散，会让我一辈子耿耿于怀。世界不大，我能听到他的消息。如果他真的走得早，我也无法庆幸自己不用面对那一幕；如果他命好走得晚，我一定会后悔，当初我为什么要放弃。”

程佩：“……”

日光铺得快，姜湖的背影浸在烫金色光晕里，程佩已经知道这件事的结果，但她仍旧不愿接受。

被日光扫得更亮的室内，姜湖说道：“妈，在这个世界上，他没有别的亲人了，只有我。他活着，您多个孝顺女婿；他死了，我多个清明怀念的孤魂。对您来说，没什么亏的。对我来说，只要人还活着，以后会发生什么，都可以期待，在无限的可能里，说不定会遇上好的那种；遇上不好的，挺挺也就过去了。我不是那种要死要活的人，给您养老，不成问题。”

程佩还想说些什么，但面对此刻的姜湖，那些话都不合适。

姜湖继续说着：“有件事麻烦您，以后总归还是要见面的，‘死’这个字，别再提了，我最近挺迷信的，有忌讳。”

程佩没有拒绝，她也知道姜湖并不迷信，如此说法，只有一个原因，就是姜湖不希望有人听后难过。程佩抗拒这样的结果，她知道，这回姜湖是动了真格儿的，这个男人，她要护着。

说完了，姜湖直起身。站起身的那刻，望着坐在对面藤椅上的程佩，看着程佩瘦削的陷在藤椅里的身影，想着她撵出去的那个人，姜湖被夏光晒了许久的背一颤。她背光站着，表情隐在暗处，但程佩仍是可以捕捉的。

程佩听到姜湖说：“妈。”

程佩嗯了一声，姜湖直直望着她，程佩突然有些不习惯这样的对视。姜湖倒也没盯她很久，目光在她五官上瞄了一番便离开。

姜湖道：“知道我有人了，而他可能不能伴我到七老八十，有没有那么一刻，您是想安慰我的？”

不是反对，而是安慰。她是人，会有情绪，有七情六欲，会难过，也会有担忧，即便她不说，但会有。突然得知一个不好的消息，她也需要消化，并不能瞬间接受。即便她的肢体语言不曾表现出来，可她心里也会翻江倒海。

程佩：“……”

姜湖也没寄希望能等到一个肯定的答案，她很快自嘲般笑笑：“我走了，下次您需要见我撵出去反省的那个人，顺便连我一起见着吧，别给开小灶了。”姜湖话落便转身。

程佩心底五味杂陈，她喊：“姜湖。”

姜湖停下脚步，等她说，程佩最终却什么都没能说出来。有些原本应该自然而然流露出来的关心，因为时隔太久不曾表达，她已经不知道该如何开口去表达了。

原来人的天性都可以钝化。

姜湖从房间里出来的时候，二楼的木楼梯旁，没有人影。花坊的经理人是程佩的旧友，见姜湖现身，指了指一楼的木楼梯后面。姜湖知道，那里有一扇后门。

姜湖微颔首，朝那个方向走过去，她的脚步不轻，甚至刻意放重，离得近了，能闻到一股浓重的烟草味儿。姜湖骤然止了步，原地转身往回走。

脚步声从渐行渐近，到忽然越来越远只不过一瞬间。瞿蔺来不及碾灭烟头，他从门外钻进来，从后面拽住姜湖的手臂。

瞿蔺面对的是姜湖的后背，脚步声停了，近处的铁轨也一片静寂，无列车驶来。静默如帷幕降在两人四周，将他们围圈起来。

瞿蔺望着姜湖冷漠的后脑，开口：“姜湖。”

姜湖沉默。在她的沉默间，瞿蔺拉住她那条手臂的胳膊一点点紧绷起来，他想用力，又怕惊扰她，只好将力道死死地锁死在上臂。

他说了一个名字，然后就没了，姜湖冷声问：“无话可说？”

见她仍肯回应，瞿蔺手腕发力，将姜湖拉到身前同他相对。他的手臂搭扶在姜湖腰侧，没敢圈紧，但也不肯放人。他的声音绷得很紧，似每一个字都是深思熟虑后才敢说出口：“有，你听我说。”

姜湖听着。

他说两年前那次险境脱生；又说几个月前和众位兄弟一起以身犯险；还说如今已在安全范围之内，不然同旁人的任何肢体接触，都不能有……

他说了很多，姜湖一直安静听着，没有回应。

瞿蔺说完了，只有等，但终究还是等到了。姜湖问：“我带你回我家，是什么意思，我说过没有？”

她说过，瞿蔺记得，他此刻只能张口，却发不出声音。

姜湖说：“你以为我是及时行乐，一时兴起？以为我只要今天不要明天？以为你活不活，死不死我不介意？你和我没有什么关系？”

瞿蔺：“姜湖，你知道……”

姜湖斥他：“我不知道！”

她无法平心静气，所有的沉静都葬送在下楼的那段路上，此刻近乎怒吼。瞿蔺搭扶在她腰上的手收紧，变成箍住她。

姜湖道：“你以为我当初和你睡，现在和你睡，是因为我需要性爱，还是为了报你挡枪的救命之恩？你就是这么想我的！所以不需要同我说明白你经历过什么，以后可能会发生什么。”

瞿蔺无力地辩解：“我没有。”

他开始恐慌，比此前察觉姜湖要走远时，心跳得更快，姜湖就在他身前，他却觉得快要抓不住她了。

姜湖盯着瞿蔺，忽地抬头，对准他的唇：“因为我不知道，所以我不会更珍惜今天的每一分、每一秒。你知道后悔的滋味吗？我真想把你的血管咬烂，看看里面流出来的血是不是冷的，是不是黑的，是不是没有良知的！”

因为不知道余生有多长，因为没有好好珍惜，将来会后悔今日未曾把握好每一分、每一秒，那种后悔时百虫蚀骨的滋味，姜湖不想品尝。一段Amandine记录在纸上的故事，已经让她感悟过一遍，生命留给人的时间不多，只有从生到死之间短短的一点长度，趁活着，要好好把握生命的一切。

姜湖有位业内前辈说过：生命并不是你活了多少日子，而是你记住了多少日子，你要使你过的每一天都值得记忆。

人活一世，钱带不走，物带不走，能带走的只有回忆。痛快地活过的日子，才是真正的生命。

姜湖没有把话全都说清，但瞿蔺在慌乱过后却一一听了个明白。血冷，是说他冷血；黑，是说他心是黑的；没良知，是说他没良心。她在说她愿意做有他在的长远规划，而他却对她隐瞒，还给她一个日后可能的沉痛的后悔。

姜湖质问的关键点不是他的隐瞒，而是问他知不知道因为他的不坦白会让她多些遗憾。她问的是：他忍心留给她这样的遗憾？遇上这姑娘，是他的福气，这样的福气，值得用命相抵。

瞿蔺心里涨潮，心房一片湿软，瞬间，他便抛弃了那些慌乱，身体和心灵都在齐齐呼唤，要即刻把姜湖揉进他的身体里，此生再不分离。

看着姜湖湿亮的眼角，一股沉痛划开瞿蔺胸腹，这伤不在表皮，在内里。那里血流成河，柔软的五脏六腑哀号遍野，痛得瞿蔺胸腔一麻，腿近乎一软。止疼药近在眼前，望着姜湖浸了潮气的眸，在她话落那刻，瞿蔺劈首吻下去，埋头含住姜湖的唇，将姜湖此后的话全数封堵。

他等不及了，只想立刻和她更近一些。

此前的吻都是细腻地碾压，这一次是疯狂地攫取。交缠的气息带着拼命的意味，姜湖在他撬开她唇后，却用齿杠在他下唇上，用力咬了下去。血腥味很快渗进感官内，姜湖咬得狠，这个吻被迫停了下来。但他身体没动，把姜湖压在一旁的墙面上。

姜湖扫了一眼他沾血的唇，没吱声。

有列车驶近的声音传来，瞿蔺垂眸说："忍一会儿，即便很生气，也别撇下我立刻就走，行不行？我们继续聊聊，用坦白从宽的那种聊法。"

这话里含着些叹息，也带着些乞求。从开始到现在，数不清两人彼此说过几次"聊聊"，这个词，似乎就没离开过他们。

人是要沟通的，相爱的人尤其需要。

姜湖尝试动腿，没说行，也没说不行。瞿蔺挤着她的那条腿压得她严实，动了也白动，她根本动不了。瞿蔺那话像是要商量着来，但办的这事儿，分明不给人别的选择。他这样专制不是第一回了，很久前，她巴掌扇过了，刚刚，咬也咬过了，姜湖不想再动他一厘一毫。

姜湖抬眸，缓语冷言："我累了，这里也是我的地方，我不会走，谁该走，用不着别人教。"

视线交错，姜湖不再和他对视。瞿蔺安心听着，而后低低哦了一声。

姜湖继续说道："你没什么东西留在我那儿，不用跟我回去，我们俩……就这样吧。"一番话说得认真严肃。

就这样？她不要他了？听到这里，瞿蔺眼皮狠狠一跳，她决定两人从此一拍两散毫无关系了吗？瞿蔺试图说点什么，唇瓣颤动，声带却僵滞着。他僵硬地站着，没走，姜湖也没再度催他走。他小心翼翼地碰了姜湖手一下，姜湖没甩开，他心里终于松了口气。

他随即说："我刚把自己的腿敲断，除了留在你身边，别的地方哪也去不成了。"

姜湖仍旧满脸漠然，这是坦白从宽？这分明是花言巧语。她给他喘息的时间，现在，他不像刚才那么慌张，这是又能生事了？

这沉默漫长，隔了一会儿，瞿蔺又道："你招我的时候，没有顾忌，我来找你，想过告诉你一切，我有所顾忌。说实话，我有点儿……怕。"

最后这个字，蹿到姜湖心尖儿，晃着。

瞿蔺继续着他那坦白从宽式的聊法："人都有趋利避害的本能，我也有。我怕你知道我这儿水深，就不来过河，我来了，又怕你不肯接手。我该……怎么办？"他接着说道，"你要是瞧不上这样儿的男人……"

姜湖告诉他结论："是瞧不上。"

瞿蔺又哦了一声，而后说："好，你瞧不上。"又问，"那我改，你看行吗？"

瞿蔺仔仔细细看着姜湖的表情，不敢漏掉一丝一毫。姜湖起先无动于衷，脸色平静，而后唇角染了些微讥笑，最后唇角拉平。她回视瞿蔺，反问道："所以呢，你改你的，我凭什么等？"

瞿蔺拧眉，姜湖掐的点儿很准，他凭什么？

他眉宇间的挣扎，姜湖看在眼里，见那蹙起的峰峦层层叠叠，云遮雾掩。有这么难？姜湖不想继续逼他，那没意思，她也不想看他钻牛角尖，更没意思，如果她真的不想要了，更不会同他废话。他们这一路走来，已经走过的路何止千里万里，没完全走散，实是不易。

姜湖为适才的漠然收尾，平心静气地送了瞿蔺一句话："不凭什么，就凭你对我的心是真的。"

爱应该是让人骄傲，而不是让人胆怯的。姜湖替瞿蔺答了这道难题，他觉得难，她从始至终觉得简单。陷入纠结中的瞿蔺在听到这话的那一刻，眼一热，瞬间得到解脱。

你懂柳暗花明的意思吗？你真正心动过吗？你被人温暖过、庇护过吗？瞿蔺懂，心正在动。有的人终其一生都在寻找的东西，他有幸在前半生就遇到了。姜湖这句话，给瞿蔺无处安放又自我否定的心里点了一盏指路明灯，所有漂浮不定的东西，都在此刻找到了栖息之所。

瞿蔺忍着满心欢颤，还了姜湖一句："凭那么好的一个姑娘没嫌弃我。"喜悦藏不住，从眼角眉梢都要溢出来。

姜湖听后不咸不淡地嗯了一声，略嫌弃地呛他一声："够了。"

瞿蔺单手拢住她，回道："还剩几个字想说完……"

瞿蔺停顿了一下，姜湖等他。他克制着身体内的那些渴望，亲了亲她的额头，郑重说道："谢谢你。"

谢谢你出生！谢谢你让我认识你！谢谢你在这欲望横流、歧路四布的尘世长成如今这般坚定美好的模样！人世漫长，谢谢你在茫茫人海中与我牵手共度！

姜湖的手被瞿蔺攥热了，心情也渐渐平复，斜他一眼，说道："走吧。"

瞿蔺问："去哪儿？"

姜湖回道："烧香。"

他攥着她的手更紧了些。姜湖懂他的心理活动，说道："别急着内疚，不是你让我提心吊胆了，是我好奇。"

瞿蔺却并没有觉得轻松。

姜湖又问道："没杀过人放过火，是吗？"

瞿蔺回："没有。"

姜湖嗯了一声："我也一样，所以好奇。我俩都没作奸犯科，都非十恶不赦，想知道我们祖宗拜了几千年的老天和菩萨，对我们会怎么样。"

瞿蔺攥着姜湖的手，将她的手放进他的上衣口袋内。现在，即便这世上很多事无法承诺，比如人的生老病死，但在那些意外和险途来临时，任何时候他都有勇气，都能做到决不自我放弃。

瞿蔺问姜湖："这附近有好说话的菩萨？"

姜湖回道："现打听。"

瞿蔺说："我原来认识几个，挺灵的。活下来，找到你，都实现了。愿意跟我去看看吗？"

姜湖问："哪儿？"

瞿蔺道："我生我长的那个城市。"

那是他许过愿，且实现了的地方。

第十章　世界以痛吻我

风起叶动，两人定下去瞿蔺的故乡拜菩萨。定下行程，姜湖便跟随瞿蔺去宿阳那儿接柴大爷，顺便拿瞿蔺留在宿阳那里的零散物件。

宿阳住的地方在城中半坡上，遮天白杨挺立，矮楼掩于葱郁的叶片下，周围是一圈民国风的平宅大院，镂空的墙体刚漆上的颜色像水洗过的翡翠，绿得散着光，耀人眼。这么绿的地方，姜湖看着略觉扎眼。

门开了，宿阳顶着一头鸡窝和快掉到下巴的黑眼袋出现，同昨日姜湖见过的那个乖巧整齐的形象相去甚远。姜湖眉轻皱，瞿蔺见宿阳身后那满地的零食袋，大脑嗡鸣两声，下意识地去关宿阳刚推开的这扇房门。

瞿蔺歪头对姜湖解释：“他是兼职程序员，恶习多，体谅一下。”

宿阳明显睡眠不足，他刚缓过神来，闻言伸出胳膊挡在门框上。瞿蔺收了拽门的力道，印着图腾纹的乌木门板还是夹了宿阳手臂一下。

宿阳轻嗽了一声：“咱俩有仇吗？”

瞿蔺只啐他：“随时可以有，这算什么形象？”

宿阳呵呵笑了几声：“把你帅瞎了吧？”他转而换了表情，微微一笑，语气柔和地对姜湖说，“嫂子，我真是偶尔才这样，这绝对是特殊情况。”

姜湖看向瞿蔺，瞿蔺回视她，说道：“你当他说的是真的也可以。”

宿阳白他一眼。姜湖又打量了宿阳几眼，淡笑了一下未置可否，只觉得这种沟通略嫌幼稚。

瞿蔺和姜湖随后进了门，把门关好，宿阳即刻向瞿蔺控诉：“客厅这乱象别给我踩坏，我特意保留着这个案发现场，就为了给你看，这可是确凿的证据。”

姜湖打量四周，通体白墙，黑色的硬装，有工业风的蜂窝吊灯，簇成一团半挂在博古架上的大叶绿萝，深棕木地板上横七竖八躺了不少被撕碎的零食包，以及摔在地板上碎成渣的小糕点，还有满地的食屑，怎一个乱字了得！

宿阳指了指不远处的水滴状懒人沙发："那玩意儿干的，你考虑考虑怎么赔我，往多里算，我好勉为其难给你打个折，显得我更有人情味一点儿。"

宿阳指的那个懒人沙发上，站着下颚轻抬，头部右倾约十五度，正盯着他们看的柴大爷。宿阳手臂伸长指过去，三道视线齐刷刷投向柴大爷。柴大爷感应到，往右偏的头顿时改为往左偏，还是大约倾斜十五度，但动作极慢，像是慢镜头一般。

宿阳见状在原地蹦了下，暴走："靠，这小不点儿成仙了。"

柴大爷的习性瞿蔺大致了解，他指出关键："你踩它尾巴了？"

是踩了，但纯属意外。宿阳瞬间绿了的脸让瞿蔺确定了答案，他又道："那它这算是正当防卫？"

好歹也得说是防卫过当吧？宿阳看了看瞿蔺那张没什么人性的脸，又望了望柴大爷那张不把自己当狗的脸，最后目光锁定在看起来最纯良的姜湖身上。

宿阳喊："瞿蔺。"

人和人之间的感情被摧残后哥是叫不出来了，他问："你当着嫂子面欺负人合适吗？"

一直沉默听戏的姜湖此时替瞿蔺答："是不合适，但他不算欺负你。"

姜湖一脸正义，瞿蔺随后勾她手。

宿阳被暴击，这形势……一对三，他输。呆了两秒，他狠狠抓了把头发："得，我去睡，有事儿给我留条儿，贴门上就行。走的话千万别忘了捎带那狗公子，我就不爬起来送你了，反正你也不见得稀罕。"

说到最后语气竟有点儿委屈。瞿蔺笑笑，砸了他肩膀一捶。

宿阳很快把自己关进卧室。瞿蔺开始清理柴大爷的杰作，替宿阳打扫一片狼藉的客厅。他看向柴大爷，一向喜欢蹭人腿的柴大爷还蹲在懒人沙发上没敢往下跳。柴大爷很乖巧，给它一个眼神儿就知道自己犯错了，所以它乖乖地在原地站着，不敢轻举妄动，很安生。

姜湖问："你这朋友怎么认识的？"

瞿蔺回道："大学时凑热闹参加了一个比赛，他是老二。他不太服，来找我，我见他长得天真无辜年纪也小，就把老大的奖杯送给了他，顺便和他聊了聊人生，从此捡了个哥做。"

聊人生，看不出来，他还能干这差事？姜湖总结认识瞿蔺后她一一见证过的事儿，觉得他这人一向爱管闲事儿，也不怕招人嫌。

一地凌乱很快被规整好，瞿蔺进侧卧室去拿为数不多的行李。他带来的物件少，主要是些证件。姜湖也跟了过去。柴大爷的视线跟着他们的身影走，但身体还是像黏在沙发上一样没挪地儿，直到它看不到瞿蔺和姜湖的人影，把视线也收了，团成团趴好。

侧卧室面积不大，纱帘拉合，光线从薄纱后透进来，室内因这一层烟纱暗了几度。床上的薄被折成了方块儿，像姜湖在伽米见过的那床一样。瞿蔺弯腰从床底往外拉着军用背包，收拾客厅时瞿蔺脱了外套，穿的T恤不长，此时他弯腰弯得深，T恤下摆被拉上去一截，露出窄腰后一小片肌肤。

昨晚后来暗了灯，姜湖未及看清，现在她看着他，喉咙轻滚，清了下嗓子，问道："包里有什么？"

瞿蔺起身，回头："狗粮。"

完全在她意料之外，姜湖挑眉："迟早惯坏。"

瞿蔺笑了一下，微摇头："未必，以后有你，万一惯坏了，你再调教回去。"

鹦鹉和柴大爷相冲，闹得欢腾，昨夜已经被宿阳紧急送返到专业人士走周那儿暂时寄存。

整理好柴大爷和其他东西，两人便准备告辞。按宿阳的吩咐，瞿蔺没敲他门，没有同他话别。瞿蔺离开前将来时带的礼物放在了宿阳的卧室门前，方方正正的一个檀木盒子，里面放的却是与外观全不搭调的赛车模型。

外古气，内现代，两种有冲突感的东西结合成为一体。瞿蔺俯身放木盒时将周身雕了一圈藤蔓花纹的木盒打开，回身问姜湖："看看？"

姜湖对这些事情懒得过问，只是自然而然地扫了一眼，没有表示出格外的兴趣。她有那么点儿意外，这类模型，是姜行小时候的玩物，她本以为木盒内会是个古董器物，没想到，却是个模型。和瞿蔺包里存狗粮一样，这种搭配让姜湖觉得意外。

瞿蔺随即将木盒合上，小心放下，说道："让你看，我是想让你知道，我在做什么。"说好了改，随时随地坦诚交代，是第一步。瞿蔺说得认真，黑眸一瞬不眨望着姜湖。

姜湖视线在他沉静的脸上定了定，末了眨了眨眼问道："他几岁？"

瞿蔺回："二十四。"

已经不算小。姜湖眉一皱，觉得他不仅惯狗，还惯着人。脑海里的印记一翻，姜湖想起那天在勒革的初见，瞿蔺也在惯人，他为了哄挑食的孤儿唐云，扎一头红巾出场，让她以为来的是个身材魁梧的女人。那个时候，谁能预料到今天？

瞿蔺见她眸底溢笑，问：“你笑什么？”

姜湖回过神来：“年纪算大，但人没长大。”她是评价喜欢赛车模型的宿阳。

瞿蔺微眯眼做思索状，也笑了一下：“宿阳的观点是，你们喜欢他这样儿的可人弟弟。”

姜湖表情冷静了些，微摇头，直直望着他说：“这观点有错误，别人我不清楚，我喜欢你。”她没带羞怯，如同评论天气。

瞿蔺听后吸了口气，心一震，麻了下，而后跳得更欢。

还拿什么包裹？瞿蔺听从身体的召唤，松了手里的背包，一步一步坚定地靠向倚墙的姜湖。姜湖迎眸看着他，瞿蔺垂眸，目光落在她脸上。姜湖猜他接下来的举动，很快，瞿蔺抬手，屈指，指节蹭了姜湖唇一下，指蹭得既润又热。

粗粝的肌肤刮过来，姜湖拧眉：“占我便宜？”

瞿蔺笑着嗯了一声：“以后还。”

姜湖问得清楚：“还什么？”

离得近，瞿蔺能感觉到姜湖扑在他颈口和下颚的温热缠绵的呼吸，这么近下去，还真要按捺不住，无力把持。

瞿蔺淡淡道：“我。您看成吗？”

成吧，虽然勉强。姜湖又眨了下眼，眉挑起来，视线往他身后宿阳起居室的窗子一瞟：“窗帘没拉，办你我不想让人围观。”

瞿蔺呵笑一声，抬手揉了她发顶一下：“这就占回我的便宜？你占回去了我再还可就是倒贴了。”

姜湖凛目：“不愿意？”

瞿蔺表态：“瞿某不敢。”

话是如此，可眼下地方不对，一开始就没法停下来，谁都没再越过界。

瞿蔺还是不甘心，重新提他的背包前，探出手捏了姜湖的丰臀一把。姜湖牙一咬，一低头，见柴大爷正蹲在地上忧心忡忡地向上看着他俩。

和柴大爷对视一眼，姜湖决定不跟瞿蔺计较。

适才晴空普照，阳光如瀑，他们要出门时，室外阴风已然刮来烟雾般的细雨，整座城市笼罩在细密的雨幕中。如果不是建筑物的线条硬朗，倒很像古人留下的写意画里那些成片的青黛色。

瞿蔺从宿阳那儿顺了把长柄黑伞，两人一犬站在他家楼下的玻璃感应门前看着外面的雨。视野内到处可见被风雨蹂躏后与枝干分离坠地的落叶，也可见石板路上凹处存水形成的细小水洼。

姜湖将视线从雨幕中抽回来，又看了一下身边的瞿蔺和柴大爷，那把长柄伞和那个军用背包，这是眼下这小片儿世界里和她有关的全部。

“怎么走？”姜湖审视着柴大爷，柴大爷这一身光亮的细毛显然无法和雨水和谐共存。

瞿蔺没有思考如何走，他在回忆，回忆他和姜湖相遇之后，和他俩有关的两场雨：一次下在贝松火烧旅店的那个长夜，有血腥味，有欢愉感，他和她在那一夜里变成了他们，但那会儿心还蒙着迷雾，很多东西不清不楚，不坚不定；再一次下在他离开时，车启程之后她静立的那条公路，那是他们的初次告别，一场不欢而散，有苦涩，也夹着酸。

下雨时，瞿蔺能联想起的和她有关的记忆，似乎都是负面的。这不是他想要的，他希望他俩有美好的记忆，能在以后的每个雨天被她念起，这样才最好。

看着雨，姜湖给出方案：“伞罩不过来柴大爷，别出去，我叫车。”

瞿蔺这才告诉她：“我们在这儿有车。”

姜湖看他，瞿蔺解释：“动物托运手续太麻烦，短期办不全，我自己带它过来的。”

姜湖挑眉问及最关键的问题：“又是快要报废的车？”

她不得不防，那两辆瞿蔺经手的车，每一辆都在姜湖的记忆里打下了很深的烙印，原因无他，因为特色，因为传奇。上面有弹孔，永远在漏风的前挡风玻璃，副驾驶座安全带锁扣变形，被人追尾车骑桥面濒临落水，飞车撞车让强盗车主跳脚骂娘，被烧成框架面目全非死不瞑目……姜湖几乎感觉那一路上是在给前后的两辆车送葬。

瞿蔺轻笑了一声：“这回不是。虽然停在室外后杠被蹭掉了点儿漆，但不老不破。”

姜湖：“停在哪儿？”

瞿蔺回道：“宿阳多余的车位早就发扬爱心送了人，只能停在前面的公共停车场，不算近。”

姜湖还没问，瞿蔺又接着说：“走着去，你撑伞，我背你。”

他又低头看犬：“后面背你，前面抱它。”

背人是因为想背，抱犬是因为柴大爷的脚湿不得。蹲在两人身侧的柴大爷很配合地摇了摇尾巴。

姜湖扫了眼身上的长衣短裤，被背倒无不妥，但其实并不需要。一把伞，够盖过两个人至少半边身体。他要背，人和狗是妥当了，那包呢？

姜湖问："包怎么办？"

瞿蔺指了指摇尾巴的柴大爷："它背。"

那就是所有的重量都压在他身上，在离开勒革的路上，姜湖亲眼见他抬车，知道他做得到。

姜湖问："真想背？"

瞿蔺点头，姜湖欣然同意："好。"

雨仍在落，细密，雨声络绎不绝。瞿蔺脚下踩着灰石板，偶尔踩到小水汪里，溅出一扇水花。柴大爷在瞿蔺左臂弯里屈腿伏着，瞿蔺右臂拢着背上姜湖的臀，姜湖撑开那把长柄伞，罩在他头顶。两人一犬在雨中前行，如行进的坦克。

他脑后精短的头发，带着他身上的精气神，硬，但让人觉得安全，可离得越近，这硬反倒让人觉得越软。伞内的世界里有瞿蔺的温凉，也有姜湖的暖热，还有柴大爷的新奇懵懂。

不需要姜湖牺牲，也不需要瞿蔺牺牲，雨丝被隔绝在这把伞外，没有刮到两人身上，谁的肩头脊背都没被雨丝打湿。

瞿蔺身上挂着一人一犬，稳步走向雨丝朦胧的前方，时间似乎都在脚下被踩慢了。这一分一秒像一帧一帧的画面，慢慢在记忆的大幕上放映，洗刷着姜湖记忆中所有的雨天。雨和瞿蔺的背，以及这把两人一犬的伞，就此连在了一起。

姜湖听着街边下水道里潺潺的流水声，听着树叶被敲打后窸窣翻滚的声音，听着漫无边际的唰唰雨声，也听着瞿蔺稳健有力的脚步声，和她自己的怦然心动的心跳声。

他们离宿阳那栋楼越来越远，姜湖伏在瞿蔺背上问："什么感觉？"

瞿蔺轻托了她一下，脚步未停："指什么？"

姜湖："背我什么感觉？"

此前也背过，抱过，那时是因为关照，此刻是因为想背，负重行走。瞿蔺呼吸丝毫没乱，只是一顿，说道："暖和。"

把自己的女人背在身上，心里的暖流四处喷发，漫过他所有的经脉。姜湖闻言摸了瞿蔺后颈一把，他颈后还是凉的。她又去摸瞿蔺托着她臀底的那只手，手背也凉。

瞿蔺笑问：“摸不够了？”

姜湖收了手，肩轻耸：“顺手。体会清楚了？”

瞿蔺回道：“记住了。”背她什么感觉，他记得清清楚楚了。

姜湖嗯了一声：“那我下去。”

姜湖让他背，是因为知道他想背，但这条落雨的街，和此后的人生，比起让他负重前行，她更想让他轻装上阵，她和他并肩齐走。

姜湖话落就往下挣，瞿蔺顾及臂弯里的柴大爷，没有制止她。她站到瞿蔺身旁，瞿蔺自然地接过她手中那把长柄黑伞给姜湖撑着，柴大爷往瞿蔺怀里缩了缩。

瞿蔺撑伞，抱着柴大爷，和姜湖一齐往前走，走到停车场共用时七分钟。姜湖看到了瞿蔺嘴里那辆不破不老的车，是辆牧马人，后杠确如瞿蔺所言掉了漆，但这哪是掉了一点儿漆？

骗子，姜湖眼里看到的那块儿伤疤，面积大到 16K 的纸都罩不住，这人的车，简直如失常的人，永远只给他人制造“惊喜”。

瞿蔺见她眼神闪了几闪，开口解释：“邻居技术不好，蹭的。”

姜湖看他，瞿蔺强调：“男邻居。”

雨恣意拂城而过，来得急走得也快，半路雨停。

两人没即刻北上京城瞿蔺老家，也没返回湖心岛。车内，姜湖指路，把瞿蔺引向一处藏身茂密林海的军区医院，那里有个人，得让瞿蔺尽早见面，最好就在他们北上之前。

正午是忙着复健的姜行在一天内最为闲散的时候，用他自己的话说，闲得淡出鸟来，没事做，也没人每日陪他掰扯。

复健进展得不算顺利，很多事心有余而力不足，以至于他越闲越看不上自己，觉着自己哪都不顺眼。妹妹姜湖对此只予以“富贵病”三个字的评价，好哥们儿时酒的评价则略高一点儿，他说：“这叫空虚……得要死。”

两人给的建议倒是一致：“自绝吧。”

姜行决定暂且和冷血的他们断绝往来。

二〇〇 × 年夏，暑假。

和警卫连的新人连干几场后，姜湖抱着排球，顶着一身臭汗从院子里的排球场出来。她膝上还挂着彩，是接球时没控制好，摔了个狗吃屎，腿着地伤着了。

她腰上还扎着从姜行衣柜里偷偷顺出来的海魂衫，这衫儿对她而言又肥又大，她不在意。易脏的场合，她一般不祸害自己的衣服。还没走几步，一抬头，就见海魂衫的主人正站在球场外，以玩味的捉奸似的目光瞅着她，瞅着她穿的这件偷来的衣服。

姜行见她过来了，将支在球场外金属网上的腿抽走，嘴里发出声音："吁！"

这有点像农民吆喝牲口，对人是很不友好的，然后是姜行冷冷的讥笑。他跟姜湖说道："本来就没发育好，还要这么穿，简直像饿了几千年，该鼓的地方全他妈缩水，你这是从哪里学来的审美？"

姜湖脸不红心不跳，丝毫没有被抓包的窘迫，毕竟姜行小时摸进她房间偷她的零食也不止一回两回，双方不过是彼此彼此。

她很快从球场门里绕出来，毫不客气，径直将手里的球砸到姜行身上："祖国大西北晒得你脸黑，心也跟着黑了？跟妹妹怎么说话的，教养都拿去喂你的军犬了？"

姜行接球，又拍回去，球在两人间落地弹跳了几下，又准确地蹦回姜湖怀里，正砸到她还在努力长大的胸脯上。

她瞪姜行，费尽力气才忍住没骂，骂他全家和骂他祖宗，都等于骂自己，何必呢，她没那么想不开。

姜行这会儿已经没工夫看她脸，黑炯的眼神早被她膝上的伤勾了过去，见姜湖白嫩的膝盖蹭破了皮，他更没什么好脸色："四肢都不发达还打什么球？净丢我的人，就俩胳膊俩腿你都没本事看好，要你有什么用？我现在可来不及学医伺候你，真是愁死人，愁死我了。"话落，姜行又把姜湖手里那球接了过去，替她拿着，口中啧啧有声，不断地摇着头。

姜湖没好气地推了他一把："装吧你。"

姜行随即笑场，不演了，但依然杵在原地，挡她身前："别对我动手动脚的，你嫂子看着呢。"

姜湖一头雾水，混账男青年哪给她弄来的嫂子？

姜行解释："这么热的天儿，你以为我是在部队蹲久了蹲傻了想你想得不行了，出来顶着个大太阳堵你？我有那么想你？你做梦呢。"

他头往姜湖耳侧靠了靠，趴她耳边小声说："为了让你见她，你是第一个知道的。喏，咱俩是亲生的，哥今儿回来刚把人拿下，立马领她来见你，够意思吧！”

姜行回头指了指球场外的西南角，一棵挺拔参天的白杨树底下，站着一身白裙条儿极顺的春回。姜湖眼神儿好，隔着十多米远，把人从下到上，连头发丝儿都看得清清楚楚。

她看过去，春回浅笑盈盈地看回来。他俩凑一起是顺水推舟的事情，春叔跟了爷爷那么多年，春回和她们一起长大，近乎青梅竹马，只是可惜了人家姑娘，眼神不好，看上他这个混世魔王。

姜湖道：“这嫂子我认识得不比你晚好吗？”

姜行呵了一声：“这能一样？过去你叫她姐，今儿你得叫嫂子。就你这觉悟快别混了，我能指望你和我一块儿宠她？我脑子大概是进水了。”

姜湖不想继续理他，往春回那儿走。姜行立刻提溜着她偷的那海魂衫的衣背，把她给拽回来，言辞疾厉，凶巴巴的：“我话说完了？给我回来！”

姜湖站住，等他赐教。

姜行说：“今儿也是教育教育你，以后我的那个妹夫不让我先过目，你甭想让他进咱姜家的门。就你那眼神儿，你自己看上的……我都不想浪费我的形容词说你。”

姜湖此刻很想踩他几脚。姜行又啧啧了几声，然后问：“听懂了没有？”

姜湖斜他：“不聋。”

姜行补充：“懂了就重复我听听。”

姜湖：“……”

姜行催：“让你说话呢！”

姜湖近乎咬牙切齿：“你未来如果有妹夫，先见你，过你目。”

姜行点头：“早这么乖我还废什么话啊！去，跟你嫂子问好，叫得甜点儿，我这人最不怕恶心。”

姜湖：“……”

真想咬死他。

一晃多年，姜湖兑现承诺，真的带人来见姜行，一偿他多年的夙愿。

去医院的路上，雨停云开，碧空如洗，空气清新怡人。姜湖想着心事，不长时间就到了医院，在医院 B3 层停了车熄了火，瞿蔺方问：“你交个底儿，我这是……要觐见谁？”

觐见？姜湖轻扯了下唇，眸光潋滟："听这词儿，是怕了的意思？"

瞿蔺替她解开安全带，又抬手顺着椅背下滑，轻抚了姜湖的背一下，澄清道："我好意思丢你的人吗？这点儿出息还有。"

他拔了车钥匙，见地下车库里有三三两两的路人穿梭于通道间，手里都或多或少地提着些东西，唯有他两手空空，这不太妥。

姜湖见他视线聚焦在路人身上，懂得他的心思："用不着，他不缺什么，除了妹夫和老婆，后者你帮不了，前者你就是。"

隔着后视镜看了眼坐在车后排的柴大爷，姜湖又提及："春回，记得吗？"

曾经共同经历过生死的老朋友，瞿蔺自然不会忘记，虽然已经很久没听闻过与春回有关的消息。很久之前，瞿蔺问过春回是她什么人，姜湖当初的答案是亲人。

此刻姜湖慢慢说道："差一点儿。他们事成，她会是我嫂子。"

但有些事阴差阳错，总是难成，他们二人年少成双，走到半途却又散伙。当年，姜行远走维和，负伤回国；春回骤然回头，他却已经人事不知。程佩介入，重连两人间的线又断了，一路断至现在。

没能好好收场，那些过往都成了雕在心上的舍不得。姜湖知道姜行要什么，她没过多插手，因为姜行是被甩过的那一个。

军区医院的廊道长，也矮，姜湖和瞿蔺并排走，路过一个个透光的窗，停在尽头那一间病房门前。

姜湖没敲门，瞿蔺跟在她身后，走过卫浴间的门，路过雕花隔断和高大的绿植植株，室内那张一米五的床出现在眼前。姜湖此前还好奇姜行见了人会是什么反应，没想到室内压根没有他人影儿。

她回身看瞿蔺："你在这等会儿，我去找他回来。"

姜行如今能耐还浅，走不远，姜湖话落就绕过瞿蔺往病房外走。瞿蔺却拉住她的手腕，一把将她扯回他怀里，说道："把我自己闪在这儿不合适，我们还是一起去吧。"

姜湖还没回答，不远处的病房门咯哒一声响，被人从外推开，进来的人，是挪了半天汗湿了满背才走回来的姜行。

三人视线在半空中交汇，姜湖没想到，有朝一日，她的人初见姜行，竟是以将抱她在怀里的方式。这是个巧合，但有点尴尬。

刚推门进来，正喘着粗气的姜行见到眼前这一幕时的脸色，和不久前刚刚过去的阴雨天相差无几。他忍了忍，先扫清眉宇间的恹色，眯眼说道："介绍介绍？”

瞿蔺赶在姜湖开口前拦住她：“我自己说。”

姜行没等他说，又跟上一句：“没人进来的话，两位这是要啃上的意思？”

姜湖：“……”

瞿蔺：“……”

又是浑话，这话不算良善，但没人觉得尴尬。

雨过光落，抛洒半室。姜行话毕，视线很快从瞿蔺脸上挪开，调笑的神情散得快，像是压根不曾存在过，顷刻间肃穆起来。

捧在手心儿里多年的明珠让人摘走，需要时间消化。姜行往里挪了几步，倚墙而立，又弯腰揉了几下酸麻的腿，晃了晃僵硬的手腕。身体恢复进展得迟缓，更需要他不断调适自己的心理期望值，免得对自己太过失落。

姜湖只看着，没靠过去扶他，她知道他性子犟，要强，受不住别人帮他。

时酒和姜行是拜把子的交情，姜湖有什么动向，时酒但凡知道一句，就漏不了姜行一个字儿，关于眼前这个男人的信息，自然也不例外。在推门相遇之前，姜行已经知道有这么一号人存在。姜湖这厮远行一趟，短短几天就拿下了一个男人，作战效率奇高，快得让征战多年的他刮目相看。

再度直起身后，姜行扫姜湖一眼，冷声命令：“你出去，人留给我，我俩聊会儿。”

原因和目的一并给出，说得清清楚楚。姜湖眸冷，定定看着他。

姜行没再吭声，目光沉沉，死死压着姜湖看向他的视线。这是没得商量的意思，只等她点头。

姜湖没怵，她还未及说什么，看清形势的瞿蔺握了她手一下，看着她说：“我没问题，放心。”

那两人四目相对，深情款款，姜行旁观着眼前的情深意长，略觉碍眼。

有程佩在前，往后的来者瞿蔺一概不惧。姜湖本就是放心的，姜行即便折腾，终究也和她是一个战壕里的战友。她反攥了瞿蔺手一把，而后往外走，路过姜行时嘱咐：“是来见你，不是干架，你注意分寸。”

姜行呵了一声，他那木拐杖又不在身边，他拿什么干？徒手斗殴？现在的他可没这力气。这丫头倒是心拐外边儿去了，护着别人，没良心。

室内唯一的女人撤走，只剩下两个长身玉立的男人相对而立。姜行指了指一旁的米色软皮沙发：“别客气，别拘束，坐。”他年长瞿蔺三岁，这是早就从时酒那里得来的信息。

瞿蔺没坐，见姜行额间浮汗，他动了几步，给姜行推了把木椅，放了个腰靠上去。将姿态放低，是他的行事风格，对姜湖的亲人，这更是基本的态度。

挺有眼神儿，姜行没拒绝，随即把自己塞进木椅里。姜湖走了，他收了睥睨的气势，坐下也懒散了不少，身体累，走多了发虚。

瞿蔺仍旧没坐，姜行抬眸淡声问："瞿先生习惯站着？"

两道眸光相接，一道是凌厉的审视，一道平和且诚恳。老朋友既然差一点就成了姜湖的嫂子，眼前这人无疑是需要敬重的大哥，该说什么，该做什么，瞿蔺已有定夺。他给出原因："有对不住您的地方，站着合适。"

这不过是两人第一次见面，还没说什么，没做什么，所谓的对不住让姜行觉得稀奇："哪儿对不住？"

瞿蔺语气如常，说道："还没上门经过您同意，就想非她不娶。"

他虽站着，但背轻躬，不是个居高临下的姿态。说话声音沉静，人也静，静得这话像是天经地义一般，坦坦荡荡，无愧于心。

姜行闻言凝眸望着瞿蔺，第一时间没有给出回应，他听到的是姜湖喜欢的那种直白。他好像突然就明白了，为什么世界之大，人海苍茫，觊觎姜湖的人不在少数，而她最终领来见他的却是这一个与她萍水相逢的男人。

有人相爱十几年，只差临门一脚就能修成正果了，却分道扬镳就此陌路；有人相识几天几小时，就能一见钟情，就此尘埃落定。感情的事如何发展，只看你遇没遇到那个能突破你极限的人，如果你从对方眼中能看到飞蛾扑火般的坚定，那你怎么可能放得了手？

姜行很快收回了扩散的思绪，他从时酒那儿得来的信息不止年龄，还有不少其他内容，他有话要说。

他从两人身上巧合的经历开始，开口问瞿蔺："不知道姜湖有没有对你提过，我之前外驻卜勒。"

此地是军区医院，不远处的案几上放着一套叠好的夏常服，姜湖送给春回的那颗子弹的来源，此刻不难猜测。瞿蔺没来得及从姜湖嘴里得知眼前人的过去，但他有基本的推理能力。

瞿蔺认真回道："很多事，我们还没来得及谈。"

这是姜行意料中的答案，他也坦承："那不巧，我已经听说了你的过去。"

瞿蔺瞳孔微缩，又微扩："是有了解的必要，这是对她负责。"

他这么想最好，姜行说道："你去战地，我不知道是为了什么，我带队到卜勒的那一天，在前往驻军营地的路上，就碰到了政府军和反对派交火。迫击炮弹落到我们的装甲车旁，当地平民就在我们车前被炸飞，尸体四分五裂。本来那颗炮是要吃我们的。”

这在中东是常见的景象，前一刻还活着，下一刻就可能横死，满地变数，谁都无法预料明天。和疾病贫穷相比，那些天天为生命提心吊胆，到处流离失所的人群，他们更让人煎熬。

姜行继续说道：“当时手下有个兵告诉我，他觉得这世界上除了想做英雄的人，不应该有人往这些地方扑。他想做英雄，想为结束战争做些什么，所以他主动请缨，后来，他牺牲在了那里。在他即将死去的时候，带着满脸的鲜血告诉我，理想和生命相比，故土和异乡相比，他要命，也要身在故乡的亲人。那是他的遗言。”

没有什么大道理，姜行只是想借这个士兵的个例，说接下来的话：“瞿先生既然只身赴中东，想必不惜命。”

“不惜命”三个字乍一说出，瞿蔺即刻明白了姜行字里行间真正想要表露的意思。瞿蔺的职业，未来的变故和险境可能还有，姜行的本意想要阻拦姜湖冒险。但姜湖如果心意已决，他只能旁观陪伴。姜湖是什么德行，做兄妹那么多年，他摸得清清楚楚，认准了的事儿，有人拦，没有用。但无论她怎么往前闯，好歹还有他和姜家是退路。

姜行的话已经明了。瞿蔺心领神会，给出回应：“我会看好自己，让命硬着点儿，不挥霍她的珍视。”

是个君子之约。姜行收尾：“你记清楚，你今天跟我说过什么。”

他们站在同一个立场，以不同的名义，去爱护同一个女人，两人却又站在背立的两端，各自有自己的考量。

姜行说：“你做不到，我的妹夫随时可以换人。”

没在姜行那里耽搁太久，瞿蔺只身离开病房时，带出姜行要谢客休息的意思。本来就是为了让两人相见，如今目的达成，姜湖便没有再进去。她也没问他们聊了什么，内容必是跟她有关，想必也是老生常谈。

她没问，但进入地下车库后，说过日后会坦诚的瞿蔺自动交代了一些：“聊了你，不方便说细节，只能说到这儿。”

那是两个男人之间的秘密。

车门一开，柴大爷来套瓷儿，蹭人的手背。姜湖受它启发，回身盯了瞿蔺一眼，最终抬手蹭了两下瞿蔺的脸。

姜湖双目澄明，瞳心清澈，她问的话与她的举动毫无关系：“中午想吃什么？”

好像压根没听到瞿蔺说的上一句话，好像适才没见过姜行，神思游移不是一般的快，转眼便从起伏跌宕，转到柴米油盐。

瞿蔺笑了一下，眸光幽暗了点儿，口中说道：“胆儿越来越肥了，都会跳车了。”

姜湖闻言回头，知道瞿蔺说的是柴大爷，但她回头看时，却发现瞿蔺口中跳车的柴大爷仍旧安居车内。她还没质疑，视野骤然变换，一度颠倒，她人已经被瞿蔺徒手托起来，压在车后排座椅上。

适才在车后排的柴大爷，已经自觉跳到前座。姜湖摸瞿蔺脸的那根手指被把她压在身下的他衔在嘴里。他舌一缠过来，姜湖也没客气，把手插进他精短扎手的发间。

瞿蔺松口，问：“硬吗？”

他的发。

姜湖说：“凑合。软吗？”

她的指。

瞿蔺看着她斜开的领口里隐约露出的风景：“没那儿软。”

礼尚往来，姜湖看了看他分开的腿间：“一样，也没那儿硬。”

车厢内面积狭小，不需两人动手，体温自动上升。瞿蔺在上，姜湖在下，她手臂垂在身侧，瞿蔺就像扎进她怀里一样。

这场景姜湖不陌生，她的眼像静水深潭，缓缓说道：“总往我怀里倒，在我这儿安全感很多？”语气寻常。在“江湖”那次，瞿蔺径直撞她进包房，也是往她怀里撞。

瞿蔺听后没顾上搭话，先摁下柴大爷此时从前座探出的那颗脑袋。不解风情的物种，该隐形时偏偏出来凑热闹。

姜湖继续摸着瞿蔺短硬的发，又问：“我以后试着温柔点儿？”

她伸手去碰瞿蔺的皮带，去解，没有迟疑，也无羞怯，一切做得不急不缓，说什么都好似天经地义。

瞿蔺制住她的手腕，问：“上我也算温柔的一种？”

姜湖回：“瞿蔺，我认识温柔乡这词，已经蛮多年。”

瞿蔺禁不住笑，她用词总有新意。他顿了一下，才说：“不用试，这东西你有，我也不缺，你要是缺，也不用试，我给你。”

在伽米，面对那个把相机镜头认成枪的女孩，她有。他中意的本就是她现在的模样，而不是她未来有可能变成什么模样。

眼前多了块阴影，姜湖也没了继续解瞿蔺皮带的意思，只提醒道："狗。"

柴大爷那只脑袋被摁下去后又冒出来，瞿蔺斜了它一眼，柴大爷一脸懵懂中。瞿蔺再度出手把柴大爷那只不圆不扁的头摁回去，同时对姜湖说："狗傻，人再聪明也教不了。"

姜湖又摸他头："随它去，你别随它就好，别傻。"以前的算了，以后别犯傻，尤其不要自我牺牲。

瞿蔺拒绝："你有这担心，合适吗？"他和柴大爷怎么会像？

姜湖没解释，另一只手又去碰他皮带："有件事一直忘了说。"

瞿蔺说道："说说，迟不了。"

姜湖回道："见你那天，我觉得世界上有人长成那样儿我要是还无动于衷，不太可能。"她清楚自己的喜好。

瞿蔺撑在她身体两侧的手臂动了一下，这让他有点意外："那会儿就看上我了？"

姜湖坦坦荡荡嗯了一声："我从那时候起，就做好准备，未来和你有些故事。"

站在安提克的猎猎寒风中，姜湖曾经问过：你遇见我，是什么故事？

因为有故事，所以有几次她让着他，比如他提钱那一回；再比如，他说绳子当安全带那时候，她都没计较。只是那时她亦不知道该是怎么样的过程和结局，不知道那是一时冲动，还是动了真情。

几句话的工夫，姜湖已经弄开了瞿蔺的皮带，她的手深入瞿蔺身下乱摸，用力揉。瞿蔺经不住她的挑逗，她的体温顺着那敏感的部位直窜入他脑部神经线，他一身镇定尽数垮塌……

没有迅速的冲撞，没有进入，只有一次次耐心的抚弄，那种浅尝辄止，那种一次次潮起潮涌，高潮却将至未至，最是勾人。

……

停下来时，身体已经汗湿，姜湖睁着眼，没动，就那么横躺着。这瞬间，她觉得他才是她的温柔乡，她已经开始不分场合、地点，想和他交融。

姜湖又摸了一把瞿蔺的发，短硬的发扎手，让她觉得是把他握在手心。

什么是爱？爱是在一起，合二为一。你既想和他躺到世界尽头，什么都不做，也想和他永远在路上，走遍这世界每一个大街小巷。

当初在伽米，那个当地姑娘 Nissan 塞给姜湖一张纸条，当时看不懂，回来后姜湖特意找人帮忙翻译，Nissan 在纸条上写着：你离开他的话，麻烦通知我。

挺可爱的姑娘，就是想得有点儿多，和她眼光一样。她离不开，因为他对她胃口，活儿也不错——Nissan 没机会。

鹦鹉还寄存在走周那儿，蒋绍仪的家，交给朱古打理。

日沉夜升，从再度光照到日落，等瞿蔺带姜湖北上到达故乡的时候，已是次日黄昏。老旧蜿蜒的胡同进不了车，瞿蔺将车停在宽巷里，两人一犬下车。

瞿蔺看了眼姜湖的脚：“走会儿？”

姜湖望着堆叠在一起的黛蓝色建筑物：“远？”

瞿蔺：“不远。”

姜湖追问：“在想什么？”她觉得他走神儿。

瞿蔺：“想你光脚去追小男孩那会儿。”

那时还在伽米，姜湖哦了一声：“你觉得这姑娘不怕事儿？”

瞿蔺：“我拉了你一把，没拦住。”

姜湖：“手拉不住，那怎么没喊住？”

瞿蔺：“那时候……”

姜湖懂了：“觉得你当初要是说什么，我听不进去？”

瞿蔺否认：“那倒不是。”

姜湖看他，瞿蔺澄清：“我那时候想，你俩打上一架，你能赢。”

这话听着味道可不怎么对，打赢个小孩，似乎也不见得光荣。姜湖还记得，当初瞿蔺劝她只动手，别动口，挺不正常的劝人法，正常人好像不会那么说。

灰蓝色的石砖墙一眼望不到尽头，翘起的高檐一檐接一檐，一扇扇朱门嵌在胡同里，让过路人免不了多看几眼。沧桑感，时间的厚度显而易见。

偶有镇宅的石狮安坐，两侧还有绿色藤蔓攀墙，粗藤不时任性地分个叉，衬托着叶脉苍翠。往里走，胡同内的店铺一家连一家，烟火气息浓郁，新鲜出炉的各色小吃味道交杂，牵动着归人的味蕾。

手举蓝旗的外地导游带领一组老年人走在他们前面，人群浩浩荡荡。瞿蔺牵着姜湖慢慢走，柴大爷随后。这狭长的胡同窄巷和姜湖从小接触的环境差异显著，但这条路她像是走过一般，觉得顺。

经过卖布鞋的老店，坐在马扎上迎客的孙阿姨见了瞿蔺立马站起来：“小瞿回来了？前几天你王姨还跟我打听你，惦记替你修剪门外那棵紫荆，怕它长歪了长丑了。”孙阿姨多看了姜湖几眼，还冲瞿蔺挤挤眼。

瞿蔺只笑：“想你们想得紧，怎么舍得不回来。替我谢谢王姨，丑了没事儿，我给整容。”

路过卖明信片等纪念品的小屋，正拿着抹布擦玻璃柜面的李叔也招呼瞿蔺上前：“你小子有空过来跟我看看门梁上那根儿电线，我惦记着动手改改。”

瞿蔺应下，但劝他：“求求您老，您可千万别动了，每次给您扶着梯子不够我提心吊胆的，我一双手就够了。”

路过卖涮肚的铺位，正吆喝看摊儿的刘姐笑眯眯地审视着瞿蔺和他牵着的姜湖：“这谁啊，女朋友？”

瞿蔺往前推了姜湖一把，手摁在她两肩上：“媳妇儿。”

姜湖微挑眉，后退着踩他，对着刘姐这个外人倒是笑。

刘姐说：“从哪儿拐来的？”

瞿蔺：“您好好看看，没看出来？”

刘姐：“嗬，你姐姐我长了双透视眼？”

瞿蔺没脸没皮地说道：“天上，仙女儿。”

刘姐抓起手边已经打包待扔的垃圾袋就想往他身上摔，见错不开和他站在一起的姜湖，又作罢放下，冲他翻了个白眼：“嘚瑟不死你，没个正经样儿。”

快到院门前，几个戴着老花镜的大爷正在对着棋盘专注厮杀，一直在瞿蔺和姜湖身后的柴大爷突然蹿到前面，冲着其中一个头发全白的大爷跑去，短腿扑在大爷身上。

被柴大爷扑的姚大爷低头看了一眼，顺手摸了摸狗头，又专心盯着他的车马炮，考虑着怎么排兵布阵。柴大爷也没觉得被冷落，胆儿更肥，直接踮脚站着，短腿搭在石制棋盘上，动作娴熟。

一路走来，遇上的每个人都和瞿蔺有话说，连他的狗都不认生。姜湖看着老少通吃、男女无别的瞿蔺，瞿蔺赶忙解释：“我不在那会儿，这小傻子是姚大爷帮我养的，他俩亲。”

走得更近了点，瞿蔺握拳轻咳了一声，姚大爷摘了眼镜抬头看他：“咳什么咳，早瞄到你那熊样儿了，还不抓紧领姑娘进去，没看到对面这几个老家伙的贼眼都长人家姑娘身上了吗？”

还没等瞿蔺说什么，其他大爷抗议：“你看看你，一句话把我们欺负个遍，我们贼眼，那你是鼠眼。”

“你损不损啊你……”

眼看着又是一出口水大战，瞿蔺笑了一下，没管柴大爷，也不去劝和大爷们，领着姜湖快步跨进一旁的院门。

门和院墙隔绝了墙外的温情和吵嚷，拐过隔断，瞿蔺从一扇菱花窗户旁摸了把钥匙，开了院内的另一道院门。一棵巨型古槐出现在姜湖视野内，树干嶙峋，枝繁花茂，扑面而来一股浅淡香气。

瞿蔺给姜湖搬了个木凳，放在树底，凳长且细，不像这个年代的东西。他在凳子上垫了张白纸，姜湖落座，瞿蔺就近蹲在她对面。

姜湖问：“核电站在南，这儿在北，你怎么住？”

瞿蔺回道：“工作的时候，不回来，待在那边，电站附近有个公寓。”

姜湖又问：“从出生就在这儿？”

瞿蔺确认：“基本上，大部分时间是。”

所以见了那些阿姨、大爷，他的角色会自动切换，在他们跟前，他好像永远都是那个他们看着长大的调皮孩子。他仍旧小，仍旧可以肆无忌惮。

姜湖：“小时候很调皮？”

瞿蔺低笑：“怎么这么问？形象哪儿没树立好？”

姜湖重复适才从阿姨大爷们嘴里听到的词：“嘚瑟，没个正经样儿，熊样儿。”

瞿蔺哦了一声，不蹲姜湖对面了，挪到长凳上，把她往旁边挤了挤。姜湖没排斥，给他腾了点地儿。

瞿蔺大言不惭地说道：“他们说话一直就这风格，嘴没有把门儿的，没我讲文明懂礼貌。”

姜湖呵了一声，瞿蔺于是认真讲解小时候的历史：“那时是狗都嫌的年纪，挺熊一个孩子，动不动就老子，爷，爸爸。”

姜湖评价：“中二。”

瞿蔺闷笑：“也对。”

姜湖：“现在是懂事了，没听过你骂人。”

瞿蔺道：“长大了遇到的都是像你这么善解人意的，我不好意思啊。”

姜湖：“……”

贫，对他好点儿，他更贫。

两个人在院儿里坐了会儿，白槐花瓣落满肩头，馨香涌动，圈着两人的光也在浮动。一地花瓣，一地沉静，有种岁月静好的味道。

姜湖提起来这里的本意："庙在哪儿呢？"

瞿蔺道："认家门不如烧香重要？"

姜湖："不如。"

瞿蔺一伸舌头："真迷信？"

姜湖扯了下他的耳朵："有记性？"

说过不迷信。瞿蔺告饶，又捞起她，送到房门前，推她进正门。人还没放下，他口袋里的手机震，瞿蔺让姜湖下来："你先进去参观一下，我爸我妈都在里面。"

姜湖推开门，瞿蔺又说："他们的照片。"

他将手机摸出来，屏幕上出现的是莫石南的名字。姜湖回头，瞿蔺下意识地盖住手机屏，姜湖看到了他的遮掩。

她进了门，让瞿蔺接电话。

瞿蔺划开了手机屏幕，走远了些，靠在院中间的古槐树后才接听。

莫石南也没急，电话接通了，他也没急着出声儿。每次这样，能是哪种事儿，不难猜。瞿蔺脊背紧绷，全身的疑虑从四面八方涌到心尖上，又因为沉重一路往下跌，明晃晃地落在心底，投映在脸上。他在猜，即将要听到的是个坏消息，还是一个很坏的消息，或者不能更坏的消息。

莫石南在那端问："杜老师的祭日，哪天来着？"他说的是上次事故后，已经走了的前总工杜清河。

瞿蔺说："五月十一。"

那一年的五月十一，下了场大雨，杜清河闭眼的时候，雨正瓢泼满地。

莫石南说："瞿蔺，栩栩想生，我们一起去查了个体。"

栩栩是莫石南的老婆，新婚不久。

莫石南说："我刚拿到结果。"

瞿蔺的心里在发颤，但不敢问。

莫石南继续倾诉："中奖了，是……骨癌。"他笑了一下，继续说，"也没什么感觉，一切都他妈挺好的……都挺好的。没有任何征兆，我和别人一模一样，明明是一样的！"

瞿蔺心脏被这话捏着，越捏越紧，像要爆裂，他却没有办法挣扎。那年那场瓢泼大雨，为什么不把所有的遗憾都冲刷干净。

莫石南问："我要怎么办？"

他话落的一刻，瞿蔺眼已经红了。

客厅狭窄，摆件稀少，姜湖在就近那张书桌上，看到了一张斜支的老照片，黑白两色，对比分明。一双年轻男女，互相依偎着对视，弯成一样弧度的眉眼中，有笑意淌过。两人静静立着，仿佛从过去，一直要站到不知终点的未来一般。

相框边缘已经磨亮，像是被人经常拿在掌心摩挲，男人的眉眼同瞿蔺如出一辙。照片中女人的那张脸，姜湖看了又看，仔细审视后，她确定这个女人和她在伽米那栋被炸弹削了顶的楼里见过的照片中的女人是同一个人。

当初姜湖便觉得眼熟，却想不起在哪里见过，如今想起来，她不是见过真人，而是在资料里翻看过。此前蒋绍仪修订一战、二战史，其中一部分关于奥斯维辛集中营的参考资料，就来自这个名为谢丘拾的学者。她投入全身心去翻查那些被尘封的历史秘辛，却也因为接触了太多颠覆人性的血腥场景而红颜早逝。

蒋绍仪曾经同姜湖提起她，和提起张纯如一样，满心都是惋惜。

谢丘拾是瞿蔺的母亲？看了瞿蔺这个空荡荡没有人气的家，姜湖突觉喉咙一哽，一股悲伤自心中升起。她大约记得谢丘拾去世时的年龄，那时的瞿蔺，怎么算都还只是个未经世事的孩子，孩子需要母亲。

Alma 曾经说，他在国内已经没有直系亲属。瞿父过世时，他又是什么年纪？他向生命中的这些至亲一一告别时，身旁有没有人和他站在一起？并告诉年幼的他，他不是一个人，只管勇敢往前走。

姜湖将视线从老照片上收回，她忽然转身，快速推门从客厅里走了出去。

姜湖推门而出时，瞿蔺刚挂断那通越来越沉默的电话。落在他肩头的槐花似雪，他却通体凉透。姜湖几乎是从瞿蔺背后扑撞而来，瞿蔺没有防备，好在脚在地面上扎得稳，没有趔趄。

瞿蔺压了压眼角的一些异样感，笑问：“在里面看到什么了？”

被莫石南一句话瞬间砸哑的嗓子，还哑着，黑而深的眼眸，也暗着。姜湖从背后拥着他，手臂拢在瞿蔺腰侧。她没回答，瞿蔺因着那道已经哑了的嗓音，也没再吱声。

抱了五秒，姜湖手臂松开，垂下去。她手臂离开瞿蔺身体的那刻，瞿蔺骤然转身，望向姜湖那张沉静的脸，手扣在姜湖肩后，再度将她拉进怀里。

刚才姜湖从背面抱着他，此刻瞿蔺从正面拥着姜湖，两人贴身相对。瞿蔺说道:“投怀送抱，是不是看到让你更中意我的东西了?”

姜湖吸了口气，没搭这话茬，只冷静解释:“不是抱你。”而后她说，“我来晚了，我是抱你小时候，抱那个时候的你。”

话没说得太清楚，但瞿蔺已经明白，他心上的凉顷刻被姜湖的话催热了些，眼角也安宁了，不再有雾意朦胧。少时的那些坎坷早被岁月磨平，那些孤身生活的岁月里，经历的风霜雪雨，留下的那些艰难的印记，被她这一抱，似乎都能轻易抹去。人不怕吃苦受累，只要有人怜你、惜你、珍重你。

瞿蔺一只手轻拍着姜湖的背:“那会儿不缺爱，没事儿。”

他倒像是反过来安慰她，姜湖想到院墙外，来时路上和他打过招呼的那些大爷和阿姨，她信。但有些爱是其他人替代不了的，比如父母，比如爱人。

姜湖问:“当时几岁?”

瞿蔺回道:“十岁。”

姜湖道:“我爸，是在我四岁时没的。”

瞿蔺笑了一下:“早一轮遇上的话，有惺惺相惜的可能吗?”

姜湖想了想，说道:“希望不大，你得多点儿耐心。那时候我尚年少，心思敏感，和陌生人不接触，与人交际，觉得可有可无。”

瞿蔺哦了一声，回道:“还是有戏，我那会儿话多。”

姜湖问:“随谁?”

瞿蔺笑:“我父亲,刚才你见过的那些人,当年都喜欢他。他们对我的关照，一大半是因为他的人缘，后来才是因为我自己。”

姜湖嗯了一声，认真说:“挺好，我们俩……你说……”

瞿蔺听着，风静下来，槐花瓣也不落了。姜湖将话接着说下去:“将来那个小不点儿，会像谁?”

她突然就说到了以后，声音清淡如水，瞿蔺搁在她后背的手，闻言移到她脸上。他用指剐蹭着姜湖细长入鬓的眉，轻碾着她的脸。适才莫石南在电话中说过的话，开始在瞿蔺耳中回放，清晰到像是莫石南站在他们身旁，一遍又一遍地重复着:

“栩栩想生……”

“中奖了，是……骨癌。”

“我和别人一模一样，明明是一样的!”

“我要怎么办?”

……

姜湖在等答案，可瞿蔺突然不敢回答，眼里压下的雾又想往上翻。他别开眼，不再看姜湖，但紧握她的那只手没松，他紧着嗓子说："到时候他看谁顺眼，就让他像谁。"

避而不答，姜湖会失望，所以瞿蔺还是开了口。

瞿蔺错开视线的那一刻，姜湖想起那个他避开她接的电话，问道："刚才那个电话，有事儿？"

瞿蔺眸光一颤簸，没瞒她："有。"

莫石南问他该怎么办，他不知道，虽然他不知道该怎么办，但知道他得放下一切去见莫石南。哪怕两个人见面后依然束手无策，只能面对面沉默，但那也是两个人，好过莫石南一个人在遭逢巨变时的提心吊胆。

但瞿蔺也没交代完全："一个朋友，出了事。"

姜湖没问是什么事，只问："你现在就过去？"

瞿蔺嗯了一声，这一刻唯一的暖意，来自他和她对待朋友共同的态度。对方说有事，就排除万难去他身边，人和人相处，要交心的，不止爱情这一种情分。

姜湖问："在哪儿？"

瞿蔺沉声回道："山电那儿，核电站所在地。"

静了一瞬，姜湖说："你希望我打道回府，还是和你一起去？"

瞿蔺心里挣扎着。

姜湖做出决定："你的朋友，我该见一见，那个地方，我也想看一看。"

瞿蔺紧攥着她的手，前路未知，此刻他随心答道："好，依你。"

第十一章　我喜欢他每一点

烧香之事暂缓，两人把柴大爷暂时托付给姚大爷。来也快，去亦快，他们飞身南下。

核阴影仍旧笼罩着这座沿海城市，禁入区的面积与几个月前相比，未有一毫一厘的缩小，还在机场时，姜湖已经感觉到这片土地上的紧张。过往行人行色匆匆，俱口罩遮面，这让她想起年少时经历的那次全国范围的公共卫生事件。

活人，大多畏惧死亡，例外者少。姜湖想起万里之外的安提克，尽管战争已经偃旗息鼓，人们却仍旧草木皆兵。潦草离散的，提心吊胆的，破罐子破摔作奸犯恶的……每一种都不在少数。

瞿蔺和姜湖搭了个专车，往莫石南家去。路上司机不断透过后视镜瞄他们，试探道："从外地来的？"

瞿蔺回道："不是，在这儿亦有家。"

司机长叹了一口气："这会儿大家都惦记着往外跑，肯回来的人少，外地人没事儿更没有愿意往这来的。过去我一天拉几十单没问题，现在连几单都接不到，没人。"

姜湖一直没出声，瞿蔺低声道："事故控制住了，以后会好的。"

司机挑眉："那可不好说，公示的情况是一回事，实际上又是另一回事。这个大家都懂。现在还招募核污染清理员呢，挖那些表层的土。他们电站和部队的人手都不够用的，因为得轮休，每个人待的时间都不会太久。我估计招募也招募不到，只有要钱不要命的那种人才敢去做，像我这种求安稳的普通老百姓可不敢，家里上有老下有小的，豁不出去。你看看广岛和切尔诺贝利，再看看福岛，哪个好了？不过我年纪大了，出去也没有门路，家离核电站也远，好多年轻人搬到外地去住，我就搁这儿待着了。"

瞿蔺搁在膝头的手，感觉到一股暖意，是姜湖将手搭了上去，握住他。

司机还在发表他的见解：“再说，万一我们也倒霉，遇到地震什么的，那样儿还能控制住？”

瞿蔺说：“反应堆外围的安全壳没有那么脆弱。”

司机说：“你也懂？我当时看完新闻就去看书了解情况。我告诉你啊，电厂那些人一个个太磨蹭了，明明可以处理得更快更好，可以……”

一直旁听的姜湖盯着司机用绳捆着的右后视镜，出声打断了他：“师傅，问一下，你这后视镜，怎么蹭掉的？”

司机即刻转了话题，又滔滔不绝地讲述他被人蹭车蹭掉后视镜的经历，姜湖根本就没听进去，只望着车窗外那抹蓝天发怔。有人靠百度治病，有人靠键盘判刑，有人靠刷微博治国，还有人刚看了点书，就以为自己比专业人士更懂得如何处理核事故。可也有人在奉献牺牲，却不为人知。他们用生命为民众筑起安全的堤坝，却总有一些享受着他们用生命换来安全的人，在背后窃窃私语，不断对他们发出质疑。

这就是而今的社会，那些用生命在付出的人们，有没有想过，自己的付出，是值得还是不值得？

出租车停在一片僻静的小区外，暮色已至，高层公寓楼上已经有次第亮起的灯火。触目所及之处，鲜少有行人经过，路寂街静，景象萧索。

瞿蔺牵着姜湖的手进了小区外一家便利店，姜湖未曾插手，只见他挑挑选选，从货架上取下一件件女性生活用品，以及一些速食品。结完账，出了店门，瞿蔺将目光对准街对面的一家花店。

姜湖感应到他的视线，也将目光投过去，问道：“是看空气，还是想买花？”

瞿蔺微躬身，身体伏低了些，气息几乎都吹在姜湖耳后：“看空气，可没有看你顺心。”

姜湖心想，他这又是打算从内敛变成不羁？她转头看瞿蔺，他脸上却是波澜不惊，只是看她一眼，将手提的两个塑料袋放在她身旁的石板上，说道：“等我一会儿。”

姜湖看着瞿蔺黑衣长身的影子很快消失在那家花店门口，过了不到十分钟，瞿蔺捧着两束精扎花束出来。

一束玫瑰，烈如火，像是无数张堆叠在一起的烈焰红唇，在渐浓的夜色中泛着幽幽魅惑。一束向日葵，璀璨如阳光，坚定绽放的姿态让人看一眼便能联想到勇敢坚强和地老天荒。

红玫瑰，让姜湖想起她曾经对瞿蔺说过的建议，送女人，送这花，虽然俗套，但这是一种会说话的花，代表我心悦你。说不出口时，对方看到这花，便明白送花人是什么意思。

这也让姜湖想起当初在贝松，在那家被大火焚尽的旅店里，从小男孩手里落到她手心的那朵纸玫瑰。姜湖心里开始假设，如果当初那条路走到底，两人会是什么模样？

姜湖轻眯眼，看着瞿蔺跑步过来，几乎是一瞬间便跨过低矮的花坛抵达姜湖身旁。姜湖没客气，主动伸手接过那束火红。瞿蔺见状低笑，弯腰提起地上的两个购物袋。

他弯下的腰还没抬起来，就听见姜湖问："当初那朵纸玫瑰，是你干的吧？"

如今想起来，那事有些久远，男子汉大丈夫，敢做敢当。瞿蔺单手捧起向日葵，提着袋子，另一只手牵着她，承认道："是我，什么时候发现的？"

姜湖不答反问："你自己没长手？自己不送，让人转送。"

牵着她的那只手颤了一下，牵连着那人半边手臂。姜湖抬眼看他，那人不是紧张和心虚，她发现是因为那人在笑。

瞿蔺答道："你这一句话，问得我脸红了，不过，你知道为什么。我长了手，可是我脸皮儿薄，不好意思自己办。"

又来这句，姜湖："……"

眼前的这张脸白，没有红，脸红是谎话。瞿蔺握她的手随即换了个握法，从包裹着她变成十指相扣。姜湖拿眼尾扫他，挣了一下，挣不开，也就由他去了。

当初小男孩说的那句话，也是瞿蔺教的。他教唆过一个女孩亲姜湖唇，教唆过一个男孩说长大了娶她，教他们对她耍流氓。不回顾历史，瞿蔺自己都快忘了这些恶行，沾上她，好像活回恣意挥洒的少年时代了。

姜湖很快被瞿蔺牵到了十七层楼，密码锁解开，两人进了门。

瞿蔺摁亮室内的灯，室内物件映进姜湖眼中。不似北京城那座小院古屋，这里更像是一个简易的现代宿舍，行军床铺整齐得没有一丝褶皱。

进了门，瞿蔺便说："你随便看看，我给你弄点儿吃的。"

姜湖见他进了西北角的厨房，动作利落地收拾物件，这画面和在湖心岛时的那一夜重合，那时他修长的身影在她家灯光下忙忙碌碌，到最后她走过去，他们合二为一。但今天不行，他将她安顿好，然后要去见朋友，她知道。

姜湖没有四处参观，只是端详着瞿蔺。少年感有，男人感有，温润感有，锋芒感有……所有她关于男性的理解，在他身上都有。

瞿蔺动作快，没多会儿，调好的麻汁浇在已经装盘的拉面上。瞿蔺抬头看仍旧在盯着他的姜湖，姜湖看到的那道目光有些黯沉，也有隐忍："去吧，我等你。"

瞿蔺绕过厨房的案台，走到她身旁，长臂拉她入怀，抱了一下，说道："也许晚上不回来，也许会带人回来，你想做什么就做，别等我，能回来的时候我就回来了。"

姜湖嗯一声："好。"

瞿蔺又嘱咐："别乱跑，这地方说大不大，说小也不小，丢了不好找。"

姜湖笑道："你这么不放心，不如锁上我四肢再走。"

瞿蔺笑，回道："也好，可还是不如挂腰上放心。"

姜湖咬牙，瞿蔺松开手臂，说："真走了，你先吃饭。"

他手臂垂落的那一刻，姜湖勾住他右手，暖热的掌心贴着瞿蔺手背。瞿蔺望着姜湖，听她说道："过会儿觉得难过的时候，想想还有我这么个人。"

姜湖说的这句话从瞿蔺耳中进，却盘桓在他心口，久久停留。他心一跳，血液流经这几个字时，都被暖上一分，全身的阴冷被洗掉不少。

瞿蔺往外迈的步伐滞住，他眼里的姜湖和她身后落地窗外的万家灯火一样，是他晦暗世界里的全部颜色。这一路，他没向姜湖解释朋友遇到了什么事，但他的心情，遮不住，眼睛睁开，就会泄露。姜湖在安慰他，自相识以来，她已经不止一次试图安慰他。

上天还是待人不薄，给些苦难，也给这世上最好的姑娘。瞿蔺觉得自己离开之前应该解释一下，他说："我愿意介绍你们认识，想带你见他，不是不愿意，是今晚的场合不算合适。"

姜湖沉默了一下，而后挑眉问道："我让你觉得我这么想？觉得你不愿意？"

瞿蔺说："不是，是我太想交代清楚。"

姜湖眨眼："啰唆。"

"嫌弃上了？"

"也不是。"

"那是什么？"

姜湖想了想，说道："讲正经的，担心我自己，怕传染。"

瞿蔺笑了一下，唇高高翘起，他忍下再度同她肢体交缠的冲动，背过身，去拿他放在玄关处的那束向日葵，说道："我真走了。"

姜湖看着向日葵，问道："他喜欢？"

瞿蔺摇头："目前还不确定。"

姜湖："可你送这个……"

瞿蔺："前段时间闲聊，他和我开过玩笑，有生之年，还没收过别人送的花。那会儿突然记起来，就送一送。"

他解释到这里，姜湖懂了，瞿蔺这束花，是帮人圆一个愿望。他心太软，只身一人去，姜湖忽然有些担心，但她没有再说别的，看着瞿蔺开门，出门，关门，直到他颀长的身影和那束向日葵消失在她的视线里。

瞿蔺走后，姜湖认真地一口一口吃着面，甚至带着些虔诚。吃完，她站到落地窗前向外观望这座陌生的、冰冷的城市。

十七楼的高度，俯瞰下去，能够捕捉到不少流光，是这座城市在街边矗立的一枝枝路灯，是这座城市的一盏盏守候归家人的温暖灯火，只是这灯火稀疏，远不及姜湖熟悉的夜如昼的金陵城。

远处建筑物里那零星的几盏灯，像要被黑暗吞噬，几不可见，姜湖想起那位出租车司机的话，视线轻垂，暗暗感伤。

公寓内有一张合照，照片上的人身着同样的制服，是两个老者、瞿蔺以及一个浅笑露齿的年轻男人。正如那出租车司机所言，事故后，很多人都在外逃，他们为了生，远离这片土地，无可非议。但依然有少数人逆流前行，在这片土地最需要他们的时候选择回归，在此坚守，比如照片上的这些男人。

都是生活，选择不同，百年之后，他们都一样，都是在沧海桑田里故去的人。坚守者，没人知晓他们的名字，不会再有人提起。历史需要这样无声的湮灭，这让人伤感的未来！

姜湖思绪如潮，奔涌而来，她突然对瞿蔺他们所从事的行业想有更多的了解，她打开书架旁的电脑，上网，在浏览器百度界面上敲出三个字：核辐射。

启程之时，瞿蔺便告知莫石南，他要回来。

碰头的地方不在莫石南家，地点是莫石南挑的。瞿蔺在侍应生指点的包厢门口见到倚墙而立、石柱似的莫石南。远看他时，周身淡漠，靠得近了，他的表情又鲜活起来，前后判若两人。

见到向日葵，莫石南扯了下唇："谁送的？"

瞿蔺把向日葵往他怀里一塞："送你的。"

莫石南："你？"

瞿蔺："是我。"

莫石南爽朗地笑了两声，踢开包房门："我要是姑娘，你这么对我，现在还真没我家栩栩什么事儿。"

进门前，其中一朵向日葵就被人撕了好几瓣下来，瞿蔺扫眼过去，他还没出声制止，莫石南又啧啧了几声说："原来收花是这样的感觉。"

瞿蔺嗤笑他："爱不释手就抱着睡吧。"

莫石南："得了吧，我是那么没出息的人？"

两人并肩坐在相邻的两个座位上，瞿蔺面前的桌面上，放着几瓶开了盖的酒，都烈。室内突然就静了，只有角落开着的那盏落地灯，无声无息地散发着缥缈而柔和的橘色光芒。

沉了一会儿，莫石南说："还没跟她说，我试了很多次，开不了口。"

染了重疾的莫石南难以启齿，瞿蔺懂得那是什么滋味，不用看，他也知道莫石南眼底必然有挣扎的痛楚。他说："体会过。"

莫石南问："背着我有女人了？"

瞿蔺嗯了一声，没在意他的说辞："有了，是我丢的那一个，陪我过来了，明天带你见她。"

莫石南敲了敲桌面："你这话是不是反了？"

他紧接着换了话题："昨天拿到结果后，我特意去医院太平间附近走了走，看到有人在外面哭。之前不怕，听完了那哭声，就开始害怕变成一块墓碑。"

"本来去查体，只是为了让她高兴。不用医生说我也知道，现在还不能生，隔的时间还不够长，万一出来是个畸形的怪物呢？"

瞿蔺问及重点："早期，晚期？"

莫石南："有区别吗？"

他推了一瓶酒到瞿蔺身前，也摸了一瓶给自己，完全放弃酒杯。瞿蔺接手，瓶底一片冰凉，让他本就温凉的手冷得彻底，莫石南这话里的意思是要放弃。

这冷让瞿蔺迷茫的思绪清醒很多，他深黑的眸定在莫石南一脸的消极上，沉声说："有区别，你这话再说一遍，我手里这东西就进不了胃里，可能会浇在你头上。"

静了一瞬，莫石南随后说："我难道让她随后几年一直跟着我患得患失？"

瞿蔺心底也爬升起许多无力感，可他见过莫石南和杨栩栩夫妻的相处，知道他们从学生时代一路走过来的故事。那不是一场可有可无的婚姻，而是一场倾心相付。

莫石南又自嘲道："当年我藏了她的书包逼她来找我的时候，我说只要从了我，一辈子都是幸福的莫太太。当初我妈坚决反对我做这一行，不想一家三代人都死在各地的反应堆上，我没听。现在，种下的种子发了芽，还是要死在核辐射上，早走是一定了，这过程拖得越长，她们越跨不过我这道坎，我决定放弃有什么不对？"

莫石南的话一句句都敲打在瞿蔺心尖上。

"我该怎么办？"不久前，莫石南这么问。现在，放弃，他准备这么办。

程佩，姜行，姜湖……一瞬间，这些人的话走马灯般在瞿蔺脑中转过，他软下去的心被莫石南这些话缠得鲜血淋漓，却又在莫石南话落那刻突然硬了起来，轻喝一声："不对。"

莫石南一双红红的眼睛看着瞿蔺。瞿蔺慢慢站起身，手掐在莫石南肩头，说道："这些都是你以为，你觉得，所以你打算拿她们的真心和生命去喂狗。"

"莫石南，"瞿蔺几乎没喊过他的名字，"慷慨赴死的不一定是男人，也可能是怯懦的小人。你有本事就多活一天，活到她们离了你照样开心度日的时候。"

浏览器页面上出现了几张图片，是一些畸形的人，图片的色调阴暗，偏黑。姜湖点开一条和核辐射这个关键词相关的新闻，新闻用到的标题是惨绝人寰。细读完新闻中的每一个字，姜湖从书桌旁起身，关上那台电脑。

她在瞿蔺的厨房和置物柜里翻找了一下，这地方没有酒，丁点儿都没有。姜湖放弃了搜寻，给自己倒了杯温水。

温热的水滑进喉咙，姜湖看着室外的暗夜，天黑到最黑的时刻，也就是黎明开始的时辰。人的意志坚强起来，比岁月和坎坷都更加有力，也没什么好怕的。最差的结果也不过是一次轮回，此生无果还有来世。

午夜一点，才有开门的声响，姜湖望过去，看到披着夜色归来的瞿蔺。他没有带人回来，靠近了，能闻到他身上的酒气，浑浊，浓郁。

见姜湖还在等他，瞿蔺解开衬衣领口的纽扣，自知身上酒气重，没有即刻同她亲近。

沾了酒，瞿蔺一向偏白的脸染了红晕，姜湖上前搀他，瞿蔺才望着她轻笑了一下："没到那程度。"他还想劝姜湖休息，却知道不会成功。

姜湖没撤手，问道：“事情解决了？”

瞿蔺摇头，扣紧姜湖放到他身上的手臂，改问：“陪我坐一会儿？”

姜湖和他一起坐到正对着窗外那无边暗夜的沙发上，姜湖此前见到的那张四人合照就摆在不远处，瞿蔺看到后，伸手拿了过来。照片定格的那一瞬已是此去经年，里面的人有一个已经不在了。

“这里面笑得最欢实的那个，是我今晚见的人，叫莫石南，”瞿蔺向姜湖介绍，“算是我师兄，也是同事，最重要的身份是我的朋友”。

姜湖没做声，想到该给他泡杯热茶，或是倒一杯温水，可瞿蔺紧攥着她的手。姜湖动了一下，没挣开，干脆反握住他，问：“中间那位呢？”

瞿蔺回道：“我离校后的老师。当年我带着从学校学来的东西进一线工作，自认为这一身本事足够我用，真进入实践后，做得一塌糊涂，自信心备受打击。曾想过退一步回去搞理论，犹豫的时候，认真观察了老师八小时内的工作状态，才知道什么叫认真，什么叫踏实，就想着学一学他，再试一试。”

姜湖订正了他一点：“你已经够认真。”

瞿蔺笑道：“不够，你会这么觉得，是因为你现在看我，怎么看都是好的。”

姜湖下意识地嗤笑了一声，一时无言。

瞿蔺接着说道：“杜老师已经不在了，我上次和你交代的两年前的那次事故后，他就走了……”他声音嘶哑，将往事徐徐道来。

姜湖听后心里一缩，她不想陪人酝酿悲伤，声线坚定地说道：“十八年后，他还会回来。”

瞿蔺看她，泛红的眼角微微上提了些。他从姜湖那里得来安慰总是很合宜，她说的话不会很深奥，不会长篇大论，但总是带着希望，给人无穷的力量。明明是身板儿单薄的女人，脊梁却硬得厉害，似乎不会弯折。

莫石南的杨栩栩，如今又会是什么模样？瞿蔺无法猜测。母亲，女友，妻子，姐妹……这世上勇敢而伟大的女人有很多，每一位都该被好好对待，伟大不应该用苦难来加冕。

他说道：“我今晚……”顿了一下，瞿蔺认真望进姜湖眼底那片能包罗万象的深湖，似乎从中汲取了力量，他决定坦承，“我今晚见的莫石南，也病了，刚查出来。”

姜湖已经从瞿蔺的表情里窥探到这句话背后的更多信息，比如这病是轻小，还是险恶。

瞿蔺的坦承没有结束：“我和他一样，这两次事故都进过现场。姜湖，我可能……”

姜湖已经预感到他接下来要说出什么：恐怕他也是这样的结果，所以让她再好好想想清楚。姜湖盯着他，截断他：“我千里迢迢过来，不是为了听你说对不住我，听你发扬高风亮节放我走，让我另寻良人。”

那个症结已经过去，她无意再绕回到那个点去。瞿蔺闻言，似乎有片刻的错愕，但随即说道：“原来我在你眼里还是这种将人领进门，却又要推出去的王八蛋。”

姜湖：“……”

瞿蔺攥着她的手，松开又攥紧，攥紧又松开，如此反复：“任何时候，如果你想走，我都送你，我们好好告别。如果你不走，就好好在一起。”

姜湖正色道：“我不会。”

瞿蔺嗯了一声：“好，如果有，我在送你的路上，也会求你，争取不被抛弃，争取最后的转机……”

这是她意料之外的话，但还算中听，他的态度，她知道了，越坚定，才越合她心意。姜湖这会儿转而问道：“所以你们借酒消愁？”

瞿蔺回道：“这倒没有，他开的酒不多，今晚还得回家面对不知情的老婆。我拦不住，没法让他滴酒不沾。我喝的酒越多，他能碰的就越少，和老婆交谈的时候就越清醒。这种事，如果想积极面对，就不该当醉话说，越清醒越好。既尊重自己，也尊重对方，清醒着、认真着的时候，去坦诚面对。”

姜湖淡淡一笑：“你倒是懂事儿。”

他还是傻，所以她会担心。瞿蔺随后也笑了一下，觉得姜湖说得有理。

姜湖起身去泡蜂蜜水，她没实际泡过，但在“江湖”里见过几次别人操作，就照猫画虎地捣鼓着。可还没弄好，就见在沙发上手指不停地揉着太阳穴打转的人忽然起身，踉跄着向洗手间奔去。

姜湖放下手中的玻璃杯，跟过去，就见他已经猫着腰，吐得满脸是汗，人像从水里捞出来一般。姜湖看着，眉紧拧，从外面隔间的置物架里拿了一条干毛巾，用温水打湿，在瞿蔺抬头时，替他擦脸上的汗。

这次是为朋友，她原谅他，以后不善待自己，她不会客气。

瞿蔺接过她手里的毛巾：“这里脏，在外面等我，我自己来。”

姜湖将毛巾给他，但没有离开，而是说：“擦完了洗澡，我替你洗。”

她的话不是随便说说，一会儿，两人一起站在浴室里，还未脱衣，姜湖在花洒开关上一摁，水已经倾泻而下。水管中滞留的冷水流过，喷洒而出的便是满满的温热。瞿蔺没动，眼前的姜湖上半身已经被水打湿，衣服贴在她身上，傲人的曲线当前，瞿蔺望着的却是她黑沉的眼眸。

姜湖做出分工："你脱下面，上面我来。"

她即刻去解那一个个纽扣，灰色衬衣很快离开瞿蔺的身体，被扔到一旁的地面上。浴室的灯光明亮，姜湖得以看清他手臂上的那个伤疤，是在贝松那晚留下的枪伤。

此前她扫到过，但没仔细观察过，皮肤创口的褶皱不深，面积也不大。姜湖摸着这伤疤，想着那晚的狂乱，恩是大恩，却已经肉偿，她心甘情愿，偿得还诚意十足。

瞿蔺已经赤裸，姜湖仍旧穿着身湿衣，她问："明天得几点出门？"已经凌晨一点半，她在盘算下一步的计划。

瞿蔺回道："八点。"

姜湖的猜测一向很准，他还没提明日的计划，她已经知道他不可能赋闲在家。姜湖的手在瞿蔺上身的肌肉块上摩挲着，口中不停："客厅有个日历牌，十一号上有个红圈。"她给出问出门时间的原因。

瞿蔺说："是个重要的纪念日。"

他抓住姜湖乱摸成一团的手："你想怎么洗？"

水流打在瞿蔺背上，浇得他满身温热，水珠四溅，也打了姜湖满身。她微抬眸："简单点儿，就地。"

瞿蔺微勾唇，姜湖已经屈膝，腿抬高，顶在他两腿间。瞿蔺赶在她用膝盖研磨他之前，出手扣住她的膝盖，攻变为防。姜湖眉微蹙，瞿蔺握她膝盖的手用力往后推了一下，另一只手垫在她身后，把她抵在一旁的墙壁上。

室内的水蒸气还在升腾，瞿蔺一只手探进姜湖上衣内，揉捏她的丰乳。唇舌间还带着酒气，面对姜湖微张的唇，瞿蔺没有吻下去。一旁的置物架上挂着从超市里带回来的还未及整理的日用品，他伸手从里面摸出个盒子。

被瞿蔺揉软了的姜湖，下身长裤已经褪了一半，裤腰挂在大腿上。瞿蔺撕开纸盒包装，姜湖随即默契接手，替他戴。身体软，她动作没那么利索，等戴好时两人的呼吸交织，已经乱作一团。

……

满室水蒸气，罩住了满室的风光旖旎。姜湖的胸、腰、腿、心……都软如春水，春水流向大地，她流向瞿蔺。

早晨醒来时，室内仍旧一片昏黑，姜湖睁开眼，动了一下身体，浑身酸涩，如散了架一般。身旁已经没有人，就像在湖心岛那日醒来时一样。

姜湖抓了把头发，慢慢起身，在床上半坐，缓了会儿，又裹着墨蓝色的床单下地。拉开遮光帘，朦胧的窗纱后面，清晨时仍旧静寂的城市即刻映入姜湖眼里，天灰，似是欲雨。

姜湖看了一眼室内的时钟，只有七点一刻，她在沙发上坐下，等着。门那儿传来啪嗒一声响，密码锁被人从外面打开。姜湖看过去，瞿蔺捧着一束挂着水珠的白菊，提着热烫的早餐走了进来。

等瞿蔺走近了，姜湖出声："早上好。"语速缓，用词正式，透着生疏感。

瞿蔺嗯一声，觉得她话里有话，味儿有点不对。

姜湖问道："一早没交代就跑出去，是忘了自己有前科？"

早晨要么告辞，要么留条失踪，她醒来，就不见人，此后很久，都见不到他人。这次更恶劣一些，连条子都没有留，好在他回来得快。

瞿蔺的预感是对的，他放下花和早餐，仔细端详姜湖一眼，随即从门口的鞋柜上摸了双布拖。姜湖看着他走近，到她身前，然后弯下腰，将布拖替赤足的姜湖穿好："地板凉。"

而后回答姜湖的问题："我记得。"

姜湖脚上还停留着瞿蔺手碰过的温凉感，这双温暖的布拖把她的话基本都堵了回去。她拧眉不再问，记起来她决定惯着他，这件事不能忘。

瞿蔺蹲下的身躯也没直起，还在抬眸看姜湖："以后我早晨想出去，你没醒，我也背上你，带你一起去，让你在我背上继续睡。我这认错的态度，你看可以接受吗？"

姜湖："……"

瞿蔺把她披着的那张床单裹紧了点儿："不说话，就算你默认了。既然接受，就去洗漱一下，我把罪证理一理摆上桌，你洗完吃一点儿。"

姜湖反应了一下，才明白这"罪证"是指他提回来的早餐。瞿蔺几句话，让她没了脾气，甚至有些为自己刚才那句质问心虚，觉得自己多少有些无理取闹。

姜湖敛眸，这认栽的苗头来得有点儿快。

早饭后不久两人就出了门，白菊捧在手里，不用瞿蔺说，姜湖也知道目的地是哪里。这次遇上的司机话少，半个多小时后，陵园就近在眼前。

下了车，瞿蔺勾了下姜湖的手："今天是杜老师祭日，他生前就惦记我，怕我习惯了一个人，会一个人单一辈子。今天你来，老头儿该放心了。"

姜湖问："你之前在国内的时候，很忙？"

瞿蔺回道："怎么说？"

姜湖道："被人担心孤独终老，应该是没时间和姑娘约会。"

瞿蔺听后哦了一声，说道："也约，休息时间也不少，就是没用来约女人。"

姜湖自然误会不了："只陪你老师，会你同事，这样的生活，是有些单调。"

瞿蔺笑，他感觉到了来自姜湖的一丝同情，她很认真地同情他。

两人还没往山上走，就见这条夹在山间的弯道上，下来两个人。走在前面的男人，姜湖已经通过照片认识，是莫石南。男人身后眉目清秀的温婉女人，姜湖不认识，但判断他们的关系不难。

瞿蔺见到迎面而来的两人长长地松了口气，莫石南不会放弃了，昨晚那席话没有白费。瞿蔺为大家做了介绍，然后，姜湖跟随瞿蔺，莫石南和杨栩栩陪着，四个人重新上山，站到了杜清河的墓碑前。

杜清河墓碑上的照片不似姜湖此前见过的那张合影上的人，合影上的男人已经眉目沧桑，而墓碑上的他仍旧年轻，是二十多岁的模样，看着比如今的瞿蔺和莫石南还要小。

除了鞠躬时默念了几句话，请杜清河庇佑他的后辈，姜湖一直沉默。四个人在墓碑前站了一会儿，已经拜祭过杜清河的杨栩栩对瞿蔺和莫石南说："我带姜湖先下去，你们和杜工慢慢聊。"

瞿蔺和莫石南自然没意见。

姜湖随着杨栩栩下山，走了一段，望着灰沉的天幕，杨栩栩说："好像要下雨。"

她停下脚步，看向姜湖，说道："姜湖，我知道你，瞿蔺带回来的人是你，老实说，我有些意外。"

姜湖话很短："我们很配。"

话短，但比长篇大论更有力。杨栩栩微微一怔，而后笑道："你说得对。"

曲折的山路在前方被山石遮挡，她们视野之内的石阶不多，两人停下脚步，没急着继续往下走。杨栩栩道："他们两个各自来看杜工的话，很快就能撤，要是撞到一起，得扯一会儿。"

姜湖问："他们认识多久了？"

杨栩栩微一思索："快满六年了吧。"

姜湖说："挺久。"

杨栩栩道："性子投，感情上他们俩比亲兄弟还亲。瞿蔺走的那段时间联系少，也不影响现在的关系。"

姜湖问："他们俩喜欢什么？"

杨栩栩回道："好像没什么特别的喜好，就算有也不对别人提，都是这种人，杜工差不多也是这样。他们有一个共同点，山电的人都知道，他们求得动。"

姜湖哦了一声："是传言中的那种烂好人？"

杨栩栩见她语调淡漠，反问："你不是喜欢他这一点？"

姜湖说："我喜欢他每一点。"

和那句"我们很配"是同样的语气，干脆利落，不见迟疑。杨栩栩短暂地失语，一会儿，自己又笑了一下，眉眼后弯，笑出春风拂面，轻柔和煦。只是笑到最后，不知她想到什么，笑骤然停了下来，笑意僵在脸上。

她问姜湖："听瞿蔺说过我们吗？"

姜湖回道："了解一点。"

杨栩栩问："石头的病？"她叫莫石南石头。

姜湖应："是。"

杨栩栩自嘲道："我是昨晚才听说，还不如瞿蔺。石头这一点，我不喜欢。"

姜湖说："理解。"

杨栩栩又嗯了一声："他是觉得我平时泪点低，怕我接受不了。"顿了一下，她继续说道，"我肯定接受不了，我的确没有办法接受，可不接受，也不能掩耳盗铃，就不去面对了。我如果崩溃，他就完了，人生病后，意志力很重要，这个常识我知道。他以后肯定要改行了，先专职做一段时间的病人。至于瞿蔺……你刚才看过的杜工有很多很多的好，但也有一点不好……"

姜湖等她说下去。

她告诉姜湖："石头不是他的直系，但瞿蔺是。瞿蔺离开山电后，在杜工去世的时候回来过。那年杜工留了些遗愿，翻来覆去无非是关于那几座反应堆，这辈子他们都放不下了。石头他们几个人都重情，杜工的话搁在那里，是道枷锁。像瞿蔺，当年那位消防员牺牲，给他很大触动，他递上去的说是离职报告，其实不是。杜工死后，那更是废纸一张。前些年，每次国际上有类似的事故发生，我都在想，要不要劝石头换一个工作。可我能想到，结果肯定是我没劝动他，他会反过来劝我。他会说，不是他做，也得是别人，能源紧张，生产需要，总要有人进入这个行业。核电站发生事故的概率小，比奔波在一线的警察叔叔安全得多。我把这样的场景在我脑海里过一遍，就决定算了，暂时先不劝了，结果，一等就是这么多年。但是，每条跟核相关的新闻下面，在评论里我都是坚定的反核者之一。”说到最后，杨栩栩自己都笑了，笑里掺着苦，道不尽，言不明。

姜湖说：“够傻。”

三个都是，莫石南、杨栩栩和瞿蔺。

杨栩栩附和：“是蠢，可也好。”

她指两个人，莫石南和瞿蔺。真是好，让人食髓知味，让人过目不忘，不想辜负。

姜湖说道：“所以，虽然难，但你没后悔。”

杨栩栩道：“因为后悔没有用，如果有用，我早就后悔了。”

姜湖又一次深切感受到言语的苍白，说什么都觉得像画蛇添足，但她还是说道：“有你，他会撑到底。”

杨栩栩低声回道：“谢谢你。其实，昨晚我们差一点就谈崩了，是我用一个守了多年的秘密，换他死心塌地听我的。”

姜湖耐心地听着。

杨栩栩重新迈步，一边往下走，一边说道：“我们结婚这几年，一直到现在，他都以为，要归功于他当年追我。他不知道，在他拦路向我告白之前，他收到的几封情书其实是我求人替我抄的，就为了字迹不被他认出来，他还以为情书是替我抄写的那个女生送他的。我小时候比现在更内向一些。”

她回头看看姜湖：“我心里憋了挺多话，想说一说，初次见面说这么多，你不要觉得奇怪。石头信任瞿蔺，昨晚瞿蔺劝他，我也感激。这话对着瞿蔺说不出来，你就替他收下吧。”

眼前山路蜿蜒，背后苍松滴翠，身边一位好姑娘讲她一段深埋的美好往事，理应得一个好的结局。姜湖替瞿蔺收下她的感激。

两人继续下山，又走了一段路，杨栩栩问：“你会嫁给他吗？嫁给瞿蔺。”

姜湖目光看向嶙峋山石，冷静严谨。她扯了下唇，仿佛觉得这个问题多余，随后她说：“我不喜欢女朋友这三个字，我来这里，就是以他妻子的身份。”

闻言，杨栩栩微微瞠目。

我们很配。

我喜欢他每一点。

我来这里，就是以他妻子的身份。

姜湖的三句话，每一句都让人意外，直接而坦荡。

杨栩栩望着姜湖被风吹得失血的面庞，看着她眉眼里的坚毅上涌，觉得姜湖每句话说得都如同誓言一般。这些誓言会有回响，杨栩栩突然从姜湖身上感受到磅礴的勇气和力量。

杨栩栩在原地愣了几秒，而后去追姜湖，两人再度并肩行走。突然，脚下的山石开始晃动，心脏和眼前的一切都剧烈颠簸。她猛然一惊，心中那根摇摇欲坠的安全线骤然断裂，让她惊惧大恸。

第十二章　玻璃之城

先是上下颠簸，而后是左右摇晃，清晰的震感从四面八方传来。原本坚立的山石开始崩裂，碎石块四处滚动，乱石横飞。满山郁郁葱葱的树木不断抖落枝叶，有的树干开始倾斜扑倒，沙土随之漫天而起，空中尘埃飞扬，眼前的视野瞬间模糊一片。

地震……

死亡……

短暂的惊慌后，姜湖猛然回首，见站在她身后石阶上的杨栩栩身体猛然往下摔去。姜湖迅速往她身前扑，赶在倒地前扶住她。杨栩栩的脸因为突然的变故瞬间变得惨白，如果摔下去，在满山满野的震动中，她的头可能会撞上地表锐利的石块。那样的话，后果将不可设想。这次惊吓，让一向性子柔和的杨栩栩也禁不住吐了句国骂。

从山上崩落的碎石块打在姜湖手背上，割破她的皮肤，她来不及多想，本能地拽着杨栩栩往不远处开阔的空地跑去。

十五秒后，晃动仍旧没停，杨栩栩的声音有些抖，眼神有片刻游移："震这么久？"

姜湖和她对视一眼，都知事态严重。两人借着半山腰的高度，向远处看去，可见山脚下成片倒塌的楼房。

二十五秒，地动山摇还在继续。姜湖扶着杨栩栩，眉拧得死死的，杨栩栩脸色更是晦暗得不能看。空旷的墓山前方，无数建筑物毁于一旦，尘土浮在空气中，死寂的郊区突然喧嚣起来。

三十五秒，晃动仍未止息。从她们身后隐隐传来男人呼喊的声音，夹杂着一地凌乱坠物的声音，是有人在呼唤她们的名字。杨栩栩用尽全部力量大声应着，姜湖回首，便见瞿蔺和莫石南踏过一地碎石奔至她们身前。

莫石南问："都没事儿？"话落，两眼打量着杨栩栩，而后打量着姜湖。

杨栩栩摇头，没提适才的惊魂，只说："还好。"

莫石南继续问："吓到没有？"

姜湖听到这句话的时候，手已经被瞿蔺握在手里，被蹭破了皮的手背被他托在掌心。

莫石南和杨栩栩仍在彼此安慰，瞿蔺看着姜湖的手，神色凝重。姜湖的伤处没怎么见血，她下意识地往回抽手，轻描淡写道："被飞着的石头蹭了一下，不碍事儿。"

瞿蔺挺立的肩放下来，换了一脸的眉目从容："可能不碍你，但碍我。"

有旁人在侧，他便这么直白，姜湖不禁挑眉。旁听到这话的莫石南，心思从杨栩栩身上拔出来，插了句嘴："刚震，他往下蹿得跟兔子似的，快。"

瞿蔺斜他一眼，莫石南不觉失言，甚至反问："这句话我说得不对吗？"

瞿蔺说："脸皮儿薄，体谅下，要是红了，你负责？"

原本弥漫的紧张情绪因为这番刻意的插科打诨而放松，姜湖反握了瞿蔺的手一下，几个人都静了下来，各有所思。

任谁都想不到，拜祭杜清河以一场地震收场，一分半钟后，晃动停了下来。整座墓园除了他们不见活人，远处的盘山公路上，紧急停下的过路车辆仍未敢前行，人都下了车散在空地上，防备着从山上滚落下来的山石。

莫石南和杨栩栩联系了几个本地的亲友。通信还未被切断，人能联系得上，即便远处可见大面积垮塌的建筑物，两人一时间也都略微松了口气。

市内的交通线必然会拥堵，他们还在近郊，不明市内的情况。莫石南说："这会儿走，进城再随机应变？"

姜湖问："余震呢？"

瞿蔺说："换路走，北路没有峭壁，落不下石头来，路上再震一回，也来得及反应。"

莫石南没有异议，只是问："瞿，你说……"

他惦记着电站内刚修复完毕的供电和注水系统，惦记那些安全壳是否完好。话头儿开了，想到身旁的两个女人，他又停了下来，没再继续说下去。他和瞿蔺眼神对接了下，两人眸底都满含隐忧，心也忐忑得厉害。

数年之前，隔海相望的那个岛国的核电站，大地震后发生了什么，白纸黑字，他们看过了太多遍。原本钢筋水泥的城市，突然就变成了易碎的玻璃，搅得人满心愁绪。

莫石南开车载着他们，沿着墓山北路往下走，路上没有遇到余震，但进了二级公路后，路被拥挤的车流堵死，挪不动了。

受了惊吓，匆忙转移的人都开车挤到了路上，加上部分反应及时的救援车辆，整条公路堵得一眼望不到尽头，密密麻麻排满了各型各色的车。瞿蔺将手扣在姜湖腰侧，随时防备着不期而至的伤害，两人的身体互相靠着，借彼此的体温平复着杂绪丛生的心。

车载广播里已经调不出任何一个正在播放的节目，满频道的静寂加重了莫石南心底的担忧。瞿蔺坐在后排，觑他一眼，说道："自己先别慌。"

莫石南不承认："二〇〇八年的时候我在四川，从宿舍楼上跑下来还记得回去拿了趟钱包，真没慌。"

可心里是真的忐忑，这座城市濒海，面临更多的变数。

半小时过去，车挪了不过十几米，公路上拖着包裹步行的人渐渐增多，莫石南捏了把方向盘，回头瞄向后排。瞿蔺心领神会，杨栩栩也默契地打算接过方向盘，放两个男人走。

瞿蔺对姜湖交代："你和栩栩在这儿等着，能往前挪就挪，我和老莫去前面了解情况。"

该配合时姜湖不掉链子，只说一句："注意安全。"

瞿蔺点头。

杨栩栩也对莫石南交代："了解一下前面的情况就回来，不然我怕。"

莫石南揉了揉她的脑袋："出息！"

天灾忽至，波及众生，降临在莫石南身上的疾病似乎都被遗忘了。

这座西高东低的城市，市中心在东部，他们此刻的位置仍旧在城市西部，翻过前方三百米外的高坡，才能看到掩于坡下的市区，以及更远处曲折的海岸线。那里的高楼广厦如今会是什么模样，几个人都拒绝想象。

男人走了，姜湖的视线追着他们的背影，二人很快便消失于拥挤的人潮里。耳边有孩童哭闹的声音钻进来，姜湖向车外看去，见车后方一位父亲抱着个男孩，男孩额上粘着创可贴，伤口有些长，一条创可贴几乎遮不住。姜湖视力一向极佳，在这对父子走过车身的那刻，她甚至看到男孩那双蓄满泪水的眼睛，他是怕分离，怕疼痛，怕生死两隔？还是被这场突如其来的天灾吓倒？

瞿蔺和莫石南一路东行，三百米后，终于撕开了被高坡堵死的视野，看到了远处同样残垣断壁遍地的市区，还有更远处的那片浩瀚海洋。两人脚步刚落定的那刻，脚下的大地再度震颤。

在这极速消失的震颤中，瞿蔺和莫石南看到了让他们目眦欲裂的一幕：平日安宁的海岸线，正卷着数米高的巨浪，侵袭着沿岸的低洼地。这浪碾压涤荡着它触及的一切，它不再蔚蓝，而是深黑，像一个张开血盆大口的怪兽，咆哮着前奔，似要强势地毁天灭地。它狂暴地掀翻沿海的建筑物，轻松地将渔船推上楼顶，恶狠狠地将民房平地卷起……也将那些来不及撤退的人无情地卷走。无数的物件和人被卷在前推的浪潮中，归途不定，生死未卜。

瞿蔺听到身边传来各种各样的语气词，是难以置信的恐慌，是劫后余生的庆幸，是各种难以言表的悲戚。天灾扫荡，世界满目疮痍，他见过的战场，人祸横行，亦是遍地废墟，鲜血淋漓。

瞿蔺站在原地，紧攥拳头，胸腔内有无数情绪在冲撞，这一瞬，只觉得人类太渺小，生命轻于鸿毛。

冲入内陆的水一浪接一浪，眼看着故乡被摧残，被毁灭，莫石南眼睛瞬间红了。他喊着瞿蔺的名字，瞿蔺看过去，他又喊了一遍他的名字，喊到第三遍时才说："我这他妈的才知道，人能病死，也算善终。"

瞿蔺收了眼底翻腾的情绪，斥道："什么时候，胡乱感慨。"

他靠向莫石南，但安慰的话却一句也说不出口，只是更明白了，为什么要且行且珍惜，且活且珍惜。

莫石南带着颤音说道："我在这里生活了三十多年了，没想到会有面目全非的一天。"

瞿蔺说："怕什么？你还活着，它在你那儿无非是故乡的另一种模样。"

哪怕它满目疮痍，也让人无论走到哪里都会怀念。就像在勒革，他带姜湖去取酒时见过的那个女人，她塞给姜湖一张地图，上面标记着她的故乡。尽管战争让女人故土已失，流离失所，使她身在异乡为异客，但那儿仍旧是她午夜梦回时最想回归也最想说给别人听的地方。

另一边，望着相携逃难的人潮，姜湖从口袋里摸出手机，想给远方的人报个平安。稍一琢磨，又恐怕朱古以为她身在北京，不说相安无事，说了恐怕是找事，更何况此时手机信号已时断时续，不再畅通。

一旁有跑步前进的官兵，姜湖眼睛从那些稚嫩的面庞上一一扫过，等他们跑远，她脑海里只留下一抹橄榄绿。都说多难兴邦，可没人期望灾难降临，那不过是一种无奈之下的自我慰藉。

人生一梦几十年，姜湖觉得她这一辈子的大起大落恐怕都已经停留在这一年的春夏秋冬，这一年发生的事情抵得上后半生全部的经历。正想着，杨栩栩突然拉开驾驶位的车门，冲下车，向远处跑去。

姜湖也开了车门冲下去，视线追着杨栩栩，脚步也跟着她跑。莫石南和瞿蔺不在，杨栩栩的安危她要负责。但刚地震那会儿受了惊吓的杨栩栩此刻生猛异常，几步绕过一个个人车路障，冲到一个人面前停了下来。

姜湖看过去，看到了杨栩栩焦急的脸，和她对面的那个少女瘦削的脊背。

少女头上扎的马尾被风吹起，荡在那瘦削的脊背上，衬得那身形更加单薄。杨栩栩扯着少女的胳膊，两人争着，似乎意见未能统一。最终杨栩栩做出决定，扯着人往姜湖这边走过来。

姜湖这才得以看见少女的脸，鹅蛋青白，鼻尖挂着汗渍，额头饱满，上面粘着几根汗湿的刘海儿，明眸亮起时的光芒里含着点儿倔强。走近了，杨栩栩推了少女一把，对姜湖介绍道：“瞿蔺他们一位前辈程工的女儿，她叫程知，大姑娘了，十六岁。”

程知抬头看姜湖，默声不语，面无表情。

姜湖看到程知怀里抱的一堆书，略感惊讶，来来往往的人大多带着身家细软，孤身行走的少女却只抱着几本边缘泛黄的旧书，手指紧扣在书封上。姜湖扫了一眼书的标题，发现几本书名的前几个字清一色是核物理。

杨栩栩又对程知说：“这是瞿蔺你瞿哥哥的女……”想起姜湖不喜女朋友这个称呼，她一时间踟蹰起来，不知道该用什么词来替代。

见她卡壳，姜湖心思一转，替她选择了两个有复古感的汉字：“爱人，会娶他。”

程知此前的面无表情瞬间变了，她好奇地打量着姜湖，眨了下眼，似是被这几个字惊到，少女感一下子鲜活了起来。姜湖将这表情收入眼底，心道，终归是小孩儿一个，看着深沉，实际稚嫩。

杨栩栩自然也被惊到，此刻缓了口气，接着问程知：“你爸爸呢？”

程知低下头，视线胶着在沾了水脏污了的鞋尖上。

平日就跟着莫石南惦记着程烨和程知这对相依为命的父女，见程知不说话，杨栩栩更急了：“他知道你这会儿自己一个人在外面？你准备去哪个安置点？你只带了这些书？你家那边的情况怎么样？”

杨栩栩问得很多，姜湖听完额角一抽，开始替程知纠结该先从哪一个问题开始答。程知倒干脆，一个没答。

姜湖见杨栩栩抬手扶额，帮了她一把，不疾不徐地说：“你杨姐姐只是好心问你，不是严刑逼供，你不用宁死不屈，打死不说。”

程知听后，视线立刻投向姜湖那张波澜不惊的脸，姜湖也大无畏地盯回去。程知被她灼热的目光盯得不自在，面色一菜，又摆头看杨栩栩，开了口：“拦不住，不怕死，去电厂了。”

一句话交代了程烨的去向，话里含着怨，含着忧，姜湖和杨栩栩都听出来了。杨栩栩甚至想起程知前一段时间做出的一件让山电人惊诧的事来。

上次核危机时，小姑娘为了让相依为命的程烨脱离排危组，在魏铭魏总工面前跪下了。那一跪，把魏铭和莫石南几个在场男人的心都给跪裂了，跪得他们一腔酸楚，满心不忍。

程烨从业多年，他明白女儿在忌惮什么。上一次在程知背着他给魏总工跪下之后，经魏总工和众人的力劝，他无奈选择了退出，但要他完全脱离工作岗位，他无法接受。这样做的话，于他而言，就是在战场上做逃兵，他宁愿马革裹尸，也绝不会不战而逃。

听程知这样讲，杨栩栩干脆放弃安慰，因为她不知道该说些什么，最后，只说一句：“跟着我，别自己晃了，别让你爸分心。”

程知仍在犹豫，一分神间，怀里抱的书已经被人尽数抽走。她抬头看去，只见刚刚在旁边站着的姜湖已经抱着书上了车——那辆停在车河间纹丝不动的车，姜湖还顺手给杨栩栩打开了驾驶位的车门，是催促她们赶紧上车的意思。

程知面有难色，这女人……好像跟她很熟一样，只是事到如今，她也无处可去，只得跟着杨栩栩上车。

瞿蔺和莫石南回来的时候，见到车内多出来的少女程知，也从杨栩栩的转述中得知了程烨的去向。一提电厂这个话题，没人继续往下说，都在有意无意地避讳。海啸退潮需要一段时间，预警短期内恐怕也不会解除，波及的区域主要是沿海的低洼地带。

无人敢靠近那片区域，公路上堵了许久的车河开始缓慢移动，有人调转方向往后撤。瞿蔺和莫石南在Q市的高层公寓如今不可能回去了，路上他们打听到，离他们最近的安置点在一处高地上的体育馆里。瞿蔺和莫石南上车后，便指挥杨栩栩往那个方向挪去。

程知在瞿蔺挤进车厢时笑了一下，姜湖捕捉到了那个笑，才知道这个冷面的小姑娘也有这种暖人心的表情。她没醋，只是觉得好笑。

到了体育馆，里面已经是黑压压的人群，远处可见在低空盘旋的直升机，应该是在查看灾情。大家停留在体育馆内，满心的焦躁不安。杨栩栩怕程知跑没了，手里始终牵着她。熬到下午，又发生过两次余震后，水和食品运过来一些，瞿蔺和莫石南去帮忙分发。

忙过半晌，瞿蔺在人群中搜寻姜湖，见她怀里竟然抱着一个还在襁褓中的孩子，抱得如临大敌。瞿蔺凑过去，主动接手。

姜湖解释："一位大姐见我面相和善，就把孩子交给我抱一会儿，她去找放在外面的包裹。"

瞿蔺笑道："老实说，你抱他就像抱了个炸弹，挺严肃。"

姜湖："……"

见她无语，瞿蔺主动说："以后我教你，孩子一般抱不坏。"

姜湖说："我厌学。"

瞿蔺回道："也行，那我就不教。"

姜湖扫他一眼，瞿蔺笑笑："你管生就行，我抱。"

姜湖又扫他，大姐正好此时回来，从瞿蔺手中接过孩子，向二人道谢。瞿蔺客客气气地把孩子还回去。

瞿蔺又看姜湖，忽然弯腰蹲下身，蹲在她脚边。姜湖只见瞿蔺那双细长的手在她鞋面上交错穿梭，他先是解开了她被人踩开，沾了许多泥水的鞋带，把脏鞋带抽出来，接着又将自己的鞋带解开，抽出来穿在姜湖鞋上，替她系好。

做完这些事儿，瞿蔺没急着起身，而是调侃道："你是不是该摸我脑袋一把？"

这话问出来，温情破碎了一地，姜湖觉得可笑，轻嗤一声："你以为自己姓柴？"她指的是柴大爷。

瞿蔺缓缓直起身，也轻嗤一声："那小子用不着这待遇。"

两人并肩站着，瞿蔺打开手臂，姜湖仿佛被他圈进怀里。一旁有对年迈的夫妻双手合十，对着墙祈祷，两人看着，从头看到尾。不知老夫妻在求什么，但无论求什么，两个人一起求，底气倒是足的。

他们置身于一个惊惶失措的安置点里，但奇怪的是，内心却前所未有地满是安定。片刻前瞿蔺为姜湖系鞋带，她就安心地候着。总之，眼下也没更紧迫的事儿了，那就好好珍惜这样的时光吧。

刚震完的城市是座困城，到处是乌乌泱泱的人群，四周的人来人往和吵吵嚷嚷离他们明明很近，却又远得不能再远。

姜湖想，回去后还是得去拜拜菩萨烧烧香，万一灵了呢。

中国人不信神，少信教，但往往信命。这一年，天灾人祸都感受了个遍，得驱驱邪。她正想着，瞿蔺扶在她腰上的手一紧。

他一紧，姜湖背一下子就绷直了，她隐约猜到接下来听到的会是什么话。这人不干脆的时候，总是说些她听了想抽他的话。只是，兵荒马乱之际，才享受了这片刻的风平浪静，那话未免来得也太快了些。

姜湖认识瞿蔺，从来不是为了告别，但她明白，瞿蔺首先是个人，还是个核电人，他身上背着别人痛失的生命和未尽的使命，姜湖懂得。她抿了抿唇，微微自嘲，或许这就是我的命运。他可以自私一些，但那个自私的人就不是瞿蔺；她也可以自私一点，拦下他，可那个女人就不是姜湖。

有刚进体育馆的人说，室外已经开始落雨，莫非老天懂人的心意？

四周还在吵嚷，只有他们安静，瞿蔺将沉默撕碎，拥着姜湖说："形势很快就能好转一点儿，我估计明天主要的交通线会陆续抢通，下午涌进市区内的水也能退得差不多。"

道路通行，就能走人。姜湖读着这潜台词，没吱声，只望着不远处站在杨栩栩身旁的程知。程知人站在那里，还是一个大写的倔，她无法理解自己的父亲，大家都看得出来。她不理解，只是因为怕，每个人都能想得明白。

程知还小，她的一辈子还那么长，她失去任何亲人，都要在这很长的一辈子过完之后，才能和失去的亲人再度相会，或者在天堂，或者……换成是十几岁的姜湖，她也一样怕。

遇到程知，听到程工还在那里的时候，姜湖就知道，她和瞿蔺还要分别。眼前的山重水复兜兜转转，还没到柳暗花明的那个尽头。大概上辈子欠了谁吧，脑子里一通乱想之后，姜湖盯视着瞿蔺，她专注的眸光看得瞿蔺眼底一恸。

姜湖别开眼，问道："路通了之后，你希望我往哪儿走？"

让他安心，是她现在唯一的善解人意，他难以启齿，就由她自己说出来。

瞿蔺："……"

她的平静，让他心里的残云都被卷得一丝不剩，眼角有泪涌出的感觉。瞿蔺压着从肺腑弥漫开的苦涩："北上，帮我喂几天狗。"

远远的，莫石南见两人僵立，冲瞿蔺打了个手势，瞿蔺回了他一个摇头，示意没事。

隔了两秒，姜湖问："好伺候？"

瞿蔺低声回道："毛病倒有一个。"

姜湖："说说。"

瞿蔺："抱住人腿，不撒狗腿。"

原来是富贵病，姜湖笑了一下，在这不恰当的氛围里。随后她说道："喂也可以，喂死不负责。"

瞿蔺："你放手喂它，喂死算我的。"

这话耳熟，姜湖恍惚想起在勒革时瞿蔺往她手里塞了一把刀，同时说着"捅死算我的"。那时的初见，在现时的记忆里变成了黑白画面，显得古旧且遥远。

等到正午，室外雨急，分散在周边应急帐篷里的人也都压到了室内，人们提心吊胆了一上午，疲累半日的人开始躺在分发的凉席上小憩。直到天黑时分，喧闹了整日的体育场终于静了下来。

姜湖躺在程知身旁，小姑娘的脑袋，已经枕在了她的肩上。姜湖闭着眼睛，感觉到身旁一阵窸窸窣窣的声音，而后有人在她唇上浅浅印下一个吻。那人吻得安静，收紧呼吸，好像唯恐惊醒什么。

他怕惊醒，所以她就不醒。

伴着那人离开的细微脚步声，姜湖才睁开了毫无睡意的眼睛，望着黑暗中那道颀长的将要远行的背影。她手掌一松，从她掌心掉落了一串那人留下的钥匙。

雨夜里，供电没有完全恢复的城市有大片区域陷在黑暗中，莫石南和瞿蔺一起从偌大的体育场出来，两人并肩望着室外被暴雨劈开的城市。

莫石南摁开打火机，问道："谁喊你集合？"

瞿蔺回道："程工。"在替姜湖系鞋带之前，他刚刚挂掉那通不畅通的电话。

莫石南问："怎么说的？"

瞿蔺反问："程工本来就话少，只是干，他能怎么说？"

这种时候，说什么都是为难，于是程烨干脆把话说得简短而直白，给他个时间和地点，让他赶过去。巧合的是他正在本地，可作为第二拨人员上阵抢险。

莫石南又将打火机摁死，两人眼前的那点儿火光也没了："没有叫我？"

瞿蔺回道："你的事，大概他们都知道了。"

莫石南说："这次我就不主动请缨了。"

有任务，必须上，不能退缩，但被排除在外，他也不再勉强自己了。他的情况，进去等于自杀，他可以做出牺牲，但不能在答应杨栩栩好好治疗后去背信自杀，他要给栩栩留一点希望。

他对瞿蔺说："你有什么不放心的事儿，在你进去之前就都托付给我。现在这情况，我也不可能在医院里躺着，有什么事办什么事吧。"

瞿蔺没接话，莫石南又替他操起心来："真不等人醒了再走？"

等人醒了，再说上几句告别的话，怎么舍得走？瞿蔺沉声回道："不了。"

莫石南："不怕姑娘找你算账？"

怕，但不是怕算账，是怕最终还是不够强大，撑不到终点，最后还是对不起她；更怕那些不舍得在心里长大，让他无论前行还是停留都束手束脚，觉得不应该，不合适。

莫石南见他不发话，又问："找我要人的话，我怎么说？"

瞿蔺的胸脯剧烈起伏了起来，他平静了一下，侧身对莫石南说："把手伸出来。"

莫石南不解，但还是抬了抬手，瞿蔺将一个信封塞给莫石南，让他捏紧："你收好。"

"什么东西？"

瞿蔺说："除了必要的指挥工作要内外联合，核心区域的通讯和外面是断的。"

莫石南说："这我知道。"

瞿蔺说："这里面装了我写的一些字条，时间太短，都不是长信，你看着帮我送一送，以我的名义。尽量紧着点儿用，隔段时间给她寄一张，就当报个信儿，争取撑到我回来的时候。"

里面的人和外面的人消息不通时，彼此安危不知，人会乱想，莫石南懂得，这是一份牵挂，一份安慰。他们的话别，往好里说，是一份叮嘱和祝愿，往坏里里，就如易水悲歌，一去永别。莫石南控制着自己激荡的心情，口中淡淡说道："就这么喜欢字条这玩意儿？玩了不止一回了。"

瞿蔺没承认，也没否认，只说："如果她改了主意，暂时不想走，麻烦你帮我盯着点儿她的安全问题，照顾一下；如果她晚几天走，你帮她买好票；她需要什么，就帮忙找一找，凑一凑。她不提，就劳你多观察点着儿，所有她需要的，都算我欠你的债，先记着，以后……我来还。"

莫石南啐他："向日葵我都收了，还说什么还债，想恶心我？"

莫石南当着瞿蔺的面儿打开信封，抽了一张纸条出来，上面写着："今天厂内的天很蓝，炉内情况好转。厂区里的芙蓉树开得好，遗憾不能折一朵夹在信里寄给你。"

莫石南手微抖，说道："把现在想象的，当以后的真事儿写，这样骗人，合适吗？"

瞿蔺说道："这事儿只要你烂在肚子里，就是真的，没人会觉得假。进去了，里面的东西压根递不出来，除了提前筹划，我还能有别的办法？"

莫石南说："我知道，沾上辐射的东西，都不能离开那个范围，连一封信都不能从禁入区寄出。"

瞿蔺低低地嗯了一声，说道："进去吧，我走了。"

莫石南将那张纸条放回信封，往信封里塞的时候，有另一张纸条轻飘飘地落在地上。莫石南弯腰去捡，拿起来，看清了上面的字："送你的那把钥匙，如果我出来，是我娶你的聘礼；如果没出来，那是我送你的嫁妆……"

后面还写了些什么，但莫石南已经看不清了。他抬头，近乎怒发冲冠，质问瞿蔺："这是什么？"

这样近乎遗言的话，让他如何以劝姜湖宽心的方式寄到姜湖手里？瞿蔺沉默立着，莫石南当即想在他面前撕了那个纸条。

瞿蔺这才伸手摁住他手腕，说道："只是留在你这儿存档，做个万全准备，我回来，就永远用不着，可万一出现了那个万一，这是一个交代。虽然很混蛋，但也是个交代。"

莫石南急道："你劝我的那些话呢？"

瞿蔺垂眸："都记得，我相信我自己。"

莫石南说："你必须相信，不然有人会恨你。"

瞿蔺听后笑了一下，如果真有恨，那也是他应得的。他放开莫石南的手腕，从莫石南指间抽回那张条儿，再度塞回信封里，说道："行了，进去吧。也看好程知，小姑娘敏感。"

莫石南捏着信封站在体育馆外，视野里，瞿蔺的身影已经消失了。他站了一会儿，头顶飘落的雨丝突然没了，回头一看，是有人从他身后过来给他撑着一把伞。

莫石南于夜色中看到了姜湖苍白的脸，他捏信封的手指绷得紧紧的，即刻将信封对折装进口袋里。

姜湖轻声问："他走了？"

莫石南观察了一下她的表情，没敢吱声，怕说错话。

姜湖说道："我醒着，没睡，我知道，所以你不用怕我知道。"

莫石南奇道："那你怎么……"

后面的话他没说姜湖也明白，她打断他，问道："他走前，你跟没跟他说会等他？"

莫石南："……"

姜湖哦了一声："没说。"

莫石南："他会回来的。"

姜湖："我知道。"

还有更多的人会等他，他那种不愿让人失望的"烂好人"，归来的会不会更加迫切一些？更加完整一些？

第十三章　梦里见

眼前的满城风雨，冲刷着一地疮痍，近处那条公路上，仍旧有载着救援队伍的车辆往不同的受灾区域前进。和莫石南站在雨声潇潇的夜里，姜湖在一地风雨中想起了传唱多年的那些古曲，那些秦时明月汉时关。

古人出关北击匈奴，那一串串烽火狼烟，那一盏盏在夜间飘于长城内外的孔明灯，那些刀光剑影都浮现于她的眼前。古人征战，无数忠魂葬身漠北，而今天，在这袭天卷地的地震和海啸退去之后，那些走进这座满目疮痍的城市去救人、去抢险的人们，是否都能安全地回归？

站了一会儿，见姜湖没有回室内的意思，莫石南接过姜湖手举的那把伞。顺着姜湖的视线看过去，隔着风雨，莫石南看到了两个行走的人，其中一个，背上还背着一个人。背人的人似是累了，背上的人总是往下滑，他不时停下脚步进行调整。

莫石南把伞又塞回姜湖手里："你拿着，进去吧，我去搭把手。"

姜湖接伞，但也没留在原地，她仍旧替莫石南撑着伞，和莫石南一起走上前。离得稍近些，发现那是一男一女，像是一对中年夫妻。那女人也举着伞，但只替背上的那个人撑着，背上的人在伞内，这对中年夫妻都在伞外，被雨淋着。雨大，中年夫妻都被雨浇得浑身湿透。

男人背着的人看身形也是个成年人，莫石南几步蹿过去，撑伞的女人警惕地看向莫石南和姜湖。

莫石南说："大姐，你撑伞，我帮大哥往背上托。"

女人急忙摆手，男人也拒绝："别。"

对方拒绝，莫石南没有硬上。男人似乎此时力竭，背上的人不停地向下滑，眼看就要整个滑到地上，他似乎毫无反应……

姜湖看着眼前这一幕，锁眉，莫石南也感觉哪里有些不对劲。

男人随即弯下腰，用力将背上的人往上托。这时，一张泛青的少年的脸从包裹着他头部的纱巾里露出来，少年双眼紧闭，毫无声息，额头还带着血迹。男人将人背好，又转过身去，女人也即刻跟着男人挪着位置，仍旧将伞撑在那已然无声无息的少年头顶，少年的脸就此离开了他们的视线。

男人喘息着说道：“兄弟，谢谢你，他这样不方便你碰，不是我们嫌你多事。”

男人说着，腾出一只手抹了把挂着雨水的脸，又放回后背托着少年，继续说道：“小孩儿出来念高中，好多天没见了，地震了，我和他妈妈着急，就去学校找他。教学楼塌了，我们挖到天黑才找到他。雨那么大，不能把他留在那里，我要带他回村，回家。你们别觉得害怕，也别觉得晦气，他读书成绩一直很好，还是班干部，是个好孩子，我只是想带他回家……”

哪怕孩子已经死了，也怕他被雨淋到，更怕他孤独无伴，母亲替他撑着伞，父亲用宽阔的脊背背着他。夜路难走，震后难行，他们要连夜披着满身风雨带他回家。

男人还在喃喃说着，仿佛自言自语，姜湖和莫石南已经在这番讲述中红了眼。

白居易有诗：“南浦凄凄别，西风袅袅秋。一看肠一断，好去莫回头。”生离死别时，如何好去，如何舍得不回首？

看了这一幕，姜湖有股冲动，要不顾一切地追上瞿蔺，再看一眼，再说句话，但这想法终究只能放在心里，无法付诸行动。战士上战场，若说不舍得，就是乱军心。

次日，莫石南便劝姜湖走，即便莫石南不劝，姜湖也不能久留。

震后一日，虽然交通运输能力有限，但来自周边城市的自发涌来的志愿者已经遍布Q市的大街小巷。姜湖跟随杨栩栩在人山人海中穿梭，在医疗服务点忙了一天，帮着处理各种杂事。

这片土地她来过，见证了这一场灾难，在困境中，她伸出手来做过一些力所能及的事情，对姜湖来说这已经足够。剩下的，就是让瞿蔺如愿，她要离开这里北上回家，安他的心。

启程前，姜湖给程知留了电话号码和地址，程知犹豫着接过。姜湖又对她说：“如果有需要，可以来找我。”

程知不解：“为什么？”

姜湖回道：“不为什么，难兄难弟。”

程知奇道："我和你？"

姜湖点点头："是我和你，我的人和你的人都在前线，你和我，算是难兄难弟。"

程知这才低头将号码小心收好，而后抬头问道："你要走？"

姜湖："是。"

程知："我以为你会留下来，留在离他最近的地方。"

哪里算近？姜湖笑了一下，硬下心说道："见不到他本人的地方，对我来说，都是远方。"

程知两膝交错着摩擦了几下，略显紧张地说道："那你回去的路上注意安全吧。"

莫石南在旁听到，回味着那句"见不到他本人的地方，对我来说，都是远方"，姜湖说起情话来，用情极深，可惜该听到这话的那个人却不在当场。

莫石南找了车送姜湖去车站，要到邻市转乘飞机。路上两人没说多少话，下了车，姜湖便告辞："送到这儿就够了，回去吧。"

莫石南望着她："有任何进展，我会转告你，你放心。"

姜湖回看他，此刻的莫石南，在她眼中有几许瞿蔺的影子。他脸上欲言又止的样子就像当初在贝松那条黄沙路上，挂在瞿蔺脸上的表情一样。

放心？怎么可能，姜湖硬生生回道："我不放心。"

莫石南愕然，没想到她会如此坦诚，他想安慰姜湖些什么，就像有人在他生死未卜时安慰杨栩栩一样，姜湖却在他开口前说："不用劝，我不放心，但还不至于哭。"

随即又说："回去吧，看好你自己的家。"

北上回到那条胡同，姜湖没有久待，从姚大爷手中接过柴大爷，又复而南下，这狗算是记人，没有排斥姜湖。

隔壁的蒋绍仪已经回来了，天热了，蒋绍仪就搬着小板凳儿坐湖边上。论起照顾狗，同姜湖比，蒋绍仪是熟手。放在走周那儿的鹦鹉姜湖没去接，没对头和柴大爷呛，柴大爷乐得自在，和蒋绍仪养的那条二哈不到半天便打得火热，有了伴儿。

两人两狗一起在湖边上坐着，蒋绍仪那根垂进水面的鱼钩纹丝不动，他觉得姜湖在走神儿，问道："想什么呢？"

姜湖视线还留在水面儿上，回道："我在想，这会儿和我坐在这里的人不该是你。”

蒋绍仪觉得又可气又好笑，猛地把他那根鱼钩拽出水，说道：“不钓了，你这是学的损我的新套路？”

姜湖这才瞥他一眼：“你想多了。”

蒋绍仪回道：“你本来就是人精儿，我能不想多？”

姜湖：“怪你对号入座。”

蒋绍仪：“打住，接下去我可要发火了。”

姜湖不再搭理他。

蒋绍仪又把他拽出水的那根鱼钩放进湖里，水面让他一番折腾，搅得荡起一圈圈涟漪。蒋绍仪拉下脸来对姜湖说：“我听你爷爷说,你找了个小伙子。”

姜湖：“……”小伙子？这是哪个年代的用词？

蒋绍仪又说：“那张机票，你准备怎么谢我。”

姜湖干脆地说道：“要钱还是唠嗑儿，你自己选。”

蒋绍仪嗞了一声，最后决定不跟小孩儿计较：“跟我介绍介绍他。”

姜湖：“是我喜欢的。”

蒋绍仪等着她继续说，但没等到，于是又问：“这就介绍完了？”

姜湖嗯了一声：“你以为呢？”

蒋绍仪又把那根鱼钩拽出水，这次把钓竿直接扔地上：“你就敷衍我吧。”

姜湖：“你可别告诉我，人老了都像你这么会胡思乱想。”

蒋绍仪：“你这是倒打一耙。”

姜湖不想和他在这个问题上继续扯淡，转而问道：“这次回老家，您怎么乐不思蜀了？”

蒋绍仪摸了一下鼻子，反问：“我有吗？”

姜湖斜他一眼。蒋绍仪说：“我老婆坟上长了草，我在那儿看着重修了一遍，所以就多待了几天。”

姜湖更正：“不是几天，是几个月。”

蒋绍仪说：“拔完了草，修完了坟，又蹲那儿想她想了几天，日子加起来就长了。”

姜湖不再问了。蒋绍仪丧妻多年，按妻子遗愿没将骨灰埋进公墓，而是回老家埋在他们当年一起走出来的那座山头儿上。

蒋绍仪自己打开了话匣子：“你还小，等你到我这个年纪，就爱东想西想回忆过去了。我一直在想，刚从深山进城那会儿，算是山外来客，啥事儿都不懂，好在我和你师母互相不嫌弃对方，土也一起土过来了。”

姜湖笑了一声。蒋绍仪突然又换了话题，说道：“过些天有人要来拜访我，是远道而来的。”

值得蒋绍仪特意说说的，不是等闲人物，姜湖问道：“是我认识的？”

蒋绍仪：“傅砚笙。”

姜湖哦了一声，因为这个名字，脑海又蹿出一连串东西，不用回忆，它们自己就涌出来了。她问：“任务结束了？”

蒋绍仪眉心拧起了个褶儿：“凑巧赶上拍了个化武袭击，罹难的小孩子有些多，这事儿对他的刺激有点儿大，回来调整一下。”

姜湖说：“那地方是有点儿残酷。”

蒋绍仪叹气。姜湖想起当初那个将相机当枪的小姑娘，和那夜震后被父亲背回家的已然亡故的少年，又补充道：“还他妈不止是一点儿。”

蒋绍仪听完姜湖的感慨后说道：“你师兄问我你的情况，还说有朋友和他一道回国来。”

姜湖：“姓什么？”

蒋绍仪：“没问。”

姜湖大致能猜到是谁，不出意外的话应该是老唐。可能还有 Alma，那个说要跟老唐来中国过安稳日子的 Alma，她向往中国，是因为和平。

三日后，山电。

因为核辐射的扩散，这一方天穹像被一种高浓度的霾笼罩。

前所未有的人力短缺，是瞿蔺进入山电以来最深的感受。封锁区域外，震后救援需要大量的军人和消防部队官兵，现在，交通线尚未完全复原，前来支援的人力也有限。另外，即便人来了，限于技术原因，很多人也没有办法参与这一次的核污染物清理工作。

迫于厂区内紧张的形势，那些技术层面的骨干，原本负责应急方案设计，也为基层员工提供技术指导的专家们，也自发进入最前线，亲身参与清理和修复工作，加入到没日没夜无休止的轮班。

几个月前刚修复了的安全壳，在这一次地震后再度起火开裂，当时在高空中蹿起的烈焰让无数人胆战心惊。留在山电的机器人进入核心区域测量辐射值，也因为过量吸收射线而罢工。不止机器人，摄像机带回的画面浑浊一片，全是闪动的黑白线，那些泵机和其他一系列的机器都因为强辐射而故障频发。

事情很清楚了，人不亲自进入安全壳内，就无法搞清楚里面的情况到底如何。

厂区内竖起了无数面国旗，那种中国红，在瞿蔺眼里却是橙色。某些汗流浃背的时刻，瞿蔺抬眼看着风中飘扬的旗帜，那红在他眼里甚至是灰色。人的眼睛在面罩后，并不能躲过所有的射线，时间稍久一些，眼睛便有了挥之不去的疼。

离瞿蔺最近的那一面国旗，是块儿红布，有人在上面画了些五角星。那应该是个灵魂画手，五角星画得有些胖，厂区里的一切，也就只有这几颗胖星星让人看了想笑。

和瞿蔺一直同班的卫南体能不算好，从岗上撤下来往回走的速度总是很慢。回了休息区，两人仔细地冲洗身体，这是所有作业人员必须进行的一个步骤，要洗掉身体表面可能吸收的那些污染物，尽管效果有限。

卫南刚关了水龙头，手就撑着墙壁开始呕吐，甚至来不及挪个地方，这是被辐射后身体的应激反应。瞿蔺也在忍着那种恶心感，眼圈因为生理反应渐渐润了。吐完了，卫南坐在地上，望着瞿蔺："瞿工，问你个问题，你说这么下去会死吗？"

瞿蔺循声看他，见卫南正喘得厉害，抱着头，便问道："怕了？"

卫南说："那倒不是，就是觉得还不应该到我死的时候。"

瞿蔺说："就算撑不住了，大家也不会放弃我们，现在别想太多。"

卫南轻轻嗯了一声，说道："昨天我见到抬出去一个，也不知道那人现在怎么样了。"

那场景，瞿蔺也看到了，被抬走的是个年纪不大的武警战士，他虚脱到喘气都费劲儿。这里的工作强度太高了，受环境限制，效率却提不上去，面对辐射，人不是铅做的身体，弱点太多。

瞿蔺回道："被空运到后方治疗了，应该还有戏。"

几天下来，他们的手也变得比平时僵硬，弯曲着握起拳头都变得困难。卫南掰着自己的中指说道："希望吧。上学的时候，我看过切尔诺贝利的资料，到这会儿就只对那些前辈说的一句话记得深：不是我们，就是他们。当时看过这句话，觉得身上满满的英雄主义的光辉，到现在，只是觉得没得选，不是我们，就是他们。"

国难当头，怕也不能退缩。核电在发展，电站越多，规模越大，积累下来的风险也就越大，入行时大家都明白。说到这里，卫南又长吁了一口气："好在我兄弟姐妹多，爸妈不是问题。"

可兄弟姐妹多，也并不意味着就不怕失去，瞿蔺动唇，想说点什么，但最终什么也没说出来，只是摸了卫南后脑勺一把。他们还得抓紧时间躺一会儿，喘口气儿，休息一下，三小时后，又是新一轮的出征。

很累，可刚躺下没多久，瞿蔺就被前来找人的程烨喊了起来。瞿蔺睁开眼，视线内的程烨看上去并不清晰，他闭上眼揉了一下眼窝，再睁开眼睛，程烨的脸才看得清楚一些。

程烨知道大家都是身心俱疲，但时间紧，事故在催着，到了紧急关头，还得咬紧牙关顶着，他没得选择。看着疲累的瞿蔺，程烨喊道："地道抢通了，前天你在魏总工那儿和那几个外国人敲定的设备安装方案要启动了，跟我走。"

卫南也醒了，望了眼程烨，喊道："程工。"

程烨于心不忍，但还是咬着牙说："你也起，跟我走。"

眼见着人都迅速消瘦，程烨又给了一句安慰："你们都坚持了挺长时间了，明天后援就能从外地赶过来了，到时你们就能撤下来缓口气儿，你们这些技术骨干用不着再往第一线冲了，再坚持一天，会好的。"

指挥部里聚集的人并不多，更多的人要么在轮岗中，要么抓紧每分每秒正在休息中。没有人说废话，都尽量言简意赅。瞿蔺听懂了话里的担忧，虽然地道内的辐射数值相对反应堆上面不算高，但反应堆正对的地道尽头，数值仍旧降不下去。这几日，那么多机器毁于辐射之下，大家都看到了。

要是这世界上真有十八层地狱，能将这座反应堆深深地埋了进去，让它消失就好了。这么想了一下，瞿蔺甩甩头，暗骂自己在做白日梦。

安装好的降温设备是否能正常运转？如果正常运转能坚持多久？没人敢确定回答这些问题。几人一番商讨过后，还是决定，由瞿蔺和卫南带着测试设备和两个武警先期进地道。地道尽头辐射值高，不宜久待，设备的调试由他们这些熟悉器材的人亲自动手更高效。

地道内空气不流通，越往里走，掩在面罩下的脸上挂的汗珠越多。经过调试，MINI 装置能正常运转，几个人都松了口气，立刻往回走。两个武警战士主动提着设备走在前面，卫南走得慢，瞿蔺殿后跟着他。

但连续几日轮轴转，身在地道内高温和密闭的环境里，没走多远，卫南便有些虚脱，人掩在防护服内摇摇欲坠。卫南不再向前迈步，伸出手扶着地道壁，艰难回头，对瞿蔺说道："我好像……"

瞿蔺看到卫南的样子马上明白发生了什么，他的心被狠狠地撞了一下，疼痛莫名。他奋力走上前去搀住他，以免他倒下去。

卫南艰难地将话说完："要拖后腿了。"

前方的两个武警战士已经走出他们的视野，瞿蔺什么也顾不上了，二话不说，半弯着腰，把卫南驮在身上，连背带扛，一步步往外走去。感觉上，回程的这条路比进来时遥远了许多，他背负着卫南，仿佛背着一座山，简直一步都挪不动了。

快接近洞口时，瞿蔺的腿已完全直不起来了，全身都在打颤，这条路太长了，长到他看不到希望。

卫南恍惚间听瞿蔺说道："护好面罩。"

他声音也不稳，发着颤，话刚说完，瞿蔺的腿就跪了下去。为了缓冲下坠的力道，瞿蔺跪向了地道边，他上半身靠着地道壁，膝盖就重重地砸落在壁前，腿垫在卫南身下。

随后是一声沉闷的响声，瞿蔺脸上的面罩重重地砸在了地道壁上，撞击的力道很大，面罩因为撞击而错位并露出了缝隙。地道壁上仍有未完全掉落的土屑，这些二十四小时不间断地承受着辐射的土屑，在瞿蔺下意识地张口喘息时，有些便滑入面罩内，有的甚至进入他的口中。这是带着强烈核辐射的污染物，不能吃进嘴里，他用力将土屑尽可能地往外吐，然后紧紧闭住张开呼吸的嘴。

卫南从他背上挣扎着下来，口中发出细如蚊蝇的声音："瞿工……你……没事儿吧？"

瞿蔺背在身后的手臂制止了卫南的动作，用力说道："别，别乱动，这就出去了。"他重新扣好面罩，再度挣扎着撑着地道壁站起来，他头一抬，有些咸腥的东西滑进唇缝。

将卫南再度背起来的那刻，前方有人影出现，是走在前面的两位武警战士，他们见瞿蔺和卫南未跟上来，特意返回来寻找他们。

他们走近了，见瞿蔺背着卫南，主动过来接手。瞿蔺没有拒绝，把卫南放下来，沉默地跟着武警战士往外走。

重新回到阳光下，四周的人多了起来。瞿蔺耳畔都是嗡鸣声，这不断的嗡鸣声让他晕眩，他用力看了一下不远处的卫南，已经有人往这边运担架。

有人朝瞿蔺走过来，瞿蔺视线回转，木然地对准来人的脸，细看，是程烨。还没等程烨走近，从瞿蔺脊背骤然腾起一阵凉，让瞿蔺后背直冒虚汗，四肢随之酸软，全无一点力气，又一股咸腥味弥漫在他口中。

瞿蔺手臂撑在一旁的工程车上，对程烨说："能用，没上护甲的 MINI 装置也运转。"

程烨："谢天……"

程烨一句话还没全部说出口，就见瞿蔺的面罩底下，有东西滴落。看清那是什么的时候，程烨心底大骇。他猛地靠近，扯下遮住瞿蔺脸的面罩，看到了面罩下瞿蔺那张苍白的脸，以及热烫的血。

那血还在下落，流满瞿蔺下半张脸，他的眼神有些晃，但还是看到了程烨的眼神，里面全是恸、惊骇和担忧。自己此刻的模样大概有些可怕，瞿蔺想，他不想这样，可他没有办法控制。

程烨在高声呼喊医护人员过来，瞿蔺蹙眉摘掉防护手套，摸了一把下颚，再抬起手，手上在眼底是一片血红。他低头看去，那红有的已经滴在他脚下为之拼搏了数日、数月、数年的这片土地上。

卫南倒了，他如果再倒下去，对魏铭和程烨的打击难以想象。瞿蔺咬着下唇，让自己的意识清醒，让目光澄明一些，可眼前的视野还是在变暗，他试图咬舌，可他已经做不到，咬不动，牙齿在打颤。

瞿蔺苦笑了一下。

滴落到地面上的红越来越多，在程烨伸手过来的那一刻，瞿蔺已经推金山，倒玉柱，整个人砸向了地面。身体落地那一刻，四肢禁不住地抽搐了一下。

那暗下去的视野中，这片瞿蔺看了数日的霾收拢聚合，在他眼前亮光熄灭的最后一秒，化成了一个栩栩如生的姜湖。虽然和计划中的不一样，可毕竟又见面了。

一周内，姜湖收到了两封来自瞿蔺的信。

第一封，瞿蔺写着："除了说过的那一句，老柴还有个毛病，积极认错，死活不改。骂可以，别打，会起义，我不在，怕你输。"

一共只有这两句话，纸条似乎被洇湿过，有些皱。柴大爷这条狗，忙着和蒋绍仪那只二哈套近乎，没空犯错。姜湖想着柴大爷的事儿，将这一封和留言条差不多的信封存起来。

第二封，瞿蔺写着："这次太急，等这边危机过去了，如果这里不是禁地，请你来看海。"

纸仍旧不平，是个承诺。可姜湖知道难，类似的福岛如今是什么情况，不是秘密。瞿蔺如唠家常般说些平常话，不提那些地动山摇的事儿，只计划那些岁月静好的景，这些字无非是一个意思：让她放心。

隔了五日，来了第三封信。姜湖盯着所谓的信纸，和前两封信一模一样同样被水洇湿过的信纸出神，忽略了上面所写的内容。

巧合吗？是最近的Q市都在落雨，还是他写这些信时都打翻了水杯？姜湖将前两封信翻出来，对比着那几张被截开的细纸条儿。

在体院馆那日，登记灾民信息的信纸，就是这般模样。

莫石南是在送母亲去邻省的路上接到姜湖电话的。姜湖自报家门，莫石南在最初的意外过后，开始在脑海中飞速地思考姜湖要说什么，她可能会问什么，以及他要如何应答。杨栩栩将车停在路边，莫石南下车接电话。

姜湖："我是姜湖。"

莫石南："我知道。"

姜湖的联系方式，瞿蔺已经留给他，姜湖也给了程知。送姜湖走的时候，莫石南也把他自己和杨栩栩的号码给了姜湖，姜湖当时记在了电话里。

姜湖开门见山："有瞿蔺的消息吗？"

莫石南瞳仁一暗，心道，来了，他硬起头皮答道："这几天没有。"

姜湖直接挑明："信是你寄的？"

莫石南："……"

他一惊讶，就没来得及在最初那一刻否认，但还是随后补救："什么信？"

姜湖："你寄的信。"

话说到这分儿上，再否认就没什么意义了，也会伤了朋友间的情意。但事关重大，莫石南还是没承认："虽然不知道你说的到底是怎么回事，但不是我。"

姜湖那边顿了一下，在莫石南以为她会挂断电话的那一刻，姜湖说："抱歉，我不是质问你，如果是你，请你一次性将所有的信都寄给我。"接着又说，"算了，不用寄，如果是你，我明天去找你，我不想等。"

莫石南："……"

这一刻，莫石南觉得没有遮掩的必要了，他应道："好，我等你来。"

姜湖再折回来，想必是瞿蔺不愿看到的，但莫石南觉得，他没有必要拒绝姜湖过来，一是姜湖未必肯听，二是他不想再向姜湖隐瞒下去。

次日，残阳如血时，莫石南在上次同姜湖分手的车站又见到了姜湖。因为山电，一些能撤走的居民在震后又有一部分移到了外地避难。除了抢险者，此刻在外面活动的人并不多。

风在刮，吹来海边的咸腥，也吹来那些来自山电的污染物。莫石南已经将东西准备好，换了个硬壳信封包着，姜湖拿到东西之后，在原地站着。

莫石南说："这里终究不安全，我不留你做客，早点回去吧。"

他们此刻置身在隔离区之外莫石南尚且如此说，那么置身隔离区之内的人呢？姜湖回道："我看了新闻。"

莫石南说："相信我们会比福岛做得好，这是肯定的。"

姜湖眸寒如冰："因为敢牺牲？"

莫石南皱眉，听了这话，他的第一反应是："你怪瞿蔺？"

姜湖知道他想什么，话说得干脆："要是怪，我不会来，我如果不理解，他会更苦。"

莫石南有所触动，但更多的还是心里透出的无奈："只是目前除了砸进去人力物力，我们也没有更好的解决办法，而这些难免会有牺牲。"

姜湖浅应一声，似是听进去了。莫石南怕自己面对姜湖这张坚毅的脸会向她透露更多的消息，就说："我去帮你买票。"

姜湖走，还是要到邻市转机才行，他走向那几扇售卖窗口，姜湖没拦，捏着那个信封，等着他。这里购买车票已经不需要出示身份证件，因为太多灾民已经遗失了证件，很快，莫石南拿着一张纸质车票出来。

回到姜湖身边的路上，他看到一家正在道别的老人和儿子、儿媳，几人都在洒泪；没走几步，是一位从邻市赶来寻找亲人却一无所获的年轻姑娘，一个人默默地站在旁边落泪。再看向姜湖时，莫石南略显心烦意乱。

站在候车厅目送姜湖上了车，莫石南仍旧站在原地没动。他口袋里还装着一张瞿蔺说先留在他手里的条儿，上面写着类似遗言的那一张。耳畔又听到候车厅里不知谁呜呜的哭声，搅得莫石南太阳穴一蹦一蹦地跳了起来，他骂了声，迈步闯过检票口，飞速冲着姜湖坐上的那辆车跑去。

他还没靠近，已经听到汽车发动机的嗡鸣声，大巴车即将发车，莫石南疯狂敲开已经被司机关上的门，在大巴即将离站的这一刻跳上车来。

人越急心越乱，他第一眼没找到姜湖，于是满心慌乱，大喊一声："姜湖！"

他额头上都吼出了青筋，整车的人都随着这声喊向他看去，一个人从后面的座位上站了起来，是姜湖。莫石南抹了把额头上跑出的汗水，走过去，从口袋里拿出那张本该给姜湖的纸条交给她："漏了一张，你拿好。"

姜湖接过来，不待她说什么，莫石南已经立刻转身，跟司机打了个招呼致歉，又逃一般地迅速跳下车去。

莫石南刚下车，司机就关门起步，大巴缓速移动，离站而去。

姜湖的手机响了，她一看，是刚下车的莫石南的电话，姜湖向车外看去，莫石南正背对着远去的车辆给她打电话。姜湖接起来，同时打开那张被对折的字条看，耳边传来莫石南嘶哑的声音："我有他的消息。"

但是他开不了口。

姜湖眼睛看到纸条上写的是：

"送你的那把钥匙，如果我出来，是我娶你的聘礼；如果没出来，那是我送你的嫁妆。万一不幸是后一种，这辈子一定别等我。我回来，长成一个能许你终身的男人至少要十八年，那个时候你的人生已经蹉跎过去了。你往前走，每次天黑之后，还会有新的太阳升起，我会保佑你。

在我墓碑上留下你的名字，等下辈子吧，下次我先来找你，上你的车。如果你不愿意，我就努力追你。"

耳边又传来莫石南说的第二句话："他已经不在这里，被运到北京，快点回去，哪怕是最后一面，我也希望你们没有遗憾。我问过了，即便是亲属，也不让探视，但也许你有办法……"

后面莫石南还说了些什么，但姜湖已经听不到了，钻入她眼中和耳中的那些字眼，全如子弹一样打在她心上，瞬间，她觉得自己的心变得千疮百孔，整个胸部漫过一阵接一阵的疼痛。那里阴了天，落着雨，在重复一次一次的天塌地陷。

大巴在前行，可她的心却没了方向，好像往哪里碰，都会流血。

她是来找瞿蔺留给她的东西的，她找的不是遗言，她没想过会等到这些。天黑之后，确实会有新的太阳升起，但那灿烂的阳光照耀的地方，只有昨日凋零的黄花。心底有风穿过，滴水成冰，已是天寒地冻的季节。

身旁的人在拉拽姜湖的胳膊，姜湖慢动作般机械地转身，神情茫然。她听阿姨说道："姑娘，别难过，没了跳下车的这一个，还会有更好的下一个。"

会有吗？不会的！

姜湖裹着满身萧瑟回到南山的时候，正在家里的程佩和姜式武望着她溃败的神情身心皆震。姜式武合上正在读的报纸："这么冒失地蹿进来，魂儿这是又丢哪儿了？”

近三十年的岁月，姜湖从未借用过姜式武的力量，可这一次，她想不到更好的办法。她全身心被一个念头催着在跑，言简意赅地说道：“爷爷，我得见一个人。”

没有遮掩，也不必遮掩，姜湖重复：“爷爷，求您帮我，见到他。”

姜式武等她解释。

程佩从未在姜湖脸上见过这种凄惶之色，姜湖因为那个男人和她深谈的时候，脸上没有这种神色，那时的姜湖从容。姜湖的眉眼像她，这一瞬间，看着姜湖，程佩仿佛看到了二十多年前自己的样子，那个时候，她也是用同样的神情对姜式武说：“爸，他还活着，对不对？”

程佩静了多年的心境，裂了条缝，被岁月掩盖住的伤疤突然就被撕裂开来，她以为自己已经忘了那些过去，原来只是她不愿记起。姜湖曾经对她说：他死了，我多个清明时要怀念的鬼。她此刻脸上的表情……看来，她已经陷了进去，无法抽身了。

姜式武虽然专制，可到底是自己的亲骨肉，关键时刻总是护着姜湖和姜行的。国内能收治核“难民”的医院有限，他很快便查询到结果。

姜湖临走前，姜式武想起电话里对方告诉他的情况，嘱咐道：“姜姜，不要强求，人难免有力不从心身不由己的时候，有时候，你得为对方考虑，适时放手。”

姜湖想，这如同医生对家属说请做好心理准备吧，说得再委婉，也一样让人难以接受。程佩从后面追出来，拦住姜湖，姜湖眼白泛红，无意和程佩纠缠，只说：“我必须见他。”

程佩：“我不是要阻止你。”

姜湖额前头发被风吹乱，人显得憔悴。

程佩说：“我陪你去。”

姜湖似乎没听明白，程佩再说一遍：“我和你一起去，你现在的情况，我不放心你自己行动。”

姜湖看她，长久的沉默横亘在两人之间，姜湖似有一丝动容，往前走几步，说了一句：“谢谢。”

程佩眼底即刻一酸，她们是母女，此时此刻，母女相伴本应是常态，姜湖却说谢谢。

有人接机，送姜湖和程佩去医院。

医院里，男医生脸上满是同情："虽然你们来了，虽然人还清醒，但我还是不建议现在见面。他现在仍旧是个辐射源，谁都不能碰他，不能和他有任何接触。我们将病人隔离，既担心他们感染，也担心核污染扩散。"

姜湖哦了一声，恋人重逢或分别时，会拥抱，会牵手，会拥吻，可有人告诉她，她不能碰他。

男医生继续说道："你见了第一次，可能会想见第二次，今天他的模样还是完好的，明天可能就不是这样，这既考验他也考验你的心理承受能力，他不适合激动。"

已经近在咫尺，不可能不见而返，姜湖说道："我见过，有心理准备。"在瞿蔺去见莫石南的那个夜里，她在电脑上见过浏览器里跳出来的那些图片，那些不忍目睹的溃烂和鲜血淋漓。

男医生坚持道："在别人身上，和在他身上，我想对你来说是不一样的。"

是不一样，你看着别人流血，和看着自己流血怎么会一样？男医生说了很多，后来的话，姜湖没有听进去多少，在她一再坚持下，医生终于同意破例让她见上一次。

程佩留在外面，姜湖穿好无菌衣，等着即将到来的重逢。

隔离区里的病人不多，一位女护士引着姜湖往前走，到了一间病房门前，护士指给她看，然后，姜湖留下，护士离开。

姜湖推门的手在颤，她站在原地，闭上眼，在心里默数了十个数，再睁开眼时，眼底那些晦暗的情绪都被逼退，留下的是一湖平静。

姜湖向那张病床靠近，没有溃烂，没有触目可及的鲜血淋漓，眼前安睡的瞿蔺是完整的。走近了，瞿蔺瘦可见骨的脸在姜湖眼前放大。姜湖想用手抚摸他，但不能；她在病床旁坐下，想拉一下他的手，但不能；她想像姜行醒来那一刻她做过的那样，吻瞿蔺，吻他的唇，但不能。此刻，她离瞿蔺近在咫尺，但她不能感受他的温度，不能触碰他的脉搏，不能倾听他的心跳，所有她想做的事，都不能做，不被允许。

刚才离开的女护士在走前曾安慰姜湖说，不要哭，希望也有。姜湖不会哭，但她什么都不能做，除了看着他。能见他的时间不长，如果哭，眼会花，就看不清他的模样，她不允许自己这样。

等了很久，瞿蔺那双闭着的眼，眼皮开始颤动。姜湖收紧呼吸，等待他睁开眼，而后发现她。瞿蔺眼睛睁开后茫然了片刻，眨了一下，而后认真看着床边的姜湖，仿佛若有所思。

等他眼神聚焦，姜湖问："意外吗？"

瞿蔺虚弱地摇头："每天都见。"

闻言，姜湖喉咙一哽，告诉他："现在是活的，和梦里的不一样。"

她随后站起身，两臂撑在瞿蔺两旁，上半身下伏，两人的呼吸就纠缠在一起。身体不能接触，呼吸总是可以的，这是她可以与他离得最近的接触方式。

瞿蔺却锁眉："你得离我远一些。"

姜湖退回去："好。"

彼此对望，不再急着说什么。看了姜湖许多眼，瞿蔺才开口缓缓说道："不是有心瞒你，我来到这里，已经没有通知别人的能力。"

姜湖见他拧眉，不知他哪里不适，她想，她得尽快把话说完，让他好好休息。

姜湖说："你有一个好朋友，是莫石南。"

瞿蔺嗯了一声，嘴角动了动，似是笑了一下。

姜湖说："我看到了，所有你留给我的话。"

瞿蔺想到了，也记得自己写过什么。

瞿蔺又笑："有些寒碜。"

姜湖看他，他继续说道："但都是真的。"

姜湖："我知道。"

瞿蔺眼角发涩。姜湖又说："瞿蔺，我小时候看过一部电影，你也应该看过的，《泰坦尼克号》，老片子，沉船后，有人生死相隔。"

瞿蔺合眼又睁开："看过。"

姜湖："沉船了，在冰冷无望的海水里，Jack 对 Rose 说，No...Don't you say your goodbyes, Rose. Don't you give up. Don't do it."

姜湖问："你明白我在说什么吗？"

瞿蔺望着她，想握她的手，可他不干净，不能碰她。他懂，她让他坚持，她鼓励他活下去。

姜湖说："瞿蔺，你一个人，生或者死都很容易，可以说走就走，无牵无挂。现在，有了我，我来了，这问题对你来说就难了，你就不能那么随便了。我是你选的，你既然要我，就要面对困难，这条路难走，你也不能绕道，不能走捷径，做懦夫。电影里 Jack 还说：You're going to get out of this...You're going to go on and you're going to make babies and watch them grow and you're going to die an old lady, warm in your bed. Not here. Not this night. Do you understand me?

“听到这些话的 Rose 活到了老，你要记住这些话。”

瞿蔺微声回道：“我记住了，姜湖，如果……”

姜湖打断他：“没有如果，人只有一辈子，我没有下辈子了，我不和你立约。”

瞿蔺在她眸光中看到一丝恼怒，他动了动嘴角，又一笑，说道：“好，我听你的。”

他有些倦了：“姜湖，我的精力比从前差了，如果过会儿我睡着了，你就叫醒我。”

姜湖：“睡着了会见到我？”

瞿蔺又笑了一下，但笑意刚铺陈在嘴角，眉却骤然敛起，他立刻紧闭双唇，不敢开口，怕有热流喷溅出来吓到姜湖，但他的目光还定在姜湖脸上，不肯移开。

姜湖：“你累了就睡，我等你。”

瞿蔺还有话想说，把那口血用力吞回去。再开口，声音哑了很多：“别在这里等，有辐射。”

不知附近哪个病房的病人在号叫，呼痛呼得撕心裂肺。姜湖想，这个人一定正在承受着难以忍受的折磨，如果那是瞿蔺，他不会希望她看到听到。

这时，瞿蔺微弱的声音又起：“明年花季到来前，我努力让你等到，可以吗？”

姜湖不置可否，只说：“离得远，就异地恋。”

瞿蔺眼热：“好。”

姜湖：“睡吧，梦里见。”

那日傍晚，姜湖和程佩离京南下，回到湖心岛后，已经将近夜里十点。

连日奔波很累，姜湖从蒋绍仪那儿接回柴大爷，柴大爷不停地绕着姜湖转。姜湖见它毫无睡意，于是折了艘纸船，点了个烛灯放于船中，让它顺着湖水东走，她抱着柴大爷站在湖边看。

此刻的城市很安静，姜湖对着纸船，许了个心愿。

湖岸没有路灯，湖水在夜间一片漆黑，烛灯放进去，照亮了纸船前行的路。夜色漫漫，湖接河，旅程遥远，可灯在，这飘摇的船便有了航向，便能漂向避风的港湾。就好像，这世界颠沛流离的路再远，艰难险阻再多，有爱人在身旁，便有了勇往直前的力量。

爱是一个人，你会遇到他，他会是你的故乡或者异乡；他是你在这世间颠沛流离后想要去往的那个方向；他是你的南来和北往；他是你的栖息地，也是你的避风港。你会愿意向着天下苍生起誓：我爱他，且以此为傲。

愿所有的爱都能圆满！

多年后，N 大学小百合论坛有人发帖：

有谁选了核物理瞿老师的课？

1 楼：退出来让给我呗。

2 楼：楼上的是听说师母貌美如花吗？

3 楼：2 楼别走，深扒来一发。

4 楼：楼上的别凑热闹，说正事，哪位同学选了，可以一起做伴去上课……

番外

【Part A】

活到十八岁时，我倚老卖老，不怎么想动。作为一条狗，我辈份不低，不动家里人也不嫌弃我。在露台上晒太阳的时候，我听到爸爸在接电话，他避着妈妈，避开弟弟，但唯独不避开我。那通电话很长，可他几乎没怎么说话，我听到的只有“我知道了”“体检报告先扣在你那儿”。

电话打完了，他在我身旁坐下。湿凉的风从露台吹过来，吹得我禁不住哆嗦了一下，爸爸替我顺了一下脑后的毛，又把一条和我毛色一样的薄毯搭在我背上。我转过头去看他，他望着我笑了一下，眼角好像有水光在闪，我认真看过去的时候，却又不见了。

他揉着我的脑袋对我说：“可惜你也老了。”

他又说：“也陪不了她太久。”

我是老了，活不了太久了，不能帮他照顾妈妈和弟弟，爸爸这么说，我心里也难受，侧头蹭了他腿一下。我要是走了，一定舍不得他，我不会说话，但我想他一定懂得我的意思，因为他接着就叹了口气，把我抱了起来。

他似乎有些难过，可能是因为我快到寿终正寝的年纪，离死不远了。我也难过，于是把腿紧紧扣在他臂弯上，我不是不想陪着他，只是要我活到七老八十，这也太难为我这条老狗了。

第二天一早，爸爸带弟弟去晨跑，弟弟见我蔫蔫地趴在地上，担心我这条老狗是久居室内给抑郁了，他向爸爸请求带我一起出门，爸爸同意了。

可我老了，不能跑也不能跳，走也走不远。弟弟从楼梯下的杂物间里把多年不用的婴儿车翻了出来，他任劳任怨地清理了半天，最后用这辆婴儿车推着我出门。因为我这个累赘，晨跑没有了，只剩下晨走。

弟弟推着我，和爸爸一起沿着湖岸慢走，这个场景让我想起小时候爸爸抱着我，背着妈妈在雨中行走的那一幕。从前我们是一家三口，现在我们是一家四口。

路上爸爸一直在和弟弟说话，谈弟弟喜欢的足球，谈他的学校，弟弟喜欢什么，爸爸就和他聊什么，聊到最后，话题转移到外婆身上。前些天，弟弟从茯苓阿姨那里听来了不少往事，大概是外婆早年不喜欢爸爸，于是他开始不喜欢外婆。弟弟不像我那么中庸，他很坚持自己的原则。

爸爸问他："知道你这是在干什么吗？"

弟弟不吭声，爸爸于是笑："跟你妈一样，护犊子。"

身为犊子的爸爸又接着说："你外婆，和你一样，你妈是她的掌上明珠，你自己怎么想的，她便是怎么想的。我这样说，好理解吗？"

我这条旁听两人对话的狗是理解了。

爸爸说："说句话。"

弟弟回道："我如果不理解，你会觉得我是不懂事儿？"

爸爸轻拍了弟弟后脑勺一下："要是那样儿，你小子觉得委屈了？"

弟弟不乐意了，瞪着爸爸："委屈什么？我堂堂一个大男人。"

我佩服弟弟，明明委屈还要攥着拳说他不委屈，我很想从婴儿车里跳出去，到他身前摇摇尾巴。

爸爸听完似乎笑了，他对弟弟说："你护犊子，爸爸感谢你，不会怪你。你长大了，有自己的主见是好的，我支持你。但我们家里一共就这么两个女人，你妈和你外婆将来都要托付给你照顾，尊重她们，爱护她们是重要的前提。"

弟弟脑筋转得很快："那你呢？"

爸爸说："我在，我们就一起照顾，我如果不在，也会远远地看着你这个男子汉照顾她们。世界上其他男人，爸爸都信不过，所以你得能扛起事儿，别让我失望。"

我知道爸爸说的是假话，世界上的男人他相信的不止一个，好几个来过家里的叔叔他都信得过，他说的这一切都是为了让弟弟和外婆和好，我懂。

弟弟似乎受到了鼓舞，我从他声音里都能听出他的决心："我是你的儿子，你可以相信我，没有问题。"

弟弟像男人一样和爸爸击掌，是一言为定的意思。

那天午夜，老来浅眠的我睡到一半，听到有脚步声，于是睁开眼看去，是爸爸从卧室里轻手轻脚地出来，坐到客厅中。他没有开灯，就那么坐着，坐了好久都没有动。我于是爬起来走过去，趴在他脚边。

他低头看我，还嫌弃我："一把年纪了，粘人这毛病也不改改。"

我脸皮厚，不怕他说，被嫌弃了还爬上沙发，又爬到他腿上趴着，坐实了粘人这个毛病。他略感无奈，抱着我起身，离开客厅，去了二楼的书房。

那个晚上，我看着他在一张张纸上写满了字，又将它们放进碎纸机里碎掉。而后他开始写邮件，发给茯苓阿姨和朱古叔叔，他们是妈妈最信得过的朋友，如今和我们不在同一座城市里。他设了定时发送，时间在明天下午。

邮件写完了，离天明尚早，爸爸又把我抱到楼下，放回我的小床，而后他回了卧室，赶在妈妈醒来之前躺下去。

天亮后，他们一起出门，好像是有什么大事要发生，除了要去学校的弟弟外，爸爸妈妈神情都很严肃。一直到夜里九点半钟，妈妈披着一身的月色自己回到家，弟弟和爸爸都没有回来。

和爸爸一样，妈妈进门后也没有开灯，一个人坐在沙发上，和昨夜爸爸坐过的位置几乎一样。我同样靠过去，用尾巴扫妈妈的腿，于是妈妈打开落地灯，瞅了我一眼，可能我脸上写着饿，她起身替我去倒狗粮。我还没开始吃，门铃响了，妈妈去开门，门外是风尘仆仆的茯苓阿姨。

妈妈有些意外："怎么这会儿过来？"

茯苓阿姨说："我现在当甩手掌柜，又不接案子，还不是想去哪儿就去哪儿，好长一段时间没见了，还不许我过来溜达一下？"

进门后，茯苓阿姨四处看了看，又问："我干儿子呢？"

妈妈说："放我妈那儿了。"

两人坐下来，茯苓阿姨顺手把所有的灯都给打开，我也跑到她们对面去趴着。两人坐着不说话，家里安静得不同寻常。茯苓阿姨很快坐不住了，又站起来说道："我倒杯水，润润嗓子。"

妈妈问："晚饭吃了吗？"

茯苓阿姨不知想起什么，定住不动了，水也不倒了，而是回到妈妈身旁坐稳："飞机餐，吃了。"

两人又没了声儿。过了一会儿，茯苓阿姨说："不装了，姜湖，我为你来的。"

妈妈有片刻愣怔，茯苓阿姨说："我知道了，他下午给我发了封邮件，又给我打了个电话，他请我来的。”

妈妈说：“今天在几家医院重检，一直到住进去，我几乎一直和他在一起，没见他联系谁啊，什么时候的事儿？”

茯苓阿姨回道：“是下午没错，只要想做，只要有心，总能逮到空当。他请我来，在他不在的时候，陪陪你，和你说说话，替你开开车，免得你路上想多了分心，怕你搞出事儿。”

妈妈闻言轻叹一声：“他还没走，就怕我想不开，这一关真要是过不去了，难不成还请你来我家陪着我住，朝夕相对吗？”

茯苓阿姨说：“实话告诉你，他真有这打算。如果真到了那一天，在你最难的那段日子，他让我们来陪你住一段时间，走出去。”

妈妈沉默了，茯苓阿姨又说：“因为你坚强，所以他怕你难过的日子更长，而他那时候已经没有办法给你擦眼泪了。”

我即便是条老狗，听了这么多，我也隐约明白发生了什么事儿。我想起不久前爸爸对我说：“可惜你也老了，也陪不了她太久了。”

他用了“也”这个字。他没回来。我这条笨狗突然很想他，我想问问妈妈他在哪里，可是我没有办法开口说话，我只能站起来，走过去蹲在妈妈脚边，像我无数次做过的那样。

这些年来，我陪爸爸妈妈祈福过，有时候妈妈的愿望会说出声儿。我知道她总是求爸爸身体安康，我知道人祈愿的事儿，都是有风险的事儿。

妈妈说：“你把他的打算都捅给我，不怕他跟你急？”

茯苓阿姨没迟疑：“他不会。”

妈妈笑了一下，用手捂住眼睛，这世界上了解爸爸的人不少。茯苓阿姨抬手似乎想抱抱妈妈，迟疑了一下又收了回去。

妈妈说：“我没什么，他没必要这么操心。他是无父无母长大的，我不会让瞿遇过那种日子。”

瞿遇，是我弟弟。

茯苓阿姨说：“你总得允许他做点什么。”

妈妈对这话没什么反应，而是告诉茯苓阿姨：“我对他提了个要求。”

茯苓阿姨问：“什么要求？”

妈妈说：“活着，至少撑到瞿遇成年以后。”

妈妈又说：“我不算贪心。”

茯苓阿姨这次没再犹豫，她抱住妈妈。这是人给人最贴近的安慰，我见过许多次。

妈妈说:“我让他即刻入院,他听我的;他说回家睡一觉,我说好,听他的。”

妈妈还说:“只是下午坐在病房里，静下来想，还是不舍得，不是很不舍得，只是有那么一点儿，一丁点儿。人可能都这样，四五十岁时想六七十岁，六七十岁时又惦记到七老八十。”

……

窗外的夜沉静如水，室内的人和狗都不平静，那一晚，茯苓阿姨劝妈妈睡着后，她自己又从卧室出来招呼我。她见我食欲不振，还跟我说了会儿话。茯苓阿姨来家里的次数多，家里各处她都熟悉，她和爸爸那天晚上一样，抱着我上楼，钻进书房。

从前她来家里做客，有急事时就会借用家里的书房，爸爸妈妈从来没有避讳她的东西。从年轻时遭受的那场核辐射重创中恢复过来后，爸爸便彻底离开了核电一线，转入高校进一步研读核物理，而后留在高校做了老师。茯苓阿姨在他和妈妈的藏书中寻找半天，最后没抽书，而是从里面抽出了一本相册。

她远道而来，但没什么睡意，只是随意找点事儿消遣。坐下来翻了几页，她随手拉开书桌旁的抽屉,习惯性地从里面找书签,刚拉开,就吐了一句脏话:“日。”

我跟过去看，抽屉里是一堆药瓶，连我都不知道那里什么时候放了这些东西。

茯苓阿姨扔了相册，开始打电话，电话刚接通，她便扔了一堆诸如狼心狗肺的词过去，像是心情极度恶劣找人发泄一般。

身为狗，我不太理解这些词的意思，我又趴下去，打算养精蓄锐。

后面的话有些我懂，是骂人。她骂了很久，甚至没给对方说话的机会，最后扔了一句:“对不起，打错了。”

而后茯苓阿姨便把电话给挂了。她挂了电话，我便感觉到有水滴落在我背上，一滴一滴的。

难道她哭了?

很快，茯苓阿姨刚扔到一旁的手机再度响了起来，她没接，那电话又打了第二遍，而后是第三遍，响到第四遍的时候，她接了起来。对方不知道说了什么，茯苓阿姨回道:“别，你别过来。”

我以狗的听觉保证，这话里有哽咽的味道，隔了几秒，她又说:“我还好。”

这次声音正常，但对方似乎不信，她又解释道："我骂你就是安慰我自己。"

电话那端的人多少有些惨啊！茯苓阿姨说挂电话，便把手机重新放回桌面上，隔了几分钟，她似乎想起什么，又把手机拿起来。我见她盯着手机屏幕不动，蹙眉，而后将手机贴回耳侧，说道："怎么不挂？"

哦，原来两个人都没有挂电话。那边不知道说了些什么，茯苓阿姨回道："是，是，是我不对。"

像是那边的人在教育她，并指出她的不当行为。隔了几秒，茯苓阿姨又说："嗯，嗯，我错了。"

看来这教育还在继续。再过了几秒，茯苓阿姨说："时酒，我错了，我道歉，我求求你别说了，是我对不起你，我不该骂你，你要来我九十度鞠躬欢迎，行了吗？"

原来骂的是时酒叔叔。等茯苓阿姨挂了电话，她低头看着我，又把刚才关上的抽屉拉开，看着那些瓶瓶罐罐，她对我说："你主子是个好人，是老天没长眼。"

【Part B】

落地灯的光散发着微微的暖意，挂了时酒的电话，叶茯苓开始翻看她从书架上抽出来的相册。说是相册，实则更像是一本加了注解的日记，或者说周记，或者说月记，每张照片下面都有一段文字，记录着跟那张照片有关的故事。现在翻看，它们已经有了另一个共同的名字：回忆。

叶茯苓此刻看到的那张照片是两根鱼竿，配字是：二〇一 × 年，九月二日。

上午应邀陪老蒋钓鱼，耗费两个小时，鱼却始终没有上钩。中午她来电话，不是打给我，是打给坐在我身旁的老蒋，老蒋问她，要不要我接听，她说不用。挂了电话，老蒋说："问我稿子的事。姜湖怎么不骂我三天两头和她抢老公了？够稀罕。"

不稀奇。昨夜茯苓来访，她为了躲时酒而来，而我给跟过来的时酒开了门。我开始收鱼线，归心似箭，刚收了一指长，口袋里的手机震起，查看消息，是她发来的：滚出来，我和车到湖边儿了。

我扔了竿儿给老蒋，也明白过来，刚才那通电话只是为了确认我是不是在老蒋边上，但她还没消气，不想直接问我。老蒋看我，问："笑什么呢？"

我回："不笑什么，只是自己的女人来接自己，没办法不笑。"

隔了很多年，身为这段文字里的配角，叶茯苓已经记不清当时的事情，但文字里的人当时显然是开心的，无论是瞿蔺，还是前去接他回家的姜湖。

第二张照片，是棵开满了花，枝头胜雪的老槐树，配字是：二〇一×年，五月六日。

很少送她礼物，今年槐花开得好，等她回来，怕是会谢干净了。学古人样，折了一枝寄给南下陪茯苓待产的她，夜里她回复我：花收到了，挤黏了。

这花送得怪失败的，她还说：丑。更失败，但后来她又良心发现，安慰我：明天就回家。

这么多的回忆都被他留在纸上，叶茯苓不知道姜湖有没有翻阅过。她也不知道将这些回忆留在纸上的人，是怕自己忘记还是想日后给另一个人留些念想。

叶茯苓翻到的第三张照片，是个新生婴儿的脚，配字是：二〇一×年，十一月四日。

这小子来的时候，她问我："感人吗？"

我说："还好。"

知道有这小子的时候，高兴得过了头，冲她笑得久了些，她嫌弃，所以现在不感人。

看完这一句，叶茯苓笑了起来，这些年她接触瞿蔺接触得也多些，和姜湖在一起的这个男人，身上最鲜活的一点，就是时常流露的少年心性。

叶茯苓又翻到下一页，看了起来，照片上的路牌带着一串外文，应该是摄于国外。

二〇二×年，九月三十日。

我们重走当年的路，她想去当初那个墓地旁我们夜里蹲过的楼顶看看，我想把当初没走完的那条路走到底。

老唐已经回了国，那家大中华变成了超市。墓地旁的小楼已经不在了，车头翘出桥面一半，她差点儿掉下去的那条河还在。

我们去贝松，找到当初分别时的那家被大火焚毁的家庭旅馆，店主还在，火灾后房子也重建了，只是已经不再经营旅店业务。

我们找过去，为了告诉他们，我们是夫妻！

出乎叶茯苓意外的是，这则记录里，有人加了批注。她和姜湖多年的朋友，认出批注是姜湖的笔迹，看来姜湖知道这本相册的存在。

在"她想去当初那个墓地旁我们夜里蹲过的楼顶看看"这一句后面，姜湖批了一句：是你想。

“她差点儿掉下去的那条河还在”这一句后面，姜湖批了一句：重走没走那儿，此为胡说。

“为了告诉他们我们是夫妻”这一句后面，姜湖批道：正大光明。

柴犬蹭了叶茯苓一下，叶茯苓合上相册，又想起另一件往事。

作为朋友，姜湖和瞿蔺生命中所有的重要场景，她几乎都见证过。当初瞿蔺因核辐射被送到北京治疗，经过一段时间的治疗和休养，他身体初步复原后，回到姜湖身旁。那一天，她也在，和姜湖一起陪蒋绍仪钓鱼，这个男人带着一张瘦削的脸毫无征兆地出现，见她和蒋绍仪两个外人在，他迟迟没有上前。

人的勇气和意志有时会被灾难腐蚀，姜湖指使柴大爷：“去，咬他。”

柴犬没听从她的指令，反而咬着她的裤腿拖着她往前走，无论姜湖还是柴大爷，都爱他。

天亮以后，疾病还要面对，死亡终有一日不可避免。勇气和意志有时会被艰难险阻腐蚀，但爱却永远不会磨灭。

天亮以后，叶茯苓要陪姜湖去医院，去见瞿蔺，她想，她不能让瞿蔺对姜湖过于放心。她要告诉那个男人：你自己的女人和孩子，你自己照顾，我不管；你自己的爱和牵挂，你要自己陪伴，我不管。

有牵挂的人，会不会活得更努力？更长久？她期望瞿蔺可以做到，就像他此前战胜那些伤痛时一样，打赢这一场仗。